Frissons de Noël

Jean-Pierre Croquet

présente

Frissons de Noël

Nouvelles

ÉDITIONS DU MASQUE

PRÉFACE

Mon plus beau crime fut un crime de Noël, un crime joyeux et confortable, un crime de Charles Dickens.

Gilbert K. Chesterton

Lier le crime à la fête de la Nativité, ordinairement dévolue à la famille et aux bons sentiments, peut paraître curieux, voire de mauvais goût. Et pourtant, c'est un fait avéré : les plus grands détectives de la littérature criminelle, de Sherlock Holmes à Nero Wolfe, de Lord Peter à Hercule Poirot, en passant par Henry Merrivale ou Ellery Queen, ont tous vu leur fête de Noël entachée par l'apparition d'un crime, entachée... ou embellie, si l'on considère qu'un mystère choisi représente le plus beau cadeau qu'un auteur de romans policiers puisse offrir à son personnage.

Dans les pays anglo-saxons, l'histoire criminelle de Noël est considérée depuis longtemps comme un genre à part entière, et l'on ne compte plus les romans ou les recueils de nouvelles prenant Noël pour cadre. Publiées durant la période des fêtes de fin d'année, ces histoires constituent, en fait, l'expression moderne d'une tradition lointaine.

Dès les âges les plus reculés, Noël a été associé, en Angleterre surtout, aux histoires de fantômes et aux contes effrayants. Le solstice d'hiver, la période la plus sombre de l'année, a fourni ainsi une kyrielle de superstitions et de contes folkloriques. Les ombres dansantes du feu, le craquement des vieilles charpentes, les vents hurleurs, le froid glacial des nuits d'hiver ont pétri les imaginations. À l'inquiétude a succédé la peur, et l'on a fini par croire que de mystérieuses présences se trouvaient tapies dans l'ombre, tout près...

De ces frayeurs ancestrales sont nées des histoires de fantômes. Ce sont ces contes étranges que le jeune Washington Irving[1], écrivain américain du début du XIXe siècle, a consignés dans ses carnets alors qu'il assistait, stupéfait, à un dîner de Noël sur le vieux continent.

C'est toutefois à Charles Dickens, chantre des « vieux esprits de Noël », que revient le mérite d'avoir restauré et généralisé cette tradition, allant jusqu'à déclarer que Noël était la seule fête vraiment liée aux récits de spectres et de revenants. Sous sa direction, des revues comme *Household Words* et *All the Year Round* commencèrent à publier, dans leur numéro de Noël, des contes fantastiques et effrayants, et les lecteurs anglais du XIXe siècle associèrent à nouveau et définitivement l'histoire de fantômes au temps de Noël. Cette tradition perpétuée, une cinquantaine d'années plus tard, par Montague Rhodes James[2], le meilleur auteur de *ghost stories* que l'Angleterre ait connu, est toujours vivace de nos jours, dans les pays anglo-saxons, comme en témoignent les anthologies d'histoires surnaturelles publiées pendant la période de l'Avent.

Notons que c'est à Dickens encore, avec *Le Mystère d'Edwin Drood* (1870), roman à caractère policier, que revient le mérite d'avoir orienté l'histoire mystérieuse de Noël vers d'autres directions. En faisant disparaître son héros *pendant la nuit du réveillon* — d'où le « mystère » annoncé par le titre[3] —, il ouvrit une voie nouvelle. Doré-

1. Washington Irving (1783-1859), *Un Américain à Londres, esquisses sur les mœurs anglaises et américaines* (*Sketch Book of Geoffrey Crayon, Gent, 1819-1820*).

2. M.R. James (1862-1936), *Histoires de fantômes complètes* (Éditions NéO, 1990).

3. Mystère à jamais insoluble puisque Dickens est mort lors de la rédaction de son roman, ne laissant aucune note sur la manière dont il envisageait le dénouement de son récit. Depuis, plusieurs auteurs ont essayé de terminer *Le Mystère d'Edwin Drood*. La version de Paul Kinnet est une des plus satisfaisantes ; elle a été republiée à L'Instant Noir en 1987, précédée d'une préface de Jacques Baudou qui fait le point sur les différentes tentatives de résolution de cette énigme restée en suspens.

navant, l'histoire effrayante de Noël ne serait plus exclusivement une *ghost story* : l'histoire policière de Noël était née.

Conan Doyle sera le premier à utiliser la fête de Noël dans une nouvelle policière, avec *L'Escarboucle bleue*[1] où apparaît un des motifs souvent liés à la circonstance, celui du pardon de la faute, si tant est que le repentir du criminel soit sincère. Les premiers auteurs à aborder le thème de Noël développeront essentiellement dans leurs nouvelles des histoires de vol ou d'escroquerie, considérant sans doute l'assassinat trop impie pour cette époque de l'année. Mais leurs successeurs n'auront pas les mêmes scrupules. D'une certaine manière, Noël, justement parce qu'il symbolise la paix et l'amour, va servir à rehausser l'horreur du meurtre, à en accentuer, par contraste, le caractère scandaleux.

À moins que ces récits de violence et de crime ne soient en fin de compte qu'un prolongement du mythe. Car, on l'oublie parfois, mais l'histoire de la Nativité présente aussi une face obscure. Il suffit pour s'en convaincre de se souvenir comment Hérode célébra le premier Noël... en massacrant les innocents ! C'est le même Hérode d'ailleurs qui commandita les rois mages pour de bien noirs desseins, comme nous le rappelle René Reouven dans *La Nuit des mages* que vous pourrez lire dans cette anthologie. Les rois mages qui, parmi leurs présents, offrirent à l'enfant Jésus la myrrhe qui sert... aux embaumements ! Quant à la tradition populaire, elle ne s'y est pas trompée : une vieille chanson anglaise de Noël ne rappelle-t-elle pas que « Les boules de houx sont rouges, rouges comme le sang » ?

Quoi qu'il en soit, l'histoire policière de Noël constitue, aujourd'hui encore, pour les auteurs anglo-saxons des fictions criminelles — mais les auteurs français ne sont pas en reste, comme vous pourrez le constater en découvrant les nouvelles qui suivent — un passage obligé, tout comme l'histoire de chambre close ou le pastiche de Sherlock

---

1. Cette nouvelle est recueillie dans *Les Aventures de Sherlock Holmes* (Les Intégrales du Masque, Sherlock Holmes, tome 1, 1997).

Holmes. Autrement dit, un auteur criminel digne de ce nom se doit d'écrire, un jour ou l'autre, une histoire policière de Noël, sa variation personnelle sur un thème imposé qui, au fil des ans, est devenu un genre. Et qui dit genre sous-entend contraintes.

Les règles en sont les suivantes : l'auteur qui s'attaque à une histoire policière de Noël doit faire en sorte que son histoire ne puisse se dérouler à aucun autre moment de l'année. Autrement dit, il est contraint d'utiliser, dans son intrigue, au moins un des ingrédients de la fête et de son folklore : le Père Noël (et ses corollaires ou attributs : la lettre, la cheminée), le sapin, les cadeaux, la dinde, l'oie, les chanteurs de cantiques, la messe de minuit, la crèche, les rois mages, le Christmas pudding, etc. À lui donc de jouer et de nous convaincre que son histoire serait moins bonne, voire impossible et sans objet, s'il la situait à une autre date du calendrier.

C'est ce défi qu'ont relevé — et avec quel brio ! — les quinze auteurs de *Frissons de Noël* et parmi les plus prestigieux. Ils souscrivent tous à l'adage classique qui dit que « l'art naît de contraintes » et que, paradoxalement, l'imagination se déploie mieux quand on lui impose des règles.

La bûche rougeoie, le sapin scintille, le chat ronronne, vous êtes confortablement installé(e)... C'est le moment idéal pour vous plonger dans la lecture de ces histoires de saison. Je vous laisse donc, en vous souhaitant d'agréables frissons de Noël. Et si, une fois le livre achevé, vous avez le sentiment qu'en mettant entre vos mains cette anthologie, le Père Noël, cette année, ne s'est pas moqué de vous, je considérerai que mon but a été atteint.

Jean-Pierre Croquet

LE BILLET GAGNANT

Mary Higgins Clark

Si Wilma Bean ne s'était pas trouvée à Philadelphie en visite auprès de sa sœur Dorothy, cela ne serait jamais arrivé. Ernie, sachant que Wilma avait regardé le tirage à la télévision, se serait précipité pour rentrer chez lui à minuit de son travail d'agent de sécurité au centre commercial « Do-Shop-Here » de Paramus, dans le New Jersey, et ils auraient fêté ça ensemble. *Deux millions de dollars !* C'est ce qui leur revenait dans la loterie spéciale de Noël.

Au lieu de quoi, parce que Wilma était à Philadelphie où elle rendait visite avant Noël à sa sœur Dorothy, Ernie s'arrêta au bar du *Trèfle Amical* pour faire sauter un ou deux bouchons, puis conclut la soirée à l'*Harmony Bar*, à six pâtés de maisons de son domicile d'Elmwood Park. Là, avec un joyeux signe de tête à Lou, le propriétaire-barman, Ernie commanda son troisième *Seven and Seven* de la soirée, enroula ses jambes dodues autour des pieds du tabouret de bar, et songea rêveusement à la manière dont Wilma et lui allaient dépenser leur fortune toute neuve.

C'est alors que ses yeux d'un bleu délavé tombèrent sur Loretta Thistlebottom, perchée sur le tabouret du coin, contre le mur, une chope de bière dans une main, une Marlboro dans l'autre. Ernie trouvait Loretta très attirante. Ce soir, ses lumineux cheveux blonds bouclaient sur ses épaules en une coupe à la Jeanne d'Arc, son rouge à lèvres rosé s'assortissait à ses grands yeux verts soulignés de violet, et sa poitrine généreuse se soulevait et retombait avec une régularité sensuelle.

Ernie observa Loretta avec une admiration presque impersonnelle. Il était bien connu que le mari de Loretta Thistlebottom, Jimbo Potters, un routier costaud, était extrêmement fier du fait que Loretta avait été danseuse dans son jeune temps, et se montrait également extrêmement jaloux. On murmurait qu'il était même capable de frapper Loretta si elle se montrait trop amicale avec d'autres hommes.

Cependant, étant donné que Lou, le barman, était le cousin de Jimbo, Jimbo ne voyait pas d'inconvénient à ce que Loretta reste traîner au bar les soirs où il effectuait un long trajet. Après tout, c'était un lieu fréquenté par les gens du voisinage. De nombreuses femmes y venaient avec leurs maris, et comme le faisait fréquemment remarquer Loretta :

— Jimbo ne peut pas s'attendre à ce que je regarde la télé toute seule, ou que j'aille à des réunions Tupperware à chaque fois qu'il trimbale des gousses d'ail ou des bananes sur la Route 1. Je descends en droite ligne d'une famille en vue dans le monde du spectacle, et j'ai besoin de gens autour de moi.

Sa carrière dans le monde du spectacle tenait une grande part dans la conversation de Loretta, et avait tendance à prendre une importance croissante au fil des ans. C'était également la raison pour laquelle, bien qu'elle fût légalement Mrs Jimbo Potters, Loretta parlait toujours d'elle-même en employant le nom de Thistlebottom, son nom de scène.

À présent, dans la lumière trouble que dispensait le globe à facettes au-dessus du bar couvert d'éraflures, Ernie admirait silencieusement Loretta, se disant que même si elle devait avoir autour de 55 ans, elle avait très, très bien conservé sa silhouette. Cependant, il ne s'intéressait pas vraiment à elle. Le billet de loterie gagnant, qu'il avait épinglé à son maillot de corps, réchauffait la zone autour de son cœur. C'était comme d'avoir un feu rougeoyant à la poitrine. Deux millions de dollars. Cela faisait 100 000 dollars par an, moins les impôts, pendant vingt ans. Ils toucheraient de l'argent jusqu'en plein vingt et unième siècle. D'ici là, ils pourraient peut-être même partir en voyage gastronomique sur la lune.

Ernie essaya de visualiser l'expression de Wilma quand elle apprendrait la bonne nouvelle. La sœur de Wilma, Dorothy, n'avait pas la télévision et écoutait rarement la radio, de sorte qu'à Philadelphie Wilma ne saurait pas qu'elle était riche, maintenant. À la minute où il avait entendu la bonne nouvelle sur sa radio portable, Ernie avait été tenté de se précipiter au téléphone pour appeler Wilma, mais avait immédiatement décidé que ce ne serait pas amusant. À présent, Ernie souriait d'un air heureux, son visage rond se plissant telle une joyeuse crêpe tandis qu'il imaginait le retour de Wilma à la maison le lendemain. Il irait la chercher à la gare de Newark. Elle lui demanderait s'ils avaient failli gagner.

— Est-ce qu'on avait deux chiffres ? Trois chiffres ?

Il lui dirait qu'ils n'en avaient même pas un seul de la combinaison gagnante. Et puis, quand ils rentreraient chez eux, elle trouverait ses bas accrochés au manteau de la cheminée, comme ils le faisaient au début de leur mariage. À cette époque, Wilma portait des bas et des porte-jarretelles. Maintenant, elle portait des collants grand modèle, et elle serait obligée de plonger jusqu'à l'orteil pour récupérer le billet. Il dirait :

— Cherche encore ; attends un peu de voir la surprise.

Il la voyait déjà pousser des cris et l'entourer de ses bras.

Wilma avait été une jeune fille drôlement mignonne quand ils s'étaient mariés, quarante ans plus tôt. Elle avait encore un joli visage et ses cheveux d'un blond doux, argenté, étaient naturellement ondulés. Elle n'avait pas un physique de danseuse comme Loretta, mais elle convenait parfaitement à Ernie. Quelquefois, elle ronchonnait un peu parce qu'il aimait lever le coude avec ses copains de temps en temps, mais la plupart du temps, elle était parfaite. Et quel Noël ils allaient passer cette année ! Il l'emmènerait peut-être chez Fred le Fourreur pour lui offrir un manteau en agneau ou une autre fourrure.

Tout au plaisir qu'il aurait à manifester sa générosité, Ernie commanda son quatrième *Seven and Seven*. Son attention fut distraite par le fait que Loretta Thistlebottom était occupée à un étrange rituel. Toutes les deux minutes, elle posait la cigarette qu'elle tenait à la main droite dans le cendrier, la chope de bière qu'elle avait à la main gauche sur le bar, et grattait vigoureusement la paume, les doigts et le dos de sa main droite avec les longs ongles pointus de sa main gauche. Ernie remarqua que sa main droite était irritée, d'un rouge vif et couverte de vilaines petites cloques.

Il se faisait tard et les gens commençaient à partir. Le couple qui était assis à côté d'Ernie et à angle droit de Loretta s'en alla. Loretta, remarquant qu'Ernie l'observait, haussa les épaules.

— Des orties, expliqua-t-elle. C'est pas incroyable, des orties en décembre ? La sœur de Jimbo, cette idiote, a décidé qu'elle avait la main verte et a obligé son pauvre crétin de mari à monter une serre devant leur cuisine. Et qu'est-ce qu'elle cultive ? Des mauvaises herbes et des orties. Ça demande un vrai talent, ça. (Loretta haussa les épaules et reprit sa chope de bière et sa cigarette.) Alors comment va, Ernie ? Du nouveau dans ta vie ?

Ernie était prudent.

— Pas grand-chose.

Loretta soupira.

— Moi non plus. Toujours les mêmes trucs. Jimbo et moi, on économise pour partir d'ici l'année prochaine quand il prendra sa retraite. Tout le monde me dit que Fort Lauderdale est un endroit où ça bouge vraiment. Jimbo commence à avoir des hémorroïdes, avec toutes ces années à conduire son semi-remorque. J'arrête pas de lui parler de tout l'argent que je pourrais gagner comme serveuse, mais il veut pas que quelqu'un flirte avec moi. (Loretta se gratta la main contre le bar et secoua la tête.) Tu peux imaginer qu'après vingt-cinq ans, Jimbo croit encore que tous les gars du monde veulent de moi ?

J'adore ça, en fait, mais ça peut être franchement pénible, aussi. (Loretta poussa un soupir immensément las.) Jimbo est le gars le plus passionné que j'aie jamais connu, et c'est rien de le dire. Mais comme disait ma mère, une bonne partie de jambes en l'air, c'est encore mieux quand il y a un portefeuille bien rempli entre les ressorts et le matelas.

— Ta mère disait ça ?

Ernie était dérouté par cette sagesse terre-à-terre. Il se mit à siroter son quatrième Seagrams au Seven-Up.

Loretta hocha la tête.

— Elle était marrante comme tout, mais elle ne mâchait pas ses mots. Et puis flûte. Peut-être qu'un jour je gagnerai à la loterie.

La tentation était trop forte. Ernie se glissa par-dessus les deux tabourets de bar inoccupés aussi vite que son corps alourdi le lui permettait.

— Dommage que tu n'aies pas ma chance, murmura-t-il.

Tandis que Lou le barman lançait : « Dernière tournée, les gars », Ernie tapota sa poitrine massive à l'endroit exact de son cœur.

— Comme on dit, Loretta, « L'endroit est marqué d'une croix. » Il y avait seize billets gagnants dans le tirage spécial de Noël. L'un d'entre eux est là, épinglé à mon maillot de corps. (Ernie se rendit compte que sa langue commençait à lui sembler plutôt lourde. Sa voix se réduisit à un murmure furtif.) Deux millions de dollars… Qu'est-ce que tu dis de ça ?

Il mit un doigt sur ses lèvres et lui fit un clin d'œil.

Loretta lâcha sa cigarette et la laissa brûler tranquillement sur la surface résignée du bar.

— Sans blague !

— Ce n'est pas une blague. (Maintenant, parler lui demandait un réel effort.) Wilma et moi, on parie toujours le même numéro, 1-9-4-7-5-2. 1947 passque c'est l'année où j'ai fini le lycée. Cinquante-deux, l'année où la p'tite Willie est née. (Son sourire triomphant ne laissait aucun doute sur sa sincérité.) Ce qui est dingue, c'est que Wilma n'est même pas encore au courant. Elle est en visite chez sa sœur Dorothy, et elle ne rentre que demain.

Tâtonnant à la recherche de son portefeuille, Ernie fit signe qu'on lui apporte la note. Lou s'approcha et regarda Ernie se lever, mal assuré, sur le sol qui soudain s'était mis à tanguer.

— Ernie, attends là, ordonna Lou. Tu es complètement beurré. Je te raccompagnerai quand j'aurai fermé. Il faut que tu laisses ta voiture ici.

Offensé, Ernie se dirigea vers la porte. Lou était en train d'insinuer qu'il était rond comme un tonneau. Quel culot ! Ernie ouvrit la porte des toilettes des femmes, et resta figé avant de comprendre son erreur.

Se laissant glisser du tabouret de bar, Loretta s'empressa d'intervenir :

— Lou, je vais le déposer. Il n'habite qu'à deux rues de chez moi.

Le front décharné de Lou se plissa.

— Ça ne plairait peut-être pas à Jimbo.

— Alors ne lui dis pas. (Ils observèrent Ernie qui sortait en titubant des toilettes pour femmes.) Pour l'amour du ciel, tu crois qu'il va me faire des avances ? demanda-t-elle avec mépris.

Lou prit une décision.

— Tu me rends service, Loretta. Mais ne le dis pas à Jimbo.

Loretta partit d'un rire outré, presque un hurlement.

— Tu crois que je veux risquer de perdre mes nouvelles couronnes ? Elles ne seront pas payées avant un an.

Venant de quelque part derrière lui, Ernie entendit vaguement le brouhaha des voix et un rire. Soudain, il se sentait plutôt mal fichu. Le dessin moucheté du carrelage se mit à danser, faisant tournoyer un écœurant tourbillon de points devant ses yeux. Il sentit que quelqu'un lui prenait le bras.

— Je vais te déposer, Ernie.

À travers le bourdonnement de ses oreilles, Ernie reconnut la voix de Loretta.

— C'est drôlement gentil de ta part, Loretta, marmonna-t-il. J'crois que j'ai un peu trop fêté ça.

Il se rendit vaguement compte que Lou disait quelque chose comme « la maison t'offrira un verre pour Noël quand tu reviendras chercher ta voiture ».

Dans la vieille Pontiac Bonneville de Loretta, il appuya la tête contre le siège et ferma les yeux. Il n'eut pas conscience qu'ils avaient atteint l'allée de sa maison avant que Loretta ne le secoue pour le réveiller.

— Donne-moi ta clé, Ernie. Je vais t'aider à entrer.

Le bras d'Ernie passé autour de ses épaules, elle le soutint jusqu'à la porte. Ernie entendit le cliquetis de la clé dans la serrure, sentit ses pieds se déplacer à travers le salon, puis à travers le couloir.

— Laquelle ?

— Laquelle ?

Ernie ne parvenait pas à remuer la langue.

— Quelle chambre ? (La voix de Loretta paraissait irritée.) Allez, Ernie, tu n'es pas un poids plume. Oh, laisse tomber. Ça doit être l'autre. Celle-ci est pleine de ces statues d'oiseaux que fabrique ta fille. Mince, on ne pourrait même pas les donner comme prix de tombola dans un asile de fous. Personne n'est timbré à ce point-là.

Ernie éprouva un instant de ressentiment instinctif en entendant Loretta critiquer sa fille, Wilma Jr, la p'tite Willie, comme il l'appelait. La p'tite Willie avait un réel talent. Un jour, elle serait un sculpteur célèbre. Elle vivait au Nouveau-Mexique depuis le jour où elle avait abandonné l'école en 68, et gagnait sa vie en travaillant le soir comme serveuse chez McDonald's. Le jour, elle faisait de la poterie et sculptait des oiseaux.

Ernie sentit qu'on le faisait pivoter et qu'on le poussait sur son lit. Ses genoux se dérobèrent et il entendit le couinement familier du sommier à ressorts. Soupirant de gratitude, dans le même mouvement, il s'étendit et perdit connaissance.

Wilma Bean et sa sœur Dorothy avaient passé une agréable journée. À petites doses, Wilma appréciait la compagnie de Dorothy, qui avait 63 ans, alors que Wilma en avait 58. L'ennui était que Dorothy était très têtue et critiquait vertement aussi bien Ernie que la p'tite Willie, et Wilma ne supportait cela que modérément. Mais elle avait pitié de Dorothy. Le mari de Dorothy l'avait plantée là dix ans plus tôt et menait à présent la grande vie avec sa seconde épouse, un professeur de karaté. Dorothy et sa belle-fille ne s'entendaient pas très bien. Dorothy travaillait toujours à temps partiel ; elle examinait les demandes d'indemnités dans une compagnie d'assurance et, comme elle le disait fréquemment à Wilma, « les demandes bidon ne vont pas plus loin que moi ».

Très peu de gens croyaient qu'elles étaient sœurs. Dorothy était, selon l'expression d'Ernie, droite comme un I, rectiligne, avec de fins cheveux gris qu'elle portait en un chignon serré sur la nuque. Ernie disait toujours qu'on aurait dû lui donner le rôle de Carrie Nation ; elle aurait eu fière allure avec une hachette à la main. Dorothy était encore jalouse du fait que Wilma avait été la plus jolie et que, même si elle s'était alourdie, son visage ne s'était pas ridé et n'avait même pas beaucoup changé. Wilma le savait, mais malgré tout, affirmait-elle, les liens du sang sont les plus forts et un week-end à Philadelphie tous les quatre mois ou à peu près, et surtout au moment des fêtes, était toujours appréciable.

L'après-midi du jour où le tirage de la loterie avait eu lieu, Dorothy vint chercher Wilma à la gare. Elles déjeunèrent tardivement au Burger King, puis se promenèrent en voiture dans le quartier où Grace Kelly avait grandi. Elles avaient toutes les deux été ses ferventes admiratrices. Après être tombées d'accord sur le fait que le prince Albert devrait se marier, que la princesse Caroline s'était visiblement calmée et s'en tirait très bien, et que la princesse Stéphanie devrait être enfermée dans un couvent jusqu'à ce qu'elle retrouve le droit chemin, elles allèrent au cinéma, puis rentrèrent à l'appartement de Dorothy. Elle avait fait cuire un poulet et elles échangèrent des ragots jusque tard dans la soirée.

Dorothy se plaignit à Wilma de ce que sa belle-fille ne savait pas s'y prendre pour élever un enfant et était trop bornée pour accepter même les suggestions les plus utiles.

— Au moins tu as des petits-enfants, soupira Wilma. Aucun mariage en vue pour la p'tite Willie. Elle se consacre entièrement à sa carrière de sculpteur.

— Quelle carrière de sculpteur ? répliqua sèchement Dorothy.

— Si nous pouvions seulement lui payer un bon professeur, soupira Wilma, essayant d'ignorer cette pique.

— Ernie ne devrait pas encourager Willie, déclara brusquement Dorothy. Dis-lui de ne pas s'extasier autant sur ces cochonneries qu'elle vous envoie. Ta maison a l'air d'une volière décorée par un dingue. Comment va Ernie ? J'espère que tu l'empêches d'aller au bar. Souviens-toi de ce que je te dis : il a toutes les caractéristiques d'un alcoolique. Tous ces vaisseaux éclatés qu'il a sur le nez.

Wilma pensa aux énormes paquets de Noël que leur avait envoyé la p'tite Willie quelques jours plus tôt. Portant l'inscription *Ne pas ouvrir avant Noël*, ils étaient accompagnés d'une note. « Maman, attends de voir ceux-là. Je me suis mise aux paons et aux perroquets. » Wilma pensa également à la soirée de Noël du personnel, au centre commercial « Do-Shop-Here », l'autre soir, où Ernie, qui avait un coup dans l'aile, avait pincé les fesses d'une des serveuses.

Savoir que Dorothy avait raison à propos des capacités d'Ernie pour absorber de l'alcool ne soulageait pas le ressentiment qu'éprouvait Wilma à se voir mettre la vérité sous le nez.

— Bon, Ernie fait peut-être l'idiot quand il boit une goutte ou deux de trop, mais tu te trompes sur la p'tite Willie. Elle a un vrai talent et quand j'en aurai les moyens, je l'aiderai à le prouver.

Dorothy se servit une autre tasse de thé.

— Je suppose que tu gaspilles toujours ton argent en billets de loterie.

— Absolument, répondit joyeusement Wilma, qui luttait pour conserver sa bonne humeur. Ce soir, c'est le tirage spécial de Noël. Si j'étais à la maison, je serais devant la télé en train de prier.

— Cette combinaison de chiffres que vous choisissez toujours est ridicule ! 1-9-4-7-5-2. Je peux comprendre que quelqu'un se serve de l'année où son enfant est née, mais l'année où Ernie a terminé le lycée ? C'est ridicule.

Wilma n'avait jamais dit à Dorothy qu'il avait fallu à Ernie six ans pour terminer le lycée et que sa famille avait invité tous les voisins pour fêter l'événement.

— La meilleure fête à laquelle j'aie jamais assisté, lui disait-il fréquemment, son visage s'illuminant à ce souvenir. Même le maire est venu.

Quoi qu'il en soit, Wilma aimait cette combinaison de chiffres. Elle était absolument certaine qu'un jour ces chiffres leur rapporteraient beaucoup d'argent. Après avoir souhaité bonne nuit à Dorothy et, essoufflée par l'effort, préparé son lit sur le canapé où elle dormait lors de ses visites, elle se dit qu'avec l'âge Dorothy devenait de plus en plus ronchon. Elle jacassait aussi à tort et à travers, et rien d'étonnant à ce que sa belle-fille parle d'elle comme de « cette lamentable enquiquineuse ».

Le lendemain, Wilma descendit du train à Newark à midi. Ernie devait venir la chercher. En s'approchant de l'endroit où ils devaient se retrouver, près de l'entrée principale, elle fut alarmée de voir Ben Gump, leur voisin, à la place de son mari.

Elle se précipita vers Ben, son corps enrobé tendu par la peur.

— Quelque chose ne va pas ? Où est Ernie ?

Le visage menu de Ben s'éclaira d'un sourire rassurant.

— Non, tout va bien, Wilma. Ernie s'est réveillé avec un début de grippe ou je ne sais quoi. Il m'a demandé de venir te chercher. Après tout, je n'ai rien d'autre à faire que de regarder l'herbe pousser.

Ben rit de bon cœur à ce trait d'esprit qui était devenu son leitmotiv depuis qu'il avait pris sa retraite.

— La grippe, ricana Wilma. Tu parles.

Ernie était un homme raisonnablement tranquille, et Wilma avait espéré un trajet reposant pour rentrer à la maison. Au petit déjeuner, Dorothy, sachant qu'elle allait perdre son auditoire, avait parlé sans interruption, un déluge de commentaires acides qui avait donné la migraine à Wilma.

Pour échapper à la conduite d'escargot de Ben et à ses histoires interminables, Wilma se concentra sur l'agréable excitation consistant à regarder dans le journal, à la minute où elle arriverait chez elle, pour vérifier les résultats de la loterie. 1-9-4-7-5-2, 1-9-4-7-5-2, psalmodiait-elle intérieurement. C'était idiot. Le tirage était terminé, mais malgré tout elle avait un bon pressentiment. Ernie aurait certainement téléphoné s'ils avaient gagné, mais même approcher du but, comme avoir trois ou quatre des six numéros, lui ferait savoir que leur chance était en train de tourner.

Elle remarqua le fait que la voiture n'était pas dans l'allée, et en devina la raison. Elle était probablement garée à l'*Harmony Bar*. Elle réussit à se débarrasser de Ben Gump à la porte, le remerciant abondamment d'être venu la chercher mais ignorant ses allusions appuyées au fait qu'une bonne tasse de café ne lui déplairait pas. Puis Wilma alla tout droit dans la chambre. Comme elle s'y attendait, Ernie était au lit. Les couvertures étaient remontées jusque sous son nez. Un regard lui suffit pour voir qu'il avait une bonne gueule de bois.

— Quand le chat n'est pas là, les souris dansent. (Elle soupira.) J'espère que tu as l'impression d'avoir un rocher à la place de la tête.

Dans sa contrariété, elle renversa le pélican d'un mètre de haut que la p'tite Willie leur avait envoyé pour Thanksgiving et qui était perché sur une table dans le couloir, juste à côté de la porte de la chambre. En s'écrasant par terre, il entraîna avec lui le vase en terre cuite, une des premières œuvres de la p'tite Willie, et le bouquet de gaillets et de poinsettias en plastique que Wilma avait péniblement arrangé en préparation de Noël.

Ramasser les débris du vase brisé, redisposer les fleurs et remettre le pélican, auquel il manquait maintenant un morceau d'aile, sur le plateau de la table, eut pratiquement raison de la patience de Wilma.

Mais la pensée de l'instant magique où elle vérifierait jusqu'à quel point ils avaient été près de gagner à la loterie, et découvrirait peut-être que cette fois ils avaient été vraiment tout près, lui rendit sa bonne humeur habituelle. Elle se fit une tasse de café et prépara des toasts à la cannelle avant de s'installer à la table de la cuisine et d'ouvrir le journal.

Seize heureux gagnants se partagent un gros lot de trente-deux millions de dollars, annonçait le titre.

Seize heureux gagnants. Oh, s'ils en faisaient partie ! Wilma posa la main sur la combinaison gagnante. Elle lirait les chiffres un par un. C'était plus amusant de cette façon.

1-9-4-7-5

Wilma retint son souffle. Le sang lui battait dans la tête. Était-ce possible ? Dans un suspense insoutenable, elle découvrit le chiffre final.

2

Son cri et le bruit de la chaise de cuisine qui se renversait poussa Ernie à se redresser brusquement dans son lit. Le Jugement Dernier arrivait à grands pas.

Wilma se précipita dans la chambre, le visage pétrifié.

— Ernie, pourquoi ne m'as-tu rien dit ? *Donne-moi le billet !*

La tête d'Ernie s'affaissa. Sa voix était brisée.

— Je l'ai perdu, murmura-t-il.

Loretta savait que c'était inévitable. Malgré cela, la vue de Wilma Bean remontant l'allée de ciment saupoudrée de neige d'un pas décidé, suivie par un Ernie réticent et abattu, lui causa un moment de panique absolue.

— Laisse tomber, se dit Loretta. Ils ne peuvent rien y faire.

Elle avait complètement effacé sa piste, se promettait-elle tandis que Wilma et Ernie montaient les marches du perron entre les deux conifères que Loretta avait habillés de douzaines d'ampoules de Noël. Elle avait bien préparé son histoire. Elle avait raccompagné Ernie jusqu'à la porte de sa maison. N'importe qui sachant à quel point Big Jimbo était jaloux comprendrait que Loretta n'aurait pas franchi le seuil d'un autre homme quand sa femme n'était pas là.

Quand Wilma l'interrogerait à propos du billet, Loretta demanderait :

— Quel billet ?

Ernie ne lui avait même jamais parlé d'un billet. Il n'était pas en état de parler de quoi que ce soit de rationnel. Demande à Lou. Ernie était beurré après deux ou trois verres. Il s'était probablement arrêté autre part avant.

Est-ce que Loretta avait acheté un billet de loterie pour le tirage spécial de Noël ? Bien sûr qu'elle en avait acheté. Tu veux les voir ? Chaque semaine, quand elle y pensait, elle en prenait quelques-uns. Jamais au même endroit. Peut-être chez le marchand de vins, ou à la papeterie. Tu sais, juste pour la chance. Toujours les premiers chiffres qui lui venaient à l'esprit.

Loretta se gratta violemment la main droite. Satanées orties. Elle avait caché le billet gagnant 1-9-4-7-5-2 en lieu sûr, dans le sucrier de son meilleur service en porcelaine. On avait un an pour réclamer ses gains. Juste avant que l'année soit écoulée, elle tomberait dessus « accidentellement ». Que Wilma et Ernie essaient un peu de brailler que c'était le leur.

La sonnette retentit. Loretta tapota ses cheveux dorés et lumineux qu'elle avait arrangés dans une coiffure « salade mêlée », redressa les épaulettes de son pull aux paillettes brillantes, et se hâta de rejoindre sa minuscule entrée. En ouvrant la porte, elle obligea son visage à se faire accueillant, oubliant même qu'elle s'efforçait de ne pas trop sourire. Son visage commençait à se rider, un problème héréditaire. Elle s'inquiétait constamment du fait qu'à l'âge de 60 ans, le visage de sa mère avait eu l'air creusé de profondes ravines.

— Wilma, Ernie, quelle charmante surprise ! s'exclama-t-elle avec effusion. Entrez, entrez.

Loretta décida d'ignorer le fait que ni Wilma ni Ernie ne lui répondaient, qu'ils ne prenaient pas la peine d'essuyer la neige de leurs caoutchoucs sur le paillasson de l'entrée qui invitait expressément les invités à le faire, qu'ils n'arboraient aucun sourire amical en cette période de fêtes pour faire écho à son accueil.

Wilma déclina l'invitation de s'asseoir, de prendre une tasse de thé ou un Bloody Mary. Elle parla sans ambages. Ernie avait eu sur lui un billet de loterie valant deux millions de dollars. Il en avait parlé à Loretta à l'*Harmony Bar*. Loretta l'avait ramené chez lui, l'avait mis au lit. Ernie avait perdu conscience et le billet avait disparu.

En 1945, avant de devenir danseuse de music-hall, Loretta avait étudié le théâtre à l'École d'Art Dramatique Sonny Tufts. Faisant appel à cette lointaine expérience, elle joua son scénario bien rodé avec sérieux et sincérité devant Wilma et Ernie. Ernie ne lui avait jamais soufflé mot d'un billet gagnant. Elle ne l'avait reconduit chez lui que pour rendre service à Lou et à lui. Lou ne pouvait pas quitter le bar, et de toute façon Lou était un tel avorton qu'il n'aurait pas pu arracher à Ernie ses clés de voiture.

— Au moins, tu as accepté de me laisser conduire, dit Loretta à Ernie d'un air indigné. J'ai risqué ma vie rien que pour te permettre de ronfler jusqu'à chez toi dans ma voiture. (Elle se tourna vers Wilma et lui rappela, d'une femme à une autre :) Tu sais comme Jimbo est jaloux, cet idiot. On croirait que j'ai 16 ans. Mais pas question que j'entre dans ta maison si tu n'y es pas, Wilma. Ernie, tu as été rond tout de suite à l'*Harmony*. Tu peux demander à Lou. Est-ce que tu t'es arrêté quelque part avant, où tu aurais parlé du billet à quelqu'un ?

Loretta se félicita intérieurement en voyant le doute et la confusion se peindre sur leurs visages. Quelques minutes plus tard, ils s'en allèrent.

— J'espère que vous le retrouverez. Je vais dire une prière, promit-elle pieusement.

Elle ne voulut pas leur serrer la main, expliquant à Wilma la serre et la récolte d'orties de son imbécile de belle-sœur.

— Venez boire un verre de Noël avec Jimbo et moi, les pressa-t-elle. Il rentrera vers 4 heures pour la veille de Noël.

À la maison, assise, l'air morose, devant une tasse de thé, Wilma déclara :

— Elle ment. Je sais qu'elle ment, mais qui pourrait le prouver ? Quinze gagnants se sont déjà déclarés. Il n'en manque qu'un, et il a un an pour réclamer ses gains. (Des larmes de frustration roulaient sur les joues de Wilma, mais elle les ignora.) Elle va informer le monde entier qu'elle achète un billet par-ci, un billet par-là. Elle va faire ça pendant les cinquante et une prochaines semaines, et puis bang, elle trouvera le billet qu'elle avait oublié.

Ernie contemplait sa femme dans un silence servile. Il était rare de voir Wilma pleurer. À présent, voyant son visage se marbrer et son nez commencer à couler, il lui tendit son mouchoir. Son geste brusque fit tomber un colibri en céramique du buffet placé derrière lui. Le bec de l'oiseau, parti en morceaux contre le carrelage imitation marbre du coin repas de la cuisine, arracha à Wilma un nouveau gémissement de chagrin.

— Mon grand espoir était que la p'tite Willie puisse arrêter de travailler le soir chez McDonald's pour étudier et travailler à ses oiseaux à plein temps, sanglota Wilma. Et maintenant, ce rêve part en fumée.

Juste pour être absolument certains, ils se rendirent au *Trèfle Amical*, près du centre commercial « Do-Shop-Here » de Paramus. Le barman du soir confirma qu'Ernie était venu la veille, aux environs de minuit, avait bu deux, peut-être trois verres, mais n'avait adressé la parole à personne.

— Il est juste resté là à sourire, comme le chat qui vient de manger le canari.

Après un dîner auquel ils ne touchèrent ni l'un ni l'autre, Wilma examina soigneusement le maillot de corps d'Ernie, sur lequel était toujours accrochée l'épingle à nourrice.

— Elle ne s'est même pas donné la peine de le dégrafer, dit amèrement Wilma. Elle l'a juste arraché.

— Est-ce qu'on peut la poursuivre en justice ? suggéra Ernie à tout hasard.

L'énormité de sa stupidité devenait de plus en plus flagrante. Aller se saouler. Parler à tort et à travers à Loretta.

Trop fatiguée pour répondre, Wilma ouvrit la valise qu'elle n'avait pas encore défaite et en sortit sa chemise de nuit en flanelle.

— Bien sûr qu'on peut la poursuivre, dit-elle d'un ton sarcastique, pour avoir eu l'esprit rapide quand elle avait affaire à un cerveau imbibé. Et maintenant éteins la lampe, dors, et cesse de te gratter comme ça. Tu me rends folle.

Ernie s'écorchait la poitrine dans la zone située près du cœur.

— Quelque chose me démange, se plaignit-il.

Une sonnette retentit dans la tête de Wilma tandis qu'elle fermait les yeux. Elle était si épuisée qu'elle s'endormit presque immédiatement, mais ses rêves étaient pleins de billets de loterie qui flottaient dans l'air comme des flocons de neige. De temps à autre, elle était réveillée par les mouvements agités d'Ernie. D'habitude, Ernie dormait comme un ours en hibernation.

L'aube de la veille de Noël se leva, grise et morne. Wilma se traînait dans la maison, disposant mécaniquement des cadeaux sous l'arbre de Noël. Les deux paquets envoyés par la p'tite Willie. S'ils n'avaient pas perdu le billet gagnant, ils auraient pu appeler la p'tite Willie et lui dire de venir les rejoindre pour Noël. Peut-être ne serait-elle pas venue. La p'tite Willie n'aimait pas l'atmosphère de classes moyennes de l'environnement banlieusard. Dans ce cas, Ernie aurait pu laisser tomber son travail et ils auraient pu partir lui rendre visite en Arizona bientôt. Et Wilma aurait pu acheter la télévision grand écran qui l'avait tant impressionnée à Trader Horn's la semaine précédente. Ç'aurait été merveilleux de voir un J.R. d'un mètre de haut.

Enfin. Ce qui est fait est fait. Non, ce qui est *bu*... Ernie lui avait parlé de son intention de mettre le billet de loterie dans son collant sur le manteau de la fausse cheminée s'il ne l'avait pas perdu. Wilma essaya de ne pas s'attarder sur la pensée du plaisir qu'elle aurait ressenti à y trouver le billet.

Elle ne fut pas agréable envers Ernie qui avait toujours la gueule de bois et n'était pas allé travailler pour le deuxième jour consécutif. Elle ne se gêna pas pour lui dire où il pouvait se mettre sa migraine.

Au milieu de l'après-midi, Ernie alla dans la chambre et ferma la porte. Au bout d'un moment, Wilma commença à s'inquiéter et le suivit. Ernie était assis au bord du lit, sans chemise, occupé à se gratter plaintivement la poitrine.

— Tout va bien, dit-il, le visage toujours figé dans cette expression de chien battu qui commençait à paraître permanente. C'est juste que ça me gratte tellement.

À peine soulagée de découvrir qu'Ernie n'avait pas trouvé un quelconque moyen de se suicider, Wilma lui demanda avec irritation :

— Qu'est-ce qui peut bien te gratter comme ça ? Ce n'est pas le moment que tu refasses tes allergies. J'en entends suffisamment parler tout l'été.

Elle regarda de près la peau enflammée.

— Bonté divine, ce sont des piqûres d'orties. Où as-tu été ramasser ça ?

Des orties.

Ils se regardèrent fixement.

Wilma s'empara du maillot d'Ernie posé sur la commode. Elle l'y avait laissé, l'épingle à nourrice encore dessus, le petit morceau de billet témoignant silencieusement, hostilement, de sa stupidité.

— Mets-le, ordonna-t-elle.

— Mais...

— Mets-le !

Il fut tout de suite évident que les piqûres d'orties étaient centrées à l'endroit même où le billet avait été caché.

— Cette sale menteuse. (Wilma pointa le menton en avant et redressa les épaules.) Elle a dit que Big Jimbo allait rentrer vers 4 heures, c'est bien ça ?

— Je crois.

— Bon. Rien de tel qu'un comité d'accueil.

À 15 h 30, ils arrivèrent devant la maison de Loretta et se garèrent. Comme ils l'avaient escompté, le semi-remorque à seize roues de Jimbo n'était pas encore là.

— On va rester là quelques minutes et mettre cette fripouille sur les nerfs, décréta Wilma.

Ils regardèrent les stores verticaux de la fenêtre de Loretta, se mettre à s'agiter par à-coups. À 15 h 57, Ernie tendit une main tremblante :

— Là. Au feu. C'est le camion de Jimbo.

— Allons-y, lui dit Wilma.

Loretta ouvrit la porte, de nouveau tout sourire. Avec une satisfaction sinistre, Wilma remarqua que ce sourire était très, très nerveux.

— Ernie ! Wilma ! Quelle bonne surprise ! Vous êtes venus prendre un verre de Noël, finalement.

— Je prendrai mon verre de Noël plus tard, lui déclara Wilma. Et ce sera pour fêter le fait d'avoir récupéré notre billet. Comment vont tes piqûres d'orties, Loretta ?

— Oh, ça commence à passer. Wilma, je n'aime pas que tu me parles sur ce ton.

— C'est vraiment dommage. (Wilma passa de l'autre côté du canapé qui était tendu d'un tissu à carreaux rouges et noirs, s'approcha de la fenêtre, et tira le store vertical.) Tiens tiens. Voilà Big Jimbo. J'imagine que vous mourez d'envie de vous sauter dessus, les deux tourtereaux. Je crois qu'il sera vraiment furieux quand je lui dirai que je te fais un procès parce que tu as batifolé avec mon mari.

— J'ai quoi ?

Le rouge à lèvres « baiser pourpre » soigneusement appliqué de Loretta se fit plus sombre tandis que son teint virait au blanc grisâtre.

— Tu m'as entendue. Et j'ai des preuves. Ernie, enlève ta chemise. Montre ton éruption à cette voleuse de maris.

— Éruption, gémit Loretta.

— Des orties, exactement comme toi. Ça a commencé sur sa poitrine quand tu as passé la main sous son maillot pour prendre le billet. Essaie un peu de dire le contraire. Raconte à Jimbo que tu n'as jamais entendu parler d'un billet, qu'Ernie et toi vous vouliez juste faire quelques galipettes.

— Tu mens. Sortez d'ici. Ernie, ne déboutonne pas cette chemise.

Frénétiquement, Loretta attrapa les mains d'Ernie.

— Dis donc, Jimbo est drôlement costaud, dit Wilma d'un air admiratif tandis qu'il descendait du camion. (Elle lui fit un signe de la main.) Vraiment costaud. (Elle se retourna.) Enlève aussi ton pantalon, Ernie. (Wilma laissa tomber le store vertical et s'approcha vivement de Loretta.) Il a une éruption *là aussi*, murmura-t-elle.

— Oh, mon Dieu. Je vais le chercher. Je vais le chercher. Garde ton pantalon !

Loretta se précipita dans la minuscule salle à manger et ouvrit à la volée l'armoire à porcelaines. Ses doigts tremblants se tendirent vers le sucrier. Il lui tomba des mains et vola en éclats quand elle attrapa le billet de loterie. La clé de Jimbo tournait dans la serrure au moment où elle fourra le billet dans la main de Wilma.

— Maintenant, allez-vous-en. Et ne dites rien.

Wilma s'assit sur le canapé à carreaux rouges et noirs.

— Ça aurait l'air vraiment bizarre de filer comme ça. Ernie et moi allons nous joindre à toi et Big Jimbo pour prendre un verre de Noël.

Les maisons de leur rue étaient décorées, avec des Pères Noël sur le toit, des anges sur la pelouse et des guirlandes lumineuses encadrant les fenêtres à l'extérieur. Avec un sourire paisible, tandis qu'ils arrivaient chez eux, Wilma fit remarquer comme le quartier était vraiment joli. Dans la maison, elle tendit le billet de loterie à Ernie.

— Mets-le dans mon bas, comme tu voulais le faire.

Docilement, il alla dans la chambre et choisit le collant qu'elle préférait, le blanc à damiers. Elle fouilla dans le tiroir de son mari et en tira une de ses chaussettes à losanges, quelque peu informe parce que Wilma ne tricotait pas très bien, mais c'était quand même sa plus belle paire. Pendant qu'ils accrochaient le bas et la chaussette au manteau au-dessus de la cheminée artificielle, Ernie déclara :

— Wilma, je n'ai pas de brûlures d'orties (sa voix se réduisit à un chuchotement) à cet endroit-là.

— Je n'en doute pas, mais ça a marché. Et maintenant, mets le billet dans mon bas et je mettrai ton cadeau dans le tien.

— Tu m'as acheté un cadeau ? Après tous les ennuis que je t'ai causés ? Oh, Wilma.

— Je ne l'ai pas acheté. Je l'ai trouvé dans l'armoire à pharmacie et j'ai mis un ruban autour.

Avec un sourire satisfait, Wilma laissa tomber un flacon de lotion apaisante dans la chaussette à losanges d'Ernie.

That's the ticket
Traduit de l'anglais par Pascal Aubin.

BONNES VOLONTÉS

Alain Demouzon

Et paix sur la terre aux hommes de bonne volonté
Luc, 2, 14 (*Évangile de la messe de minuit*)

Bon petit papa Noël,
Ce que je veut te commandé cette année c'est une poupée comme tu sais que je veut. L'année dergnière, j'ai rien eu. Aussi, ne m'oubli pas pour ce Noël. T'a même pas répondu à ma lettre. C'est possible que t'es des problèmes, moi aussi j'en ai, mais c'est pas une raison. Alors, envoie-moi cette poupée ! Quand j'ai pas ce que je veut, je me laisse gagner par la violence, c'est pas bien.
Je t'aime et je t'embrasse sur ta barbe.

Chris

La boîte pour les lettres au Père Noël était installée devant l'entrée du magasin, sur un pilier entouré de papier chocolat et de guirlandes scintillantes. La boîte était une urne en contreplaqué ayant servi aux élections des délégués du personnel. On l'avait repeinte en rouge, ornée d'étoiles, de feuilles de houx et de bois de rennes bombés au pochoir avec de la fausse neige.

— C'est là, les lettres pour le Père Noël ?

— Marqué dessus, non ! Vous savez pas lire !

Myriam crispa les lèvres, regrettant sa remarque. De plus en plus de clients avaient des difficultés avec la langue écrite et une récente note de service spécifiait avec fermeté la nécessité d'une courtoisie attentive et *facilitante* envers les acheteurs illettrés. Certains n'arrivaient même plus à lire *bifteck* ou *pizza*.

— Oui, oui, dit l'homme. C'est écrit, en effet. Mais on ne sait jamais.

Myriam haussa les épaules, juste une ébauche. Un « on ne sait jamais *quoi* ? » avait bien failli lui échapper. Elle passa sa rage sur les cartons vides à éclater, à aplatir, à mettre en bas... Noël s'annonçait solitaire et désolé.

L'homme restait planté devant la boîte chatoyante, sa lettre tenue entre les doigts dans de brusques giflées de ce vent sournois au parfum mouillé. Il avait bien une trentaine d'années, et probablement pas de travail. Myriam savait reconnaître ça d'instinct. Elle songea qu'il valait mieux s'accrocher à ses petits boulots à elle. D'un poing furieux, elle transperça le cul d'un carton.

— C'est pas trop tard ? demanda le type, avec un hoquet d'anxiété.

— Mais non !

— L'année dernière, j'ai pas eu de réponse... J'ai rien reçu pour Noël.

— Y a eu des plaintes au « Service consommateurs ». Maintenant, on répond à tout le monde.

— Qui ça « on » ?

Il avait les doigts rouges, le visage violacé et des effilochures au bas du pantalon. Le son de sa voix vibrait de réprobation menaçante.

— Ben... Le Père Noël, voyons ! dit Myriam dans un rire.

Elle avait un joli rire, sur de belles petites dents nacrées. Avec son tic habituel, elle recala sa plus longue boucle blonde derrière l'oreille, sa jolie petite oreille bien ourlée.

— Vous êtes si jolie, vous savez ! dit l'homme, avec un soudain apaisement.

La jeune femme haussa les épaules. Elle tira le bas du gros pull qui dépassait de son anorak. Une déchirure de son jean zébrait le milieu de la cuisse. Un éclair de peau nue, lisse et pâle, brilla étrangement.

« La lumière de Noël ! » songea l'homme. Il demanda :

— Comment on sait... ?

— C'est pour une fille ou un garçon ?

— Une poupée.

— Une fille, alors. Réponse *rose*... Les garçons ont droit à une réponse *bleue*, crut-elle utile de préciser. *« Bien chère petite... »* Comment s'appelle l'enfant ?

— Christian ! lâcha l'homme dans un souffle douloureux, comme si on venait de lui voler quelque chose, juste sous son nez. Mais tout le monde dit Chris !

— *« Bien chère petite Chris... »* Hé, Christian, c'est un garçon ! s'étonna Myriam avec retard.

L'homme lui fit signe de poursuivre.

— *« Bien chère petite Chris... »* ... De toute façon, y a un blanc. On met ce qu'on veut. C'est pas mon problème si un garçon réclame une poupée. Mais les formulaires roses sont au féminin, avec de l'imprimerie qui ressemble à de l'écriture.

— Formulaires ?

Un mauvais regard se plissa dans le visage violet. Myriam aperçut une vague de soupçonneuse méchanceté qui gonflait au loin dans le cœur de l'inconnu et déferlait en raz de marée. Mais la lame se dispersa sur les brisants, pour aller se reformer à l'infini.

— *« Bien chère petite Chris, j'espère que tu as été particulièrement sage tout au long de l'année, afin de mériter cette magnifique poupée que tu m'as demandée... »* C'est moi qui fais le courrier du Père Noël ! souligna-t-elle avec une consternante fierté. Donnez-moi la lettre. Je répondrai en premier.

Elle tendit la main. L'homme replia le bras avec une vivacité d'une extraordinaire violence. Tout son corps vibra sous le choc de l'implosion.

Myriam regarda l'obscurité précoce de l'hiver qui l'encerclait brutalement. Les badauds étaient rares et les acheteurs pressés de filer. Le vent redoublait. Noël s'annonçait sombre et frileux.

— Je dois aller étiqueter un nouvel arrivage de sapins, bredouilla-t-elle. Faut m'excuser.

Elle balança ses paquets de cartonnage dans le grand bac à roulettes déjà tiré au bord du trottoir pour le ramassage d'ordures.

— Et ma poupée ? demanda l'homme dans un gémissement inattendu.

— Deuxième étage, à gauche de l'escalator, cria Myriam en s'enfuyant vers l'arrière-cour.

Du coin de l'œil, elle vit l'homme encore hésiter devant la boîte, puis finalement glisser l'enveloppe dans la fente.

C'était ça, la bonne idée de M. Hérold : un caraco et un bonnet rouges, bordés de fourrure de cygne. Des bottes à grelots, chaque pointe de sein pincée dans une perle de plastique ressemblant à une boule de gui, une fausse barbe blanche et d'épais sourcils neigeux, les poils du pubis passés à la bombe givrante.

Ce dernier détail de la revue *Noël, chaud ! chaud ! chaud !* suscitait un débat entre le directeur et le régisseur de scène, lequel s'était écrié dans un hurlement scandalisé :

— C'est Noël, tout de même ! Un peu de respect !

Et dans le silence poussiéreux, il avait ajouté d'un ton plus calme mais tout aussi résolu :

— La clientèle doit en avoir pour son argent. On ne doit rien lui cacher !

On avait donc renoncé à la bombe givrante. Avant d'y revenir finalement, « pour des raisons d'équilibre artistique » et après que les filles eurent été consultées, circonstance exceptionnelle.

Myriam s'en foutait. Engagée en deuxième ligne, n'ayant qu'à cambrer la jambe, plier le genou, lever le bras et pousser les seins en avant avec un vaste sourire glacé plaqué sur le visage, elle ne gagnait pas assez pour la ramener. Trois passages étaient prévus la nuit du réveillon. Ça ferait quand même un peu plus de pognon que d'habitude. Avec ou sans givrage, elle prenait le *deal*.

— Votre impassibilité a été remarquable, dit une voix dans son dos, tandis qu'elle regagnait les loges.

Myriam fit face à un homme dans la quarantaine dont le visage franc et chaleureux incitait à sourire.

— Pourquoi me dites-vous ça ?

Son joli petit rire lui échappa, comme par inadvertance. Elle replaça une boucle blonde sous le revers de cygne du long bonnet pointu.

— Toutes ces discussions ! précisa l'homme, en riant à son tour. Ça s'énervait de tous les côtés, et vous n'avez pas bronché.

— Je sais garder mon calme, fit remarquer Myriam. Le sang-froid, dans notre métier, c'est bien nécessaire.

L'homme hocha la tête avec une satisfaction heureuse, comme si c'était la remarque la plus intéressante qu'il ait jamais entendue. Il portait un costume de bonne coupe, une cravate stricte, un manteau de loden qui semblait très léger, très doux, très chaud.

— Je m'appelle Léonard, dit-il en tendant une main très légère, très douce et très chaude. Je prospecte pour un entrepreneur de tournées, un commanditaire de spectacles. Quand une girl me plaît, je l'engage ! Les vraiment bonnes danseuses ne courent pas les rues, vous savez.

— Je ne danse pas, avoua Myriam (sans même l'ombre d'un regret). Je ne suis que mannequin nu. Vous n'avez pas vu la répèt' ?

— Les discussions allaient bon train lorsque je suis arrivé. À dire vrai, de tout le spectacle, je n'ai apprécié que votre beauté extraordinairement tranquille et apaisée au milieu de la criaillerie générale ! Une vraie déesse, chère... euh...

— Myriam... (Elle se mordit le bout d'un ongle). C'est mon vrai nom. Je dis ça, parce que, des fois, les artistes...

— Je comprends, je comprends, chère Myriam ! Peut-être pourrions-nous discuter en amis, autour d'un verre ?

Myriam réprima un soupir. Son regard se perdit dans les recoins de la salle. Sur chaque table, on avait installé un minuscule sapin en plastique agrémenté d'ampoules clignotantes.

Du plafond ruisselaient les boules et les stalactites factices. Le grand miroir du bar, constellé de cristaux de neige en polystyrène, exhibait des silhouettes de « Mères Noël » cambrées dans des poses impudiques.

— Après la répétition, concéda-t-elle. Et, en tout cas, pas ici !

Bien cher Père Noël,

Je ne cé pas si ma lettre t'es parvenu. J'espère quand même. La poupée que je veut, je l'est vu dans le magazin. Ou plus tôt, devant : c'est la poupée qui est blonde et très belle, je l'aime déjà bocoup. Elle a un trou dans son jean et de la chair de lumière en deux sous. C'est celle là que je veut, t'as compris ?

M'oublie pas cette année, car j'attends trop depuis long temps et sa me rend méchant des fois.

Chris

Quand le sous-directeur s'approcha, Myriam glissa vivement la lettre sous le paquet. Ses lèvres tremblaient nerveusement.

— Ça sera bientôt terminé, dit-elle.

Elle prit un formulaire bleu et inscrivit *Chris* et *magnifique poupée* dans les espaces laissés en blanc.

— Demain matin, vous me foutez tout ça en l'air ! grogna le sous-directeur. Ça ne sert à rien de remplir des réponses pour ces nabots qui n'ont pas laissé d'adresse !

— Demain matin, c'est Noël.

— Hem... raison de plus ! C'est trop tard, maintenant. On débarque les jouets, on attaque le « Blanc » et la « Grande quinzaine indo-pakistanaise » !

— Bien sûr, monsieur. Vous avez raison... Il y a peut-être du boulot pour moi ? Je suis là en renfort, pour les Fêtes.

— La fête est finie, mon petit ! Revenez voir l'année prochaine. À moins que...

Les cils de Myriam battirent de folle espérance. Elle était déjà au bord du joli petit rire avec replacement de mèche derrière l'oreille.

— Oui, monsieur ?

— Parlez-vous indo-pakistanais ? ricana l'homme de pouvoir en s'éloignant vers la porte.

Ses épaules étaient secouées d'une joie bénéfique.

Dès qu'elle fut seule, Myriam récupéra la lettre de Chris. En fait, il y avait deux lettres, car celle qu'elle venait de lire ne pouvait pas être celle que ce « Chris » avait posée au moment où ils avaient échangé quelques mots devant le magasin. Myriam se souvenait très bien de la scène et des frissons qui l'avaient secouée en reniflant brusquement le remugle d'extrême violence masquée que distillait cet homme. Elle chercha et trouva la première missive, à laquelle elle n'avait pas encore répondu. Elle fouilla dans la corbeille à papiers dans l'espoir de récupérer une enveloppe avec une adresse. Mais ce genre de type n'a jamais de domicile fixe et, s'il donne une adresse, on peut être sûr qu'elle est fausse !

La nuit d'hiver était bien là lorsque Myriam quitta le centre commercial. Noël s'annonçait humide et glacé. La jeune femme remonta son col et serra les mains devant sa poitrine. Elle se sentait fiévreuse, la bouche amère d'une vilaine appréhension, bien que ces lettres au Père Noël ne soient probablement que des enfantillages : des tas de mecs fantasment dans des rêves d'adolescence prolongée. Tout le monde a bien le droit d'y croire un peu, au Père Noël, tout de même !

Seulement, en découvrant « Chris » qui la guettait de l'autre bord du boulevard, Myriam fut étranglée par l'angoisse. Toutes ses tentatives pour « se raisonner » s'effondrèrent. La menace n'était plus seulement contenue dans une lettre. Il était bien là, l'homme qui voulait s'emparer d'elle.

Planté sur son trottoir, transi, les mains crispées au fond des poches, Chris regardait sombrement la jolie poupée dont il rêvait.

Myriam fila vers le centre-ville, espérant trouver un passant — ou un couple, c'est ça qui est vraiment rassurant — dont elle accompagnerait les pas, mine de rien. Mais il n'y avait personne.

Sur l'autre bord, Chris se mit en route, parallèlement, sans hâter le pas, semblait-il. Mais Chris allait aussi vite que sa proie, qui trottait vivement.

Myriam fonçait droit devant dans un brouillard anxieux. Du coin de l'œil, elle s'efforçait d'apercevoir et de contrôler son poursuivant : s'il traversait, elle était décidée à courir. Ensuite, elle se battrait. Elle était jeune et musclée, la vie lui avait déjà appris bien des choses, et elle s'étonnait même de sa réaction de panique. Myriam, ma vieille, voyons !

Un autobus passa et s'arrêta. Myriam sauta dedans avec un soulagement gigantesque.

— Joyeux Noël ! cria-t-elle au machiniste.

L'homme répondit par un grognement. Myriam oblitéra un ticket avant de s'éloigner vers le fond du véhicule, qui tardait à redémarrer.

Alors, la jeune femme, à nouveau glacée au ventre par une tourmente invisible, se retourna afin de vérifier que... oui ! Le pervers était bien là, au bout de la travée ! Il regardait sa victime avec une sorte d'horrible demi-sourire presque timide, l'air de dire : « On se connaît un peu, n'est-ce pas ? On s'est dit quelques mots, l'autre soir... Vous m'avez déjà oublié ? »

Myriam resta figée, tandis qu'au fil des arrêts les nouveaux arrivants repoussaient vers elle le méchant jeune homme aux joues violettes. Chaque centimètre aboli la terrorisait davantage. Elle allait hurler, c'est sûr, dès que l'autre en viendrait à l'effleurer.

Pouvait-elle trouver un secours parmi les voyageurs qui l'entouraient ? Les yeux apeurés qu'elle tournait vers eux, les soupirs angoissés qui soulevaient ses jolis seins toujours prévus pour le *Noël, chaud ! chaud ! chaud !* de ce soir, rien de toutes ces mimiques ne semblait les préoccuper. Ils avaient le regard ailleurs, une grande fatigue ou une vague satisfaction sur le visage, et ils tenaient sur leurs genoux de lourds paquets de victuailles odorantes, ils serraient dans leurs bras des boîtes enveloppées de papier cadeau. Ici ou là, s'échangeaient des aperçus de menus, des promesses de bonne chère, des parfums de fête. Myriam se sentit noyée de solitude au cœur de cette peur impalpable qu'elle était la seule à pouvoir deviner, pressentir, redouter.

Arrivée devant l'église des Saints-Innocents, la jeune femme sauta du bus à l'instant où les portes allaient se refermer. Elle courut vers le poste de police tout proche. Dans son dos, une voix mauvaise cria : « La porte, s'il vous plaît ! » Et la porte s'ouvrit à nouveau, avec son habituel soupir à la fois désinvolte et découragé.

— Un homme me suit ! cria Myriam en se jetant vers le comptoir d'accueil, où elle s'accrocha des deux mains.

Un brigadier ventru était en train de biffer des paperasses avec un crayon. Il regarda la jeune femme affolée avec un calme d'habitué, et des yeux de connaisseur.

— Comment lui en vouloir ! tenta-t-il de plaisanter.

— Il m'a écrit une lettre de menaces !

Myriam trouva dans une poche les deux lettres froissées. Le flicard repoussa la visière de sa casquette d'un coup de crayon. Il lut les deux lettres.

— C'est quoi, ce truc ?... C'est vous, le Père Noël ?

— Je m'occupe du courrier, pour le magasin...

— Plutôt gentille, cette lettre !... Les mômes de maintenant, ils savent comment on joue à la poupée !

— Ça n'est pas un môme ! C'est ce type, là, dans la rue !

Le policier suivit la direction du bras frémissant tendu par Myriam. Il se propulsa lentement jusqu'à la fenêtre, jeta un coup d'œil puis déambula vers la porte, sortit le nez.

— Y a personne dans la rue, dit-il.

Il revint s'acagnarder derrière son comptoir, avec la même démarche de cow-boy épuisé.

— Il était là, dans le bus ! Il m'a suivie. Il me suit partout !

— Calmez-vous un peu, mademoiselle.

— Je peux vous le décrire. Je l'ai vu de très près. Il s'appelle Chris... pour Christian. Je lui ai parlé, l'autre soir.

— Ah ?... C'est ça qui l'a encouragé. Vous avez dû lui faire croire des choses.

Myriam éclata en sanglots. Des policiers quittèrent les pièces voisines pour venir regarder de loin.

— Bon ! Commençons par le commencement ! décida le briscard en remontant son ceinturon. Vous avez vos papiers ?

À travers ses larmes, Myriam le regarda avec incrédulité. Un sadique la guettait au cœur des ténèbres et c'était elle qu'on traitait en suspecte ?

— C'est quoi, votre métier ?... À part le Père Noël !

— Mère Noël.

— Pardon ?

Il n'avait pas envie de rire, ni surtout de faire rire : les collègues restaient à l'affût.

Myriam expliqua qu'elle faisait partie de la revue du Cabaret Hérold avec, pour principal costume, un bonnet rouge à bordure de cygne et des bottes à grelots.

Le policier lança un lourd clin d'œil vers ses confrères.

— C'est un métier où l'on s'expose à toutes sortes de mauvaises rencontres, dit-il sentencieusement. À part ça, t'aurais pas une ou deux places ?... C'est pour ma vieille maman ! Ou même une photo ?

Léonard comprenait tout, écoutait tout, avec une infinie patience. Son visage reflétait la même bonne humeur joyeuse et communicative, comme si les mésaventures de Myriam étaient plus drôles que tragiques.

— Vous avez raison de penser ce que vous êtes en train de penser, tenta de sourire la jeune femme. J'suis complètement parano !

Léonard eut un sourire plus large. Il ne fit aucun commentaire sur ce qu'il pouvait bien penser en cet instant, ou ne pas penser.

— Ce type ne vous a pas suivie, au moins ? demanda-t-il d'une voix précise.

— Je ne crois pas... je ne sais pas. Ce sale flic m'a mise en rogne. J'aurais bouffé n'importe quoi qui se serait mis en travers de mon chemin !

Elle le plaça enfin, son petit rire, qui, pour elle, était moins une coquetterie qu'une bouée de sauvetage.

— Ces lettres, vous les avez encore ?

Myriam ébaucha un geste vers ses poches.

— Non... Je les ai laissées sur le comptoir de police !

— Très bien... Ils ont le signalement du type ?

— Ce que j'ai pu en dire...

Il souriait. Myriam songea que ce sourire ressemblait à celui qu'elle se scotchait sur la figure au moment d'entrer en scène. Un sourire sans joie ni bonté. Un sourire réglé une fois pour toutes, comme l'ouverture du rideau cramoisi et le cinglant éclairage de poursuite. Elle regarda avec soupçon la pièce alentour, les meubles rares et étriqués, le trop grand lit de fer, la vaste cheminée sans feu. L'air sentait la poussière et la moisissure.

— Je suis toujours en voyage, expliqua Léonard. Il ne faut pas être trop regardant. J'ai les hôtels en horreur ! Je prends ce que je trouve.

Myriam hocha la tête. Elle regarda sa montre.

— Va falloir que j'aille me préparer. Le premier show passe à 10 heures.

— Ça nous laisse le temps. Vous venez d'arriver... Personne ne vous attend vraiment.

— Non... Personne.

— Une jolie fille comme vous !

— C'est comme ça.

— Votre famille, vos parents ?

— Loin en province. Un jour, je me suis tirée... Ma mère est morte.

— Oh ! Je suis désolé...

— Ça fait des années, maintenant.

— Oui, oui, je comprends.

Léonard paraissait très triste, comme touché au plus profond d'une affection personnelle.

— Avec vous, je me sens bien, dit Myriam sans y croire tout à fait. Si vous n'aviez pas été là, je ne sais pas ce que j'aurais fait... Nulle part où aller !

— Je suis votre ami.

Il se leva. Sur le lit de fer, une sacoche était posée. Beaux fermoirs dorés sur joli cuir fin, pour toubib des beaux quartiers.

— Un petit remontant ? J'ai justement là une bouteille de...

— Surtout pas d'alcool ! décida Myriam.

Elle se leva à son tour. Vieux fauteuil déglingué. Elle marcha jusqu'à la porte.

— Vraiment, je ne peux pas être en retard !

— Juste un instant. Faites-moi plaisir. C'est Noël !... Mon press-book.

Il avait sorti un classeur de la sacoche et le tendait à bout de bras, avec un doux sourire d'encouragement et de supplique.

Myriam ouvrit au hasard. Des pochettes transparentes contenaient des articles de journaux plus ou moins jaunis. Elle aperçut le corps d'une femme nue à demi recouverte d'un drap ensanglanté. Puis un titre : *« Le tueur de Noël. Chaque année, le soir du réveillon, il frappe. »*

Léonard attendait, avec le sourire ravi et inquiet d'un amoureux offrant une bague de fiançailles.

Dans un hoquet, Myriam rassembla tout l'air qu'il fallait pour un cri immense. Mais le carillon de Noël l'environna aussitôt. Elle entendit les cloches, elle vit tournoyer les chandelles, et les étoiles palpiter et s'éteindre.

Lorsque Myriam revint au monde, elle était attachée nue sur le lit de fer qui sentait la poussière moisie. Une cordelette, fixée à une traverse du lit, faisait le tour de son cou et rejoignait le poignet de Léonard qui, paisiblement assis à l'autre bord, était nu, lui aussi.

Myriam cria. Le cri s'étrangla dans sa gorge, cisaillé par la brusque tension du lien.

— Si on crie, je serre ! expliqua Léonard avec un bon sourire. J'aurais pu vous bâillonner mais j'ai besoin de vous entendre. D'accord ?

— D'accord... S'il vous plaît, ne me faites pas de mal.

— C'est impossible, Myriam. Je *dois* vous faire mal... Et vous devrez mourir... Mais pas avant minuit... (Il soupira)... Nous avons bien le temps !

Myriam ferma les yeux, les rouvrit. Sa respiration était courte, saccadée, violente comme celle d'une femme qui accouche. Le cauchemar ne s'était pas effacé. Léonard, tirant un peu sur la corde, regardait son sexe en train de durcir.

— Pourquoi faites-vous ça ? pleurnicha Myriam. Laissez-moi partir ! Je ne dirai rien... Vous avez ma parole... Laissez-moi, je vous en supplie !

— Une fois par an, dit Léonard avec un sourire complice. Ça n'a rien d'exagéré. Je fais preuve de beaucoup de patience, vous ne trouvez pas ?

— Pourquoi ? Mais pourquoi ! tenta de crier la jeune femme. (La corde se resserra.) On peut sûrement vous soigner...

— Me soigner ?... Mais de quoi ?

— Le mal ! Vous faites le mal ! Vous êtes le Mal !

— Mal ?... Ça veut dire quoi ?... C'est mal de respirer ? J'ai besoin de respirer, moi aussi... Une fois par an... Ça n'a rien à voir ni avec le bien ni avec le mal. C'est naturel. Rien de plus... Vous me comprenez, j'en suis sûr.

Il baissa le bras pour prendre sur le parquet un objet long, acéré, luisant et médical. Un éclair blanc frappa la pupille de Myriam. Comme le geste de Léonard avait relâché la corde, elle hurla. L'étranglement brutal parut lui trancher la gorge.

— Taisez-vous un peu ! demanda Léonard d'une voix complice, amicale. Vous n'entendez rien ?

Un gratouillis semblait provenir du toit.

Myriam sentit sa raison vaciller, l'abandonner, sombrer.

— C'est lui, c'est lui ! bredouilla-t-elle. Il arrive !... *Paix sur la terre aux hommes de bonne volonté.*

Léonard eut un sourire d'indulgence moqueuse. On sentait bien qu'il s'efforçait de ne pas paraître vexant.

— Tout de même, à votre âge, Myriam, ne me dites pas que vous croyez encore au Père Noël ?

Néanmoins, il abandonna sa chaise pour s'approcher de la cheminée.

Le gratouillis se mua en choc, en arrachement, en glissade. Un brouillard de suie moutonna au ras du sol. Une forme hirsute et obscure frappa durement le sol et jaillit du foyer.

— C'est Chris ! cria le ramoneur ébouriffé.

Il tenait à la main un couteau Opinel. Il le plongea dans le cœur de Léonard. Plusieurs fois.

LA CLOCHE DE LA VEILLÉE DE NOËL

Anne Perry

Mon ami et collègue Sherlock Holmes n'avait pas beaucoup de considération pour la nature logique des femmes. En vérité, il considérait que leurs vertus se situaient dans un domaine tout à fait différent, envers lequel — n'étant pas le moins du monde attiré par la vie domestique — il n'éprouvait décidément aucun penchant. C'était un être doté d'un cerveau brillant, mais requérant une stimulation quasi permanente. Dans le cas contraire, il tombait dans un état confinant à la neurasthénie. Pour lui, les femmes tendaient à tout ramener au niveau émotionnel. Les joies abstraites de la raison pure étaient définitivement hors de leur portée.

Il faut avouer que si la jeune femme assise dans notre logement de Baker Street, par une froide matinée, quelques jours avant Noël, s'avérait être une digne représentante de son sexe, je n'avais aucun argument à lui opposer. Sa stature — qui la faisait ressembler à une jeune adolescente — sa façon affectée de s'exprimer, sa mise recherchée, représentaient tout ce qu'il détestait. Elle n'arrêtait pas de jouer avec son manchon de fourrure, le caressant comme si c'était un animal, lui arrachant même des poils. Pire que tout, apparemment incapable de conserver une ligne de pensée et de terminer une phrase, elle s'interrompait constamment et sautait du coq à l'âne.

Je pouvais voir que Holmes était sur le point de perdre patience. Il avait accepté de la recevoir parce qu'il s'ennuyait ferme et que, dans sa lettre, elle mentionnait un péril imminent.

Jusque-là, notre visiteuse nous avait entretenus des délices de Noël dans le Northumberland — la neige craquant sous les pas, le feu ronflant dans les cheminées, la campagne se parant de toutes les grâces. Elle avait parlé des provisions s'accumulant dans le garde-manger et le cellier, et décrit les traditionnelles réjouissances de Noël. Elle s'était interrompue pour changer de sujet, passant aux écuries, à la serre, et aux joies offertes par le jardin — « même en cette période de l'année ! ».

C'en fut finalement trop pour Holmes.

— Miss Bayliss ! dit-il, d'une voix égale. Voudriez-vous être assez aimable pour en arriver au but de votre visite ! Jusqu'ici, vous nous avez décrit une situation idyllique. De quoi avez-vous peur ? Si tout est comme vous le dites, qu'est-ce qui vous a poussée à venir à Londres ? Et, surtout, que venez-vous faire chez moi ?

Un instant interloquée, elle s'exclama :

— Oh, mon Dieu ! Je suis désolée, Mr Holmes. Vous vous êtes montré si aimable, et moi, je suis si tourmentée, que je vous fais perdre votre temps par mes bavardages au lieu de m'expliquer clairement.

Elle fixa sur lui un regard empreint du plus vif repentir.

— Au but, miss Bayliss, s'exclama-t-il, en ayant de plus en plus de mal à contenir son impatience.

Elle parut alors totalement désemparée : ses mains torturaient son manchon, et sa poitrine se soulevait et s'abaissait à un rythme qui allait s'accélérant. J'avais très envie de lui offrir un rafraîchissement — en partie pour l'aider à dissiper sa violente anxiété et la pousser à s'exprimer, car elle était visiblement la proie d'une profonde émotion — mais je craignais que tout délai supplémentaire ne poussât Holmes à la laisser tomber purement et simplement.

— Courez-vous un danger personnel, miss Bayliss ? demandai-je doucement.

Depuis le large fauteuil dans lequel elle était assise, elle se retourna vers moi, et son visage exprimait beaucoup de gratitude.

— Oh, non, Dr Watson, pas moi ! Il s'agit de mon père.

— Que craignez-vous, pour votre père ? enchaîna Holmes.

— Qu'on l'assassine, sir, répondit-elle sobrement.

L'intérêt de Holmes ne s'en trouva pas éveillé pour autant. Il la prenait pour une femme hystérique, incapable de maîtriser son imagination, et faisant part d'élucubrations on ne peut plus irrationnelles.

— Qu'est-ce qui vous fait craindre cela, miss Bayliss ? A-t-il déjà reçu des menaces, ou a-t-on déjà tenté de le tuer ?

— Oh, non ! (Elle faillit éclater de rire, comme si l'idée était absurde et que nous ne comprenions pas du tout la situation.) Vous ne connaissez pas ma sœur, Mr Holmes, ou vous ne poseriez pas une question pareille !

— Votre sœur ?

Ses sourcils se haussèrent un peu, trahissant une légère surprise. Je le connaissais suffisamment pour discerner qu'il ne croyait pas au danger dont elle parlait.

— Prétendez-vous que votre sœur menace, en quoi que ce soit, la vie de votre père ?

— Oui, tout à fait. (Elle inclina la tête.) J'ai énormément de mal à m'exprimer sur ce sujet. J'en ai encore plus honte que vous ne sauriez l'imaginer. (Elle parlait d'une voix douce, mais parfaitement compréhensible.) C'est l'une des raisons qui m'ont empêchée de me confier à la police locale. D'ailleurs, ils ne me croiraient pas — et comment leur en vouloir ? Alyson, vue de l'extérieur, est l'image même de la fille douce, obéissante, et ayant le sens du devoir. Je suis la seule à la connaître assez bien pour percer ses intentions à jour...

La dernière petite lueur d'intérêt s'évanouit des yeux de Holmes.

— Je suis désolée, miss Bayliss, mais je ne suis pas qualifié pour intervenir dans une querelle familiale.

Elle se rendit compte immédiatement qu'elle n'était pas parvenue à s'assurer son concours. Le désespoir crispa tout son visage. Elle baissa les yeux, et je devinai qu'elle essayait de dissimuler ses larmes.

— Si vous saviez quelle âme noble est mon père, Mr Holmes, vous ne me repousseriez pas ainsi. C'est l'un des plus braves soldats que notre pays ait jamais connus. Il s'est battu pendant la guerre des Zoulous... à Rorke's Drift. Il aborde rarement le sujet, mais même moi qui ne suis jamais allée en Afrique, je suis émue aux larmes par tout homme qui s'est battu au cours de ces campagnes. Je suppose que vous en connaissez le détail, Dr Watson ? Eh bien, je ne serais pas surprise d'apprendre, qu'aujourd'hui encore, il garde les cicatrices et la douleur dues aux lances des Zoulous.

— Moi non plus ! déclarai-je chaudement.

Bien évidemment, comme n'importe lequel des soldats des forces de Sa Majesté, j'étais familiarisé avec les histoires entendues dans les petits hôpitaux de campagne. Comment, par exemple, à un point de passage de la Buffalo River, cent quatre hommes avaient résisté à une attaque menée par environ quatre mille guerriers zoulous. Il s'agissait de l'un des événements les plus héroïques et les plus désastreux de toute notre histoire coloniale. Aucune bataille n'avait jamais permis de gagner de plus hautes décorations. Chaque homme y ayant pris part méritait non seulement notre respect, mais toute l'aide qu'il serait possible de lui apporter.

Je regardai Holmes, espérant apercevoir sur son visage fin ne serait-ce qu'un pâle reflet des sentiments qui m'agitaient et, en vérité, je ne fus pas déçu. Il paraissait toujours aussi sceptique, en ce qui concernait miss Bayliss, mais son attitude générale s'était sensiblement modifiée. Il cessa de vouloir la rejeter à tout prix.

— Aucun homme ayant survécu à une telle bataille ne devrait pouvoir tomber sous les coups de sa famille, miss Bayliss, dit-il, plus aimablement. Alors, racontez-moi tout. Qu'est-ce qui vous fait dire que votre sœur souhaite du mal à votre père ?

Je me concentrai sur sa réponse. Elle devait sans aucun doute avoir de graves raisons et posséder des arguments probants. Sinon, comment pouvait-on se persuader d'une chose aussi monstrueuse ?

Elle se mit à parler calmement et, pour une fois, elle ne dévia pas de son sujet, parvenant même à se montrer parfaitement cohérente.

— Ma sœur Alyson est plus âgée que moi, Mr Holmes. Nous menons une vie plutôt retirée. Mon père possède la plus vaste maison à des lieues à la ronde. Nous avons quelques amis, bien sûr, mais le cercle de nos relations est restreint, et il ne comprend pas beaucoup de gentlemen parmi lesquels Alyson ou moi-même pourrions nous choisir un compagnon de vie.

— Je vois, dit Holmes vivement. Alyson est-elle devenue la proie de quelqu'un que votre père n'apprécie pas ?

Elle releva vers lui des yeux brillants.

— Je vois que vous saisissez parfaitement. J'ai le regret de dire que c'est exactement ce qui s'est passé. Sauf que, dans un sens, il est déjà trop tard. Il y a un an qu'Alyson l'a épousé.

Son petit visage exprima alors un mélange de colère et de tristesse. Elle donnait davantage l'impression de se parler à elle-même, que de s'adresser à nous.

— Il est très séduisant et possède de très bonnes manières. Il n'y a absolument rien à lui reprocher, quand il se trouve en présence d'Alyson ou de mon père. Mais comme il me prend pour une idiote, il ne fait jamais l'effort de cacher sa vraie nature devant moi. Il est désœuvré et avide, Mr Holmes. Il a dilapidé ses faibles avoirs et garde maintenant l'œil braqué sur l'héritage d'Alyson pour renflouer ses finances. Le nom de mon père est très respecté...

— Rien de plus normal, acquiesçai-je vivement. Un homme avec un tel passé ne peut qu'être tenu en grande estime par tous ceux qui ont l'honneur de le connaître. Est-ce que le mari de votre sœur est aussi un soldat ?

Je posai cette question pour essayer de m'imaginer à quoi il ressemblait.

— Oh, non, Dr Watson, il n'a jamais pris aucun risque au service des autres ! Il ignore même totalement ce qu'est le sens du devoir. Il apprécie tous les conforts que peut offrir la vie et n'est capable de supporter aucune privation.

— Avec un père tel que le sien, comment votre sœur a-t-elle pu s'intéresser à cet homme ? demandai-je, sincèrement incrédule.

— Un beau parleur, répliqua-t-elle. Faussement attentionné. Il peut disserter sur les arts et les idées. Il a beaucoup lu. Alyson connaît trop la chose militaire, les expéditions dans les pays lointains et les grands meneurs d'hommes. Elle préférait de beaucoup un mari qui demeurerait à ses côtés afin de prendre soin d'elle.

Holmes ne fit aucune remarque, mais il n'en avait nul besoin — son dédain était assez évident. Je crois d'ailleurs que mon visage devait exprimer les mêmes sentiments.

— Votre père n'a pas pu approuver ce mariage, dis-je, tout à fait sérieusement. Il doit envisager l'avenir de votre sœur avec quelque inquiétude. Est-ce la raison pour laquelle vous le croyez en danger ? C'est tout de même un seuil bien difficile à franchir que d'attenter à sa vie.

— C'est pourtant l'unique raison, assura-t-elle calmement. Theodore a besoin de l'argent dont ma sœur héritera à la mort de mon père et, croyez-moi, Dr Watson, il s'agit d'une grosse somme. Peut-être n'ai-je pas été assez claire là-dessus. Je parle d'une des plus belles demeures de tout le Northumberland, avec les moyens de l'entretenir et de vivre comme un gentleman pour le restant de ses jours. Ce serait une raison suffisante pour de nombreux hommes, non ?

— C'est donc de Theodore que vous avez peur ? intervint Holmes, en corrigeant sa précédente déclaration.

— Non, Mr Holmes, c'est Alyson qui accomplira l'acte sous son influence. Ils vont venir passer les fêtes de Noël avec nous. Ils doivent arriver la veille de Noël et rester au moins trois jours. Sa situation financière est particulièrement précaire. Il est couvert de dettes, mais refuse de restreindre son train de vie. Il doit agir rapidement, ou ses créanciers vont le déposséder de tout. Je suis persuadée qu'il prendra le plus grand soin de se trouver ailleurs pour qu'on ne puisse le soupçonner en rien. Personne d'autre que vous ou moi ne suspectera Alyson elle-même.

Elle redressa la tête et poursuivit, l'air grave.

— Voilà pourquoi j'ai besoin de vous, Mr Holmes, parce que vous êtes un homme qui ne se laisse pas aveugler par la beauté, et que vous tirez logiquement vos déductions des faits, quoi qu'ils disent, sans vous poser de cas de conscience si la conclusion est répugnante. Même là-haut, tout au nord, à la frontière écossaise, votre réputation vous a précédé. La limpidité de votre pensée et l'acuité de votre perception sont connues. Et également le fait que vous n'avez peur de rien, que vous êtes foncièrement impartial et que personne ne peut se vanter d'avoir un plus brillant cerveau que vous.

Elle débita le tout d'une façon très directe, comme une liste de faits établis, et cela ne ressemblait en rien à des compliments.

— Le nom de votre père, miss Bayliss, et son adresse, demanda Holmes.

Elle n'osa pas encore croire qu'il acceptait.

— Colonol John Bayliss, sir, d'Allenbury Park, près d'Alnwick, s'empressa-t-elle de répondre. Vous... vous allez m'aider, Mr Holmes ?

L'idée d'une mort aussi ignominieuse pour le colonel Bayliss, surtout complotée par sa propre fille, m'était tout à fait insupportable. Sans prendre le temps de réfléchir, je répondis à la place de Holmes.

— Bien sûr que nous allons vous aider, miss Bayliss ! Expliquez-nous comment nous rendre là-bas et nous allons venir. Et surtout, cessez de vous inquiéter au sujet de votre père. S'il existe un homme sur terre capable de le sauver, c'est Sherlock Holmes.

— Je n'en doute pas, Dr Watson, dit-elle avec ferveur. C'est l'unique raison qui m'a poussée à venir ici.

Holmes prit mon impétuosité du bon côté. Avec un sourire un peu contraint, il ajouta :

— Il y a encore un détail à régler, miss Bayliss.

— De quoi s'agit-il ? Vous pouvez me demander tout ce que...

— Il faut trouver une explication plausible à notre arrivée chez votre père la veille de Noël, alors que nous n'avons jamais fait sa connaissance et venons tout juste de faire la vôtre.

— Oh, mon Dieu ! Oui, évidemment.

Une grande nervosité s'empara de nouveau d'elle. Volant vers son manchon, ses mains se remirent à le torturer.

Je me creusai en vain la tête pour essayer de produire une explication valable. J'avais peur que, même à ce stade, Holmes ne saisisse ce prétexte pour laisser tomber l'affaire.

— Je pourrais oser une courte visite, rien que pour avoir l'honneur de rencontrer un homme qui se trouvait à Rorke's Drift, avançai-je impulsivement. Ensuite, il serait toujours temps d'improviser quelque chose. Sans doute nous inviterait-il au moins à boire un verre de punch. Nous pourrions ensuite prétendre que notre cheval boite, ou trouver une autre excuse qui nous empêcherait de poursuivre notre voyage...

Je ne pus m'empêcher de rougir en faisant ces suggestions, tellement tout cela m'apparaissait cousu de fil blanc, mais miss Bayliss sauta sur ma proposition.

— C'est excellent, Dr Watson. Venez, et je trouverai un moyen — dussé-je mettre moi-même votre calèche hors d'usage !

Voilà pourquoi, au moment où le ciel s'assombrissait au-dessus de la vaste lande qui s'étend au-delà d'Alnwick, Holmes et moi-même, assis dans une victoria de location, serrés l'un contre l'autre pour essayer de lutter contre un froid mordant, nous fûmes heureux de voir enfin apparaître devant nous la masse imposante d'Allenbury Hall éclairé *a giorno*.

Nous avions beau sortir de nulle part et ne pas avoir la moindre recommandation, on ne nous en reçut pas moins fort civilement. Le colonel Bayliss s'avéra être un homme vigoureux d'une bonne soixantaine d'années. Ses cheveux étaient entièrement blancs, et son teint resté hâlé trahissait de nombreuses années passées en Afrique. Il marchait en traînant légèrement une jambe — peut-être la blessure infligée par une lance zoulou qu'avait mentionnée sa fille — mais sa poignée de main ferme semblait néanmoins indiquer une excellente santé.

Il n'était pas nécessaire de posséder le pouvoir de déduction de Holmes pour constater, au premier coup d'œil, qu'Allenbury Hall jouissait d'une grande prospérité. Une profusion de décorations de Noël flattait l'œil : partout des guirlandes de papiers de toutes les couleurs, des rubans aux teintes vives, des couronnes de houx ornées de pommes de pin multicolores — de quoi réjouir le cœur de n'importe quel homme.

Je me lançai dans le discours que j'avais soigneusement préparé, exprimant mon admiration pour le colonel Bayliss. Il en écouta le début avec une louable modestie, mais m'interrompit avant la fin pour nous souhaiter la bienvenue.

— Mon cher, c'est un véritable plaisir que d'accueillir des invités imprévus à quelques heures de Noël. Que pourrait-on souhaiter de mieux ? J'ai peur qu'il se mette à neiger. C'est souvent le cas, à cette période de l'année quand le vent tombe. Nous aurons un Noël tout blanc ! Me permettez-vous de demander à mon cocher de mettre vos chevaux à l'abri ?

— Ce serait très aimable à vous, colonel, accepta Holmes.

À partir de ce moment-là, je me dis que nous allions très probablement être invités à dîner, voire à passer la nuit.

Et les choses se déroulèrent exactement comme je l'espérais. Une très belle table était mise. Sur la nappe brodée, un superbe candélabre faisait étinceler les cristaux et l'argenterie. Un chemin de table, où alternaient les boules blanches du gui et les boules rouges du houx, produisait un très bel effet. De grosses bûches crépitaient dans la vaste cheminée, diffusant une douce chaleur dans toute la pièce. Avant même d'avoir pu trouver notre place pour avaler la soupe, le fumet d'un cuissot de venaison rôti et la vapeur qui se dégageait des légumes, vint nous chatouiller agréablement les narines.

Nous n'étions que six autour de la longue table. Le colonel Bayliss et sa plus jeune fille — la toute menue Millicent, notre hôtesse à plus d'un titre — présidaient chacun à un bout. Sur un côté avaient pris place Alyson et son mari. Comme nous l'avait dit Millicent, sa sœur paraissait à la fois belle et charmante — même si je détectais chez elle une certaine auto-satisfaction, comme si elle était habituée à être le centre d'attention. Theodore Franklyn correspondait aussi au portrait qu'on nous en avait fait : visage séduisant, et beau parleur. Il me semblait qu'il faisait de trop visibles efforts pour plaire, quels que fussent les thèmes abordés — ce qui ne constitue jamais un gage de sincérité. Mais peut-être faisais-je preuve d'un certain parti pris envers quelqu'un que je soupçonnais de projeter l'assassinat de notre hôte — un homme pour lequel j'avais éprouvé une immédiate sympathie, en dehors de l'admiration qu'avait fait naître chez moi sa réputation.

Holmes et moi occupions le quatrième côté, et j'avais eu suffisamment froid et faim, au cours de notre interminable voyage en train, pour faire honneur au repas.

La conversation passait d'un sujet à l'autre, et j'avoue que je n'écoutais pas très attentivement. J'étais bien trop occupé à scruter les visages d'Alyson et de Theodore, ce que je pouvais faire d'une façon très naturelle, car ils étaient assis en face de moi et prenaient une part active à la discussion. Elle semblait se ranger à son avis sur tous les sujets graves, et lui au sien pour tout ce qui était affaire de goût ou de mode. Ils étaient toujours d'accord. Néanmoins, je me forgeai l'opinion que les sentiments de sa femme pour lui étaient plus vifs que les siens pour elle.

Je remarquai aussi qu'il avait un goût prononcé pour les petits conforts qu'Allenbury Hall avait à offrir. Il parla tir au fusil, pêche, équitation, chasse à courre, et plus particulièrement de celle organisée le lendemain de Noël. Il tenait à savoir d'où on partirait, et à quelle heure. Le départ était fixé après la traditionnelle distribution de cadeaux aux domestiques et aux fermiers. Il insista d'ailleurs pour disposer d'une excellente monture pour l'occasion.

Comme il fallait s'y attendre, il se mit à neiger, et le colonel Bayliss nous invita à passer la nuit sous son toit. Évidemment, la simple décence empêchait Millicent d'intervenir mais, croisant son regard, je pus y lire un immense soulagement. Presque tout de suite après, elle se leva en présentant ses excuses à la compagnie. Elle ne se sentait pas très bien, dit-elle, et souhaitait se retirer, si nous acceptions de lui pardonner.

— Ne viendras-tu pas assister à la veillée de Noël, ma chérie ? demanda le colonel, avant de se retourner vers Holmes et moi. Nous avons une petite chapelle, ici, expliqua-t-il. Nous y attendons traditionnellement minuit. Il s'agit d'une cérémonie tout à fait simple. (Il fit un petit sourire modeste.) Pas de belle musique, j'en ai peur. Nous chantons quelques cantiques *a capella* et disons une prière. Puis, en tant que maître d'Allenbury, je mets la cloche de la chapelle en branle au premier coup de minuit. Je ne suis pas très doué, mais elle possède un très beau son que l'on entend à des kilomètres à la ronde. Personnellement, je trouve cette sonnerie de cloche, qui se propage à travers la campagne enneigée le matin de Noël, tout à fait réjouissante.

— C'est une merveilleuse veillée de Noël qui s'annonce, déclarai-je avec enthousiasme, je serai ravi d'y participer.

— Moi aussi, ajouta Holmes, avec un empressement qui me surprit.

Il ne pouvait tout de même pas imaginer qu'Alyson allait choisir cette occasion pour attaquer son père !

— Millicent ? interrogea Bayliss avec un froncement soucieux des sourcils.

— Merci, Papa, mais je crois qu'il vaut mieux que je m'abstienne. Je vais aller m'étendre, et je demanderai à Dora de rester avec moi. Je suis persuadée que j'irai mieux demain matin. Ce n'est sans doute qu'une grande fatigue.

— Je suis sûre que c'est à cause de cet aller et retour à Londres, dit Alyson, d'un air compatissant. Deux longs voyages par le train, effectués en un temps aussi court, fatigueraient n'importe qui. Cela ne valait même pas la peine d'y aller.

— Je tenais absolument à rendre visite à lady Muriel, répliqua Millicent, depuis le seuil de la porte. C'est ma marraine et elle était très malade. Je ne pouvais vraiment pas faire moins. (Elle se tourna vers Holmes et moi.) J'espère que vous vous trouverez parfaitement installés, et que vous dormirez bien. Bonne nuit et... joyeux Noël.

Elle disparut après nous avoir adressé un rapide sourire.

Il n'était que 8 heures, et la veillée dans la chapelle ne commencerait pas avant minuit moins vingt. Nous passâmes encore un quart d'heure à discuter, assis autour de la table. Puis, Alyson s'excusa à son tour. Elle souhaitait aller parler à la gouvernante au sujet de nos chambres, à Holmes et à moi, et à la cuisinière pour les repas du lendemain. Nous restâmes seuls entre hommes. La soirée promettait d'être longue, mais j'étais certain qu'elle serait intéressante — surtout si le colonel Bayliss se laissait persuader de nous raconter quelques-unes de ses expériences en Afrique.

Tout se passa selon mes vœux, mais je ne pouvais m'empêcher d'être troublé par l'extrême difficulté de notre tâche. Miss Bayliss nous avait informés que Theodore resterait l'hôte du colonel jusqu'au 27 décembre ; il était donc probable qu'Alyson allait attenter à la vie de son père au cours de cette période. Mais sous quel prétexte pourrions-nous demeurer à Allenbury Hall pendant tout ce temps-là ? Elle allait tout simplement attendre notre départ.

— Avez-vous conçu un plan pour les dissuader ? demandai-je à Holmes, après que l'on nous eut conduits à nos chambres pour faire un brin de toilette. (Nous devions ensuite rejoindre les autres, pour nous rendre tous ensemble à la chapelle.) Le colonel Bayliss semble tout à fait inconscient du danger qui le menace.

— J'ai néanmoins l'impression qu'il n'aime pas Theodore, répondit Holmes.

Nous étions dans la chambre qu'on lui avait préparée, une très jolie pièce à l'arrière de la maison, qui donnait sur les pelouses déjà recouvertes par une fine couche de neige. Un bon feu brûlait dans la cheminée, rendant l'atmosphère extrêmement agréable.

— Qu'est-ce qui a bien pu vous le faire penser ? (Personnellement, je n'avais rien remarqué.) Il s'est montré de la plus extrême courtoisie envers lui.

— Précisément, dit-il, en hochant la tête. Il se conduisait comme un homme qui prend le plus grand soin de ne commettre aucun impair, quel qu'il soit, pour qu'on ne puisse pas en tirer avantage. Il n'était pas du tout à l'aise avec lui, comme on peut l'être avec un ami.

— Je n'y ai pas prêté attention sur le moment, mais je reconnais que vous avez parfaitement raison, admis-je.

En y repensant, je voyais exactement ce qu'il voulait dire. Il avait eu pour son gendre les attentions qu'on a à l'égard d'un invité qui ne laisse passer aucun manquement à l'étiquette, et envers qui on souhaite conserver toute sa fierté. On ne prend évidemment pas autant de précautions envers quelqu'un qu'on aime bien.

— J'aurais dû le remarquer, ajoutai-je à haute voix.

— Aucune importance, Watson. (Holmes m'adressa un sourire.) Il vous a trouvé sympathique, mon cher ami et, de ce fait, nous serons probablement invités à prolonger notre séjour. Si miss Bayliss a raison, sa sœur va agir rapidement, sans doute ce soir ou demain.

— Avez-vous déjà une idée de ce qu'elle compte faire ? demandai-je d'une façon pressante.

Il était urgent de déjouer le complot, et la pensée de ce qu'allait éprouver le colonel Bayliss, en découvrant qui l'avait ourdi, me peinait beaucoup — mais il n'existait bien sûr aucun moyen de le lui cacher.

Le visage de Holmes devint pensif.

— Eh bien, certaines choses sont évidentes, répondit-il. Puisque le mobile est d'obtenir leur part d'héritage — qui comprend cette demeure, puisqu'elle est l'aînée — il faut que la mort ait l'air d'être naturelle ou accidentelle.

Une enquête est pour eux hors de question. Je parierais donc pour l'accident.

— Une chute dans l'escalier ? suggérai-je. Ou pendant la chasse à courre organisée le lendemain de Noël ? Voilà sans doute pourquoi il était si anxieux de connaître le lieu de rassemblement et l'heure du départ ! Il a même demandé à emprunter un bon cheval pour l'occasion.

— Possible, dit Holmes, l'air pensif. Et pourtant, s'il abhorre le danger et l'inconfort, comme miss Bayliss nous l'a assuré, il a peut-être proposé de suivre la chasse, uniquement parce qu'il sait déjà qu'elle n'aura pas lieu. Watson, je crois que la tentative de meurtre aura lieu bien avant, et au moment où nous nous y attendrons le moins. Ouvrez l'œil, mon ami. Il se peut qu'Alyson Franklyn soit encore plus habile que sa sœur elle-même ne le soupçonne. Maintenant, passez dans votre chambre pour vous rafraîchir, attrapez votre manteau et votre chapeau, et nous rejoindrons la famille et les domestiques pour la veillée de Noël.

À 11 heures et demie, nous nous retrouvâmes dans le hall : le colonel Bayliss, Alyson, Theodore, Holmes et moi. Millicent, toujours indisposée, gardait la chambre. Le colonel prit la tête de notre petite procession et, après avoir franchi la grande porte, nous nous dirigeâmes, en foulant la neige fraîche, vers la petite chapelle qui se dressait à moins de vingt mètres. Repoussés par un vent mordant, les nuages s'étaient dissipés, laissant la place à un ciel clair resplendissant d'étoiles. Les gravillons gelés de l'allée crissaient sous nos semelles. La nuit était magnifique. Je me réjouissais à la pensée d'entendre les voix se mêler en chœur pour entonner des cantiques et, ensuite, le tintement de la cloche qui s'envolerait au-dessus des terres endormies et des cottages pour annoncer Noël. Quel dommage que la fatigue, et peut-être l'angoisse, n'aient pas permis à miss Bayliss de se joindre à nous. J'étais désolé mais pas surpris.

Nous entrâmes dans la chapelle, une construction de pierre toute simple, comme le corps de bâtiment principal. Il y faisait extrêmement froid, mais l'ambiance de fête nous empêchait d'y prêter attention. Des domestiques nous y attendaient déjà, une douzaine environ. Cinq autres arrivèrent un moment après nous, vraisemblablement les occupants des cottages tout proches : jardiniers, grooms, etc. Les hommes portèrent la main à leur chapeau pour saluer le colonel, et tous lui souhaitèrent un joyeux Noël. Il leur répondit chaleureusement.

Nous nous rassemblâmes devant l'autel, emmitouflés dans des manteaux et des écharpes, les hommes nu-tête, les femmes coiffées de leur plus beau chapeau. Le colonel dit une prière d'action de grâce avant d'entonner des chants de Noël et des hymnes joyeux que tout le monde reprit en chœur.

Quelques instants avant minuit, vérifiant sa montre en or, il alla se placer sous le clocher et tendit les deux mains pour attraper la corde de la cloche. Nous attendions tous impatiemment le premier coup de minuit. Immédiatement après, la cloche allait propager aux alentours le message d'un espoir renouvelé pour le monde, et nous échangerions des vœux de bonheur — peut-être même irions-nous jusqu'à nous serrer la main, avant de regagner la maison et la chaleur de nos lits, à la lueur des étoiles.

Le colonel leva les yeux vers l'ombre où pendait la cloche fixée à une poutre de traverse. Il se saisit de la corde.

Le majordome, qui avait également tiré sa montre, inclina gravement la tête.

Holmes regarda le sol à l'endroit où le colonel s'était solidement campé sur ses pieds pour tirer de tout son poids sur la corde et, sans aucun avertissement, il plongea en avant pour se jeter sur le colonel, le faisant rouler sur le sol avec lui, juste au moment où la cloche se détacha avec un sinistre craquement pour s'écraser au sol, fendant le plancher et faisant voler des échardes dans toutes les directions.

L'une des servantes se mit à hurler.

Alyson Franklyn était aussi blanche que la neige à l'extérieur.

Theodore semblait avoir gelé sur place.

Personne ne fit un geste jusqu'à ce que Holmes se remette maladroitement sur pied, et tende une main secourable au colonel.

— Comment avez-vous deviné ? m'écriai-je, en avançant vers lui. Comment avez-vous pu...

— De la sciure, répondit Holmes. De la sciure sur le sol. Grâce au ciel, je l'ai vue à temps.

— Mon cher Holmes... (Le colonel paraissait avoir été sérieusement secoué, mais il parvint à maîtriser son émotion.) Vous m'avez sauvé la vie grâce à vos dons d'observation, à vos réflexes, et à votre courage. Je vous suis immensément redevable.

Il lui tendit la main, et je vis qu'elle tremblait très légèrement.

Holmes la prit et la serra chaleureusement.

— J'ai seulement eu de la chance, dit-il modestement. N'importe qui aurait pu faire la même chose.

Bayliss parut hésiter, mais ne fit aucun commentaire. Se forçant à sourire, il se retourna vers le personnel et présenta tous ses vœux pour un joyeux Noël ; puis, déclinant l'aide de son majordome, il fit demi-tour et s'éloigna dans la nuit glacée.

Holmes regarda le grand morceau de chevron qui avait cédé, entraînant la chute de la cloche, et qui se trouvait maintenant entortillé dans la corde. Sans essayer de déplacer quoi que ce soit, il se pencha et examina le tout.

Je m'agenouillai à côté de lui.

— De la sciure ? demandai-je très doucement, pour ne pas être entendu des domestiques qui n'étaient pas encore partis. La poutre ne m'a pas l'air d'avoir été sciée. On dirait plutôt le travail des vers.

— Des vers gigantesques, Watson, rétorqua Holmes, avec une moue sceptique.

— Gigantesques ? répétai-je, plein de curiosité. Ce ne sont tout de même pas...

Je m'interrompis pour observer avec plus d'attention. Je suivis son regard et vis le reste des trous, à l'endroit où la poutre avait cédé. Ils étaient en fait bien grands pour des vers, particulièrement ces minuscules créatures que sont les vers de bois. Les trous correspondaient davantage à la taille d'un ver de terre. Je regardai Holmes.

— Une perceuse, je pense, dit-il à voix basse. Quelqu'un a soigneusement creusé ces trous à l'endroit qui supporte tout le poids, de façon que la moindre pression supplémentaire sur la poutre provoque la cassure.

— C'est un travail qui a demandé combien de temps ? demandai-je.

— Environ deux heures, répondit-il, après avoir compté le nombre de trous percés. (Il se retourna ensuite vers les domestiques, qui attendaient toujours en observant ce qu'il faisait.) Quand cette poutre a-t-elle été vérifiée pour la dernière fois ?

— C'tantôt, sir, répliqua l'un d'eux. J'la vérifie toujours la veille de Noël, pour p'us de sûreté. Le Maît' sonne toujours la cloche pour Noël, le Nouvel An, les mariages et les enterrements su' la propriété.

— A quelle heure l'avez-vous examinée ?

— Cinq heures et demie, sir. J'suis grimpé avec une lanterne et y'avait pas aucun problème.

— Donc, on a creusé les trous après 5 et demie, déclara Holmes, en se redressant.

Il remercia l'homme, et nous prîmes tous les deux la direction de la maison.

— Theodore ? demandai-je, dès que nous fûmes hors de portée d'oreille.

— C'est possible, rétorqua-t-il, en fronçant les sourcils et en penchant la tête en avant. Ou Alyson. Il ne faut pas une grande force physique pour utiliser une perceuse et une mèche, il suffit d'avoir le poignet souple. N'importe quelle cavalière accomplie pourrait exécuter ce petit travail sans aucune difficulté.

— Alors cela pourrait être n'importe lequel d'entre eux, commentai-je, le regard levé vers les étoiles, et faisant craquer la neige givrée sous mes semelles.

Holmes ne répondit rien. Je me dis qu'il pensait, comme moi, à la tâche délicate qui allait nous incomber dans quelques minutes : informer le colonel Bayliss.

— Percée ? répéta-t-il, l'air incrédule, alors que nous nous tenions tous les trois dans la bibliothèque, devant le feu en train de s'éteindre. Je suis certain que vous faites erreur !

Mais il protestait pour la forme. On pouvait lire au fond de ses yeux qu'il avait deviné la vérité. Il n'était cependant pas question pour Holmes d'en dire davantage avant d'être sûr de son fait.

— Colonol, me donnez-vous la permission de chercher la perceuse ? demanda Holmes.

Bayliss hésita. Holmes n'avait pas besoin de préciser qu'il s'agissait forcément de quelqu'un de la maison. Aucun étranger n'aurait pu entrer dans la chapelle, et seul un proche pouvait avoir un motif pour commettre un tel acte, sachant que c'était toujours lui qui sonnait la cloche.

— Oui, je suppose qu'il faut en passer par là, concéda-t-il. La personne qui a emprunté la perceuse n'aura pas eu la possibilité de la remettre en place, puisque le hangar à outils est verrouillé la nuit. Je vais vous aider. Par où proposez-vous que nous commencions ?

— Par la chambre de Mr et Mrs Franklyn, répondit sobrement Holmes.

— Theodore a passé toute la soirée avec nous ! protesta le colonel, puis son visage devint encore beaucoup plus pâle, et je pensai un instant que son cœur allait lui jouer un mauvais tour.

Mais son courage ne l'abandonna pas. Faisant un gros effort sur lui-même, il parvint à se ressaisir et à redresser les épaules.

— Je refuse de croire que ma fille ferait une chose pareille. Plus tôt nous pourrons la disculper du plus léger soupçon, mieux cela vaudra.

Nous montâmes ensemble le vaste escalier du hall et suivîmes le couloir conduisant à la chambre d'Alyson et de Theodore. Le colonel Bayliss frappa énergiquement et, quelques instants plus tard, Theodore, l'air curieux, vint ouvrir la porte. Il était toujours habillé de pied en cap.

— Qu'est-ce qu'il y a ? s'exclama-t-il, en constatant notre présence, à Holmes et à moi. Il s'est encore passé quelque chose ?

Le colonel le mit rapidement au courant des dernières conclusions, en lui précisant que nous devions soigneusement fouiller toutes les pièces.

— Je vous en prie, s'empressa d'accepter Theodore, mais ses lèvres pincées trahissaient sa contrariété. Je regrette que vous le jugiez nécessaire, mais si cela peut suffire à apaiser votre esprit.

Sans rien répondre, le colonel pénétra dans la pièce, bientôt suivi par Holmes qui présenta ses excuses à Alyson Franklyn, assise sur une chaise devant sa coiffeuse. J'avais rejoint Holmes pour l'aider dans ses recherches, tandis que le colonel Bayliss, dont le visage était un masque de chagrin, se tenait immobile au centre de la chambre.

Ce fut Holmes qui la trouva, suspendue sous le lit, dans un coin, dissimulée par un pied du lit. Il la sortit, avec la mèche toujours en place, et la tendit vers nous.

Aucune explication n'était possible. De la sciure de la poutre était toujours prisonnière dans les volutes de la mèche. On n'avait même pas tenté de la nettoyer.

Alyson et Theodore se regardèrent avec une expression d'horreur.

Moi, je m'inquiétais pour le colonel Bayliss. Il semblait avoir été atteint d'une blessure mortelle. La lance zoulou qui l'avait frappé il y a de nombreuses années ne pouvait pas l'avoir atteint aussi profondément que ce dernier coup. Je vins vers lui.

— Venez, colonel, dis-je doucement. Nous n'avons plus rien à faire ici.

Je lui offris mon bras. Il ne l'accepta pas, mais je compris, d'après le regard qu'il me jeta, qu'il était sensible à mes attentions.

— Je tiens à mettre Millicent au courant de ce qui vient d'arriver, dit-il d'une voix rauque. Il est normal qu'elle sache que...

— Permettez-moi de m'en charger, offrit Holmes.

— Elle se faisait beaucoup de souci pour vous, colonel, ajoutai-je. C'est elle qui nous a invités ici, Holmes et moi, pour essayer de déjouer une tentative d'assassinat envers vous. Elle, au moins, vous aime profondément.

Bayliss essaya d'esquisser un sourire, mais s'aperçut que c'était au-dessus de ses forces. Il se contenta d'acquiescer d'un signe de tête, avant de s'éloigner le front bas en traînant les pieds.

Holmes et moi nous dirigeâmes alors vers la porte de Millicent. Holmes frappa. J'avais l'intention de ne rester que le temps nécessaire pour lui résumer la situation. Je tenais ensuite à rejoindre le colonel pour lui offrir quelque chose qui l'aiderait à dormir et apaiserait peut-être les battements désordonnés de son cœur.

La porte nous fut ouverte par la femme de chambre.

— Oui ? interrogea-t-elle.

— Je dois parler avec miss Bayliss, répondit Holmes. Il s'agit d'un sujet d'une extrême importance, sinon je ne me serais pas permis de la déranger. On a attenté à la vie de son père.

La femme de chambre resta à le fixer pendant un certain temps avec une expression d'horreur, puis finit par reprendre ses esprits.

— Est-ce... est-ce que le colonel va bien, sir ?

— Oui, il n'a rien. Naturellement, cet événement l'a profondément affecté. Vous voulez bien appeler votre maîtresse ?

— Certainement, sir.

Elle s'empressa d'obéir, et nous attendîmes impatiemment sur le palier.

Miss Bayliss apparut très vite sur le seuil de sa chambre, en chemise de nuit et robe de chambre, les cheveux jouant sur ses épaules. Ses yeux firent plusieurs fois la navette entre Holmes et moi.

— Alors c'est arrivé, dit-elle, dans un murmure. Où ? Comment a-t-elle fait ? Dora me dit que Papa n'a rien. En êtes-vous bien certain ?

Cette dernière question s'adressait à moi.

— Je puis vous assurer qu'il n'a pas été blessé, dis-je, aussi gentiment que possible. Sauf moralement, bien sûr. Peut-être votre présence lui serait-elle d'un grand réconfort.

— Certainement. Je vais tout de suite aller le rejoindre. Sait-il déjà que la coupable est Alyson ?

Holmes lui expliqua brièvement comment les choses s'étaient passées.

— Je vois, dit-elle d'un ton solennel. Je ne pourrai jamais assez vous remercier Mr Holmes. Vous avez sauvé la vie d'un brave homme. Si seulement vous n'aviez pas été obligé de le faire à un tel prix !

Elle était mortellement pâle ; en dépit de ses propres soupçons, la réalité venait de lui causer un grand choc.

— Êtes-vous sûre de vous sentir assez bien ? s'inquiéta la femme de chambre, avant de s'adresser à moi. Miss Millicent a passé toute la soirée au lit, sir, et je n'ai pas bougé de l'antichambre au cas où elle aurait besoin de moi. Veillez à ce qu'on prenne bien soin d'elle, je vous prie. Je vois que cette terrible nouvelle l'a profondément affectée !

— Comptez sur moi, promis-je, et je fis un pas en arrière pour permettre à miss Bayliss de quitter sa chambre.

Au moment où elle passa devant Holmes, je le vis se raidir et lancer un bras en avant pour la saisir fermement par le poignet, et l'empêcher d'aller plus loin.

Elle laissa échapper un petit cri de douleur et de surprise.

— Qu'est-ce qu'il y a ? suffoqua-t-elle. Expliquez-vous, Mr Holmes !

— Y a-t-il du feu dans votre chambre, miss Bayliss ? demanda-t-il d'une voix autoritaire.

— Bien sûr, répliqua-t-elle.

— Et il est allumé ? Il a été allumé toute la soirée ?

Je m'apprêtais à protester, quand quelque chose m'en empêcha : une foi dans son jugement, plus profonde que n'importe quelle pensée inconsciente.

— Oui, il est allumé, répondit-elle, en lui tenant tête courageusement. Pourquoi cette question ?

— À quelle heure a-t-il été allumé ? insista-t-il.

— Je... je n'en sais rien...

— Il y a à peu près une demi-heure, miss, répondit la femme de chambre pour elle. Vous avez bien insisté pour que je ne l'allume pas avant, car vous aviez déjà trop chaud.

— Mais enfin, Holmes, quelle importance ?

J'étais confondu.

Holmes, qui tenait toujours solidement miss Bayliss par le poignet, écarta de sa main libre l'épaisse masse de ses cheveux, montrant plusieurs marques noires sur son cou, derrière ses oreilles, et sur son crâne.

— De la suie, dit-il avec un sourire amer. Il n'est pas facile de s'en débarrasser. La suie pénètre partout. J'ai vu des petits garçons qui grimpent dans les cheminées pour les nettoyer avoir des marques semblables. (Il se retourna vers elle.) Seulement vous, vous n'avez pas grimpé dans la cheminée pour la nettoyer, mais pour sortir de votre chambre et aller percer des trous dans la poutre qui soutenait la cloche de la chapelle. Vous avez ensuite abandonné la perceuse et la mèche dans la chambre de votre sœur, pendant qu'elle était sortie. Ainsi, vous pouviez vous débarrasser en même temps de votre père et de votre sœur, en nous laissant tirer les marrons du feu pour vous. Votre coup est manqué, miss Bayliss. Votre père est vivant et se porte bien, et votre sœur va hériter de tout pour en faire ce que bon lui semblera !

Elle le fixa, le menton levé et les yeux étincelant de fureur.

— Elle va tout dilapider pour son bon à rien de mari ! s'exclama-t-elle du ton le plus méprisant. Oui, un bon à rien et un fourbe. Je suis mieux placée pour le savoir que vous ne sauriez l'imaginer, Mr Holmes : j'ai été sa première fiancée !

Holmes ne répondit rien. Il n'avait su détecter ni sa subtilité, ni son caractère rancunier, ni la solidité de ses nerfs. Il en était parfaitement conscient. Il s'était laissé guider par ses préjugés, et seuls ses dons d'observation et son pouvoir de déduction l'avaient empêché *in extremis* de devenir un instrument entre ses mains, pour l'exécution du plan qu'elle avait soigneusement mis au point.

Il trouva là matière à réflexion, une réflexion qui le conduisit à une certaine humilité en cet étrange et morne jour de Noël à Allenbury Hall, et même le lendemain.

En fait, ce n'est que le jour de la Saint-Sylvestre, alors que nous étions déjà de retour à Baker Street, qu'il me donna la permission d'écrire les tenants et les aboutissants de cette triste affaire. Il me conseilla même, à regret, de mentionner discrètement le nom de miss Millicent Bayliss, la prochaine fois que la stupidité d'une femme le pousserait à ne pas la prendre au sérieux. Pour le pousser à réviser éventuellement son jugement.

The Watch Night Bell
Traduit de l'anglais par Jean-Pierre Massias.

J'AI VU MAMAN TUER LE PÈRE NOËL

George Baxt

Nous avons enterré ma mère hier ; je me sens donc enfin libre de dire la vérité. Elle a vécu tranquille jusqu'à l'âge de 93 ans — parce qu'ayant choisi d'être un fils parfait et loyal, je ne suis pas allé raconter ma petite histoire aux flics. Je suis Oscar Leigh et ma mère était Désirée Leigh. C'est exact — la Désirée Leigh qui inventa la crème pour le visage assurant une éternelle jeunesse aux jeunes et un rajeunissement aux vieux. Ce fut l'une des plus brillantes arnaques de l'industrie des produits de beauté. Je suppose qu'une fois ceci publié, c'en sera fait de l'empire *Désirée cosmetics*, mais franchement, mes très chers, je m'en soucie comme d'une guigne. *Désirée Cosmetics* a été acheté par une société japonaise il y a quatre ans, et ma part (plus de deux milliards de dollars) est en sécurité quelque part. Je suppose que je vais aussi hériter des milliards de Maman, mais que vais-je bien pouvoir en faire ? Les compter, je suppose.

Désirée Leigh n'était pas son vrai nom. À la naissance, elle s'appelait Daisy Ray Letch et, je vous le demande, qui pourrait trimbaler un nom pareil toute sa vie ? Au cours des quatorze dernières années, Alzheimer lui a tenu compagnie ; c'est à partir de ce moment-là que j'ai commencé à m'intéresser à son passé. Elle a toujours entretenu le mystère sur ses origines et s'est montrée aussi très discrète sur l'identité de mon père. Elle racontait qu'il avait été tué en Afrique du Nord en 1943 et qu'il s'appelait Clarence Kolb. J'ai dépensé beaucoup d'argent pour essayer de retrouver la trace de Papa Clarence quand, un soir que je regardais un vieux film du fond de mon lit, je découvris en lisant le générique que l'un des acteurs s'appelait précisément Clarence Kolb. Je mentionnai le fait à Mère le lendemain au petit déjeuner, mais elle m'assura qu'il s'agissait d'une coïncidence dont elle avait coutume de rire avec mon père.

Elle ne possédait aucune photo de lui, ce que je ne pouvais m'empêcher de trouver étrange. Quand ils se marièrent, quelques mois avant la guerre, ils s'installèrent à Brooklyn, Coney Island. Difficile d'imaginer qu'ils n'ont pas été pris en photo dans l'un des lieux de distractions qu'on y trouve. Mère prétendait pourtant que non. Ils évitaient soi-disant la promenade en planches et les jardins d'attractions — ils étaient trop pauvres pour de telles frivolités. Comment Père gagnait-il sa vie ? Il était laitier, assurait-elle, précisant même qu'il travaillait pour la Borden Company, et faisait la tournée de Sheepshead Bay. Eh bien, laissez-moi vous dire que si l'on en croit les archives de la Borden Milk Company, aucun Clarence Kolb n'a jamais été employé par eux. Ce seul renseignement me coûta une jolie somme.

Peut-être Maman travaillait-elle aussi ?

— Oh, oui, m'assura-t-elle, un soir à Cannes. (Notre yacht était ancré dans le port de plaisance pour quelques jours.) J'ai même travaillé jusqu'à la veille de ta naissance.

— Et tu faisais quoi ?

Nous étions en train de jouer aux cartes sur le pont, sous un soleil de plomb, pour permettre à Maman de garder un œil sur le premier lieutenant, avec qui elle avait une liaison, ou projetait d'en avoir une.

— Je travaillais dans un laboratoire.

Elle le dit d'une façon tellement naturelle — en ramassant un pli qui ne lui appartenait pas — que je n'en crus pas un mot.

— Tu ne me crois pas.

Non seulement elle trichait, volait, et mentait, mais elle était capable de lire dans la pensée des gens.

— Bien sûr que je te crois.

Mon ton était aussi convaincant que celui d'un commissaire politique de Berlin-Est, avant la chute du mur, promettant à des candidats à l'immigration qu'ils obtiendraient leurs visas avant le coucher du soleil.

— Il s'agissait d'un laboratoire privé, précisa-t-elle, en jetant un coup d'œil en coin au premier lieutenant qui, lui, jetait un coup d'œil en coin au second lieutenant. Il était à deux pâtés de maisons de notre appartement.

— Quelle sorte de laboratoire était-ce ? demandai-je encore, parfaitement conscient que le second lieutenant me jetait à son tour un coup d'œil en coin.

— Il appartenait à un homme qui s'appelait Desmond Tester. Il adorait faire joujou avec des tas de formules.

— Une espèce de scientifique fou ?

Elle laissa échapper un rire perlé en me volant un autre pli.

— D'une certaine façon, on peut dire qu'il *était* un peu fou ; mais c'était un esprit brillant, et il m'a appris beaucoup de choses.

— Est-ce là que tu as inventé les crèmes et les lotions Désirée ?

— C'est là que la petite graine a été plantée.

— Combien de temps es-tu restée avec ce...

— Desmond Tester. Il faut que je réfléchisse. Ton Papa s'est enrôlé dans l'armée en février 42. J'ignorais à ce moment-là que j'étais enceinte, ou il ne serait pas parti. D'un autre côté, même si je l'*avais* su, je crois que je l'aurais gardé pour moi, tellement il tenait à aller prouver qu'il était un héros, et non pas un simple petit laitier.

— Je ne vois pas ce qu'il y a de déshonorant à livrer du lait.

— Il n'y a là rien d'héroïque non plus. Où en étais-je ?

— En train de me prendre mon roi de cœur sans aucune raison.

Elle ignora ma remarque et gratifia le premier lieutenant d'un sourire enjôleur. Le second lieutenant en profita pour m'adresser un clin d'œil qui me fit rougir.

— Ce que je voulais dire, c'est que j'ai pris un congé pour ta naissance, et que je suis retournée travailler pour le professeur Tester pas longtemps après. Une gentille dame du voisinage s'est occupée de toi. Laisse-moi réfléchir, comment s'appelait-elle déjà ? Ah, oui : Blanche Yurka.

— N'est-ce pas le nom de l'actrice qui jouait le rôle de Ma Baker, dans ce film de gangsters que nous avons vu récemment à la télévision ?

— Je ne me rappelle pas. C'est *mon* dix de trèfle que tu es en train de prendre ! s'écria-t-elle d'un ton sec.

— Exact. Je le prends dans les règles avec la reine de trèfle, insistai-je. Comment se fait-il que tu ne te sois jamais remariée ?

— Sans doute étais-je trop occupée à faire carrière. J'ai commencé par aider le professeur Tester à commercialiser certaines de ses crèmes et lotions. Et crois-moi, à l'époque, il n'était pas facile de les faire accepter par les grandes chaînes de magasins.

— Quand as-tu disposé de tes propres formules ?

— Ça, c'était après la mort tragique du regretté professeur.

Regretté, en effet ! Je l'avais vue le tuer.

C'était en 1950, pendant les fêtes de fin d'année. Très précisément le jour de Noël. Maman se préparait à faire rôtir une dinde dans la maison du professeur — notre appartement était beaucoup trop petit pour que nous puissions y recevoir — et je me souviens de presque tous les invités qui se trouvaient là. C'étaient, pour la plupart, des enfants du voisinage et plus précisément les nécessiteux, ceux dont les parents n'avaient pas les moyens de faire un vrai repas de Noël. Je crois me rappeler qu'il y en avait une dizaine. Mère et le professeur étaient les deux seuls adultes présents — bien que Maman soutînt *mordicus* qu'une certaine Laurette, avec qui le professeur avait une liaison, se trouvait également là. Maman prétendit aussi que cette femme, persuadée qu'elle faisait des galipettes à l'occasion avec le cher professeur, se montrait fort jalouse d'elle. J'ai toujours soupçonné ma mère de ne jamais hésiter à faire des galipettes dans le voisinage, quand elle ne pouvait faire face aux notes de l'épicier, du boucher, quand le propriétaire insistait pour se faire payer le loyer, ou quand Mr Kumbog, qui avait un commerce de vins et liqueurs, se montrait trop pressant.

Maman a toujours affirmé que c'était Laurette qui avait tiré sur le professeur, une balle en plein cœur, avant de prendre la fuite. (Faut-il le préciser, on n'a plus jamais entendu parler d'elle.) Mais je m'aperçois que je suis en train de mettre la charrue avant les bœufs. Voici comment les choses se sont passées. Maman se trouvait dans la cuisine en train de farcir la dinde, quand le professeur est apparu sur le seuil de la porte revêtu d'un costume de Père Noël. Il avait eu beau se rembourrer l'estomac, il n'avait pas plus l'air d'un Père Noël que Monty Woolley dans *La Vie commence à huit heures trente.*

— Daisy Ray, j'ai besoin de vous parler, dit-il.

— Laissez-moi d'abord finir de farcir cette dinde et la mettre au four, exigea-t-elle. J'aimerais servir le dîner des enfants vers 5 heures, parce que je suis sûre qu'ils en ont déjà assez de jouer au facteur, au docteur, et à tout le reste. (Je me rappelle même qu'elle m'a demandé :) Et toi, fiston, as-tu joué au docteur ?

— Aussi souvent que j'ai pu, répondis-je, en essayant de prendre un air supérieur.

— Daisy Ray, accompagnez-moi au laboratoire, insista le professeur.

— Oh, Desmond, j'aimerais comprendre pourquoi vous vous adressez à moi sur ce ton.

— Daisy Ray ! Il y a des tas d'autres choses par ici, qui sont très difficiles à comprendre, affirma le professeur avec une menace dans la voix.

On eût dit le capitaine Bligh s'adressant à Mr Christian.

Je surpris une expression inhabituelle sur le visage de ma mère : elle avait peur. Aujourd'hui, je me dis que ce qu'elle fit ensuite aurait dû faire comprendre au professeur qu'il allait se trouver confronté à un événement inattendu et fâcheux. Avant de le suivre hors de la cuisine, elle s'empara de son sac à main suspendu par la bride à une chaise.

— Fiston, tu restes ici.

Sa voix me fit penser à celle que j'avais entendue sortir d'une chambre d'écho, en écoutant à la radio le *Conte de la Sorcière*.

— Oui, Maman.

Je la regardai sortir de la pièce à la suite du professeur Tester. J'étais angoissé. Terriblement angoissé. J'avais la prémonition que quelque chose de terrible allait arriver. Incapable d'obéir, je les suivis sur la pointe des pieds.

Le professeur avait installé son laboratoire dans le sous-sol. Dans le hall, avant d'emprunter l'escalier à mon tour, j'écoutai attentivement pour m'assurer qu'ils étaient bien arrivés en bas. J'espérais que les marches n'allaient pas craquer et signaler ma présence, mais j'avais tort d'avoir peur. Une fois descendu, je constatai qu'ils avaient gagné une des salles réservées aux expériences, et qu'ils s'y disputaient si violemment qu'ils n'auraient même pas prêté attention à l'explosion d'une bombe atomique.

La porte de la salle où ils se trouvaient étant restée ouverte, je ne perdais pas une seule de leurs paroles.

— Qu'as-tu fait de la formule ? vociféra-t-il.

— Si seulement je savais de quoi tu parles.

Refusant de se laisser entraîner par la furie du professeur, Maman parvint à garder son calme. Ce fut l'une des très rares fois où je parvins presque à l'admirer.

— Tu sais mieux que personne de quoi je parle, voleuse !

— Comment peux-tu oser !

En ces quelques mots, Mère parvint à exprimer une telle indignation que, l'eût-elle entendue, Norma Shearer en fût morte de jalousie.

— Tu as volé la formule de ma crème régénérante ! Tu t'es associée avec le Groupe Sibonay de Mexico !

— Je pense que tu as des hallucinations. Tu dois avoir trop consommé de tes propres drogues.

— J'ai un ami bien placé chez Sibonay, et il m'a tout raconté ! Alors si tu n'as pas envie de te retrouver derrière des barreaux, tu vas me rendre ma formule !

Je ne doutai pas un seul instant de la trahison de ma mère, mais je fus néanmoins obligé de presser ma main sur ma bouche pour étouffer un fou rire — avez-vous jamais vu le Père Noël piquer une crise de colère en rouge et blanc ?

— Ne me touche pas ! Ne t'avise pas de poser la main sur moi !

Le sac à main de Maman était ouvert et elle y cherchait quelque chose. Il lui envoya une forte gifle. Tout de suite après, j'entendis le *plop*, et je vis le professeur crisper les mains sur sa poitrine. Des ruisselets de sang se frayèrent bientôt un chemin à travers ses doigts. Maman brandissait un petit revolver à crosse de nacre, identique à celui que Kay Francis transportait dans un minuscule sac brodé de perles. Je me rappelle m'être dit : Oh, mon Dieu ! Je viens de voir Maman tuer le Père Noël.

Je fis demi-tour et me mis à courir. J'escaladai les marches quatre à quatre et fonçai dans la pièce de devant où les autres gamins étaient très occupés à choisir leur camp pour jouer à *Tuez l'hôtesse*. Heureusement qu'ils n'ont rien pu entendre, pensai-je inconsciemment, avant de me joindre à leur jeu. Au cours de la demi-heure suivante, Maman ne donna aucun signe de vie.

Je finis par me demander si je n'avais pas eu une hallucination — peut-être que je n'avais pas vu Maman abattre le professeur ? Par curiosité, je suppose, et aussi un peu par anxiété, je plantai là les autres enfants et me rendis à la cuisine.

Il faut reconnaître au moins une qualité à Maman : son efficacité. La dinde était en train de rôtir dans le four, elle avait préparé une salade, et les légumes mijotaient pour être prêts en même temps que la dinde. Pour le moment, elle était en train de décorer un gâteau de patates douces avec de petits ronds de guimauve. À mon entrée, elle leva les yeux de son gâteau pour me demander :

— Alors, fiston, tu t'amuses bien ?

Je ne pus m'empêcher de lui demander :

— Quand le Père Noël va-t-il passer nous voir avec son sac de cadeaux ?

— Eh bien, je commence moi-même à me le demander ! Où peut-il bien être à ton avis ?

Raide mort dans le laboratoire, eussé-je aimé répondre. Mais je me contentai de dire :

— Ça, Maman, j'aimerais bien le savoir.

Elle fit semblant de réfléchir pendant quelques instants, puis annonça d'un air jovial :

— Je parie qu'il est en bas dans le laboratoire, en train de mettre au point une nouvelle formule. Tu devrais descendre voir et lui dire qu'il est grand temps de venir faire son numéro.

Peut-on faire plus fort ? Envoyer son propre fils dans le sous-sol pour découvrir le cadavre de l'homme qu'on vient juste d'assassiner ?

Étant donné les circonstances, je ne vis aucune dérobade possible. Je fis alors ce qu'on attendait de moi. Après avoir « découvert » le corps, je me mis à hurler de toute la force de mes poumons. Maman et les autres gosses se précipitèrent pour me rejoindre. Quand ils virent le cadavre, ils se mirent tous à brailler, mais c'est moi qui braillais le plus fort pour que Maman fût fière de moi — Maman, qui remonta en courant pour téléphoner à la police.

Ce qui se passa après l'arrivée de la police démontra encore une fois le génie de ma mère. Je ne me rappelle pas le nom de l'inspecteur — de toute façon, il doit désormais faire son devoir chez les anges — mais je suis sûr que si on lui avait fait passer un test pour évaluer son QI, c'est lui qui aurait été redevable de cinquante points. Maman criait d'une voix hystérique :

— Oh, mon Dieu, penser qu'il y avait un meurtrier dans la maison pendant que je préparais le dîner de Noël dans la cuisine et que les enfants jouaient aux devinettes dans le salon !

Elle poursuivit son monologue sur ce thème pendant une dizaine de minutes. Elle fut interrompue par l'entrée du médecin légiste dans la cuisine. Il annonça à l'inspecteur que le professeur était mort d'une balle en plein cœur.

— Avez-vous trouvé l'arme du crime ? demanda l'officier de police.

— Vous devriez savoir que ce n'est pas *mon* travail ! répondit sèchement le médecin.

L'inspecteur demanda donc à ses hommes de fouiller la maison à la recherche de l'arme à feu. Je connaissais suffisamment Maman pour savoir qu'ils n'allaient pas la trouver dans son sac à main, mais j'aurais bien aimé savoir où elle s'était débrouillée pour la dissimuler. J'avais déjà échafaudé plusieurs hypothèses quand, abasourdi, je l'entendis dire :

— Il se peut que ce soit un coup de Laurette.

— C'est qui, Laurette ? demanda l'inspecteur.

Maman croisa les doigts, adoptant un air vertueux et un ton méprisant.

— C'était la petite amie du professeur, si vous voyez ce que je veux dire. Il a rompu avec elle la semaine dernière, mais elle était bien décidée à s'accrocher. Elle n'a pas arrêté de téléphoner et de proférer des menaces et, pas plus tard que ce matin, il m'a prévenue qu'elle devait passer lui apporter son cadeau de Noël. (Elle ajouta tragiquement :) Voilà ce qu'elle avait choisi comme cadeau de Noël — *la mort* !

— L'avez-vous vue ici aujourd'hui ? demanda l'inspecteur.

Maman répondit que non. Il nous demanda à tous si nous avions aperçu une femme agissant bizarrement dans la maison. Je fus tenté de lui dire que la seule femme que j'avais vue agir bizarrement dans la maison était ma mère, mais je pensai à la formule — qui, je n'en doutais pas, allait nous rendre très riches — et cela fut suffisant pour me persuader de rester un fils aimant.

— Elle aurait pu entrer par la porte du cellier, suggérai-je. (Ce fut la première fois que je vis ma mère me regarder avec amour et admiration.) Elle se trouve de l'autre côté de la maison, et avec tout le bruit que nous faisions...

— Et moi, j'avais allumé la radio dans la cuisine pour écouter le *Grand Bal à Domicile*, dit Maman, pour ajouter un peu de fuel au contre-feu que je venais d'allumer.

L'incendie déclenché eut l'effet escompté. Les policiers finirent par partir, sans avoir découvert l'arme du crime, mais en emportant le cadavre avec eux. Maman se dépêcha alors d'organiser notre dîner de Noël comme si, pour elle, tuer un homme appartenait au quotidien.

Le repas était tout à fait délicieux, même si certains d'entre nous, les enfants, décrétâmes que la dinde avait un drôle de goût.

— Il arrive que les dindes aient un goût de gibier sauvage, assura Maman — et, avant que six mois ne se fussent écoulés, elle était en train de devenir l'un des noms les plus célèbres dans l'industrie des cosmétiques.

Je suis resté célibataire. J'ai travaillé avec Mère et ses associés et j'ai pu observer comment, année après année, elle s'est débarrassée d'eux un par un. Elle a détruit la société Sidonay de Mexico en prouvant — grâce à de fausses allégations et en dépensant beaucoup d'argent — qu'elle servait de couverture à un trafic de drogue. Elle caressa un moment l'espoir de me voir devenir maire de la ville de New York, elle trouvait l'idée *amusante*. Mais une voyante me le déconseilla formellement et me suggéra de m'intéresser plutôt aux *junk bonds*. Je m'empressai de le faire et subis des pertes énormes. (Cette voyante décéda d'ailleurs d'une mort mystérieuse, qu'elle avait sans doute oublié de se prédire à elle-même.)

Année après année, Noël après Noël, je mourais d'envie de dire à Maman que je l'avais vue tuer le Père Noël. Année après année, Noël après Noël, je mourais d'envie d'apprendre où elle avait dissimulé l'arme du crime.

Et je finis par le découvrir. C'était précisément le jour de Noël, il y a quatorze ans.

Les médecins, après de nombreuses analyses, m'avaient assuré que Maman montrait les symptômes de la maladie d'Alzheimer. Par exemple, quand elle se mettait du rouge à lèvres, elle finissait par s'en barbouiller le menton. Il lui arrivait aussi d'enfiler trois robes l'une sur l'autre. Elle rangeait parfois ses chaussures et autres accessoires dans le congélateur. C'était vraiment triste, même pour une meurtrière qui ne méritait aucune pitié. Et, malgré tout, cette année-là, elle insista pour cuisiner elle-même le dîner de Noël.

— Ça va être exactement comme ce jour de Noël où nous avons eu ce merveilleux dîner avec tous les gamins du voisinage, dit-elle. Le professeur Tester, déguisé en Père Noël, a apporté cet énorme sac de jouets et de jeux. Et c'est à moi qu'il a fait le plus beau cadeau : les droits exclusifs de la Lotion Régénérante Désirée.

Nous étions vingt pour dîner et, croyez-le ou pas, Mère, bonne cuisinière, s'était surpassée. Les domestiques semblaient un peu nerveux, mais les invités étaient bien trop ivres pour se rendre compte de quoi que ce soit.

Puis, alors que nous mangions la dinde, Mère me demanda à travers la table :

— Est-ce qu'elle a le même goût que celle qu'on a mangée ce jour-là, fiston ?

Et je me rappelai alors le goût de cette dinde, mangée il y a quarante ans, quand Maman avait dit que les dindes pouvaient parfois avoir un goût de gibier sauvage. Je me mis à la fixer et, malade ou pas, je vis une lueur de moquerie dans ses yeux. C'est alors que je lui déclarai, sans savoir si elle allait comprendre ce que je voulais dire :

— Maman, j'ai vu ce que tu as fait, ce jour-là.

Son visage s'éclaira d'un petit sourire. Elle se mit à hocher la tête lentement.

— J'en ai toujours eu l'impression, dit-elle. Mais tu n'as pas répondu à ma question. Est-ce que cette dinde a le même goût que l'autre ?

Je lui répondis la vérité.

— Non, Maman, pas du tout. Elle est très bonne.

Elle éclata d'un rire dément. Tous les invités parurent très gênés, et je ne pouvais me cacher nulle part.

— S'agit-il d'une plaisanterie particulière entre votre mère et vous ? me demanda mon voisin de droite.

Je n'eus pas le temps de lui répondre. Ma mère venait de tendre le bras à travers la table et d'enfoncer une main dans le croupion de la dinde, arrachant des poignées de farce d'une façon obscène, et me les jetant au visage.

— Tu n'as pas compris pourquoi cette dinde avait un goût bizarre ? Allons, fais un effort, fiston ! Essaye de deviner ce que j'avais caché dans la farce pour que ces idiots de flics ne le trouvent pas ? Tu ne devines pas, fiston ? Non ?

I saw Mommy Killing Santa Klaus
Traduit de l'anglais par Jean-Pierre Massias.

NOËL, NOËL

Barry Perowne

C'est par un matin gris de décembre, sous un ciel de neige, que je me rendis sur demande aux Affaires coloniales (Section du Pacifique) au sujet de mon frère, récemment décédé. Étant son seul parent survivant en Angleterre, je me vis remettre une lettre écrite par le préfet du lointain archipel où mon frère avait terminé son existence. La lettre était accompagnée d'une photographie de sa tombe, et on me remit également une petite boîte ou un petit coffre, en bois, sur lequel étaient sculptés d'étranges motifs des îles, qu'on avait découvert dans sa maison à toit de palmes et qui contenait, me fut-il déclaré, un manuscrit de nature autobiographique qu'il avait laissé.

Le fonctionnaire qui me reçut était un individu d'une grande urbanité, ni jeune ni vieux, impeccablement vêtu d'une veste noire et d'un pantalon à rayures. Lorsque je pris congé, il m'aida à enfiler mon pardessus de tweed, me tendit mon melon gris et ma canne. Sans doute par égard pour ma constitution délicate et mes cheveux argentés, il insista pour porter le coffret jusqu'au taxi qui m'attendait.

La neige s'était mise à tomber, pour de bon, cette fois.

— C'est Noël dans quelques jours, dit mon fonctionnaire tandis que nous nous serrions la main par la vitre du taxi. Ce sera un Noël blanc.

Il m'adressa un regard plutôt étrange, et je ne doutai pas un instant, tandis que le taxi se dirigeait vers la gare de Victoria, qu'il pensait à mon frère, qui était né un jour de Noël et avait été nommé, en conséquence, Noel.

J'habitais à la campagne ; en rentrant chez moi par le train, j'avais un compartiment de première classe pour moi tout seul. Avant d'ouvrir le coffret placé sur le siège à côté de moi, j'étudiai de nouveau la photographie du lointain monument de mon frère. C'était un petit obélisque, apparemment de corail blanc, qui portait la curieuse épitaphe suivante : « 1° 58 N, 157° 27 O », ainsi que deux paires d'initiales, celles de mon frère et, m'avait-on dit, celles de la femme à laquelle il était depuis de très nombreuses années — même si j'en avais entendu parler pour la première fois aujourd'hui — très heureusement marié.

Concernant ces années, les termes employés par le préfet local pour les décrire me remplirent de stupéfaction tandis que je parcourais de nouveau sa lettre : « Cher à cette petite communauté de quarante-deux âmes — une source de réconfort — un sage du conseil — bon, courageux, désintéressé... »

Avec la meilleure volonté du monde, je ne parvenais pas à reconnaître dans ce portrait mon frère tel que je l'avais connu. Je me tournai, en quête d'éclaircissements, vers le coffret. J'en étudiai un moment les motifs — représentant des pirogues à balancier, des pagaies, des palmes de cocotier, des tortues et des crabes terrestres ; quand, avec une inconfortable sensation d'intrusion, j'en soulevai le couvercle, se dégagea du coffret un arôme subtil qui évoquait dans mon imagination la fibre de palmier et les coquillages, le soleil et les grottes de corail, le fruit de l'arbre à pain et les pétales de frangipanier. Je respirais de nouveau, me semblait-il — dans ce train qui cahotait à travers la neige de décembre — les alizés qui avaient soufflé sur les pages des lectures de mon enfance, qui constituaient mon unique aperçu du Pacifique.

Je sortis du coffret le livre du manuscrit de mon frère, fis courir mes doigts sur sa reliure élimée, en tournai au hasard les pages jaunies. Elles étaient couvertes d'une écriture fanée que, même après toutes ces longues années, je reconnus comme étant celle de mon frère. Et à la première phrase, simple et conventionnelle — *Mon souvenir le plus ancien est celui du Noël de l'année 1880* — je hochai la tête, me rappelant ce Noël et de nombreux autres passés en famille.

J'avais cinq ans de plus que Noel. Nous étions une famille nombreuse, habitant une immense maison de campagne, et notre père, homme impressionnant en temps normal, était toujours joyeux et enjoué au moment de Noël. Pour nous, ses huit enfants, c'était toujours, et de très loin, le moment le plus heureux de l'année. Et c'était particulièrement vrai, dans son enfance et son adolescence, pour Noel, le plus jeune d'entre nous, puisque c'était son anniversaire en même temps que la fête dont il portait le nom. Pour lui, c'était un moment de pure magie. Ses yeux brillaient d'excitation. C'était un beau garçon, sensible et imaginatif ; il ne ressemblait pas le moins du monde à ses frères et sœurs ; nous qui étions d'un physique assez quelconque et d'un comportement guindé. Oui, à Noël, mon frère Noel, dans son enfance, donnait toujours le meilleur de lui-même — même si plus tard, devenu un jeune adulte, par une sorte de réaction à un événement très regrettable, il devait toujours donner le pire et se comporter de façon désastreuse.

Ma sœur Emily fit un jour remarquer :

— Je suppose qu'il est naturel que Noël soit encore plus important pour Noel que pour nous tous, mais je me demande parfois si son excitation est vraiment saine. Son anxiété de nous voir tous réunis ici, le fait qu'il soit intensément préoccupé de savoir s'il neigera juste au bon moment, la parfaite extravagance avec laquelle il récompenserait les domestiques si nous ne l'en empêchions pas — tout cela me pousse à me demander s'il n'y aurait pas en lui une légère instabilité quelque part. Vraiment, je tremble parfois en pensant à son avenir.

Elle ne se trompait pas. À 16 ans, il commença à se mettre dans le pétrin. À 18, son comportement provoqua de plus profondes inquiétudes. À 20, alors qu'il se trouvait en apprentissage chez un agent immobilier du Shropshire, il rua si sérieusement dans les brancards que mon père lui ordonna de ne plus jamais mettre les pieds à la maison.

Pauvre Noel ! La fête de Noël n'était plus la même pour lui sans nous — ou pour nous sans lui. Certains d'entre nous étaient mariés à cette époque, mais nous nous retrouvions toujours dans notre vieille maison par égard pour notre père. Les manières compassées qui nous étaient naturelles, en l'absence de l'animation causée par la présence de Noel, prenaient des proportions stupéfiantes.

Quant à mon frère, au moment même des fêtes de Noël, juste après s'être fait jeter dehors, il fut amené devant un juge de Londres et accusé d'ébriété et de comportement insultant. Nous l'apprîmes plus tard. Lorsqu'on lui demanda s'il avait quelque chose à dire pour sa défense, il rendit responsable de son méfait le besoin qu'il avait ressenti de noyer le souvenir des joyeux Noëls passés dans le foyer dont sa propre folie l'avait exclu pour toujours.

— Jeune homme, dit le juge, votre problème est moins rare que vous ne l'imaginez. Nous avons tous tendance à nous apitoyer sur nous-mêmes à cette période de l'année. Nous avons tous des souvenirs et des regrets. Nous sommes tous vulnérables au moment de Noël, mais c'est chez vous un signe d'immaturité que d'avoir laissé un sentiment aussi universel devenir, dans votre cas, maladivement développé. Affaire classée, mais ne quittez pas le tribunal. Je n'en ai pas terminé avec vous.

Ce qui suivit fut étonnant. Le juge, sans doute ému par la beauté de Noel et le charme de ses manières, ainsi que par le côté pathétique de son comportement, l'invita à son propre domicile pour y passer les fêtes. La visite se prolongea. Longtemps après qu'on eut décroché le houx, mon frère continua de se prélasser dans la maison du juge. Au lieu de lui en vouloir, le magistrat et son épouse conçurent pour lui une affection croissante. En un sens, ils l'adoptèrent ; mais, n'appréciant pas de le voir oisif, ils lui trouvèrent une bonne situation dans une bourgade de la côte sud.

Au Noël suivant, mon frère s'attira de nouveau des ennuis. C'était si sérieux que, au lieu de rentrer « chez lui », à la maison du juge, où on l'attendait pour la veille de Noël, il envoya au malheureux homme un télégramme annonçant son intention de se jeter de Beachy Head à minuit.

Le juge, dans tous ses états, obligea la police à se précipiter sur les lieux. Noel, cependant, une fois son télégramme envoyé, avait succombé à la boisson et fut plus tard retrouvé inconscient dans un abri de plage couvert de neige. Le juge, bien que furieux, se laissa fléchir par sa femme qui insistait pour qu'il arrangeât les ennuis dans lesquels se trouvait Noel ; mais il déclara à mon frère qu'à partir de ce jour il pouvait aller au diable de la façon qui lui conviendrait le mieux.

Le juge et sa femme, de leur côté, se rendirent à Aix-les-Bains pour se remettre de leurs anxiétés imméritées. Un matin, tandis qu'ils se rendaient de leur hôtel aux bains curatifs sous un agréable soleil hivernal, un homme surgit brusquement de derrière un dattier et se planta carrément sur leur passage.

C'était mon frère Noel, toujours aussi beau, mais complètement débraillé et dans cet état d'excitation qui lui était particulier et que ma sœur Emily avait un jour décrit comme « malsain ».

— Alors je peux aller au diable, hein ? cria-t-il à l'adresse du juge. À ma façon ? Très bien, regardez-moi ! Voilà *ma* façon !

Il porta vivement la main à sa bouche. Un gendarme en capote arrivait en courant dans leur direction, soufflant dans son sifflet. Mon frère Noel chancela lourdement vers la gauche. Il chancela lourdement vers la droite. Ses genoux cédèrent. La femme du juge poussa un cri. Mon frère tomba contorsionné à ses pieds, une écume blanche aux lèvres.

Il fut prouvé plus tard qu'il avait mangé du savon.

Son intention avait été d'effrayer le couple pour les obliger à lui accorder à nouveau leurs bonnes grâces. Le plus extraordinaire est que le juge ne le fit pas jeter en prison. Il allait s'empresser de le faire, mais sa dame soutint qu'il ne servirait à rien d'envoyer Noel en prison, étant donné qu'il en sortirait d'ici un mois ou deux, libre de les harceler de nouveau. Elle serait terrifiée à l'idée de mettre un pied dehors, disait-elle, craignant qu'il ne surgisse brusquement des fourrés pour s'ouvrir les veines avec un rasoir sous ses yeux. Il fallait l'envoyer, insistait-elle, quelque part très loin d'eux.

Le juge fournit les fonds nécessaires pour l'émigration de Noel en Australie.

À la maison, nous autres, membres de sa famille, apprîmes tout cela plus tard. Notre père s'était éteint entre-temps — notre sœur Emily aussi — et ceux d'entre nous qui habitaient encore la maison de famille avaient résolu de tirer un trait sur le passé et d'accueillir Noel parmi nous, s'il donnait jamais signe de vie.

Mais nous n'eûmes aucune nouvelle de lui, et maintenant, assis dans le train à lire son manuscrit, j'en arrivai à la partie qui traitait d'aventures dont je ne m'étais jamais douté jusque-là.

Je posai un moment le livre sur mes genoux. Les lumières s'étaient allumées dans le compartiment. Dehors, la neige tombait à gros flocons et les bois et les champs luisaient faiblement sous leur manteau blanc tandis que descendait le soir de décembre.

Pauvre Noel, pensai-je encore ; il s'était montré incapable depuis le début, quand il avait quitté l'Angleterre. Je m'émerveillai à nouveau de la lettre, si pleine de louanges sur mon frère, que l'on m'avait remise aux Affaires coloniales. Que lui était-il arrivé, me demandais-je, pour qu'il ait si complètement changé ?

Je repris le livre, pour me plonger dans une succession de désastres et d'infamies. En l'espace d'un an, il s'était rendu tristement célèbre en Australie. Il fut forcé de partir clandestinement à bord d'un schooner marchand, l'*Ellis P. Harkness*, dont le capitaine était un Cockney édenté nommé Larkin, vaurien aussi incorrigible que mon frère.

L'autre compagnon de mon frère était un garçon mince, brun, silencieux et souriant, un natif de Tokelau qu'on appelait Rahpi. Il valait bien mieux que le fichu tandem avec lequel il naviguait, mais pendant les mois que durèrent leur contrebande et leurs actions malhonnêtes dans les archipels, il les servit loyalement, et conçut pour mon frère un inexplicable attachement.

Un jour, comme les deux hommes buvaient avec morosité dans la cabine, un appel plein d'excitation de Rahpi, qui tenait la barre, les fit monter en titubant sur le pont. Le garçon pointa le doigt à tribord. Au loin, sur l'eau scintillante, sous le ciel bleu du Pacifique, il y avait un bateau non ponté. Le vent d'est dominant soufflait légèrement et par à-coups ; la voile du bateau tremblait, bloquée. Il était clair que personne n'en tenait la barre.

Vers le milieu de l'après-midi, le schooner parvint près du bateau. À l'intérieur, reposait le corps d'un homme, noirci par le soleil. Noel se glissa dans la barque pour examiner le cadavre. Serré entre ses doigts raides, il trouva un sac en peau de chamois. Noel le dégagea de l'étreinte du mort et en fit tomber le contenu dans sa paume. Son cœur battit plus fort.

Des perles !

Il sentit la barque tanguer, et Larkin y sauta d'un bond.

— Moitié-moitié, mon vieux ! dit Larkin. Qu'est-ce que t'en dis, mon vieux ?

Noel se tourna vers lui. Les yeux de Larkin étaient plissés, sa langue passait et repassait sur ses gencives édentées, sa main droite reposait, tendue, sur la bosse que faisait son revolver dans la poche de son pantalon de coutil déchiré.

Mon frère sourit.

— D'accord, moitié-moitié, dit-il.

Larkin contempla avec une jubilation sournoise les perles dans la paume de Noel.

— Quel cadeau de Noël, vieux ! dit Larkin. Hein, vieux ?

Pour mon frère, la journée lumineuse sembla soudain étrangement s'assombrir. Il répéta lentement :

— Cadeau de Noël ?

Larkin s'emporta. C'était comme si, d'un seul coup, il cherchait absolument à trouver une raison de s'offenser, une excuse pour se battre.

— Dis donc, espèce de sale épave d'ivrogne, hurla-t-il, est-ce qu'y te reste même pas la moindre décence ? T'as pas une famille au pays qui te fasse baisser la tête de honte en y pensant à un moment comme celui-ci ? Tu sais pas que demain c'est la veille de Noël ?

Les perles tombèrent de la main de mon frère et roulèrent au fond de la barque. Larkin plongea à genoux, déversant des flots d'injures à l'adresse du cadavre tandis qu'il le poussait de côté pour atteindre le fond de la barque. Noel se hissa sur le pont du schooner. Il fila sous le nez d'un Rahpi éberlué et descendit dans l'entrepont. Il lança sa casquette à la visière cassée dans la cabine et se saisit d'une bouteille.

Cette nuit-là, titubant tandis qu'il prenait son tour de barre, il s'enfonça dans une rumination d'alcoolique, sans se soucier du ciel étoilé. Plus nettement que jamais auparavant, le souvenir des heureux Noëls perdus depuis longtemps revint le hanter. Il ne pouvait ni les revivre, ni les oublier. Cette nostalgie connue de tous les hommes — mais développée chez mon frère à un point maladif et destructeur — le rendait aussi désespéré qu'un animal pris au piège. Il ressentit un besoin aveugle de fuir, besoin qui, dans son esprit embrouillé, prit la forme d'un plan visant à s'emparer du schooner et des perles et de se débarrasser de Larkin...

Soudain, laissant les rayons de la barre tourner sans but, il se laissa tomber au bas de l'escalier et pénétra dans la cabine. La lampe qui s'y trouvait, oscillant dans ses cardans, jetait une lueur jaune et huileuse qui faisait bouger les ombres. Larkin était étendu sur le dos dans sa couchette et ronflait, sa bouche édentée béante, ses gencives luisant, roses, au milieu de sa barbe emmêlée.

Mon frère, retenant son souffle, glissa une main sous l'oreiller de l'homme. Il sentit le sac en peau de chamois, le canon du revolver. Il les tira prudemment à lui. Il leva le revolver vers la tête de Larkin, mais la pensée de Rahpi, qui n'était qu'un gamin, lui traversa l'esprit. Le garçon de Tokelau était endormi à la proue. Il entendrait le coup de feu. Mon frère resta là à se mordre les lèvres. Sa rage s'enflamma à nouveau. En tuer un, tuer les deux ! Rahpi devait mourir, lui aussi. Il devait le débusquer et l'abattre sans pitié.

À nouveau, mon frère pointa le revolver vers la tête de Larkin. Mais soudain le schooner répondit à une brusque bourrasque de vent. La barre tournant librement, il vira de bord avec une secousse qui fit chanceler Noel. Avant qu'il ait eu le temps de reprendre ses esprits, le grain s'abattit sur eux — un de ces grains du Pacifique qu'un barreur vigilant pouvait voir venir de loin, en ayant le temps d'amener la voilure et de tout calfeutrer. Mais il n'y avait pas de barreur. Avec une pluie battante et sifflante, un vent hurlant, le grain fut sur eux. Larkin s'éveilla dans un cri au moment où le schooner était soulevé sur la crête du premier des rouleaux, puis tombait d'un coup vertigineux au creux de la vague. Le verre de la lampe s'écrasa au sol et ce fut l'obscurité.

Les deux hommes furent jetés l'un contre l'autre, luttant, se battant ; chacun voulait être le premier à monter. Finalement, ils atteignirent tous deux le pont et s'accrochèrent où ils pouvaient tandis que la mer les engloutissait. À travers le tumulte qui résonnait autour d'eux, ils entendirent une note plus basse et plus distante, une note grondante comme le tonnerre.

— Les brisants ! cria Larkin.

Après cela, d'après le récit du manuscrit, mon frère Noel n'avait aucune idée de ce qui s'était produit, aucun souvenir d'avoir trouvé une prise sur le récif au moment où le schooner s'y écrasa. Il ne savait pas combien d'heures s'étaient écoulées avant qu'il reprenne conscience. Tout son corps le brûlait, à cause des cruelles écorchures du corail. Sa tête lui paraissait peser une tonne quand il la levait.

Il se mit péniblement à genoux. Le ciel immense du matin était teinté de radieux reflets nacrés. Le passage du grain avait laissé la mer scintillante et plate à l'horizon, mais ici et là, le long de la courbe du récif, l'écume bondissait dans un éclair blanc sur le bleu du ciel. À quelque distance de lui, deux silhouettes avançaient avec difficulté le long du récif, lentement et péniblement, trébuchant parfois.

Noel les regarda s'approcher, conscient des coups sourds et réguliers qui battaient dans sa poitrine. Larkin et Rahpi ! Vivants ! Avec un sentiment d'horreur croissante, il se rappela comment quelques heures plus tôt, dans sa folie, il avait été à deux doigts de commettre un meurtre. Le hasard seul l'avait arraché à cet affreux précipice. Ils étaient vivants, et il aspira l'air, profondément, avec soulagement et gratitude.

Un cri lui parvint, non des hommes sur le récif, mais du lagon. Noel se mit sur pied avec difficulté, son corps trempé de sel cuisant, et se retourna. Le lagon s'étendait, tranquille, bordé dans le lointain par une plage de sable blanc et des palmiers penchés. Un canoë, mû à vive allure par des pagaies qui scintillaient au soleil, venait dans sa direction. Il y avait deux personnes à bord, un jeune homme et une jeune fille. Les paréos qu'ils portaient étaient gaiement colorés, et les luisants cheveux noirs de la jeune fille flottaient sur ses épaules brunes.

— Ohé ? lança le jeune homme à Noel. Tout va bien, là-bas ? Ohé ?

Mon frère leva lentement une main en réponse. Il se demandait où il était. Le jeune homme avait parlé en anglais. En approchant du récif, le couple, visiblement frère et sœur, et Tahitiens en apparence, firent demi-tour à l'aide de leurs pagaies, et accostèrent.

La fille leva vers mon frère des yeux noirs et doux, dont le regard semblait perplexe. Elle était très belle. Mon frère eut le sentiment étrange que cette rencontre entre eux avait été inévitable — qu'il était venu dans le seul endroit au monde où il pourrait trouver la paix — qu'il avait devant lui, ici, le commencement de sa vraie vie.

Il n'y avait eu personne ici pour accueillir le capitaine Cook quand il avait découvert l'île, le 24 décembre 1777, à précisément 1°58 N, 157°27 O. Mais pour mon frère Noel il y avait cette jeune fille ; elle lui sourit gravement, et cependant avec une sorte d'étonnement dans les yeux, comme si elle l'attendait depuis longtemps et ne parvenait pas vraiment à croire qu'il était enfin venu.

— Bienvenue, dit-elle, à l'île de Noël.

Noël, Noël
Traduit de l'anglais par Pascal Aubin.

LA NUIT DES MAGES

René Reouven

Si je me décide aujourd'hui à sortir ces notes de mes papyrus pour en tirer une relation complète des événements, c'est que l'Histoire du monde a pris un cours imprévu. La secte se développe, s'étend, gagne en fidèles et en ferveur. Je crois qu'elle ne va plus tarder à ronger la société romaine de l'intérieur, comme le crabe d'Hippocrate.

Je veux aussi nous justifier, mes compagnons et moi. À aucun moment, le choix crucial ne s'est vraiment posé. Car comment aurions-nous pu prévoir que, pour un enfant sauvé, des centaines d'autres seraient voués au massacre ? La responsabilité en revient à la barbarie de ces temps et de ces lieux. À celle des hommes aussi, particulièrement du satrape qui fut à l'origine de notre mission. Mais commençons par le commencement.

Le commencement se situe à la fin de la quarantième année du nouveau calendrier julien, au caravansérail de Ramoth, dans le pays de Galaad, à l'est du Jourdain. C'est un lieu de passage obligé pour les caravaniers qui se rendent de Babylone ou de Rages vers la grande mer du sel, par laquelle on accède aux pays du Ponant. Je revois encore l'immense quadrilatère des bâtiments, cerné d'ombre dense, l'esplanade encombrée de chariots, animée par le va-et-vient des chameaux et des hommes, dans un vacarme de cris et de blatérations ; et me revient aux narines un remugle obstiné de crottin, d'épices et de soleil refroidi.

Mon maître et moi étions convenus d'y retrouver le compagnon habituel de nos investigations, le Chaldéen Balthazar, expert en passé et en avenir, desquels il avait déjà tiré maintes fois des lumières surprenantes qui éclairaient le présent. Qu'on s'entende : quand je dis « mon maître », il n'y a pas là référence aux relations entre seigneur et vassal, mais entre précepteur et disciple. C'est lui qui m'a tout appris, alors que j'arrivais de mon Abyssinie natale sans autre richesse que ma science des herbes et ce sens pratique auquel nous avons recouru dans chacune des missions réputées impossibles qui nous ont été confiées. En fait, je crois qu'il s'agit là d'un don attaché à ma nature d'homme noir — je suis fallasha, par conséquent descendant présumé de Salomon et de la reine de Saba.

Nous avions logé la première nuit dans l'une des chambres les moins crasseuses du caravansérail. Mon maître, qui est un homme de réflexion, avait peu dormi. Il avait remué ses pensées en tétant son narguilé, dont il prétend qu'il l'aide à mieux voir clair en lui-même, habitude mède que je comprends mal. À l'aube, le bruit des sonnailles et des sabots sur les dalles de la cour nous annonça l'arrivée du Chaldéen. Nous sortîmes pour l'accueillir. Depuis notre dernière quête, sa barbe fleurie avait grisonné, mais l'éclat de ses yeux restait intact sous les sourcils en bataille. Après les congratulations d'usage, nous allâmes nous restaurer dans la grande salle du caravansérail : repas frugal d'oignons, de poisson séché et de galettes d'orge, arrosé d'un lait aigre proposé par un chevrier du cru.

Notre entrevue étant fixée à l'heure du zénith, nous eûmes le temps de faire le point : rendez-vous nous avait été donné par l'intermédiaire de coursiers dont la seule consigne était de nous indiquer le lieu et l'heure et de nous apporter une première provision de l'or qui nous serait remis à l'issue de notre mission. Mon maître, dont la morphologie anguleuse jurait parmi tous ces marchands à l'obésité entretenue par une nourriture trop grasse, avait abandonné son narguilé pour arpenter la cour à grandes enjambées. C'était sa façon à lui de cogiter. Il finit par tendre vers nous un index péremptoire :

— Hérode, énonça-t-il de sa voix cassante.

— Comment peux-tu en être sûr ? demanda Balthazar.

— Évident ! Notre commanditaire est quelqu'un de riche, donc de puissant. Et le fait que nous soyons à portée de chameau de Jérusalem m'incline à penser qu'il s'agit du roi de Judée, cet Iduméen placé par les Romains à la tête des Juifs, qui le honnissent. Autant dire que nous risquons de mettre le doigt dans de périlleuses intrigues de cour. Prudence, donc, dans l'expression comme dans le langage. Les Iduméens passent pour descendre d'Esaü, qui s'est retiré au Neguev après avoir perdu son droit d'aînesse dans les circonstances que vous savez. Alors, s'il ne faut pas parler de poignard dans la maison de Brutus, on ne parle jamais de lentilles dans la maison d'Hérode.

— Quoi qu'il en soit, déclara Balthazar, on fait appel ici à notre science de la vie. N'oublie pas, mon cher, que nous sommes connus dans tout l'Orient comme les meilleurs mages actuels, de la mer du sel à celle du Nord[1], en passant par les monts Zagros, le grand et le petit Zab, et cette meurtrière route jaune empuantie par les vapeurs de naphte.

La faconde de Balthazar m'avait toujours fasciné, dans la mesure où elle fournissait un contrepoint subtil à la sécheresse contrôlée de mon maître. Mais chez l'un comme chez l'autre, il y avait toujours une part de théâtre.

Le hennissement d'un cheval, dans la cour du caravansérail, nous apprit, à l'heure dite, que l'émissaire était arrivé. Mon maître avait eu raison : ses buffleteries, son casque, tout indiquait un soldat de l'armée d'Hérode.

---

1. De la Méditerranée à la mer Caspienne.

Nous nous portâmes à sa rencontre alors qu'il descendait de sa monture. C'était un grand gaillard à la barbe dense, aux yeux égarés dans un visage très brun ; sans doute un Iduméen.

Il exigea que nous nous rendions dans un lieu discret, non loin des latrines, dont l'odeur alcaline nous suffoqua. Là, à notre grande surprise, il fouetta vigoureusement son cheval qui repartit au galop vers la sortie.

— Il connaît la route pour rentrer, expliqua-t-il.

— Mais toi ?

Il ne répondit pas. Il ne portait aucun document à la ceinture. Apparemment, son message était oral, et lorsqu'il nous le délivra, il parla d'un ton monocorde, sans âme, comme sous l'effet de quelque envoûtement :

— Mon maître, qui est un souverain très puissant, vous demande d'effectuer pour lui une recherche secrète, qui sera rétribuée à la mesure des difficultés que vous aurez rencontrées. Vous devrez, pour cela, vous rendre à Jérusalem, au Palais royal, où vous demanderez à voir Archelaos, qui vous donnera les indications nécessaires.

— Le fils d'Hérode, donc, dit mon maître.

L'autre reprit, comme si les paroles n'étaient pas parvenues à son entendement :

— Votre mission, si vous l'acceptez, consistera à retrouver un enfant dont la vie est menacée. Bien entendu, si vous êtes capturés et questionnés, mon maître niera vous avoir confié cette tâche. Tel est mon message.

Là-dessus, avant que nous ayons pu esquisser un geste, il prit à sa ceinture un poignard aigu, avec lequel il se trancha la gorge d'une oreille à l'autre. Sidérés, les yeux écarquillés, nous contemplâmes son cadavre, ramassé sur lui-même au milieu d'une mare de sang.

— Belle preuve de conscience professionnelle, commenta sobrement mon maître. Une vieille coutume orientale veut que les porteurs de messages s'autodétruisent dans les trente secondes pour effacer toute trace de la perversité de leurs mandataires.

— Moi, opina Balthazar, placide, j'en suis encore à me demander quelle est la part de l'acquis et de l'inné dans l'imbécillité humaine.

— En ce qui me concerne, conclus-je, je dirais que cet homme n'était pas en possession de son intégrité mentale. J'ai observé ses pupilles : dilatées à l'extrême. Il était sous l'empire du haschisch.

Mon maître me jeta un regard agacé. Il détestait toute allusion à cette drogue. Lui-même en usait parfois, quand il se trouvait en état de vacance mentale : du chanvre indien, qu'il appelait par pudeur *cannabis indica*, mélangé au musc, à la cannelle, à la pistache et au sucre, dans une proportion qu'il évaluait à sept pour cent.

Tout le long de notre périple, nous avions été retardés par une foule considérable, se dirigeant en convois vers les quatre points cardinaux du pays, et dont les courants antagonistes se heurtaient aux points névralgiques des routes, où ils dégénéraient en cohues vociférantes et agressives.

Nous nous étions renseignés. Quirinus, gouverneur de Syrie, avait, à la diligence d'Octave Auguste, organisé le recensement de toute la population juive, et le règlement voulait que chaque famille se rende sur son lieu d'origine afin de s'y faire enregistrer.

Nous n'arrivâmes donc à Jérusalem qu'un peu après le coucher du soleil. Une lune opaline jetait sa lumière magique sur les dômes et les terrasses, peignant un panorama d'or pâle, blessé d'ombres profondes, étendu aux limites de la vue jusqu'à un horizon de collines rousses, que découpait le bleu soutenu de la nuit. Un énorme brouhaha en montait, scandé par les abois des chiens, auxquels les hurlements des chacals, ameutés sous les oliviers à la chevelure argentée, apportaient un écho lugubre.

Nous avions dû nous envelopper dans de chaudes étoffes, car le vent du soir devenait mordant à l'approche du solstice d'hiver. Du dos de nos chameaux, nous pûmes bientôt contempler le temple de Salomon, magnifiquement reconstruit une quinzaine d'années auparavant par cet Hérode qui s'appelait lui-même le Grand. Les ors y luisaient sur les toits et les murs, en reflet trompeur d'éternité. C'était là que nous devions nous rendre, car c'était là que résidait le souverain.

Ayant passé la nuit dans un caravansérail de la porte de Damas, nous nous présentâmes dès le lendemain matin à l'entrée du palais. La garde y était nombreuse et arrogante. Toutefois, la richesse de nos vêtements impressionna les sentinelles, et lorsque nous demandâmes à voir Archelaos, les formalités furent réduites au minimum. On nous fouilla consciencieusement pour s'assurer que nous ne portions pas quelque lame. En fait, on nous attendait.

Déambulation le long de couloirs tendus de riches soieries avant de parvenir à une salle somptueusement décorée, où les cuivres luisaient de toute leur chaleur contre des murs d'albâtre. Archelaos était étendu sur un sofa à la mode romaine. Nous découvrîmes un éphèbe douteux, au visage ingrat et aux mains inquiètes. Il nous accueillit dans l'ironie, refuge préféré des médiocres et des pusillanimes :

— Voici donc les rois des mages, qui sont aussi les mages des rois ! L'honneur est sans doute pour celui qui, face aux puissances de l'esprit et du verbe, ne dispose hélas que du pouvoir temporel, si absolu soit-il.

La flatterie n'était que l'habit d'une menace implicite, nous le comprîmes parfaitement. Nous nous inclinâmes. À demi redressé, il tendit un bras languissant.

— Voyons, que je devine à mon tour. Toi, le grand, tu es Gaspard le Mède, et toi Balthazar le Chaldéen. Quant à toi...

Son regard s'attarda sur moi avec un rien de mépris.

— Moi, je suis Melchior l'Abyssin, le nègre de service, déclarai-je en m'inclinant — exagérément — une deuxième fois.

Il ne devait pas être trop bête, car il flaira la raillerie. Les sourcils froncés, il reprit d'une voix brève :

— Qu'en est-il du messager que je vous ai envoyé ?

— Rassure-toi, grand Prince, il en est mort, répondit mon maître d'un ton glacé.

Archelaos lui jeta un regard noir, avant de poursuivre, sur le mode désinvolte :

— Oui, j'ai voulu décharger mon père d'une partie de ses tâches, et c'est la raison pour laquelle j'ai pris cette affaire en charge.

Une pause. Il avait dû préparer son discours, mais à présent, il ne savait trop comment nous le servir.

— Nos informateurs nous ont appris qu'un enfant était en danger. Nous ne savons rien de lui, sinon qu'une conjuration s'est nouée afin de mettre un terme à son existence. Nous aimerions que, grâce à vos dons de voyance, vous puissiez le retrouver et nous l'amener ici, au Palais, où nous aurions alors les moyens d'assurer sa protection.

— Connais-tu des détails susceptibles de nous guider, grand Prince ? demanda Balthazar.

Archelaos leva des sourcils ironiques.

— Tiens, je croyais que la voyance suffirait ! Mais si de petites précisions matérielles peuvent la favoriser, voici : l'enfant, dont nous ignorons s'il est déjà né ou à naître, descendrait de la maison de David.

— Il serait donc l'héritier de la dynastie légitime prétendant au trône de Jérusalem, grand Prince ?

C'était encore Balthazar qui venait de parler. Archelaos réprima un geste d'impatience.

— Bien sûr ! Sinon, pourquoi nous en soucierions-nous ? Un fils de savetier ou de caravanier ne saurait nous intéresser !

Mon maître prit le relais :

— Permets-moi, grand Prince, une autre question, à mon avis sensée, mais que tu trouveras peut-être impertinente. Pourquoi la lignée d'Hérode le Grand se préoccupe-t-elle de protéger le descendant d'une lignée différente, qu'on pourrait qualifier d'objectivement rivale ?

Le visage d'Archelaos s'enflamma. Il ouvrit la bouche pour proférer quelque réplique cinglante, mais s'en abstint. Il se leva précipitamment, nous jetant par-dessus son épaule :

— Attendez-moi ici !

Il disparut derrière une tenture.

— Il va chercher papa, opina Balthazar, placide. Il n'a plus les épaules.

Il usait parfois de ces formules étranges, prétendument recueillies dans les visions que lui envoyait l'avenir. S'écoulèrent quelques lourdes minutes, pendant lesquelles je sentis — et mes compagnons aussi sans doute — la sueur couler de mes aisselles sous les lainages que nous avions revêtus. Enfin, la tenture s'écarta. Ce n'était plus Archelaos, mais une sorte de majordome chamarré, suivi de deux serviteurs portant des aspersoirs d'hysope. Nous eûmes droit à une pluie de parfums, après quoi, on nous fit signe de pénétrer dans la salle suivante, encore plus grande, plus richement décorée, où nous suffoquâmes presque sous l'intensité des vapeurs d'encens que diffusaient des dizaines de cassolettes.

Au fond, il y avait un trône, incrusté d'or et de pierreries. Sur ce trône, le roi Hérode, appelé le Grand — j'aurais dit le Gros — était affalé, avec, sur son visage adipeux, une expression affichée de vénéneuse bienveillance. Des trompes sonnèrent, tout à fait inutilement, tant il était évident qu'il s'agissait là d'un artifice sans objet. De sa main potelée, Hérode nous fit signe d'approcher, puis après notre salut cérémonieux, de nous asseoir en face de lui. D'une voix grasseyante, il déclara :

— Vous excuserez l'abus des parfums, mais c'est là l'un de mes nombreux travers. Les mauvaises odeurs me rendent malade.

Ce tyran avait visiblement le nez plus sensible que le cœur. Il nous en donna la preuve dans les minutes qui suivirent. Il avait joint ses mains, doigt contre doigt, dans une attitude d'ostensible méditation. Il parla :

— Mon fils Archelaos a le défaut de toute jeunesse : le mépris des nuances. Permettez-moi donc d'expliciter notre démarche à sa place. Quoique Iduméen, je suis de religion mosaïque. Les Juifs sont désormais mon peuple. Aussi, ai-je le souci et l'espoir de le savoir bien gouverné. Dans cette perspective, je vois plus loin que mes propres intérêts dynastiques. Je me dis qu'un jour, la lignée de David pourrait faire son honneur et son bonheur. Aussi, ai-je à cœur de protéger le dernier de ses rejetons. Mon fils vous a-t-il dit son nom ?

— Non, grand Roi, répondit Balthazar. Il n'en a pas eu le temps.

— Et l'émissaire que je vous ai envoyé ?

— Lui non plus, grand Roi, intervint mon maître. Il était si pressé de se trancher la gorge !

— Eh bien, je vous le dévoile, reprit Hérode, patelin : Immanouel. C'est en tout cas le bruit qui court. Or, vous le savez, mon pouvoir s'arrête au nord de Jérusalem, en Samarie. Je ne suis que roi de Judée, encore qu'ancien gouverneur de la Galilée, j'y aie conservé quelques intelligences, si le terme ne vous paraît pas trop ambitieux. Par elles, je sais que la famille de cet enfant est maintenant établie dans la région de Nazareth.

Il marqua une pause, que mon maître utilisa pour questionner :

— Nous devrions donc nous rendre en Galilée, grand Roi ?

— Vous devrez, acquiesça Hérode. Et vous devrez également m'en ramener cet enfant.

— Avec ses parents ?

— Si vous le jugez bon, répondit Hérode, dans un rictus carnassier. Je vous laisse maîtres de la conduite à tenir. Trouvez l'enfant, c'est tout l'avenir du peuple juif qui en dépend.

Balthazar déclara, impassible :

— Voilà un noble souci, ô grand Roi. Il t'honore et rejaillit sur toute ta descendance.

Hérode tressaillit légèrement, le regard acéré, mais il ne vit rien, dans la physionomie de Balthazar, qui trahisse la moindre ironie. Je fus le seul, avec sans doute mon maître, à déceler chez lui le sarcasme, dans les rides minuscules qui s'animaient au coin de ses yeux, sous la pointe des sourcils.

— Un dernier point, reprit-il, d'un ton pénétré. Les prophètes ont-ils annoncé sa venue ?

Hérode se renfrogna.

— Les prophètes ont annoncé tout et son contraire. Leur enseignement est aussi difficile à déchiffrer que les hiéroglyphes égyptiens. Alors...

La violence de sa nature éclata en un mouvement convulsif, qu'il ne maîtrisa pas sans peine.

— Trouvez d'abord cet enfant, nous verrons ensuite à interpréter les oracles.

Il frappa dans ses mains selon un rite convenu. Deux esclaves nubiens apparurent, qui l'aidèrent à se lever. Il nous adressa un sourire redoutable.

— L'âge, l'âge... murmura-t-il, et aussi les soucis de la charge royale, qui multiplient les années... Suivez-moi, je vais vous montrer ma chambre aux parfums.

Très intrigués, nous obtempérâmes. Il nous emmena dans un petit local où s'entassaient des coffres en bois du Liban, qu'il nous désigna, non sans complaisance :

— Là, ce sont les parfums végétaux, amandes amères, benjoin, camphre, cardamome, cinamone, lavande, jasmin, orange, menthe, mélisse, rose, myrrhe, santal, et j'en passe. Là, les parfums animaux, le castoreum, le musc du cerf, la civette, et l'ambre que je fais venir d'au-delà des colonnes d'Hercule.

Il ouvrit l'un des coffres, dévoilant une vingtaine de boîtes de senteur décorées.

— Enfin, voici l'encens, mon parfum préféré, grâce auquel j'oublie les relents de la vie.

Il trottina ensuite vers un meuble plus étroit, dont il souleva le couvercle. Celui-ci ne contenait que deux boîtes de senteur pareilles aux autres et un petit sac en peau d'agneau. Il énonça :

— L'encens, la myrrhe et l'or. Ce sont les présents que je veux offrir à l'enfant, et que vous vous chargerez de lui remettre. L'encens purifie l'air et plaît à Dieu. La myrrhe, que vous donnerez à la mère, est souveraine contre les douleurs de l'enfantement. Quant à l'or, c'est simple, il guérit tous les maux !

Là-dessus, il éructa un rire poussif, presque douloureux, qui secoua son ventre. À son geste, l'un des esclaves nous remit les deux boîtes et le petit sac, après quoi nous regagnâmes la salle du trône, où l'intendant nous attendait avec un quatrième sac.

— Cet or-là est pour vous, déclara Hérode, munificent, tout en reprenant place sur son trône. Il rémunérera vos services.

Très confusément, je me demandai s'il n'allait pas nous prier, la mission accomplie, de nous trancher la gorge, comme son émissaire de Raboth. Je me promis d'ouvrir l'œil : ce sanglant tyran pourrait fort bien charger quelques-uns de ses sbires de s'en acquitter à notre place. Les salutations accomplies, les esclaves nubiens nous guidèrent, par une petite porte dérobée de la salle du trône, le long d'un couloir désert qui menait à une discrète poterne, sur les arrières du palais.

Dois-je avouer qu'une fois dehors, nous respirâmes enfin plus librement ? J'avais vu le moment où nous ne ressortirions pas vivants de cette tanière dorée.

— Donc, direction Nazareth et la Galilée ? questionna Balthazar alors que nous regagnions le caravansérail.

— Ce n'est pas mon avis, déclara mon maître, sans nuances. Même si les informations recueillies par Hérode sont exactes, la circonstance les infirme aujourd'hui. Vous avez bien entendu ? Il s'agit d'un rejeton de la lignée du roi David.

— Et alors ? demandai-je.

— Élémentaire, mon cher Melchior : le recensement, pensez au recensement ! Si cette famille existe toujours, elle a dû se déplacer pour se faire inscrire sur le lieu de son origine. Toi qui, en ta qualité de fallasha, as peut-être dans les veines du sang de Salomon, donc de David, tu devrais savoir que David était bethléémite. Donc, au lieu de nous diriger vers le nord et la Galilée, il faut prendre la direction du sud : la Judée[1] !

Bethléem n'était guère éloignée de Jérusalem, mais l'encombrement des routes nous retarda considérable-

1. Ainsi est réfutée, une fois pour toutes, la thèse de Sheila selon laquelle les rois mages seraient allés en Galilée.

ment. Si certains prenaient la même direction que nous, d'autres empruntaient la route pour se rendre plus au sud, à Kyriat Arba, tombeau des patriarches, que les Romains appellent Hébron.

Nous arrivâmes dans une bourgade surpeuplée, aux ruelles étroites, où s'entassaient des maisons blanches et ocre dans une vaine recherche d'espace. Les chameaux, auxquels leur gabarit interdisait l'accès de la cité, étaient restés parqués dans les caravansérails, mais les ânes étaient nombreux, qui empruntaient le caniveau central des rues, jonché de leur crottin, entre les marches glissantes réservées aux piétons. Leurs braiments déchirants dominaient parfois le tumulte de cette foule bigarrée et vociférante, assaillie de mouches obstinées malgré l'approche de l'hiver. Les soldats d'Hérode, assistés de quelques décuries romaines, y maintenaient un ordre très relatif.

Nous avions trouvé place dans l'un des caravansérails les moins sordides et les plus onéreux, dont le patron nous confia, d'un air de désabusement réjoui :

— Eh oui, les affaires vont bien. Avec ce recensement, la population de la ville a quadruplé. C'est pire qu'à Césarée en été. Il y en a beaucoup qui n'ont pu se loger que dans les granges, les écuries et les étables.

Nous reportâmes nos recherches au lendemain, mais la nuit ne nous reposa pas, palpitante qu'elle était de rumeurs et de cris, sans compter les hurlements des chacals, accourus aux lisières des zones habitées, dont les ordures amoncelées avaient excité leur odorat. Le lendemain, dès l'aube, nous nous séparâmes. Notre quête était clairement tracée : il nous fallait retrouver un couple en espérance, dont l'un des conjoints descendrait du roi David. Érudit par goût et par nécessité, Balthazar avait apporté quelques manuscrits que son don de voyance avait choisis comme susceptibles de faciliter notre recherche, et il avait exhumé la prophétie d'Isaïe, dont il nous lut un passage du septième verset :

« Écoutez donc, maison de David !

Est-ce trop peu pour vous de lasser la patience des [hommes,

Que vous lassiez encore celle de Mon Dieu ?
C'est pourquoi le Seigneur lui-même vous donnera un [signe.
Voici : la jeune fille vierge deviendra enceinte,
Elle enfantera un fils, et lui donnera le nom [d'Immanouel. »

— Immanouel, avais-je répété, pensif, cela signifie : Dieu avec nous.

Mon maître avait enchaîné :

— Immanouel, de la maison de David... Très clair, à présent : Hérode craint pour sa dynastie, puisque le prophète annonce l'avènement de celle de David. Si nous retrouvons cet enfant et si nous le lui remettons, je ne donne pas cher de sa vie.

— Nous n'en sommes pas encore là, avait fait observer Balthazar. Toutefois, j'abonde dans ton sens, mon cher Gaspard. Isaïe lui-même ne nous met-il pas en garde dans son premier verset :

« Et maintenant, il y a des assassins ! »

— Je n'aurais pas mieux dit, conclut mon maître de sa voix froide.

« Et maintenant, il y a des assassins. »

J'avais retenu la leçon. Tandis que mes deux compagnons commençaient leurs recherches, je me livrai, de mon côté, à une activité qui, de prime abord, ne semblait pas importante : je fréquentai les marchands, accourus en foule en même temps que les chacals, dans la perspective de bonnes affaires. J'achetai deux boîtes de senteur, que je remplis, l'une avec de l'encens, l'autre avec de la myrrhe, produits que je choisis de la meilleure qualité. Quant aux deux boîtes de senteur confiées par Hérode pour son offrande, je les enfouis au fond d'un de nos sacs, après y avoir prélevé un peu de leur contenu.

Dans l'après-midi, mes compagnons revinrent ensemble. Ils triomphaient. Le couple recherché avait trouvé refuge dans une étable, assez loin du centre de la vieille ville, et la filiation du père, reconstituée par Balthazar, était sans équivoque. Il ne se priva pas de nous débiter une longue litanie de noms commençant à

Abraham et finissant à Jacob, père de Joseph, en passant par David et Salomon ; en tout, quatorze générations depuis Abraham jusqu'à David, quatorze de David à la déportation en Babylone, quatorze de la déportation à Joseph.

— Les avez-vous vus ? leur demandai-je.

Ils les avaient vus. La femme, Myriam, avait mis au monde, la nuit précédente, un enfant de sexe masculin. Ils envisageaient de l'appeler Immanouel à l'expiration de la période réglementaire de huit jours, conformément à la prédiction d'Isaïe.

Selon mes compagnons, il fallait maintenant agir vite, car si le fait venait à la connaissance d'Hérode, ses sbires accourraient. Nous nous rendîmes à l'étable alors que la nuit d'hiver tombait sur Bethléem, notre route éclairée par Eospheros, qui resplendissait dans le ciel comme elle ne l'avait jamais fait.

— Elle et Hesperos sont appelées les étoiles des bergers, déclara mon maître. Elles les guident dans leurs pérégrinations, à l'aube et au crépuscule.

— À cette nuance près, corrigea Balthazar, spécialiste en ce domaine, que contrairement aux croyances grecques et romaines, il ne s'agit que d'un seul et même astre, lequel accompagne le soleil dans sa course. C'est pourquoi on l'appelle soit l'étoile du matin, soit l'étoile du soir.

Le couple nous attendait dans son étable, entre les animaux et quelques bergers qui semblaient leur vouer une véritable vénération. Cela s'expliquait : l'homme, Joseph, respirait la bonté et la noblesse. Il n'avait que 27 ans, mais déjà la sagesse, sinon la sérénité, avait marqué son âme. On le devinait brûlé par un feu intérieur soigneusement contenu. Sa femme, Myriam, avait bien dix ans de moins que lui. C'était encore une adolescente, aux commissures marquées par un reste d'enfance, qui berçait son bébé avec une adoration touchante.

Mon maître leur présenta nos souhaits de bonheur, soulignant qu'il était coutume, dans son pays, d'offrir des cadeaux pour la fête de Mithra, solstice d'hiver marquant la renaissance victorieuse du soleil sur le froid et la nuit.

Je fus alors prié de remettre les présents. Le sac d'or n'appela aucun commentaire, mais les yeux de mes compagnons s'arrondirent lorsque je présentai les deux boîtes de senteur que j'avais achetées, puis remplies avec l'encens et la myrrhe acquis sur place. Bien évidemment, ils ne reconnaissaient pas celles d'Hérode.

L'explication de ce point remise à plus tard, mon maître entreprit de convaincre Joseph et Myriam. Ils ne voulurent d'abord pas croire au danger qui les menaçait, et il fallut que Balthazar évoquât mensongèrement un songe divin qui lui était venu pour qu'ils consentissent enfin à nous écouter : ils étaient en très grand péril, les soldats d'Hérode ne leur feraient aucune grâce, tant le despote craignait que leur fils ne supplantât le sien à la tête du peuple juif.

Myriam s'affolait, se tordait les mains, et Joseph, malgré son empire sur lui-même, dissimulait mal son désarroi.

— Mais enfin, que pouvons-nous faire ? s'écria-t-il avec désespoir, nous sommes totalement désarmés !

— Vous devez fuir, trancha mon maître. Tout de suite, sans perdre une heure !

— Mais où et comment ?

— En Égypte, où Hérode n'a aucun pouvoir. Vous possédez maintenant assez d'or pour vous joindre à une caravane.

— Et croyez-vous que là-bas, nous serons en sécurité ?

— Oui, à condition...

Mon maître regarda Balthazar, qui enchaîna, avec une parfaite mauvaise foi :

— Dans le songe que j'ai reçu, il m'était dit que, pour égarer les soupçons d'Hérode, vous ne devez plus appeler votre fils Immanouel, ainsi qu'il est annoncé dans la prophétie d'Isaïe.

— Et comment alors ?

— Ishoua, ce qui signifie aidé par Iaveh. Tu vois, Joseph, qu'on ne s'éloigne pas du sens premier.

Le dialogue se poursuivit tard dans la nuit, mais il fut convenu que le lendemain, dès l'aube, le couple prendrait la direction de l'est, sur l'un de nos chameaux que nous lui laisserions. Rentrés au caravansérail, je dus donner à mes compagnons les explications de ma conduite. Je me référai aux prophéties d'Isaïe, dont je rappelai la phrase déjà citée par Balthazar : « Et maintenant, il y a des assassins. » En exhumant une autre du même verset : « J'ai l'encens en horreur », commentaire plus que significatif en la circonstance.

— Très bien, admit mon maître, maussade, il t'arrive d'être conducteur de lumière, mon cher Melchior, mais dis-moi ce que sont devenues les deux boîtes d'Hérode ?

Je déclarai tranquillement :

— J'ai pris la liberté de prélever un peu de leur contenu. Vous connaissez tous les deux ma science des herbes. Eh bien, j'ai décelé, dans l'encens préparé par Hérode, un taux si élevé de jusquiame noire que les fumées en auraient été mortelles. Je compte donc lui rapporter ces boîtes.

Il y eut un silence pesant.

— Ne crois-tu pas que cela risque de le plonger dans une dangereuse fureur ? questionna doucement Balthazar.

— Mais il n'en saura rien, répondis-je en souriant.

Nous repartîmes le lendemain, très tôt. Les premières lueurs du jeune soleil jouaient sur le sommet des dômes, tandis que l'ombre quittait la cité, en nappes obstinées qui accrochaient leurs derniers mystères au fond des ruelles. Des houles de bruits dégradaient déjà l'intimité perdue de la nuit, et quelque part vers le nord, sur la route des bergers, le son d'un pipeau teintait d'argent la douceur mauve de l'aurore.

— Ainsi, éclata Hérode, vous n'avez pu remplir votre mission ! Votre réputation est bien usurpée, seigneurs mages !

— Nous avions de fausses indications, grand Roi, répondit doucement Balthazar. D'abord la Galilée vers laquelle tu nous as dirigés, alors qu'il s'agissait de la Judée, ce qui nous a considérablement retardés. Ensuite, ce prénom d'Immanouel. Je puis t'assurer qu'aucun enfant y répondant ne se trouvait à Bethléem !

Hérode lança d'une voix rauque :

— J'ai assemblé les principaux sacrificateurs et les scribes du peuple. Ils m'ont affirmé qu'un enfant de la lignée de David devait naître à Bethléem, en Judée. Ils m'ont même cité le prophète :

« Et toi, Bethléem, terre de Juda
Tu n'es certes pas la moindre
Entre les principales villes de Juda,
Car de toi sortira un chef
Qui paîtra Israël, mon peuple... »

Et l'on me dit maintenant qu'il aurait quitté la Judée ! C'est donc qu'on l'a averti ! Qui ?

Mon maître prit la parole :

— Des renseignements que j'ai recueillis, grand Roi, il semblerait que son père, Joseph, ait reçu un songe l'avertissant de fuir.

— Un songe ! proféra Hérode, furibond, ils ont bon dos, les songes, on leur fait dire ce qu'on veut !

— C'est pourtant l'un des procédés de communication entre ciel et terre qui a été très utilisé, fit remarquer Balthazar, doucereux. Rappelle-toi, grand Roi, Abraham, Joseph d'Égypte, David... Au demeurant, n'ayant pas retrouvé l'enfant, nous nous ferions scrupule de garder la provision d'or que tu nous as allouée...

Hérode se redressa, le regard flamboyant.

— Jamais ! Croyez-vous que le grand Hérode soit assez petit pour reprendre ce qu'il a donné ? Gardez-le cet or, et puisse-t-il compenser ce que vous allez perdre en réputation lorsque les choses se sauront !

Nous nous inclinâmes très bas. Une fois dehors, Balthazar ne réprima pas un grand soupir de soulagement.

— Je voyais le moment où nous n'en ressortirions pas vivants, avoua-t-il. Cet Hérode aime l'odeur du sang.

— Impossible, rétorqua mon maître, notre statut est tel qu'aucun souverain n'oserait attenter à notre vie, il craindrait trop la vengeance du ciel. Nous jouissons d'une sorte d'immunité mystique.

Je déclarai, d'un ton léger :

— Les choses auraient pourtant pu se compliquer. Car je ne possédais plus l'or que tu as imprudemment proposé de lui rendre, mon cher Balthazar.

Ils sursautèrent, stupéfaits.

— Qu'en as-tu fait ? s'écria Balthazar, l'as-tu laissé aussi à Joseph et à Myriam ?

— Ils avaient assez de celui d'Hérode. N'avez-vous pas remarqué que je me suis absenté un moment, pendant que le grand Roi nous faisait longtemps attendre de sa façon si cavalière ?

— Si, mais nous pensions que tu t'étais rendu aux lieux d'aisance.

— J'ai acheté la connivence d'un des soldats de la garde. Tout se vend, aux allées d'Hérode. J'ai pu m'introduire dans la chambre aux parfums, où j'ai remis les deux boîtes de senteur parmi les autres, dans les coffres appropriés.

— Ce soldat t'a vu faire ?

— Il a détourné les yeux. Je lui avais donné beaucoup d'or.

Je vis se dessiner un soupçon de sourire sur les lèvres minces de mon maître, tandis que Balthazar s'épanouissait sans contrainte.

— Ainsi, conclut-il, si Hérode n'avait aucune intention criminelle, il n'en subira aucun dommage...

Un silence. Il ajouta, sur le ton de la prudence :

— Mais dans le cas contraire...

Tout autre commentaire eût été superflu.

Nous apprîmes la mort d'Hérode deux semaines plus tard, alors qu'ayant regagné Rages, nous y prenions congé de Balthazar. Mais une autre nouvelle, colportée en même temps par la rumeur des caravanes, nous bouleversa : le sanglant tyran avait fait massacrer à Bethléem tous les enfants âgés de moins de 2 ans, afin de supprimer celui dont il craignait tant l'avènement. Ainsi ne l'avions-nous sauvé qu'au prix de centaines d'autres vies.

— Je ne m'en remettrai jamais, avoua Balthazar, la lèvre tremblante.

— Notre responsabilité n'est pas en cause, lui fis-je sombrement remarquer. Et, de toute façon, aurions-nous pu, de sang-froid, livrer un enfant innocent au couteau du bourreau ? Vois-tu, j'ai aussi parcouru les prophéties. Celle de Jérémie avait déjà annoncé le massacre des Innocents :

« On a entendu des cris à Rama,
Des pleurs et de grandes lamentations.
Rachel pleure ses enfants,
Et n'a pas voulu être consolée
Parce qu'ils ne sont plus. »

— Et toi, tu auras rendu justice avant que le crime ne soit commis, me dit pensivement Balthazar. En tout cas, personne ne pourra plus désormais prétendre qu'il se moque de l'an 40 du calendrier julien.

Mon maître conclut dans le mysticisme désabusé :

— Si l'on ne conçoit le vent qu'à le voir secouer les arbres, sans doute ne conçoit-on Dieu qu'à le voir secouer les hommes.

Tel que je le connaissais, c'était plus dans sa bouche une constatation clinique qu'un jugement de valeur.

LE MEURTRE DU GUI

P.D. James

Un des inconvénients mineurs liés au fait d'écrire des romans policiers à succès est la question omniprésente : « Et vous, avez-vous jamais été personnellement impliquée dans une enquête criminelle réelle ? » ; question occasionnellement posée avec une expression et un ton de voix qui suggèrent que la Brigade criminelle de la police londonienne aurait avantage à venir creuser dans mon jardin. Je réponds invariablement par la négative, en partie par réticence, en partie parce que la vérité serait trop longue à raconter et que la part que j'y ai prise, même après cinquante ans, est difficile à justifier. Mais à présent que je suis, à 70 ans, la dernière survivante de cet extraordinaire Noël 1940, l'histoire peut certainement être racontée sans risque, ne serait-ce que pour ma propre satisfaction. Je l'appellerai « Le Meurtre du Gui », bien que le gui ne joue qu'un rôle mineur dans ce mystère. J'ai changé les noms. Il n'y a maintenant plus personne en vie qui puisse être atteint dans ses sentiments ou sa réputation, mais je ne vois pas pourquoi l'on devrait refuser aux morts ce privilège.

J'avais 18 ans au moment des événements, j'étais une jeune veuve de guerre ; mon mari mourut deux semaines après notre mariage ; il fut l'un des premiers pilotes de la RAF à tomber au combat. Je m'étais engagée dans la

WAAF[1], en partie parce que je m'étais persuadée que cela lui aurait fait plaisir, mais avant tout par besoin de soulager mon chagrin par une nouvelle vie, de nouvelles responsabilités. Sans résultat. Le deuil est comme une maladie grave. On en meurt ou on lui survit, et le remède est le temps, pas un changement de décor. Je subis mon entraînement préliminaire avec la sombre résolution d'aller jusqu'au bout, mais quand me parvint l'invitation de ma grand-mère, juste six semaines avant Noël, j'acceptai avec soulagement. Elle représentait la solution à l'un de mes problèmes. J'étais fille unique et mon père, médecin, s'était porté volontaire comme recrue d'âge mur dans le RAMC[2]; ma mère était partie en Amérique. Un certain nombre de camarades d'école, dont certaines étaient également dans l'armée, m'avaient écrit en m'invitant pour Noël, mais je ne me sentais pas la force d'affronter même les festivités contenues de la guerre. Je craignais de me comporter en éteignoir à leur fête de famille.

J'étais également curieuse de voir la maison où ma mère avait grandi. Elle ne s'était jamais entendue avec sa mère et après son mariage, la rupture fut complète. Je n'avais rencontré ma grand-mère qu'une seule fois dans mon enfance. Je gardais d'elle le souvenir d'une femme redoutable, caustique et pas particulièrement compréhensive envers la jeunesse. Mais je n'étais plus jeune, sinon par l'âge, et ce que sa lettre évoquait avec tact — une maison chaleureuse avec quantité de feux de cheminée, de petits plats et de bon vin, de paix et de tranquillité — était exactement ce à quoi j'aspirais. Il n'y aurait pas d'autre invité, mais mon cousin, Paul, espérait obtenir une permission pour Noël. J'étais curieuse de faire sa connaissance. Il était mon seul cousin encore en vie ; c'était le plus jeune fils du frère de ma mère, d'environ six ans mon aîné. Nous ne nous étions jamais

---

1. *Women's Auxiliary Air Force* : section féminine auxiliaire de l'armée de l'air britannique (NdT).
2. *Royal Army Medical Corps* : service de santé des armées britanniques (NdT).

rencontrés, en partie à cause de la querelle familiale, en partie parce que sa mère était française et qu'il avait passé la plus grande part de son enfance en France. Son frère aîné était mort quand j'étais à l'école. J'avais un vague souvenir d'enfance concernant quelque secret honteux, à propos duquel on murmurait, mais que l'on ne m'avait jamais expliqué. Ma grand-mère, dans sa lettre, m'assurait qu'en dehors de nous trois, il n'y aurait que le majordome, Seddon, et sa femme. Elle avait pris la peine de s'informer des horaires d'un car de campagne qui quitterait la gare de Victoria à 17 heures la veille de Noël et m'emmènerait jusqu'au bourg le plus proche où Paul viendrait à ma rencontre.

L'horreur du meurtre, la concentration sur chaque heure de ce 26 décembre traumatisant, a estompé mon souvenir du voyage et de mon arrivée. Je me rappelle la veillée de Noël en une série d'images, comme un film en noir et blanc granuleux, décousu, quelque peu onirique. Le car, soumis au black-out, avançant au pas, faiblement éclairé, à travers l'étendue obscure et déserte de la campagne sous un clair de lune incertain ; la haute silhouette de mon cousin sortant de l'obscurité pour m'accueillir au terminus ; le trajet à ses côtés, enveloppée dans des couvertures, dans sa voiture de sport, à travers des villages obscurs, dans un soudain tourbillon de neige. Mais une image demeure nette et magique, ma première vision de Stutleigh Manor. Il surgissait des ténèbres, sa silhouette sévère se découpant sur un ciel gris percé de quelques étoiles. Et soudain la lune sortit de derrière un nuage et révéla la maison ; beauté, symétrie et mystère baignés d'une lumière blanche.

Cinq minutes plus tard, je suivis le petit cercle de lumière émis par la torche de Paul jusque sous la véranda où l'on trouvait le traditionnel attirail campagnard de cannes de marche, de grosses chaussures, de bottes en caoutchouc et de parapluies, et passai derrière le rideau de black-out, dans la chaleur brillamment éclairée de l'entrée carrée. Je me rappelle l'énorme feu de bûches dans le foyer, les portraits de famille, l'atmosphère de confort défraîchi, et les branches mêlées de houx et de gui au-dessus des tableaux et des portes, qui étaient les seules décorations de Noël. Ma grand-mère descendit lentement le large escalier de bois pour m'accueillir, plus petite que dans mon souvenir, avec sa charpente frêle, légèrement plus petite même que mon 1 m 60. Mais sa poignée de main était étonnamment ferme et, en regardant ces yeux vifs et intelligents, la bouche serrée et obstinée, qui ressemblait tant à celle de ma mère, je sus qu'elle était toujours redoutable.

J'étais heureuse d'être venue, heureuse de rencontrer pour la première fois mon unique cousin, mais ma grand-mère m'avait trompée sur un point. Il devait y avoir un second invité, un lointain parent de la famille, qui était monté en voiture de Londres un peu plus tôt et était arrivé avant moi. Je rencontrai Rowland Maybrick pour la première fois au cours de l'apéritif, avant le dîner, dans un salon situé à gauche de l'entrée principale. Il me déplut au premier regard et je fus reconnaissante à ma grand-mère de ne pas avoir suggéré qu'il m'accompagne depuis Londres. Le grossier manque de sensibilité de son accueil — « Tu ne m'avais pas dit, Paul, que j'allais rencontrer une jeune et jolie veuve » — renforça mon préjugé initial envers ce que, avec l'intolérance de la jeunesse, je considérais comme un type humain. Il portait l'uniforme de lieutenant de l'armée de l'air, mais sans ailes — les mauviettes sans ailes[1], comme nous les appelions — était d'une beauté brune, la bouche pleine sous la fine moustache, le regard amusé et calculateur, un homme qui aimait évaluer ses chances. J'avais déjà rencontré ce type d'homme et ne m'étais pas attendue à le rencontrer au Manoir. J'appris que dans la vie civile il était négociant en antiquités. Paul, percevant peut-être mon désappointement de découvrir que je n'étais pas la seule invitée, m'expliqua que la famille avait besoin de vendre quelques pièces de valeur. Rowland, qui était spécialisé dans la numismatique, devait les trier et les

1. En anglais : *Wingless Wonders*, jeu de mots sur *chinless wonder*, chiffe molle (NdT).

évaluer en vue de trouver un acheteur. Et il ne s'intéressait pas seulement aux pièces de monnaie. Son regard parcourait les meubles, les tableaux, les porcelaines et les bronzes, ses longs doigts touchaient et caressaient comme s'il les évaluait mentalement pour la vente. Je le soupçonnais, si on lui en avait fourni l'occasion, d'être capable de me palper pour estimer le prix auquel on pourrait me revendre.

Le majordome et la cuisinière de ma grand-mère, indispensables seconds rôles dans tout meurtre dont le cadre est une maison à la campagne, étaient respectueux et compétents, mais manquaient de la chaleur humaine propre à cette époque de l'année. Ma grand-mère, si elle y avait réfléchi, les aurait probablement décrits comme des domestiques fidèles et dévoués, mais j'avais mes doutes. Même en 1940, les choses commençaient à changer. Mrs Seddon semblait à la fois surmenée et dévorée par l'ennui, combinaison déprimante, tandis que son mari contenait à grand-peine le ressentiment lugubre d'un homme qui calculait combien d'argent supplémentaire il aurait pu gagner comme ouvrier à la base de la RAF la plus proche.

Ma chambre me plut ; le lit à baldaquin avec ses rideaux fanés, le confortable fauteuil bas devant le feu, l'élégant petit secrétaire, les gravures et les aquarelles, défraîchis dans leurs cadres d'origine. Avant de me mettre au lit, j'éteignis la lampe de chevet et tirai le rideau de black-out. Des étoiles et un clair de lune, un ciel dangereux. Mais c'était la veille de Noël. Il n'y aurait sans doute pas de vols ce soir. Et je pensai aux femmes, partout en Europe, qui tiraient leurs rideaux et levaient les yeux, pleines d'espoir et de crainte, vers la lune menaçante.

Je m'éveillai tôt le lendemain matin. Le tintamarre des cloches de Noël me manquait, des cloches qui en 1940 auraient annoncé une invasion. Le jour suivant, la police devait me faire revivre chaque minute de ce Noël, et chaque détail demeure clairement dans ma mémoire, cinquante-deux ans plus tard. Après le petit déjeuner, nous échangeâmes des cadeaux. Ma grand-mère avait visiblement dévalisé son coffret à bijoux pour me faire cadeau d'une charmante broche en or émaillé, et je soupçonne que le présent de Paul, une bague victorienne, un grenat entouré de perles de culture, provenait de la même source. J'avais préparé les miens. Je me séparai de deux de mes trésors personnels pour la cause de la réconciliation familiale, une première édition de *A Shropshire Lad* pour Paul et une édition précoce de *Diary of a Nobody* pour ma grand-mère. Ils furent appréciés. La contribution de Rowland aux rations de Noël consistait en trois bouteilles de gin, des paquets de thé, de café et de sucre, et une livre de beurre, probablement dérobée aux stocks de la RAF. Juste avant midi, le chœur paroissial local arriva. Ses membres chantèrent une demi-douzaine de chants de Noël *a capella*, si faux que c'en était embarrassant, furent récompensés à contrecœur par Mrs Seddon de vin chaud et de tartelettes aux fruits secs, et, avec un soulagement visible, repassèrent le rideau de black-out pour retourner déjeuner en famille.

Après un repas traditionnel servi à 13 heures, Paul me proposa d'aller faire une promenade. Je ne voyais pas très bien pourquoi il désirait ma compagnie. Il resta presque silencieux tandis que nous piétinions obstinément les sillons gelés de champs désolés et franchissions des bosquets sans oiseaux, aussi tristement que si nous étions en train d'effectuer une marche d'entraînement. La neige avait cessé de tomber mais une mince couche s'étendait, craquante et blanche, sous un ciel vert-de-gris. Comme la lumière baissait, nous rentrâmes à la maison par l'arrière du manoir aux fenêtres obscurcies dont la bâtisse grise en forme de L tranchait sur la blancheur du paysage. Soudain, dans un changement d'humeur inattendu, Paul se mit à ramasser de la neige. Personne, en recevant la gifle glacée d'une boule de neige au visage, ne peut résister à l'envie de représailles, et nous passâmes environ vingt minutes comme des écoliers, à rire, nous bombarder mutuellement et bombarder la maison, jusqu'à ce que la neige de la pelouse et de l'allée de gravier se soit changée en gadoue, à force d'être remuée.

La soirée se passa en conversations décousues dans le salon, à nous assoupir ou lire. Le dîner fut léger, soupe et omelette aux herbes — contraste bienvenu avec la lourdeur de l'oie et du pudding de Noël — servis très tôt, comme c'était la coutume, afin que les Seddon puissent nous quitter pour aller passer la soirée avec des amis au village. Après le dîner, nous retournâmes dans le salon du rez-de-chaussée. Rowland alluma le gramophone, puis me prit soudain les mains en déclarant :

— Dansons.

Le gramophone était de ceux qui passaient automatiquement une série de disques, et tandis que les disques populaires tombaient les uns après les autres — *Jeepers Creepers*, *Beer Barrel Polka*, *Tiger Rag*, *Deep Purple* — nous dansâmes valses, tangos, foxtrots, quicksteps autour du salon et jusque dans l'entrée. Rowland était un excellent danseur. Je n'avais pas dansé depuis la mort d'Alastair mais à présent, prise dans l'exubérance du mouvement et du rythme, j'oubliai mon antipathie et m'appliquai à suivre ses pas de danse de plus en plus compliqués. Le charme se brisa lorsque, s'élançant dans une valse à travers l'entrée et resserrant sa prise, il déclara :

— Notre jeune héros semble quelque peu sombre. Peut-être regrette-t-il de s'être porté volontaire pour ce poste.

— Quel poste ?

— Vous ne devinez pas ? Mère française, éducation à la Sorbonne, il parle le français comme un autochtone, connaît le pays. Il est tout désigné.

Je ne répondis pas. Je me demandais comment il le savait, s'il avait le droit de savoir. Il continua :

— Vient un moment où ces vaillants garçons se rendent compte qu'il ne s'agit plus d'une comédie. À partir de maintenant, c'est pour de bon. Le territoire ennemi au-dessous de vous, pas cette bonne vieille Angleterre ; de vrais Allemands, de vraies balles, de vraies salles de torture et une vraie douleur.

Je pensai : et une vraie mort, et m'échappai d'entre ses bras, entendant, tandis que je retournais dans le salon, son rire bas dans mon dos.

Peu avant 22 heures, ma grand-mère monta se coucher, en disant à Rowland qu'elle sortirait les pièces du coffre de la bibliothèque et les lui confierait. Il devait retourner à Londres le lendemain ; ce serait aimable à lui s'il pouvait les examiner ce soir. Il se leva immédiatement d'un bond, et ils quittèrent la pièce ensemble. Elle s'adressa une dernière fois à Paul :

— La radio du ministère de l'Intérieur diffuse une pièce d'Edgar Wallace que j'écouterai peut-être. Elle se termine à 23 heures. Viens me dire bonsoir à ce moment-là, si tu veux bien, Paul. N'attends pas plus tard.

Dès qu'ils furent sortis, Paul déclara :

— Écoutons la musique de l'ennemi, et remplaça les disques de danse par du Wagner.

Pendant que je lisais, il sortit un paquet de cartes du petit bureau et fit une réussite, fronçant les sourcils devant ses cartes avec une concentration furieuse tandis que la musique de Wagner, beaucoup trop forte, me battait dans les oreilles. Quand l'horloge de voyage placée sur la cheminée sonna 23 heures, coïncidant avec une accalmie de la musique, il rassembla les cartes d'un geste et lança :

— C'est l'heure d'aller dire bonsoir à grand-maman. Désires-tu quoi que ce soit ?

— Non, répondis-je, quelque peu surprise, rien.

Ce que je désirais vraiment, c'était que la musique soit un peu moins forte et quand il quitta la pièce, je baissai le volume. Il revint très rapidement. Quand la police m'interrogea le lendemain, je leur dis que j'estimais la durée de son absence à environ trois minutes. Elle n'avait certainement pas pu durer plus longtemps. Il déclara calmement :

— Grand-maman veut te voir.

Nous sortîmes ensemble du salon et traversâmes l'entrée. C'est alors que mes sens, exceptionnellement en éveil, remarquèrent deux faits. Je parlai à la police du premier ; pas du second. Six baies de gui étaient tombées de la gerbe mêlée de gui et de houx fixée au linteau au-dessus de la porte de la bibliothèque, et gisaient comme des perles éparpillées sur le sol ciré. Et au pied de l'escalier, il y avait une petite flaque d'eau. Voyant mon regard, Paul sortit son mouchoir et l'épongea. Il déclara :

— Je devrais quand même être capable de monter un verre à grand-maman sans le renverser.

Elle était assise dans son lit sous le baldaquin, et paraissait diminuée, plus du tout redoutable ; une femme fatiguée et très vieille. Je vis avec plaisir qu'elle avait entamé la lecture du livre que je lui avais offert. Il reposait ouvert sur la table de nuit ronde à côté de la lampe de chevet, de son poste de TSF, de l'élégante petite pendule, de la petite carafe à demi pleine d'eau sur le goulot de laquelle était posé un verre, et d'une main de porcelaine qui sortait d'une manche à volants, et sur laquelle elle avait placé ses bagues. Elle me tendit la main ; les doigts étaient inertes, la main froide et molle, son contact très différent de la ferme poignée de main avec laquelle elle m'avait accueillie la première fois. Elle annonça :

— Je voulais juste te souhaiter bonne nuit, ma chère, et te remercier d'être venue. En temps de guerre, les querelles familiales représentent un privilège que nous ne pouvons plus nous permettre.

Sans réfléchir, je me baissai et embrassai son front. Il était moite sous mes lèvres. Ce geste était une erreur. Quelle que fût la nature de ce qu'elle attendait de moi, ce n'était pas de l'affection.

Nous retournâmes dans le salon. Paul me demanda si je buvais du whisky. Comme je répondais que je n'aimais pas ça, il alla chercher dans l'armoire à liqueurs une bouteille pour lui et une carafe de bordeaux, puis reprit le paquet de cartes et proposa de m'apprendre à jouer au poker. Ce fut donc ainsi que je passai la soirée de Noël depuis environ 23 h 10 jusqu'à près de 2 heures du matin, en jouant d'interminables parties de cartes, en écoutant Wagner et Beethoven, entendant les craquements et les sifflements des bûches qui brûlaient quand j'allais entretenir le feu, regardant mon cousin boire sans cesse jusqu'à ce que la bouteille de whisky soit vide. À la fin, j'acceptai un verre de bordeaux. Il me semblait à la fois impoli et réprobateur de le laisser boire seul. La pendule de voyage sonna 1 h 45 avant qu'il ne s'arrache à ses pensées et ne déclare :

— Désolée, cousine. Plutôt saoul. Accepterais ton épaule avec joie. Au lit, dormir, et peut-être rêver.

Nous gravîmes lentement l'escalier. J'ouvris sa porte pendant qu'il se tenait appuyé contre le mur. L'odeur de whisky que dégageait son haleine n'était que légère. Puis, avec mon aide, il tituba jusqu'au lit, s'y écroula et ne bougea plus.

À 8 heures le lendemain matin, Mrs Seddon m'apporta le plateau du thé matinal, alluma le radiateur électrique et sortit discrètement avec un « Bonjour, madame » inexpressif. À moitié éveillée, je tendais la main pour me verser la première tasse lorsqu'on frappa précipitamment à ma porte, qui s'ouvrit, et Paul entra. Il était déjà habillé et, à ma surprise, ne manifestait aucun symptôme de gueule de bois. Il lança :

— Tu n'as pas vu Maybrick ce matin, par hasard ?

— Je viens à peine de me réveiller.

— Mrs Seddon m'a dit que son lit n'était pas défait. Je viens de vérifier. Il n'a l'air d'être nulle part dans la maison. Et la porte de la bibliothèque est fermée à clé.

Un peu de sa précipitation se communiqua à moi. Il me tendit ma robe de chambre et, après une réflexion d'une seconde, je glissai les pieds dans mes chaussures, au lieu de mes pantoufles. Je demandai :

— Où est la clé de la bibliothèque ?

— De l'autre côté de la porte de la bibliothèque. Nous n'en avons qu'une.

Il faisait sombre dans l'entrée, même une fois que Paul eut allumé la lumière. Les baies tombées du gui au-dessus de la porte du bureau luisaient toujours, d'un blanc laiteux, sur le plancher de bois sombre. J'essayai d'ouvrir la porte et, en me penchant, regardai par le trou de serrure. Paul avait raison, la clé était dans la serrure. Il déclara :

— Nous allons entrer par la porte-fenêtre. Nous devrons peut-être casser la vitre.

Nous sortîmes par une porte de l'aile nord. L'air me piquait le visage. La nuit avait été glaciale et la mince couverture de neige était encore craquante, sauf à l'endroit où Paul et moi avions chahuté la veille. À l'extérieur de la bibliothèque, il y avait un petit patio d'environ deux mètres de large, qui donnait sur un sentier de gravier longeant la pelouse.

Les deux séries d'empreintes de pas étaient nettement visibles. Quelqu'un avait pénétré dans la bibliothèque par la porte-fenêtre, puis était reparti par le même chemin. Les empreintes étaient grandes, un peu informes, probablement faites, pensai-je, par une botte en caoutchouc à semelle lisse, et la première série était partiellement recouverte par la seconde. Paul m'avertit :

— Ne touche pas aux empreintes. Nous allons nous faufiler le long du mur.

La porte-fenêtre était fermée, mais pas verrouillée. Paul, le dos pressé contre la vitre, tendit une main pour l'ouvrir, se glissa à l'intérieur. Je le suivis. La pièce était plongée dans l'obscurité, à l'exception de l'unique lampe à abat-jour vert posée sur le bureau. Je m'en approchai lentement, avec une incrédulité fascinée, le cœur battant, et j'entendis un crissement derrière moi lorsque Paul écarta violemment le rideau de brocart, puis le rideau de black-out. La pièce fut soudain emplie d'une claire lumière matinale qui annihila la lueur verte et rendit horriblement visible la chose affalée sur le bureau.

Il avait été tué par un coup d'une force terrible qui lui avait broyé le crâne. Ses deux bras étaient étendus latéralement, reposant sur le bureau. Son épaule gauche était affaissée comme si elle aussi avait été frappée, et la main était une bouillie hérissée d'os brisés dans une masse de sang coagulé. Sur le plateau du bureau, le cadran de sa lourde montre-bracelet en or avait été fracassé et de minuscules fragments de verre scintillaient comme des diamants. Des pièces de monnaie avaient roulé sur le tapis et le reste jonchait le bureau, éparpillé brutalement par la force des coups. En levant les yeux, je vérifiai que la clé se trouvait bien dans la serrure. Paul examinait la montre-bracelet fracassée. Il annonça :

— Dix heures et demie. Soit on l'a tué à ce moment-là, soit on veut nous le faire croire.

Il y avait un téléphone à côté de la porte et j'attendis, immobile, pendant qu'il appelait le central et demandait la police. Puis il déverrouilla la porte et nous sortîmes ensemble de la pièce. Il se retourna pour la refermer à clé — la clé tourna sans bruit, comme si on avait récemment huilé la serrure — et empocha la clé. Ce fut alors que je remarquai que nous avions écrasé quelques-unes des baies de gui tombées au sol.

L'inspecteur George Blandy arriva dans les trente minutes. C'était un campagnard à la forte carrure, aux cheveux d'un blond paille si épais qu'ils avaient l'air d'une crinière au-dessus du visage carré et marbré par les intempéries. Il parlait et se déplaçait avec précaution, peut-être par habitude, ou parce qu'il se remettait encore d'un Noël de bombance, il était impossible de le dire. Il fut suivi peu de temps après par le superintendant en personne. Paul m'avait parlé de lui. Sir Rouse Armstrong était un ancien gouverneur colonial, et l'un des derniers des superintendants de la vieille école, qui avait visiblement dépassé l'âge normal de la retraite. Très grand, avec le visage d'un aigle méditatif, il salua ma grand-mère en l'appelant par son prénom et la suivit à l'étage dans son salon privé. Il avait un air de conspirateur, de celui qu'on a fait appeler pour lui demander conseil à propos d'une affaire de famille urgente et légèrement embarrassante. J'avais le sentiment que l'inspecteur Blandy était légèrement intimidé par sa présence, et je n'avais guère de doute sur la personne qui prendrait la responsabilité effective de cette enquête.

Je suppose que vous pensez que ces événements sont du plus pur Agatha Christie, et vous avez raison ; c'est exactement l'impression qu'ils me firent à l'époque. Mais l'on oublie à quel point, la fréquence des homicides exceptée, l'Angleterre du temps de ma mère était similaire aux villages tranquilles et meurtriers de Dame Agatha. Et il semblait parfaitement approprié que le cadavre ait été découvert dans la bibliothèque, cette pièce toujours fatale dans la fiction britannique populaire.

Le corps ne pouvait pas être déplacé avant l'arrivée du médecin légiste. Celui-ci assistait à un spectacle d'amateurs au bourg le plus proche, et il fallut un certain temps pour le joindre. Le Dr Bywaters était un petit homme rondelet, court sur pattes, imbu de sa propre importance, aux cheveux roux et au visage rouge, dont l'irascibilité naturelle aurait dégénéré, pensai-je, en franche mauvaise humeur si le crime avait été de moins d'envergure qu'un meurtre, et le lieu moins prestigieux que le Manoir.

Paul et moi-même fûmes exclus avec tact de la bibliothèque pendant qu'il se livrait à l'examen du corps. Grand-maman avait décidé de rester à l'étage, dans son salon. Les Seddon, fortifiés par la conscience d'un alibi inattaquable, étaient occupés à préparer et servir des sandwiches et d'innombrables tasses de café et de thé, et paraissaient s'amuser pour la première fois depuis mon arrivée. Les cadeaux de Noël apportés par Rowland arrivaient à point et, pour lui rendre justice, je crois que cela l'aurait amusé. Des bruits de pas sonores résonnaient dans l'entrée, des voitures arrivaient et repartaient, on passait des appels téléphoniques. La police mesura, tint conseil, photographia. Le corps fut finalement emporté, recouvert d'un drap, sur un brancard, et chargé dans une sinistre petite camionnette noire tandis que Paul et moi regardions la scène de la fenêtre du salon. Nos empreintes digitales avaient été relevées, nous expliqua la police, pour les dissocier de celles qui seraient découvertes sur le bureau. C'était une sensation étrange que de voir mes doigts tenus et pressés avec douceur sur une sorte de tampon encreur. Nous fûmes, bien entendu, interrogés, séparément et ensemble. Je me revois assise en face de l'inspecteur Blandy, dont les larges épaules remplissaient un des fauteuils du salon, ses jambes massives plantées sur le tapis, tandis qu'il repassait consciencieusement chaque détail de la journée de Noël. Je me rendis compte alors que j'avais passé presque chaque minute de cette journée en compagnie de mon cousin.

À 19 h 30, la police était encore dans la maison. Paul invita le superintendant à dîner, mais celui-ci déclina l'invitation, moins, pensai-je, à cause d'une éventuelle réticence à partager le pain avec des suspects possibles, que par besoin de retourner auprès de ses petits-enfants. Avant de partir, il rendit visite un long moment à ma grand-mère dans sa chambre, puis revint dans le salon pour faire son rapport sur les résultats de la journée. Je me demandais s'il se serait montré aussi empressé si la victime avait été un employé agricole et le lieu du crime le pub local.

Il prononça son récit avec l'autosatisfaction saccadée d'un homme certain d'avoir accompli un bon travail.

— Je ne vais pas faire intervenir le Yard. Je l'ai fait il y a huit ans, quand nous avons eu notre dernier meurtre. Grossière erreur. Tout ce qu'ils ont fait, ç'a été de perturber les gens du coin. Les faits sont assez clairs. Il a été tué par un unique coup, appliqué avec une grande force depuis l'autre côté du bureau et pendant qu'il se levait de son fauteuil. Arme, un lourd instrument contondant. Le crâne a été fracassé mais il y avait peu de sang — enfin, vous l'avez vu vous-mêmes. Je dirais que c'est un meurtrier de haute taille, Maybrick mesurait plus d'un 1 m 90. Il est entré par la porte-fenêtre et ressorti par le même chemin. Nous ne pouvons pas tirer grand-chose des empreintes, trop informes, mais elles sont assez nettes, la deuxième série recouvrant la première. Il peut s'agir d'un voleur occasionnel, d'un déserteur, nous avons eu un ou deux incidents récemment. Le coup pourrait avoir été donné avec la crosse d'un fusil. Cela correspondrait à peu près pour la portée et le poids. La porte de la bibliothèque sur le jardin avait peut-être été laissée ouverte. Votre grand-mère a dit à Seddon qu'elle s'occuperait de fermer les portes, mais elle a demandé à Maybrick de vérifier celles de la bibliothèque avant d'aller se coucher. Avec le black-out, le meurtrier n'aurait pas su que la bibliothèque était occupée. Il a probablement tourné la poignée, est entré, a aperçu l'argent et a tué Maybrick presque sans réfléchir.

Paul demanda :

— Alors pourquoi ne pas avoir volé les pièces ?

— Il a vu qu'elles n'avaient plus cours. Difficiles à écouler. Ou il a peut-être paniqué ou cru entendre un bruit.

Paul demanda :

— Et la porte verrouillée côté entrée ?

— L'assassin a vu la clé et l'a tournée pour empêcher que l'on ne découvre le corps avant qu'il ait eu le temps de prendre le large.

Il marqua une pause, et son visage prit une expression de ruse qui semblait étrange par contraste avec ses traits aquilins et quelque peu hautains. Il reprit :

— Une autre théorie serait que Maybrick s'est enfermé lui-même. Il attendait un visiteur secret et ne voulait pas être dérangé. Une question que je dois vous poser, mon garçon. Assez délicate. Connaissiez-vous bien Maybrick ?

Paul répondit :

— Pas beaucoup. C'est un cousin au second degré.

— Vous lui faisiez confiance ? Pardonnez-moi de vous le demander.

— Nous n'avions aucune raison de nous méfier de lui. Ma grand-mère ne lui aurait pas demandé de vendre les pièces pour elle si elle avait eu des doutes. Il fait partie de la famille. Éloignée, mais quand même de la famille.

— Bien sûr. La famille. (Il marqua une pause, puis continua :) Il m'est bien venu à l'esprit qu'il avait pu s'agir d'une mise en scène qui était allée trop loin. Il aurait pu s'arranger avec un complice pour voler les pièces. Nous demandons au Yard d'examiner ses relations à Londres.

Je fus tentée de dire qu'une fausse agression qui laissait la prétendue victime avec le cerveau en bouillie était allée vraiment trop loin, mais je gardai le silence. Le commissaire pouvait difficilement m'ordonner de quitter le salon — après tout, j'avais été présente à la découverte du corps — mais je sentais sa désapprobation face à mon évident intérêt. Une jeune femme convenable aurait suivi l'exemple de ma grand-mère et gardé la chambre. Paul demanda :

— Est-ce qu'il n'y a pas quelque chose de bizarre concernant cette montre cassée ? Le coup fatal à la tête paraissait si délibéré. Mais voilà qu'il frappe à nouveau et écrase la main. A-t-il pu le faire pour établir l'heure exacte de la mort ? Si oui, pourquoi ? A-t-il pu changer l'heure de la montre avant de l'écraser ? Se peut-il que Maybrick ait été tué plus tard ?

Le commissaire se montra indulgent envers cette hypothèse fantaisiste :

— Un peu tiré par les cheveux, mon garçon. Je pense que nous avons établi l'heure du décès assez précisément. Bywaters la situe entre 22 et 23 heures, à en juger par le degré de rigidité. Et nous ne pouvons pas déterminer avec certitude dans quel ordre le tueur a frappé. Il a pu frapper la main et l'épaule d'abord, puis la tête. Ou il a pu chercher à atteindre la tête, puis frapper n'importe comment, dans sa panique. Dommage que vous n'ayez rien entendu, cependant.

Paul répondit :

— Nous avions mis le gramophone assez fort, et les portes et les murs sont très épais. Et je crains, à 23 h 30, de n'avoir plus été en état de remarquer grand-chose.

Comme sir Rouse se levait pour partir, Paul demanda :

— Je serais heureux de faire usage de la bibliothèque si vous en avez terminé, à moins que vous ne vouliez sceller la porte ?

— Non, mon garçon, ce n'est pas nécessaire. Nous avons fait tout ce que nous avions à faire. Pas d'empreintes, évidemment, mais nous ne nous attendions pas à en trouver. Elles seront sur l'arme, sans doute, à moins qu'il n'ait porté des gants. Mais il a emporté l'arme avec lui.

La maison parut très silencieuse après le départ de la police. Ma grand-mère, toujours dans sa chambre, se fit monter son dîner sur un plateau et Paul et moi, peut-être par répugnance à affronter cette chaise vacante dans la salle à manger, nous contentâmes de soupe et de sandwiches dans le salon. J'étais agitée, physiquement épuisée ; j'étais aussi quelque peu effrayée. Cela m'aurait aidée si j'avais pu discuter du meurtre, mais Paul annonça d'un air las :

— Laissons cette histoire. Nous avons vu assez de la mort pour une seule journée.

Nous restâmes donc assis en silence. À partir de 19 h 40, nous écoutâmes Radio Vaudeville sur le *Home Service*. Billy Cotton et son orchestre, le BBC Symphony Orchestra dirigé par Adrian Boult. Après les nouvelles de 21 heures et le Commentaire sur la Guerre de 21 h 20, Paul murmura qu'il ferait mieux de vérifier avec Seddon s'il avait tout fermé.

Ce fut alors que, en partie sur une impulsion, je traversai le couloir jusqu'à la bibliothèque. Je tournai doucement la poignée de porte comme si je craignais de voir Rowland toujours assis au bureau, triant les pièces de monnaie avec des doigts avaricieux. Le rideau de black-out était tiré, la pièce sentait les vieux livres, pas le sang. Le bureau, dont le plateau était dégagé, était un meuble ordinaire qui n'avait rien d'effrayant, le fauteuil soigneusement remis en place. Je me tins à la porte, convaincue que cette pièce contenait un indice permettant de résoudre le mystère. Puis, en partie par curiosité, je m'approchai du bureau et ouvris les tiroirs. De chaque côté, il y avait un tiroir profond, avec deux autres plus petits au-dessus. Celui de gauche était tellement bourré de papiers et de dossiers que j'eus des difficultés à l'ouvrir. Le tiroir profond de droite était vide. J'ouvris le tiroir plus petit au-dessus. Il contenait une collection de factures et de reçus. En fouillant parmi ces papiers, je trouvai un reçu pour 3 200 livres d'un négociant en monnaies de Londres, portant la liste des acquisitions et daté de cinq semaines plus tôt.

Il n'y avait rien d'autre qui présentât le moindre intérêt. Je fermai le tiroir et me mis à marcher de long en large, mesurant la distance du bureau à la porte-fenêtre. C'est alors que la porte s'ouvrit presque sans bruit, et je vis mon cousin.

Venant tranquillement se placer à mes côtés, il demanda d'un ton léger :

— Qu'est-ce que tu fais ? Tu essaies d'exorciser l'horreur ?

Je répondis :

— Quelque chose comme ça.

Pendant un instant, nous restâmes silencieux. Puis il prit ma main dans la sienne, et la passa sous son bras. Il déclara :

— Je suis désolé, cousine, la journée a été affreuse pour toi. Et nous qui voulions t'offrir un paisible Noël.

Je ne répondis pas. J'étais consciente de sa proximité, de la chaleur de son corps, de sa force. Tandis que nous allions ensemble vers la porte, je pensai, mais ne le dis pas : était-ce vraiment ce que vous vouliez, m'offrir un paisible Noël ? Était-ce tout ?

J'avais eu du mal à dormir depuis que mon mari avait été tué, et à présent j'étais étendue, raide, sous le baldaquin du grand lit, revivant cette extraordinaire journée, rapprochant les anomalies, les petits incidents, les indices, pour former un dessin satisfaisant, essayant d'imposer l'ordre contre le désordre. Je pense que c'est ce que j'ai voulu faire toute ma vie. Ce fut cette nuit à Stutleigh qui décida de ma carrière tout entière.

Rowland avait été tué à 22 h 30 par un unique coup porté depuis l'autre côté d'un bureau d'un mètre de large. Mais à 22 h 30 mon cousin était avec moi, et en fait je l'avais pratiquement eu sous les yeux toute la journée. Je lui avais fourni un alibi indiscutable. Mais n'était-ce pas précisément pour cette raison que l'on m'avait invitée, attirée à force de cajoleries dans la maison par la promesse de calme, de tranquillité, de bons repas et de bons vins, exactement ce à quoi une jeune veuve, récemment recrutée dans l'armée, aspirerait ?

La victime, elle aussi, avait été attirée à Stutleigh. L'appât utilisé était la perspective de mettre la main sur des pièces de valeur et de négocier leur vente. Mais les pièces de monnaie, dont on m'avait dit qu'elles devaient nécessairement être évaluées et vendues, avaient en fait été achetées seulement cinq semaines plus tôt, presque immédiatement après que j'avais accepté l'invitation de ma grand-mère. Pendant un instant, je me demandai pourquoi le reçu n'avait pas été détruit, mais la réponse vint rapidement. Le reçu était nécessaire pour que les pièces, ayant à présent rempli leur office, puissent être vendues et les 3 200 livres récupérées. Et si j'avais été utilisée, c'était aussi le cas d'autres gens. Noël était le seul jour où l'on pouvait être certain que les deux domestiques seraient absents toute la nuit. On pouvait également faire confiance à la police pour jouer le rôle qui lui était assigné. L'inspecteur, honnête et consciencieux mais pas particulièrement intelligent, inhibé par son respect pour une famille établie de longue date dans les environs et par la présence de son superintendant. Ce dernier, qui avait dépassé l'âge de la retraite mais auquel on avait conservé son poste à cause de la guerre, inexpérimenté dans les affaires de meurtre, ami de la famille, et la dernière personne à soupçonner le grand propriétaire terrien local d'un meurtre brutal. Un schéma prenait forme, commençait à composer une image, une image qui avait un visage. En imagination, je marchais sur les traces d'un assassin. Comme il convient dans un crime à la Christie, je l'appelai X.

À un moment donné, la veille de Noël, le tiroir de droite du bureau, dans la bibliothèque, avait été vidé, les papiers fourrés dans le tiroir de gauche, les bottes en caoutchouc placées là, prêtes à être utilisées. L'arme avait été cachée, peut-être dans le tiroir avec les bottes. Non, raisonnai-je, ce n'était pas possible ; elle aurait eu besoin d'être plus longue que cela pour atteindre sa cible par-dessus le bureau. Je décidai de laisser la question de l'arme pour plus tard.

Et j'en arrivais au jour de Noël fatal. À 21 h 45, ma grand-mère monte se coucher en disant à Rowland qu'elle sortira les pièces du coffre de la bibliothèque pour qu'il puisse les examiner avant son départ le lendemain. X peut être certain qu'il y sera à 22 h 30, assis au bureau. Il entre discrètement, prenant la clé avec lui et verrouillant la porte sans bruit derrière lui. L'arme est entre ses mains, ou cachée quelque part à portée de main dans la pièce.

X tue sa victime, écrase la montre pour établir l'heure du meurtre, échange ses chaussures contre les bottes de caoutchouc, déverrouille la porte donnant sur le patio et l'ouvre en grand. Puis il prend le plus d'élan possible en courant à travers la bibliothèque et bondit dans l'obscurité. Il devait forcément être jeune, athlétique et en bonne santé pour sauter les deux mètres de neige et atterrir dans le sentier de gravier ; mais il se trouve qu'il l'est. Il n'a pas à craindre des empreintes de pas sur le gravier. La neige a été piétinée par notre bataille de boules de neige de l'après-midi. Il fait la première série d'empreintes de pas jusqu'à la porte de la bibliothèque, la ferme, puis fait la deuxième série, en prenant soin de recouvrir partiellement la première. Il n'a pas à s'inquiéter de ses empreintes digitales sur la poignée de porte ; les siennes s'y trouvent le plus légitimement du monde. Puis il rentre dans la maison par une porte latérale qu'il a laissée déverrouillée, remet ses propres chaussures et range les bottes de caoutchouc à leur place sous la véranda. C'est au moment où il traverse l'entrée qu'un morceau de neige tombe des bottes et fond pour former une flaque sur le plancher. Par quel autre moyen cette petite flaque d'eau aurait-elle pu se trouver là ? Mon cousin avait certainement menti en suggérant qu'elle provenait de la carafe d'eau. La carafe d'eau, à moitié pleine, était près du lit de ma grand-mère avec le verre posé sur le goulot. De l'eau n'aurait pas pu en être renversée, à moins que celui qui la portait n'ait trébuché et ne soit tombé.

Et maintenant, finalement, je donnais un nom au meurtrier. Mais si mon cousin avait tué Rowland, comment le meurtre avait-il été commis en si peu de temps ? Il ne m'avait pas quittée plus de trois minutes pour souhaiter bonne nuit à notre grand-mère. Avait-il pu avoir le temps d'aller chercher l'arme, de se rendre dans la bibliothèque, de tuer Rowland, de laisser les empreintes de pas, de se débarrasser de l'arme, en la nettoyant de toute trace de sang, et de venir me retrouver si calmement pour me dire qu'on me demandait à l'étage ? Mais supposons que le Dr Bywaters se soit trompé, poussé à un diagnostic trop précipité par la montre. Supposons que Paul ait modifié l'heure de la montre avant de la fracasser, et que le meurtre ait eu lieu plus tard que 22 h 30. Mais les données médicales étaient certainement concluantes ; il n'avait pas pu être aussi tard qu'1 h 30. Et même si c'était le cas, Paul était alors trop ivre pour frapper ce coup bien calculé. Mais avait-il vraiment été ivre ? Est-ce que cela aussi était un stratagème ? Il m'avait demandé si j'aimais le whisky avant d'apporter la bouteille et je me souvenais de l'odeur si discrète d'alcool dégagée par son haleine. Mais non ; le minutage était irréfutable. Il était impossible que Paul ait eu la possibilité de tuer Rowland. Supposons qu'il n'ait été qu'un simple complice ; que quelqu'un d'autre ait commis le meurtre proprement dit, peut-être un autre officier qu'il avait secrètement fait entrer dans la maison et dissimulé dans l'une de ses nombreuses pièces, quelqu'un qui était descendu furtivement à 22 h 30 et avait tué Maybrick pendant que je fournissais à Paul son alibi et que la musique tumultueuse de Wagner noyait le bruit des coups. Puis, son acte accompli, il avait quitté la pièce avec l'arme, cachant la clé au milieu du houx et du gui au-dessus de la porte, dérangeant la gerbe par ce geste, de sorte que les baies étaient tombées. Paul était alors venu, avait pris la clé sur le rebord, en prenant soin d'enjamber les baies tombées au sol, avait verrouillé la porte de la bibliothèque derrière lui en laissant la clé en place, puis fabriqué les empreintes de pas de la façon dont je l'avais imaginé plus tôt.

Mon hypothèse avec Paul complice et non meurtrier soulevait un certain nombre de questions sans réponse, mais ce n'était pas impossible. Un complice de l'armée aurait eu l'adresse et le cran nécessaires. Peut-être, pensai-je amèrement, avaient-ils vu la chose comme un exercice d'entraînement. Le temps de calmer mes esprits pour m'endormir, j'avais pris une décision. Le lendemain, je referais plus méticuleusement ce que la police avait fait sommairement. Je fouillerais pour trouver l'arme.

En y repensant, il me semble que je ne ressentais aucune répulsion particulière face au crime et certainement aucune contrainte de me confier à la police. Ce n'était pas simplement que j'appréciais mon cousin et que Maybrick m'avait déplu. Je pense que cela avait quelque chose à voir avec la guerre. Des gens aimables mouraient partout dans le monde et le fait qu'une personne désagréable avait été tuée semblait moins important, d'une certaine façon. Je sais maintenant que j'avais tort. Le meurtre ne devrait jamais être excusé ni minimisé. Mais je ne regrette pas ce que je fis par la suite ; aucun être humain ne devrait mourir au bout d'une corde.

Je m'éveillai très tôt, avant le lever du jour. Je m'armai de patience ; il ne servait à rien de fouiller à la lumière artificielle et je ne voulais pas attirer l'attention sur moi. J'attendis donc que Mrs Seddon m'ait apporté mon thé matinal, pris un bain et m'habillai, et descendis prendre le petit déjeuner juste avant 9 heures. Mon cousin n'était pas là. Mrs Seddon déclara qu'il était allé au village pour faire réviser la voiture. C'était l'occasion dont j'avais besoin.

Mes recherches se terminèrent dans un petit débarras tout en haut de la maison. La pièce était si encombrée que je dus grimper par-dessus les malles, les boîtes en fer-blanc et les vieux coffres afin de fouiller. Il y avait un coffre de bois qui contenait des battes de cricket plutôt abîmées et des balles, poussiéreuses, visiblement inutilisées depuis la dernière fois où les petits-fils avaient joué dans les matches du village. Je touchai un cheval à bascule, magnifique mais délabré, et le mis vigoureusement en mouvement dans un craquement, m'emmêlai dans les rails métalliques empilés d'un train Hornby, me cognai la cheville contre une grande arche de Noé. Sous l'unique fenêtre était placée une longue boîte de bois, que j'ouvris. La poussière s'éleva d'une feuille de papier brun couvrant six maillets de croquet, avec des balles et des arceaux. Je fus frappée par le fait qu'un maillet, avec son long manche, aurait fait une arme appropriée, mais ceux-ci n'avaient visiblement pas été touchés depuis des années. Je refermai le couvercle et continuai mes recherches. Dans un coin, il y avait deux sacs de golf, et c'est là que je trouvai ce que je cherchais. Un des clubs, de ces clubs qui ont une grosse tête de bois, était différent de ses semblables. La tête était d'une propreté étincelante.

C'est alors que j'entendis un bruit de pas et, en me retournant, vis mon cousin. Je sais que la culpabilité devait se lire nettement sur mon visage, mais lui paraissait parfaitement serein. Il demanda :

— Je peux t'aider ?

— Non, dis-je. Non. Je cherchais juste quelque chose.

— Et tu l'as trouvé ?

— Oui, dis-je. Je crois que oui.

Il entra dans la pièce et ferma la porte, s'y adossa et déclara d'un air détaché :

— Est-ce que Rowland Maybrick te plaisait ?

— Non, dis-je. Non, il ne me plaisait pas. Mais qu'il déplaise n'était pas une raison pour le tuer.

Il répondit tranquillement :

— Non, ce n'est pas une raison, n'est-ce pas ? Mais il y a une chose que tu devrais savoir à son propos. Il était responsable de la mort de mon frère aîné.

— Tu veux dire qu'il l'a assassiné ?

— Rien d'aussi direct que cela. Il l'a fait chanter. Charles était homosexuel. Maybrick l'a appris et l'a fait payer. Charles s'est tué parce qu'il ne pouvait pas affronter une vie de tromperie, être à la merci de Maybrick, perdre cette maison. Il a préféré la dignité de la mort.

En y repensant, je dois me remémorer à quel point les comportements étaient différents dans les années 40. Aujourd'hui, il semblerait extraordinaire que quelqu'un se suicide pour un tel motif. Alors, je savais avec une certitude désolée que ce qu'il disait était vrai.

Je demandai :

— Ma grand-mère est-elle au courant de son homosexualité ?

— Oh oui. Il n'y a pas grand-chose que sa génération ne sache pas, ou ne devine pas. Grand-maman adorait Charles.

— Je vois. Merci de me l'avoir dit. (Au bout d'un moment, j'ajoutai :) Je suppose que si tu étais parti pour ta première mission en sachant que Rowland Maybrick se portait à merveille, tu aurais eu l'impression qu'il y avait une affaire non réglée.

Il répondit :

— Comme tu es intelligente, cousine. Et comme tu présentes bien les choses. C'est exactement ce que j'aurais ressenti, que j'avais laissé une affaire non réglée. (Puis il ajouta :) Alors que faisais-tu ici ?

Je sortis mon mouchoir et le regardai dans les yeux, regardai ce visage qui ressemblait au mien d'une façon si déconcertante. Je dis :

— Je dépoussiérais simplement les têtes des clubs de golf.

Je quittai la maison deux jours plus tard. Nous n'en parlâmes plus jamais. L'enquête poursuivit son cours stérile. J'aurais pu demander à mon cousin comment il avait procédé, mais je ne le fis pas. Pendant des années, je crus que je ne le saurais jamais. Mon cousin mourut en France, non, Dieu merci, sous l'interrogatoire de la Gestapo, mais tué dans une embuscade. Je me demandais si son complice de l'armée avait survécu à la guerre ou était mort avec lui. Ma grand-mère continua à vivre seule dans la maison, jusqu'à l'âge de 91 ans et laissant la propriété à une œuvre de bienfaisance pour dames indigentes, pour qu'ils en fassent un foyer ou pour la vendre. C'était la dernière association caritative que je l'aurais cru capable de choisir. L'association vendit la maison.

L'unique legs que me fit ma grand-mère était les livres de la bibliothèque. J'en vendis, moi aussi, la plupart, mais j'allai à la maison pour les examiner et décider quels volumes je souhaitais garder. Parmi eux, je trouvai un album de photographies coincé entre deux tomes plutôt ennuyeux de sermons du XIXe siècle. Je m'assis au même bureau devant lequel Rowland avait été assassiné et tournai les pages, souriant aux photographies sépia de dames à la poitrine corsetée, avec leurs tailles serrées et leurs immenses chapeaux à fleurs. Et puis, soudain, en tournant ses pages raides, je vis ma grand-mère lorsqu'elle était une jeune femme. Elle portait ce qui ressemblait à une ridicule petite casquette, comme celle d'un jockey, et tenait un club de golf avec autant d'assurance que s'il s'était agi d'une ombrelle. À côté de la photographie était inscrit son nom d'une écriture soignée, au-dessous duquel était écrit : « Championne de Golf Dames du Comté 1898 ».

The Mistletoe Murder
Traduit de l'anglais par Pascal Aubin.

LE COMPLOT CONTRE LE PÈRE NOËL

James Powell

Rory Bigtoes, chef de la Sécurité du Père Noël, était grand pour un elfe, mesurant presque dix-huit centimètres du bout recourbé de ses chaussures jusqu'au sommet de son chapeau mou. Mais il devait marcher à grands pas pour rester à hauteur de Garth Hardnoggin, le vif petit directeur général de la fabrique de jouets, tandis qu'ils se pressaient, leurs barbes flottant par-dessus leur épaule, à travers le vacarme et l'affairement de la Boutique numéro 5, une des nombreuses cavernes voûtées dont était truffée l'île inconnue sous la calotte glaciaire.

Le directeur général Hardnoggin n'était pas content. Il se frappa la cuisse de son mégaphone, symbole de sa fonction (car, étant membre du Conseil, il s'adressait directement au Père Noël).

— Une bombe dans la Salle du Conseil la veille de Noël ! marmonna-t-il furieusement incrédule.

— Je dois reconnaître que la Sécurité n'a pas bonne mine, dit Bigtoes.

Hardnoggin poussa un grognement et s'arrêta sur un chantier de construction de maisons de poupées Dick et Jane. Des charpentiers et des peintres elfes travaillaient dur, pipe à la bouche et barbe coincée dans leur ceinture. Un contremaître fonça vers eux pour montrer à

Hardnoggin les échantillons de papier peint destinés à la salle à manger.

— Voyez cette unité de construction, Bigtoes ? lança Hardnoggin. Elle est du type ranch à deux niveaux. Moquette partout. Coin petit déjeuner dans la cuisine. Vous avez le choix entre le mobilier américain ancien ou le genre provincial français. Ils disaient que je ne pourrais pas la construire à ce prix-là. Mais je l'ai fait. Et comment l'ai-je fait ?

— En carton, dit un elfe qui passait, un vieux charpentier portant une planche sur son épaule.

— Et pourquoi pas du carton ? Du bon carton bien épais pour les murs intérieurs ! cria le directeur général en repartant à grands pas. Qu'ils rouspètent, Bigtoes. Je ne cherche pas à gagner un concours de popularité. Mais je fais mon boulot. Allez donc faire le vôtre. Trouvez Dirk Crouchback, et trouvez-le vite.

À la section Automobile, les nouvelles voitures de sport Lazaretto (échelle 1/32e) sortaient de la chaîne de montage. Hardnoggin s'arrêta pour claquer la portière d'un des véhicules.

— Vous avez oublié le mécanisme d'arrêt, déclara-t-il à un mécanicien elfe en combinaison blanche.

— Personne n'arrive à faire qu'une portière en ferblanc s'ouvre à fond, répondit le mécanicien.

— À Detroit, ils y arrivent. Et nous pouvons aussi y arriver, répliqua Hardnoggin en reprenant sa marche. Vous ne croyez pas que le bon vieux temps me manque, Bigtoes ? dit-il. J'étais fabricant de toupies. Et sacrément compétent. Personne ne fabriquait des toupies qui pouvaient tourner aussi longtemps et régulièrement que celles de Garth Hardnoggin.

— Moi, je fabriquais des diables à ressort, dit Bigtoes. C'était un travail satisfaisant, construire chaque diable dans sa boîte de bout en bout, confectionner la boîte, monter le mécanisme à ressort, fabriquer une tête comique, passer soigneusement chaque couche de peinture.

— Combien pouviez-vous en fabriquer par semaine ? demanda le directeur général Hardnoggin.

— Trois, avec des heures supplémentaires, dit le chef de la Sécurité Bigtoes.

Hardnoggin hocha la tête.

— Et combien d'enfants trouvaient une chaussure vide le matin de Noël parce que nous ne pouvions pas fabriquer à la main assez de jouets pour tout le monde ? C'est de là que viennent les Gengis Khan, les Hitler, les Staline, Bigtoes — des enfants qui, sans y être pour rien, n'ont pas reçu de jouets à Noël. Alors le Père Noël a dû prendre une décision de principe : qualité ou quantité ? Il a opté pour la quantité.

Crouchback, qui était à cette époque un des elfes bras droits du Père Noël, avait rendu responsable de cette décision la sinistre influence de Hardnoggin. En signe de protestation, il avait placé une bombe dans la nouvelle machine à plastique. L'explosion avait enduit trois elfes d'une épaisse couche de plastique qu'on avait dû découper au marteau et au burin. Bien entendu, ils avaient perdu leur barbe. Le Père Noël, qui était particulièrement chatouilleux sur le sujet des barbes, avait condamné Crouchback à deux ans de cabanon, selon le langage des elfes. Ce qui signifiait qu'on l'affecta à un réfrigérateur (il se trouva que c'était un réfrigérateur situé à Ottawa, au Canada) avec la responsabilité d'allumer ou d'éteindre la lumière quand on en ouvrait ou fermait la porte.

Mais au bout d'un mois, Crouchback n'avait pas répondu à l'appel quotidien auquel se livrait la Sécurité par l'intermédiaire d'un système d'interphones. Il s'était enfui du réfrigérateur et était devenu un elfe renégat. Puis, soudain, trois ans plus tard, il était réapparu au pôle Nord, silhouette indistincte et fugitive, rédacteur en chef d'un journal clandestin, *L'Elfe de Minuit*, qui lançait de violentes attaques contre le directeur général Hardnoggin et sa politique. Plus récemment, Crouchback était devenu chef de SHAFT — *Santa's Helpers Against Flimsy Toys*, les Auxiliaires du Père Noël Contre les Jouets de Pacotille — une organisation de groupes dissidents comprenant la *Ligue Anti-Plastique*, les *Fils et*

Filles du Bon Vieux Temps, les partisans d'*Interdisez la Bombe pour Enfants* et les *Elfes Hippies pour la Paix*...

— Le Père Noël a opté pour la quantité, répéta Hardnoggin. Et j'ai appliqué sa décision. Ça reste entre nous, mais ça n'a pas toujours été facile.

Hardnoggin agita son mégaphone à l'adresse de la section Pacification et Réhabilitation où des milliers de panoplies pour guerre bactériologique (Varicelle Minute) étaient convertis à un usage civil (La Machine à Taches de Rousseur). Après des années de réflexion, le Père Noël avait finalement ordonné que cesse la production de jouets de guerre. Sa décision était considérée comme une victoire pour SHAFT et une défaite pour Hardnoggin.

— Le désarmement unilatéral est une erreur, Bigtoes, déclara Hardnoggin d'un air sinistre tandis qu'ils passaient une porte marquée *Réservé aux Cadres du Père Noël* et pénétraient dans l'univers moquetté de la Direction. Retenez bien ce que je dis, en ce moment même les tanks et les avions sortent à une cadence accélérée des chaînes de montage des Jouets Acme et sont livrés aux grands magasins. (Les Jouets Acme, le consortium international de fabricants de jouets, était la bête noire des elfes.) Alors les gosses riches auront des jouets de guerre, pendant que les gosses pauvres n'auront même pas un pistolet à bouchon. Ce n'est pas démocratique.

Bigtoes s'arrêta devant une porte portant l'inscription *Sécurité*. Hardnoggin continua sa marche sans ralentir son allure.

— Réunion du Père Fouettard à 17 heures, lança-t-il par-dessus son épaule. Soyez à l'heure. Et faites votre travail. Trouvez Crouchback !

Abattu, Bigtoes s'affala devant son bureau, recevant un sourire compatissant de Charity Nosegay, sa petite secrétaire blonde aux yeux bleus. Charity était une acquisition récente et Bigtoes avait l'intention de lui faire des avances une fois qu'il en aurait terminé avec la paperasserie du Père Fouettard. (La Sécurité devait préparer un rapport pour le Père Noël sur chacun des garçons ou filles présumés vilains.) Maintenant, ce petit jeu allait devoir attendre.

Bigtoes poussa un soupir. La Sécurité avait mauvaise mine. Bigtoes avait même reçu un avertissement. La veille au soir, un elfe meurtri et contusionné s'était traîné jusque dans son bureau, et avait haleté : « Il va tuer le Père Noël » avant de mourir. C'était Darby Shortribs, qui avait autrefois été un brillant concepteur de poupées. Mais un jour, il avait décidé que si les jouets guerriers encourageaient les petits garçons à devenir des soldats quand ils grandissaient, alors les poupées encourageaient les petites filles à devenir des mères, contribuant ainsi à la surpopulation. En conséquence, Shortribs était devenu membre de SHAFT et s'était élevé jusqu'au poste de membre du Comité Central.

La piste de sang laissée par Shortribs partait du labo de Contrôle de la Qualité et de la Machine d'Endurance qui simulait les punitions brutales, les coups, l'écrasement et les coups de pied qu'un jouet reçoit d'un enfant de 4 ans (ou de deux enfants de 2 ans). Quelle façon atroce de mourir pour un elfe !

Après l'avertissement de Shortribs, Bigtoes avait alerté ses elfes de la Sécurité et envoyé une brigade volante aux trousses de Crouchback. Mais le chef de SHAFT avait disparu. Le lendemain matin, une bombe avait explosé dans la Salle du Conseil.

Les restes de la bombe reposaient sur le bureau de Bigtoes. Assez petite pour tenir dans une mallette d'elfe, elle avait été placée sous la table de la Salle du Conseil, juste aux pieds du Père Noël. Si Owen Brassbottom, le directeur de la Circulation du Père Noël, n'avait pas choisi ce moment précis pour entraîner le cher homme dans la Salle des Cartes pour lui indiquer l'endroit où, avec la permission et la bénédiction du Commandement Stratégique Aérien, le traîneau du Père Noël et ses rennes devaient passer la *DEW Line*[1], il ne serait pas resté grand-

---

1. *Distant Early Warning Line* : stations de radar installées au-delà du Cercle Polaire pour avertir d'éventuelles attaques contre les États-Unis (NdT).

chose du Père Noël au-dessous de la ceinture. Quelques secondes avant l'explosion de la bombe, le directeur général Hardnoggin avait été appelé hors de la salle pour un appel téléphonique privé. Fergus Bandylegs, vice-président des Entreprises du Père Noël, Inc., venait juste de passer à l'autre bout de la table pour discuter avec Tom Thumbskin, directeur de la Créativité du Père Noël, et avait échappé à la déflagration. Mais Thumbskin avait dû être envoyé à l'hôpital avec une commotion cérébrale quand sa chaise — les elfes s'asseyaient sur de hautes chaises munies d'échelles comme celles qu'emploient les maîtres nageurs — avait été renversée par l'explosion.

Tout cela était important, car la salle avait été fouillée avant la réunion et on n'y avait rien trouvé. La bombe devait donc avoir été apportée par un membre du Conseil. Il ne s'était certainement pas agi du directeur de la Circulation Brassbottom qui avait sauvé le Père Noël, et probablement pas non plus de Thumbskin. Ce qui laissait le directeur général Hardnoggin et le vice-président Bandylegs...

— On a trouvé d'où provenait cet appel personnel reçu par Hardnoggin juste avant l'explosion de la bombe ? demanda Bigtoes.

Charity secoua ses boucles blondes.

— La standardiste s'est évanouie juste après avoir transmis l'appel. Elle est toujours dans les pommes.

Quittant la fabrique de jouets, Bigtoes traversa à pas pressés un couloir bordé de boutiques de luxe et de restaurants à la mode. Sur un mur du Salon de Haute Couture de Mademoiselle Fanny, un elfe de SHAFT avait écrit : *Père Noël, Si ! Hardnoggin, No !* Sur un mur de l'*Hôtel Saint-Nicolas*, un partisan de Hardnoggin avait écrit : *Soutenez votre directeur général !* Bigtoes n'était pas un philosophe, et les troubles sociaux qui agitaient le pôle Nord le déconcertaient. Un jour, sous un déguisement, il avait assisté à un meeting de SHAFT au Sous-Bois, cette vaste et sinistre caverne pleine de champignons phosphorescents et de racines pendantes. Rassemblés sous un immense portrait du Père Noël, il y avait des elfes hippies, leurs barbes tressées de nœuds excentriques, des matrones elfes en chaussures confortables, des elfes vêtus avec une élégance campagnarde et des elfes agriculteurs.

Crouchback en personne avait fait une apparition surprise, sortant de l'ombre pour prononcer son discours à présent célèbre : « Le plastique vit ! »

— Hardnoggin prétend que le plastique est inanimé. Mais je dis, moi, que le plastique vit ! Le plastique infecte tout ce qu'il touche et se répand comme la mauvaise herbe dans les âmes innocentes des petits enfants. Les jouets en plastique font des garçons et filles en plastique ! (Crouchback se redressa de tous ses quinze centimètres) Et je dis : la qualité, la qualité tout de suite !

La foule, dans un grondement, fit écho à ses paroles. La réunion fut clôturée par tous les elfes se tenant la main et chantant : « Nous vaincrons ». L'expérience avait été émouvante...

Comme il s'y attendait, Bigtoes trouva Bandylegs au bar de l'*Hôtel Saint-Nicolas*, fixant d'un regard morose le fond de sa chope de bière grande comme un dé à coudre. Fergus Bandylegs était un elfe soigné à l'élocution aisée, doté d'une barbe châtain qu'il parfumait à la lavande. En tant que vice-président des Entreprises du Père Noël, Inc., il était chargé de financer dans son intégralité la fabrique de jouets en faisant en sorte que le Père Noël apparaisse dans des campagnes publicitaires, en percevant les royalties sur l'utilisation du nom du cher homme, et en louant des costumes de Père Noël aux grands magasins.

Bandylegs commanda un verre pour le chef de la Sécurité. Leur amitié remontait à l'époque où Rory Bigtoes avait été fabricant de diables, et Bandylegs fabricant de luges en chef.

— C'est le monde à l'envers, maintenant, Rory, déclara Bandylegs. D'abord il y a eu cette bombe, et voilà que le Père Noël a clôturé le compte des cigarettes Jolly Rogers. Ça fait des années qu'ils avaient cette campagne de pub montrant le Père Noël glissant une cartouche de

Jolly Rogers dans un bas de Noël. Mais c'est fini. « Fumer peut être dangereux pour la santé », dit le Père Noël.

— Le Père Noël sait de quoi il parle, dit Bigtoes.

— C'est juste, dit Bandylegs. Mais en comptant les bénéfices de la télévision, ça fait deux millions de bonbons qu'on jette par les fenêtres. (Au cours actuel, un dollar américain vaut 4,27 bonbons.) Hardnoggin est déjà sur mon dos pour que je compense la perte. Rien ne doit interférer avec son plan grandiose pour automatiser la fabrique de jouets. Alors je repars à Madison Avenue. D'accord, je vais séjourner au *Plaza* et manger au *Chambord*, mais ça ne m'empêchera pas d'avoir le mal du pays. (Le vice-président sourit tristement.) Tu sais ce que je faisais, avant ? Il y a un type, devant la gare de Grand Central, qui vend ces petits hommes mécaniques qu'on remonte et qui tournent en rond. J'avais pris l'habitude de tourner en rond avec eux. Je me sentais un peu mieux comme ça. Mais maintenant, ils me font penser à Hardnoggin. Hardnoggin est une machine, Rory, et il veut nous changer tous en machines.

— Et la bombe ? demanda Bigtoes.

Bandylegs haussa les épaules.

— Les Jouets Acme, je suppose.

Bigtoes secoua la tête. Les Jouets Acme n'avaient plus infiltré d'espion elfe au pôle Nord depuis des mois.

— Et Crouchback ?

— Non, répondit fermement Bandylegs. Je vais être franc avec toi, Rory. J'ai eu une entrevue avec Crouchback la semaine dernière. Il voulait avoir mon avis sur le problème qualité contre quantité et sur l'avenir de la fabrique de jouets. Je me trompe peut-être, mais j'ai l'impression qu'une restructuration se prépare en haut lieu, et que Crouchback a été choisi pour devenir le nouveau directeur général. En tout cas, je trouve que c'est un elfe très perspicace et très compréhensif. (Bandylegs sourit et reprit :) Darby Shortribs était là, et il radotait à propos des poupées. Quand je suis parti, Crouchback m'a serré la main et a murmuré : « Tout mouvement a besoin de ses extrémistes, Bandylegs. Shortribs est notre extrémiste. » (Bandylegs baissa la voix.) Je suis fatigué de la jungle des adultes, Rory. Je veux retourner à l'atelier de luges et me remettre à fabriquer des *Blue Streaks* et des *High Flyers*. Je n'y arriverai jamais avec Hardnoggin et ses idées modernes aux commandes.

Bigtoes tira sur sa barbe. Il était notoire que Crouchback avait un espion elfe au sein du Conseil. Les rapports concernant les réunions qui paraissaient dans *L'Elfe de Minuit* étaient bien trop complets. S'agissait-il de son ami Bandylegs ? Mais Bandylegs essaierait-il de tuer le Père Noël ?

Ce qui ramenait Bigtoes, une fois de plus, à Hardnoggin. Mais prudemment. En tant que chef de la Sécurité, Bigtoes devait se montrer objectif. Pourtant, il rêvait de démontrer la culpabilité de Hardnoggin. C'était, il en était conscient, à cause de la belle Carlotta Peachfuzz, adorée des enfants dans le monde entier. En tant que voix de la Poupée Reinette, Carlotta était la femme la plus enviée du pôle Nord, après la Mère Noël. Les jeunes filles elfes suivaient ses prestigieux exploits dans la presse. Les elfes mâles installaient des Poupées Reinette à côté de leur lit pour pouvoir s'endormir au son de la voix sensuelle de Carlotta disant : « Bonjour, je suis ta Poupée Reinette qui parle. Je t'aime. Je t'aime. Je t'aime... »

Mais autrefois, il n'y avait eu que Rory et Carlotta, Carlotta et Rory — jusqu'au jour où Bigtoes lui avait présenté Hardnoggin.

— Vous avez une voix magnifique, miss Peachfuzz, avait déclaré le directeur général. Avez-vous jamais envisagé de faire du cinéma ?

Et Carlotta avait laissé tomber Bigtoes pour Hardnoggin, et était devenue une star de l'industrie des poupées parlantes. Mais sa liaison avec le directeur général Hardnoggin était devenue si scandaleuse qu'un Père Noël consciencieux — en présence de la mère Noël — avait dû les rappeler à l'ordre en leur lisant le décret sur la bonne tenue des cadres de la direction. Hardnoggin avait mis fin à leur relation. Mécontente, Carlotta était devenue un membre actif au sein de SHAFT, mais avait quitté le mouvement après une violente altercation avec Shortribs au sujet de ses convictions anti-poupées.

Aujourd'hui, Bigtoes se fichait comme d'une guigne de Carlotta. Mais il avait encore ce vieux compte à régler avec le directeur général.

Laissant derrière lui le quartier à la mode, Bigtoes s'engagea dans Apple Alley, un couloir résidentiel bordé de modestes maisons à l'ancienne avec des toits de chaume et des poutres sculptées. Ici, les champignons étaient en pleine éclosion — des *stropharia*, des *inocybe*, des chanterelles — parsemant le couloir d'indigo, de vermillon, et de nombreuses nuances de jaune. Des occupants elfes s'affairaient dans leurs jardins. Des épouses elfes bavardaient par-dessus des haies de *gipsy pholiota*. Quelque part, un vieil elfe chantait une des anciennes chansons de travail, en s'accompagnant à l'accordéon. Jusqu'à ce que le directeur général Hardnoggin découvre que cela ralentissait la production, les elfes avaient toujours chanté en travaillant, battant la mesure avec leurs marteaux ; à présent, les contremaîtres leur distribuaient des partitions et dirigeaient la chorale deux fois par jour. Mais ce n'était pas la même chose.

Les jardiniers elfes levaient les yeux, sortaient leur pipe de leur bouche, et regardaient passer Bigtoes. Ils considéraient tous les gens de la Direction avec suspicion — même ce grand elfe avec sa rosette à rayures multicolores de l'Ordre du Père Noël, Première Classe, à la boutonnière.

Bigtoes avait gagné cette décoration de nombreuses années auparavant lorsqu'il était un jeune elfe de la Sécurité, manquant encore d'expérience. On ne savait pas comment, mais en ce jour fatal, Billy Roy Scoggins, président des Jouets Acme, avait découvert l'entrée secrète du pôle Nord et était brusquement apparu, en parka et chaussé de raquettes, exigeant de voir le Père Noël. Le Père Noël était arrivé, jovial et souriant, entouré de Bigtoes et des autres elfes de la Sécurité. Scoggins annonça qu'il avait une proposition à faire « d'un homme d'affaires endurci à un autre ».

Faisant remarquer la puérilité de toute concurrence, l'intrus avait offert au Père Noël un pont d'or pour entrer chez les Jouets Acme.

— Ho, ho, ho, avait tonné le Père Noël avec une fermeté joviale, ce n'est pas dans les habitudes du Père Noël.

Scoggins — peut-être fut-ce l'effet du « ho ho ho » — vira au pourpre et lui décocha un coup de poing qui étendit le cher vieil homme. La Sécurité bondit à la rescousse.

Quatre elfes étaient morts sous les coups de Scoggins qui tenait une raquette dans une main et un exemplaire roulé du *Wall Street Journal* dans l'autre. Mais Bigtoes avait escaladé la jambe du pantalon de Scoggins. Il lui avait fallu douze manchettes de karaté pour briser la rotule de l'intrus et l'envoyer s'écraser au sol comme un arbre foudroyé. Aujourd'hui encore, le président des Jouets Acme marche avec une canne, et maudit Rory Bigtoes à chaque fois qu'il pleut.

Comme Bigtoes passait devant une taverne — *Le Terrain de Boules*, dont un énorme champignon en fer à cheval ombrageait l'entrée — quelqu'un à l'intérieur frappa la table de sa chope-dé à coudre et lança le fameux toast des elfes : « Au Père Noël, qu'il ait raison ou tort ! Fasse le Ciel qu'il ait toujours raison, mais tort ou raison, au Père Noël ! » Bigtoes soupira. La vie aurait dû être si simple pour les elfes. Ils adoraient tous le Père Noël — quelle importance s'il employait un peu de teinture bleue quand il se lavait la barbe, s'il aimait faire la grasse matinée, ou s'il buvait un peu trop de martinis — et ils voulaient tous faire ce qu'il y avait de mieux pour les petits garçons et les petites filles sages. Mais l'accord s'arrêtait là. C'était là que la rupture entre Hardnoggin et Crouchback — entre l'ordre établi et le révolutionnaire — prenait le relais.

Après la taverne se trouvait un carrefour, le couloir de gauche menant aux immenses zones de stockage pour les jouets terminés, celui de droite au Sous-Bois. Bigtoes continua tout droit et ne tarda pas à pénétrer dans cet enchevêtrement de couloirs qu'on appelait le Coin de la

Citrouille, le quartier bohémien du pôle Nord. C'était là que, jusqu'à sa disparition, le chef de SHAFT, Crouchback, avait vécu dans une relative impunité, protégé par les habitants du lieu. Car c'était le territoire de SHAFT. Une édition spéciale de *L'Elfe de Minuit* circulait déjà dans les rues, niant toute implication de SHAFT dans la tentative d'assassinat contre le Père Noël. Un marchand de pommes d'amour, la barbe tressée en jambe de chien, avait écrit *Hardnoggin est un Nain* sur le panneau latéral de sa charrette. *Faites l'amour, pas le plastique*, déclarait le mur de la *Carotte Électrique*, une discothèque populaire, lieu de rendez-vous des hippies.

La *Carotte Électrique* était bondée d'elfes dansant la dernière danse à la mode, le Scalywag. Jusqu'à récemment, la danse n'avait pas été populaire chez les elfes. Ils n'arrêtaient pas de se marcher sur la barbe. Les nœuds hippies éliminaient efficacement cet obstacle.

Buck Withers, chef des Elfes Hippies pour la Paix, était assis dans un coin, arborant un badge *Le Père Noël, c'est l'Amour*. Bigtoes avait un jour renoncé à poursuivre Withers et trois autres elfes surpris en train de grignoter des graines de volubilis pour consommation de drogue.

— Où est Crouchback, Buck ? demanda Bigtoes.

— Et qui le demande ? répliqua Withers. Le chef de la Gestapo de Hardnoggin ?

— Un ami, dit Bigtoes.

— Mon pote, ben, quand la nouvelle s'est répandue à propos de Shortribs, il a dit : « Je suis le prochain, Buck. » Mieux vaut fuir que mourir, et il s'est tiré dans un lieu inconnu.

— Mauvais pour lui, Buck.

— Écoute, mon pote, dit Withers, SHAFT, c'est la vibration du futur. Tu vois, le Père Noël est déjà passé de notre côté sur cette histoire de désarmement. Qu'est-ce qu'on a besoin de bombes ? Ça craint, mon pote. La violence, c'est pas le truc de SHAFT.

Au moment où Bigtoes quittait la *Carotte Électrique*, une voix lança :

— Je me demande, mon cher monsieur, si vous pourriez aider un malheureux elfe.

Bigtoes se retourna pour trouver devant lui un clochard en haillons, vêtu d'une chemise à col boutonné crasseuse et d'un costume de flanelle grise graisseux. Sa barbe était tapissée de brindilles et de paille.

— Salut, Baldwin, dit Bigtoes.

Baldwin Redpate avait autrefois été directeur du Service d'Expédition du Père Noël. Puis était arrivé le Scandale du Gant de Baseball Officiel Slugger Nolan. Le gant avait été un grand succès une année, très demandé dans les lettres au Père Noël. À cause de quelque catastrophique imbroglio à l'Expédition, des milliers de canards gonflables en caoutchouc avaient été envoyés à la place. Pendant des mois après cela, le Père Noël reçut des lettres de petits garçons indignés, et bien que chacune d'entre elles le blessât cruellement, il ne fit jamais aucun reproche à Redpate. Mais Redpate savait qu'il avait déçu le Père Noël. Il broyait du noir, avait des accès de larmes silencieux et finalement se mit à boire, tombant à tel point sous l'influence de l'hydromel que Hardnoggin dut insister pour qu'il démissionne.

— Rory, tu es justement l'elfe que je cherche, dit Redpate. Tu as déjà vu un elfe rôder ? Eh bien, moi oui.

Bigtoes fut intéressé. Les elfes étaient des créatures franches. Ils ne rôdaient pas.

— La nuit dernière, je me suis réveillé avec des sueurs froides et j'ai vu des choses étranges, Rory, dit Redpate. Des allées et venues, des lumières, quelqu'un qui rôdait. (De grosses larmes coulaient sur les joues de Redpate.) Tu comprends, j'ai des cauchemars, Rory. Des milliers de canards gonflables en caoutchouc viennent me défiler sur le corps et leurs yeux sont ceux du Père Noël quand quelqu'un l'a déçu. (Il se pencha vers Bigtoes d'un air confidentiel.) Je suis peut-être un raté. À l'occasion, il se peut même que je boive trop. Mais je ne rôde pas !

Redpate se remit à pleurer.

Ses larmes paraissaient intarissables. Bigtoes était attendu à la réunion du Père Fouettard. Il glissa à Redpate dix bonbons.

— Il faut que j'y aille, Baldwin.

Redpate tamponna ses larmes avec le bout poussiéreux de sa barbe.

— Quand tu verras le Père Noël, demande-lui d'avoir une bonne pensée pour le vieux Baldy Redpate, renifla-t-il avant de se diriger tout droit vers *La Bonne Oie Grise*, la taverne située de l'autre côté de la rue — « à tire-d'aile vers l'hydromel », comme disaient les elfes. (Mais il se retourna.) Des activités bizarres, lança-t-il. Hangar numéro 14, unité 24, rangée 58. On rôde.

— L'appel téléphonique de Hardnoggin provenait de Carlotta Peachfuzz, dit Charity, plus ravissante que jamais. La standardiste est une grande admiratrice de Carlotta. Elle s'est évanouie en reconnaissant sa voix. L'émotion a été trop forte.

Intéressant. Malgré les ordres du Père Noël, Carlotta et Hardnoggin s'étaient-ils remis ensemble en douce ? Si oui, avaient-ils conspiré cette tentative d'attentat ? Mais s'était-il vraiment agi de la voix de Carlotta ? Des imitations de Carlotta Peachfuzz, il y en avait treize à la douzaine.

— Passez-moi la standardiste, dit Bigtoes, et il se remit à fourrer des rapports du Père Fouettard dans sa mallette.

— Pas de chance, dit Charity en raccrochant le téléphone. Elle vient de prendre un autre appel et s'est encore évanouie.

Le vice-président Bandylegs avait l'air très satisfait de lui-même. Il fit un clin d'œil à Bigtoes.

— Ne soyez pas surpris quand je filerai de la réunion du Père Fouettard avant la fin, Rory, sourit-il. Une affaire de cœur. D'un seul coup, le vieux charme de Bandylegs a encore frappé. (Il indiqua d'un signe de tête, à l'autre bout du couloir, Hardnoggin, qui attendait impatiemment à la porte de la Salle de Projection.) Quand le chat n'est pas là, les souris dansent.

La Salle de Projection était construite comme une salle de cinéma.

— Viens ici à côté du Père Noël, Rory, mon garçon, tonna le cher homme.

Bigtoes grimpa donc jusqu'à un minuscule siège accroché au dossier du siège placé à gauche du Père Noël. À la gauche de Bigtoes étaient assis le directeur de la Circulation Brassbottom, le vice-président Bandylegs et le directeur général Hardnoggin. De cette manière, la Mère Noël, qui se tenait près du bar portatif placé contre le mur, pouvait envoyer au Père Noël ses martinis par l'intermédiaire d'une chaîne d'elfes.

Assuré que personne n'oserait tenter quoi que ce soit en présence du chef de la Sécurité du Père Noël, Bigtoes écouta le directeur de la Circulation, un elfe aux lèvres rouges et à la barbe couleur de paille, parler avec enthousiasme de la couverture télévisée envisagée pour le voyage du Père Noël. Cette année, en direct et en couleurs par satellite, le pôle Nord verrait l'arrivée du Père Noël à chaque étape de son voyage. Le premier martini du Père Noël fut passé de Hardnoggin à Bandylegs, puis à Brassbottom et à Bigtoes. Le chef de la Sécurité saisit le pied du verre dans ses deux mains et, évitant les vapeurs entêtantes du gin du mieux qu'il put, le passa au Père Noël.

— Très bien, déclara le Père Noël en buvant sa première gorgée, allons-y, en commençant par le pire.

Les lumières se tamisèrent. Un film apparut sur l'écran.

— Waldo Rogers, 5 ans, dit Bigtoes. Mauvais traitements sur des animaux familiers, huit blâmes. (Le film montrait un petit garçon tirant la queue d'un chat avec un sourire satisfait.) Ne vient pas quand on l'appelle, dix blâmes. (Le film montra la mère de Waldo à la porte, criant.) De plus, ce qui indique son mauvais comportement général, il oblige sa mère à lui acheter des *Sugar Gizmos* mais refuse de les manger. Il veut juste les couvercles des boîtes. (La caméra parcourut une étagère de garde-manger remplie à ras bord de boîtes ouvertes de *Sugar Gizmos*.)

Les elfes claquèrent la langue en signe de désapprobation.

— Waldo Rogers ne représente certainement pas l'idée que le Père Noël se fait d'un gentil petit garçon, dit le Père Noël. Qu'est-ce que tu en penses, Maman ?

La Mère Noël en convint.

— Le Père Fouettard, alors ? demanda Hardnoggin, plein d'espoir.

Mais le cher vieil homme hésita.

— Le Père Noël aime toujours repasser la liste deux fois avant de décider, dit-il.

Hardnoggin poussa un grognement. Le Père Noël bouleversait toujours ses programmes de production en se montrant indulgent avec les méchants petits enfants.

Un nouveau film commença.

— La suivante sur la liste, dit Bigtoes, est Nancy Ruth Ashley, 4 ans et demi...

Deux heures et sept martinis plus tard, le rire jovial du Père Noël et les gloussements de la Mère Noël emplissaient la pièce.

— C'est une petite coquine, celle-là, tonna le Père Noël tandis qu'ils regardaient une petite fille de 6 ans remplir les chaussures sur mesure de son Père avec de la mélasse, mais le Père Noël lui trouvera un petit quelque chose.

Hardnoggin grogna. C'était la fin de la liste et jusque-là personne n'avait été menacé du Père Fouettard. Ils repassèrent le film concernant Waldo Rogers.

— Le Père Noël s'est laissé dire que certains chats aimaient qu'on leur tire la queue, gloussa le Père Noël en vidant son verre. Et qui se soucie des *Sugar Gizmos* ?

Bandylegs, qui venait de s'excuser, s'arrêta dans l'allée qu'il remontait.

— C'est un délicieux mélange de flocons d'avoine grillés et de maïs, cria-t-il, enrobé de sucre plein d'énergie. Pour tout dire, Père Noël, les gens de chez Gizmo envisagent de vous faire figurer dans leur nouvelle campagne publicitaire. Ce serait un excellent argument de vente si je pouvais dire que le Père Noël a envoyé le Père Fouettard à un petit garçon parce qu'il ne voulait pas manger ses *Sugar Gizmos.*

— Voyons, Fergy, dit le cher vieil homme, tu sais que ce n'est pas dans les habitudes du Père Noël.

Bandylegs sortit en marmonnant.

— Père Noël, protesta Hardnoggin tandis que le cher vieil homme faisait passer son verre pour qu'on le remplisse, soyons réalistes. Si nous ne pouvons pas punir Waldo Rogers, jusqu'où irons-nous ?

Le Père Noël réfléchit un moment.

— Supposons que le Père Noël te laisse prendre la décision, Garth, mon garçon. Qu'est-ce que le petit Waldo Rogers trouverait dans ses chaussures le matin de Noël ?

Hardnoggin hésita. Puis il répondit :

— Le Père Fouettard.

Le Père Noël parut désappointé.

— Qu'il en soit ainsi, déclara-t-il.

Les lumières se tamisèrent de nouveau et ils continuèrent à passer la liste en revue. Le huitième martini du Père Noël fut transmis d'elfe en elfe jusqu'à lui. Comme Bigtoes le passait au Père Noël, les vapeurs l'atteignirent — l'odeur du gin et d'autre chose. Des amandes amères. Il fit sauter le verre de la main du Père Noël.

Silencieux et mal éclairé, le hangar numéro 14 paraissait une immense et terne banlieue de maisons de poupées Dick et Jane à deux étages, de type ranch. Bigtoes pénétra dans le jardinet de papier mâché situé devant l'unité 24, rangée 58 tandis qu'un veilleur elfe à bicyclette passait en chantant « Colossal Carlotta », un tube en vogue. Bigtoes espéra qu'il n'avait pas commis une erreur en s'abstenant d'arrêter Hardnoggin.

Bandylegs était parti avant que le cyanure ne soit mis dans le verre. La Mère Noël, bien entendu, était au-dessus de tout soupçon. Il restait donc le directeur général Hardnoggin et le directeur de la Circulation Brassbottom. Mais pourquoi Brassbottom aurait-il d'abord sauvé le Père Noël de la bombe, pour ensuite l'empoisonner ? Il ne restait donc que Hardnoggin. Bigtoes avait voulu agir suivant cette logique, peut-être avec trop d'empressement. Il ne voulait pas qu'il soit dit que le chef de la Sécurité du Père Noël avait laissé des sentiments personnels influencer son jugement. Bigtoes se montrerait juste.

Hardnoggin avait répété avec insistance que Crouchback était le coupable. Très bien, il allait arrêter Crouchback pour l'interroger. Après tout, le Père Noël était maintenant en sécurité, il faisait la sieste sous une garde nombreuse en préparation de son voyage nocturne. Hardnoggin — si c'était *lui* le coupable — ne pouvait lui faire aucun mal pour le moment.

Comme Bigtoes traversait la pelouse de tissu à quatre pattes, la porte d'entrée de la maison de poupées s'ouvrit, et une silhouette imprécise descendit l'allée. Elle s'arrêta sur le trottoir, regarda d'un côté et de l'autre, puis disparut dans l'obscurité. Redpate ne s'était pas trompé sur le rôdeur. Mais ce n'était pas Crouchback — Bigtoes en était certain.

Le chef de la Sécurité entra par une fenêtre de la salle à manger. Dans le salon, il y avait trois elfes, un sur le canapé, un dans un fauteuil, et, derrière le bar, Dirk Crouchback, elfe d'apparence distinguée à la barbe poivre et sel et aux tempes grisonnantes. Le dirigeant de SHAFT se servit un verre et se retourna.

— Bienvenue dans mon petit ménage à trois, Rory Bigtoes, déclara-t-il avec un sourire de surprise.

Les deux autres elfes s'avérèrent en fait être des poupées Dick et Jane.

— Je t'embarque, Crouchback, déclara le chef de la Sécurité.

Le révolutionnaire sortit de derrière le bar en poussant du pied un obusier de 55 mm (échelle 1/32e).

— Je regrette que les choses se passent ainsi, dit-il. Comme tu le sais, nous sommes opposés à l'usage de la violence. Mais je préférerais ne pas tomber entre les mains de Hardnoggin pour le moment. Assieds-toi là-bas, à côté de Jane.

Bigtoes obéit. À si peu de distance, l'obus en plastique de l'obusier pouvait être fatal à un elfe.

Crouchback s'assit sur le bras du fauteuil de Dick.

— Oui, dit-il, les jours de Hardnoggin sont comptés. Mais comme les incidents d'hier soir et d'aujourd'hui l'ont illustré, l'Ordre Ancien a la vie dure. Je préférerais ne pas être une de ses victimes. Crouchback s'interrompit et but une gorgée. Regarde cette pièce, Bigtoes. Voilà l'univers de Hardnoggin. Moquette. Coin déjeuner. Matériaux bon marché. Travail mal fait. (Il souleva une tablette et la laissa tomber à terre. Deux des pieds se brisèrent.) Du plastique, déclara Crouchback avec mépris en lançant la table dans le poste de télévision en plastique. C'est l'univers de l'Américain moyen, bourgeois, banlieusard. (Crouchback mit la paume sur la mâchoire de Dick et renversa la poupée.) Est-ce que cette nullité insipide en plastique est le genre d'adulte que deviendront les petits garçons et les petites filles ?

— Non, dit Bigtoes. Mais quelle alternative proposes-tu ?

— Fermer l'usine de jouets pour quelques années, répondit sérieusement Crouchback. Réapprendre notre ancienne tradition des jouets fabriqués à la main. Nous le devons à des millions de petits garçons et de petites filles qui ne sont pas encore nés !

— Tout ça est très idéaliste, dit Bigtoes, mais...

— Réaliste, Bigtoes. Et terre-à-terre, dit le dirigeant de SHAFT, en se tapotant le crâne. Le plan est tout entier là-dedans.

— Mais qu'est-ce que tu fais des Jouets Acme ? protesta Bigtoes. Les gosses riches recevraient encore des cadeaux, et les gosses pauvres n'en auraient pas.

Crouchback sourit.

— Je ne peux pas entrer dans les détails maintenant. Mais mon plan inclut l'élimination des Jouets Acme.

— Supposons que tu puisses le faire, dit Bigtoes. Nous ne pourrions pas, malgré tout, fabriquer assez de jouets pour suivre l'explosion de la population.

— Pas au début, dit Crouchback. Mais supposons qu'on n'autorise pas la croissance de la population à excéder notre vitesse de production de jouets ?

Il se tapota de nouveau le crâne.

— Mais bon sang, dit Bigtoes, fermer l'usine de jouets signifie que des millions d'enfants auront des chaussures vides à Noël. Qui pourrait être cruel à ce point ?

— Cruel ? s'exclama Crouchback. Bigtoes, tu sais comment un adulte fait cuire un homard vivant ? Certains les jettent dans l'eau bouillante. Mais d'autres disent : « Comme c'est cruel ! » Ils les jettent dans l'eau froide, puis amènent lentement l'eau à ébullition. Non, Bigtoes, il faut qu'on tienne le coup. D'accord, il n'y aura pas de jouets de Noël pendant quelques années. Mais nous remplirions les chaussures des enfants avec de la littérature expliquant ce qui se passe, et avec le résumé des groupes de discussion, pour qu'ils puissent s'assembler et vanter les mérites du fait de sacrifier leurs jouets de Noël aujourd'hui pour que les enfants du futur puissent avoir des jouets de qualité fabriqués à la main. Ils comprendront.

Avant que Bigtoes n'ait eu le temps de protester à nouveau, Crouchback se leva.

— Maintenant que je t'ai fourni matière à réflexion, je dois y aller, dit-il. Ce placard devrait te retenir jusqu'à ce que j'aie eu le temps de m'échapper.

Bigtoes passa plus d'une heure dans le placard. La porte s'avéra plus solide qu'il ne l'avait cru. Puis il se souvint des murs intérieurs en carton de Hardnoggin et se fraya un chemin à coup de manchettes de karaté à travers l'arrière du placard, et sortit par la cuisine.

Le quartier général de la Sécurité était en ébullition quand Bigtoes en passa la porte.

— Ils viennent d'attraper Hardnoggin en train d'essayer de mettre une bombe dans le traîneau du Père Noël, dit Charity d'une voix tremblante.

Bigtoes traversa le couloir jusqu'à la Salle des Interrogatoires où Hardnoggin, gris et hagard, était assis les poignets entre les genoux. Les elfes de la Sécurité ne l'avaient pas traité avec douceur. Un de ses yeux était enflé, sa barbe était en désordre, et il y avait une bosse sur son mégaphone.

— C'était un cadeau de Noël pour cette petite brute, Waldo Rogers, s'écria Hardnoggin.

— Une bombe ? dit Bigtoes.

— C'était censé être une petite voiture de pompiers, cria le directeur général, avec une cloche qui fait ding-dong ! (Hardnoggin lutta pour se contrôler.) Je ne pouvais vraiment pas prendre la responsabilité de voir ce petit monstre ne rien trouver dans ses chaussures. Mais un homme occupé n'a pas le temps de faire des emplettes de dernière minute. J'ai demandé à un... un ami de choisir quelque chose pour moi.

— Qui ? demanda Bigtoes.

Hardnoggin baissa la tête.

— J'exige d'être amené devant le Père Noël, dit-il.

Mais le Père Noël, sous bonne garde, avait déjà quitté son appartement pour la cérémonie officielle du départ. Bigtoes ordonna qu'on détienne Hardnoggin et s'empressa d'aller à la rencontre du Père Noël devant l'ascenseur. Il aurait aimé lancer au cher vieil homme que Hardnoggin était le coupable. Mais bien sûr, ça ne tenait absolument pas la route. Hardnoggin était trop malin pour croire qu'il pourrait tranquillement placer une bombe dans le traîneau du Père Noël. Ou — maintenant que Bigtoes y réfléchissait — pour se désigner de façon si évidente en attendant que Bandylegs ait quitté la réunion du Père Fouettard avant d'empoisonner le verre du Père Noël.

Le méchant semblait maintenant être la belle et séduisante Carlotta Peachfuzz. Voici comment les choses avaient pu se passer : Carlotta téléphone à Hardnoggin juste avant que la bombe n'explose dans la Salle du Conseil, faisant ainsi de lui un suspect de choix ; Carlotta organise un rendez-vous avec Bandylegs qui l'oblige à quitter la réunion du Père Fouettard, faisant par là même de Hardnoggin le Suspect Numéro Un ; puis voyant que Bigtoes n'arrête pas le directeur général, Carlotta le persuade d'offrir au petit Waldo Rogers un cadeau qui s'avère être une bombe. Son objectif ? Faire accuser Hardnoggin du meurtre ou de la tentative de meurtre contre le Père Noël. Son espion elfe ? Le directeur de la Circulation Brassbottom. Tout se tenait — ou paraissait se tenir...

Bigtoes trouva le Père Noël à l'ascenseur, entouré d'une douzaine d'elfes de la Sécurité. Ses chers vieux yeux étaient injectés de sang, son sourire légèrement forcé.

— Vas-y doucement, Billy, dit le Père Noël à Billy Brisket, l'elfe de la Sécurité qui faisait fonctionner l'ascenseur. Le Père Noël a un peu la gueule de bois.

Bigtoes alla se placer à l'arrière de l'ascenseur. C'était donc Brassbottom qui avait placé la bombe pour ensuite entraîner délibérément le Père Noël hors de la pièce. C'était donc Brassbottom qui avait empoisonné le martini au cyanure, sachant que Bigtoes en détecterait l'odeur. Et c'était Carlotta qui avait emballé la bombe dans du papier cadeau. Tout ça pour faire accuser Hardnoggin. Et pourtant... Bigtoes soupira face à sa propre confusion. Et pourtant Shortribs, mourant, avait dit que quelqu'un allait tuer le Père Noël.

Tandis que l'ascenseur montait doucement dans l'intérieur de la calotte polaire, Bigtoes concentra son esprit sur Shortribs. Supposons que l'elfe mort soit tombé par hasard sur votre plan bien organisé pour tuer le Père Noël. Supposons que vous ayez bâclé le meurtre de Shortribs et que vous sachiez par conséquent que la Sécurité avait été alertée. Que feriez-vous ? Organiser trois fausses tentatives de meurtre contre le Père Noël pour fournir un coupable à la Sécurité, en espérant pousser la Sécurité à baisser sa garde ? C'était possible. Mais la bombe dans la Salle du Conseil aurait pu tuer le Père Noël. Pourquoi ne pas simplement procéder de cette façon ?

L'ascenseur atteignit la surface et le premier étage du bâtiment de la Tour de Contrôle qui était ingénieusement camouflé en pic couvert de glace. Mais supposons, pensa Bigtoes, qu'il soit important à vos yeux de tuer le Père Noël d'une certaine façon — disons, pendant que la moitié du pôle Nord le regardait ?

D'autres elfes de la Sécurité les attendaient quand les portes de l'ascenseur s'ouvrirent. Bigtoes avança rapidement parmi eux, les incitant à la plus extrême vigilance. Puis le Père Noël et ceux qui l'entouraient sortirent sur la piste gelée pour être accueillis par les acclamations de milliers d'elfes. Des elfes hippies venus du Coin de la Citrouille, des employés elfes de la fabrique de jouets, les jeunes elfes comme les vieux s'étaient tous rassemblés là pour souhaiter au cher vieil homme un bon voyage.

Le sourire du Père Noël s'élargit et il agita la main en direction de la foule. Puis tout le monde se mit au garde-à-vous et se découvrit tandis que l'ensemble de fanfares de l'Association des Amateurs de Champignons, dirigé par Wade Snoot, entonnait « Le Père Noël Nous Rend Visite. » Quand la musique atteignit sa vibrante conclusion, le Père Noël, escorté par un groupe compact d'elfes de la Sécurité, se fraya un chemin à travers la foule exubérante en direction de son traîneau.

Le regard de Bigtoes partait dans toutes les directions, cherchant un visage heureux qui pourrait masquer une intention meurtrière. Son cœur faillit s'arrêter de battre quand le Père Noël s'arrêta pour accepter un bouquet offert par un enfant elfe, qui bredouilla un hommage en vers au cher vieil homme. Il faillit de nouveau s'arrêter de battre quand le Père Noël se pencha par-dessus le cordon de sécurité pour parler à un elfe dans la foule. Une tape sur la tête donnée par le Père Noël et même Roger Chinwhiskers, dirigeant des Fils et Filles du Bon Vieux Temps, sourit et reconnut que le monde n'allait peut-être pas à sa perte. Un mot aimable du Père Noël et Baldwin Redpate annonça, les larmes aux yeux — comme il le faisait chaque année à cette époque — qu'il arrêtait l'hydromel pour de bon.

Après ce qui parut une éternité à Bigtoes, ils atteignirent le traîneau. Le Père Noël monta à bord, adressa un dernier geste à la foule, et appela ses huit minuscules rennes, un par un, par leur nom. Les rennes tirèrent sur le harnais et le traîneau se mit à glisser sur la glace, des elfes de la Sécurité trottant à ses côtés. Puis quatre des rennes décollèrent. Puis les quatre autres. Finalement, le traîneau lui-même quitta le sol. Le Père Noël prit de l'altitude, fit le tour de la piste une fois, et disparut. Mais ils l'entendirent s'exclamer, avant de le perdre des yeux :

— Joyeux Noël à tous, et à tous une bonne nuit !

La foule se dispersa rapidement. Seul Bigtoes demeura sur la piste balayée par le vent. Il faisait les cent pas, tête baissée, donnant des coups de pied dans la neige. Le départ du Père Noël s'était passé sans accroc. Le chef de la Sécurité s'était-il trompé sur le coup monté ? Hardnoggin avait-il essayé de tuer le Père Noël, finalement ? Bigtoes repassa dans son esprit les trois tentatives. La bombe dans la Salle du Conseil. Le poison. La bombe dans le traîneau.

Soudain, Bigtoes se mit à courir.

Il s'était souvenu du prétexte employé par Brassbottom pour attirer le Père Noël dans la Salle des Cartes.

Montant les marches quatre à quatre, Bigtoes fit irruption dans la Salle de Contrôle. Crouchback s'y tenait devant les restes de l'équipement radio, une clé à molette à la main.

— Trop tard, Bigtoes, déclara-t-il triomphalement. C'est comme si le Père Noël était déjà mort.

Bigtoes attrapa le téléphone et ordonna à la standardiste de lui passer en urgence le Commandement Stratégique Aérien à Denver, dans le Colorado. Mais le câble du téléphone avait été coupé.

— Les bébés ours polaires aiment faire leurs dents dessus, dit la standardiste.

Le Père Noël était condamné. Il n'y avait aucun moyen de le rappeler ni d'avertir les Américains.

Crouchback sourit.

— Dans onze minutes, le Père Noël passera au-dessus de la *DEW Line*. Mais au mauvais endroit, grâce au directeur de la Circulation Brassbottom. Les missiles sol-air américains ne feront qu'une bouchée de lui.

— Mais pourquoi ? demanda Bigtoes.

— Rien ne détruit un mouvement dissident comme un modeste succès ou deux, dit Crouchback. Depuis le jour où le Père Noël s'est exprimé en faveur du désarmement unilatéral, j'ai senti SHAFT tomber en morceaux entre mes mains. Alors j'ai dû agir. Je n'ai rien contre le Père Noël personnellement, tout bourgeois sentimental qu'il soit. Mais sa mort sera un grand pas en avant dans notre tâche de former de meilleurs enfants pour un monde meilleur. Que crois-tu qu'il arrivera quand le Père Noël sera descendu par des missiles américains ?

Bigtoes se couvrit les yeux. Sa voix était emplie d'émotion.

— Tous les bons petits garçons et petites filles du monde prendront les armes. Une Croisade des Enfants contre les États-Unis.

— Et une fois débarrassée des Américains, quelle nation deviendra la force dominante dans le monde ? demanda Crouchback.

— Alors c'est donc ça — tu es un elfe marxiste-léniniste ! s'écria Bigtoes.

— Non ! répondit sèchement Crouchback. Mais je me servirai des Russes pour parvenir à un monde meilleur. Qui d'autre pourrait éliminer les Jouets Acme ? Qui d'autre pourrait limiter la population mondiale en accord avec notre vitesse de production de jouets ? Et ils ont donné leur accord par écrit, Bigtoes. Oh, je sais que les Russes sont des adultes, eux aussi, et tout aussi corrompus que le reste des adultes. Mais une fois que les gosses seront définitivement débarrassés du plastique et reviendront aux jouets de qualité fabriqués à la main, moi, Dirk Crouchback, le nouveau Père Noël, avec la belle et adorée Carlotta Peachfuzz à mes côtés comme nouvelle Mère Noël, je m'occuperai des Russes.

— Et Brassbottom ? demanda Bigtoes avec mépris.

— Brassbottom sera assistant Nouveau Père Noël, s'empressa de répondre Crouchback, contrarié par cette interruption. Oui, continua-t-il, le Nouveau Père Noël parlera aux enfants du monde et leur dira une chose : ne faites confiance à personne dont la taille dépasse les 75 centimètres. Et ce sera l'aube d'une nouvelle ère pleine d'enfants heureux et riants, où les adultes n'auront pas leur place et disparaîtront !

— Tu es fou, Crouchback. Je t'embarque, dit Bigtoes.

— Je n'opposerai aucune résistance, dit Crouchback. Mais au bout de cinq minutes, quand le Père Noël ne sera pas apparu à son premier stand de ravitaillement, une édition spéciale de *L'Elfe de Minuit* sera distribuée dans les rues, annonçant qu'il a été victime d'une conspiration entre Hardnoggin et la CIA. La même foule d'elfes furieux qui forcera les portes du quartier général de la

Sécurité pour mettre Hardnoggin en pièces libérera aussi Dirk Crouchback et le proclamera son nouveau chef. J'ai bien préparé le terrain. Un sourire entendu par-ci, une insinuation par-là, et maintenant de nombreux elfes, à l'intérieur de SHAFT comme à l'extérieur, sont persuadés qu'à son retour le Père Noël avait l'intention de faire de moi son directeur général. (Crouchback sourit.) Assez ironiquement, je n'aurais jamais appris à être si retors si vous autres gens de la Sécurité n'aviez pas flanqué par terre vos propres plans en m'assignant à un réfrigérateur de l'Ambassade russe à Ottawa. Depuis qu'ils avaient découvert un dispositif d'écoute de la CIA dans leur esturgeon fumé, les Russes étaient sur le qui-vive. Ils m'ont pincé presque tout de suite et m'ont envoyé à Moscou dans la valise diplomatique. Quand ils ont cru m'avoir lavé le cerveau, ils m'ont entraîné à la sournoiserie et autres techniques révolutionnaires d'adultes. Ils croyaient pouvoir m'utiliser, Bigtoes. Mais c'est Dirk Crouchback qui va les utiliser !

Bigtoes ne l'écoutait pas. Crouchback venait de lui donner une idée — une unique chance sur mille de sauver le Père Noël. Il plongea sur le téléphone.

— Nous avons de la chance, dit Charity en tendant un dossier à Bigtoes. Son nom est Colin Tanglefoot, il est fourreur dans la Section des Ours en Peluche. Condamné à un an de cabanon pour avoir mis le feu à la barbe d'un autre fourreur. Assigné à un réfrigérateur dans la station de la *DEW Line* à Moose Landing. Sparks l'a fait venir à l'interphone.

Bigtoes prit le microphone.

— Tanglefoot, ici Bigtoes, déclara-t-il.

— Rien à foutre, répondit une voix bourrue avec un rhume de cerveau.

— Écoute, Tanglefoot, dit Bigtoes, dans moins de sept minutes, le Père Noël passera juste au-dessus de l'endroit où tu te trouves. Avertis les adultes de ne pas lui tirer dessus.

— Pas de pot, répondit Tanglefoot avec mauvaise humeur. Tu sais, ce vieux Père Noël a traité votre serviteur de façon plutôt injuste.

— Six minutes, Tanglefoot.

— Écoute, dit Tanglefoot. Le vieux Valentine Woody était là à lancer des « ho ho ho » avec cette attitude de « je suis plus jovial que toi », tu vois ? Alors, pour plaisanter, j'ai bourré ma pipe avec le bout de sa barbe. Elle a pris feu comme un arbre de Noël.

— Tanglefoot...

— C'est votre serviteur qui a lancé le seau d'eau qui lui a sauvé la vie, dit Tanglefoot. J'aurais dû recevoir une médaille.

— Tu auras ta médaille ! cria Bigtoes. Mais sauve le Père Noël.

Tanglefoot éternua à quatre reprises.

— D'accord, dit-il finalement. Allons jusqu'au bout pour le Père Noël. Je connais le type de garde — Myron Smith. Il vient tout le temps ici pour dévaliser le stock de viande froide. Mais il n'est pas du genre à croire un elfe de 15 centimètres qui a un rhume de cerveau.

— Alors passe-le moi, dit Bigtoes. Mais grouille — tu n'as que quatre minutes.

Tanglefoot mit fin à la communication. Le minuscule elfe allait-il gagner sa course contre la montre et éviter le destin réservé à la plupart des elfes qui se révélaient aux adultes — se faire aplatir avec le premier objet qui leur tombait sous la main ? Et si oui, que dirait Bigtoes à Smith ? Les adultes — soupçonneux, manquant d'imagination, craintifs — étaient assez difficiles à raisonner dans les circonstances idéales. Mais que pouvait-on dire à un adulte qui avait la tête coincée dans un réfrigérateur ?

Un cri tonitruant résonna dans l'Interphone, renversant Sparks en arrière sur sa chaise.

— Bonjour, Myron, dit Bigtoes aussi calmement qu'il le put. Je m'appelle Rory Bigtoes. Je suis un des petits auxiliaires du Père Noël.

Silence. Le silence hostile d'un adulte qui réfléchit.

— Ouais ? Ouais ? dit finalement Smith. Comment je sais si c'est pas un truc des cocos ? Vous mettez des micros dans notre frigo, vous envoyez un petit avorton gauchisant pour me raconter un baratin sur la venue du Père Noël et bang, vous nous balancez toute la gomme, tête nucléaire et tout, filant vers le cœur des États-Unis.

— Myron, plaida Bigtoes, nous parlons du Père Noël, celui qui vous a toujours apporté, à toi et aux autres gentils petits garçons, des jouets à Noël.

— Qu'est-ce qu'il a fait pour moi ces derniers temps ? répliqua Smith d'un ton déplaisant. Et dis donc ! Je lui ai écrit un jour pour demander un Gant de Baseball Officiel Slugger Nolan. Tu sais ce que j'ai reçu ?

— Un canard gonflable en caoutchouc, s'empressa de répondre Bigtoes.

Silence. Le silence profond d'un adulte abasourdi. La voix de Smith se teinta d'une conviction éberluée.

— Ouais, dit-il. Ouais.

Stand de Ravitaillement Numéro Un. Un champ de maïs de décembre dans l'Iowa, illuminé de balises d'atterrissage. Tandis que des milliers d'yeux d'elfes regardaient la scène sur leurs écrans de télévision, des équipes d'elfes en bleus de travail changeaient les patins du traîneau du Père Noël, entassaient de nouveaux jouets à bord, et faisaient sauter la glace des bois de ses rennes. La caméra fit un panoramique vers l'endroit où le Père Noël se tenait à l'abri du vent, sirotant un grog au rhum chaud. Tandis que la caméra faisait un travelling sur lui, le cher vieil homme, la barbe et les sourcils couverts de gel, les joues aussi rouges que des pommes, partit d'un grand « ho ho ho » et leva son verre pour porter un toast.

Assis devant la télévision au quartier général de la Sécurité, le directeur général Hardnoggin, souriant, leva son dé à coudre plein de bière.

— Mon Père Noël, qu'il ait raison ou tort, lança-t-il.

Le chef de la Sécurité Bigtoes leva son verre. Il voulait trouver un nouveau toast. Crouchback était sous bonne garde ; Carlotta et Brassbottom s'étaient enfuis dans le Sous-Bois. Mais il voulait rappeler au directeur général que SHAFT et le désir de quelque chose de mieux subsistaient encore. L'automatisation était-elle la réponse ? Les machines finiraient-elles par libérer les elfes, leur permettant de fabriquer de nouveau les jouets à la main ? Bigtoes l'ignorait. Mais il savait que les temps changeaient. Rien ne serait plus jamais pareil. Il leva son verre, mais les mots justes lui échappaient et il manqua son tour.

Charity Nosegay leva son verre.

— Oui, Virginia, dit-elle, employant l'abréviation populaire d'un autre toast elfe : « Oui, Virginia, le Père Noël existe. »

Hardnoggin se retourna et la regarda avec un sourire.

— Vous avez une voix magnifique, miss Nosegay, dit-il. Avez-vous jamais envisagé de faire du cinéma ?

The Plot against Santa Claus
Traduit de l'anglais par Pascal Aubin.

L'HOMME QUI AIMAIT NOËL

Henry Slesar

Quand Lev Walters sentit la main de sa femme lui presser l'épaule pour le réveiller, il fut tout de suite certain qu'il s'agissait du bébé. Ouais ! pensa-t-il, mon fils va finalement naître le jour de Noël ! Tous les deux envisageaient cette possibilité depuis des semaines, se demandant si John Alexander Walters éprouverait quelque ressentiment, à l'idée de partager le jour de son anniversaire avec un autre bébé mondialement connu. (Elly ayant fait une amniocentèse, ils connaissaient le sexe du bébé. Elle avait 32 ans, c'était son premier enfant, alors pas question de courir un risque.) Mais à peine Lev eut-il ouvert les yeux — un processus qui prit plus de temps que d'habitude car il avait emballé des paquets jusqu'à 2 heures du matin — qu'il comprit que sa femme ne l'avait pas réveillé pour cause de contractions. Elly tenait un téléphone dans sa main gauche. La signification en était toujours la même. Lev Walters était flic.

Le capitaine Ab Peterson répondit à sa première question avant qu'il l'eût posée.

— Non, Sam n'est pas ici. Trois voitures se sont carambolées sur l'autoroute et il est parti s'en occuper. Sans doute des mecs qui ont trop forcé sur la bouteille. Je n'ai que Lutz et le Kid avec moi, et aucun des deux n'est capable de tirer ça au clair.

— Tirer quoi au clair ?

— Une disparition, précisa Ab. Un type qui s'appelle Barry Methune, et qui habite Holly Road, a disparu hier soir.

— Toi, tu es en train de te payer ma tête, fit Lev. Personne n'est considéré comme disparu avant quarante-huit heures.

— Oui, mais le gars en question s'est volatilisé alors qu'il était couché à côté de sa femme et elle est au bord de l'hystérie. Il a deux mômes qui n'ont pas encore ouvert leurs cadeaux et plus aucune trace de Papa... Va au moins parler à la femme, d'accord ? Elle habite à dix minutes de chez toi.

Lev savait qu'il allait obtempérer, malgré la moue boudeuse d'Elly. La petite ville de Lewisfield ne comptait que six officiers de police, et les périodes de vacances étaient un véritable casse-tête du point de vue logistique et émotionnel. La palme revenait sans conteste aux fêtes de Noël. Lev, qui avait pourtant sacrifié deux jours de congés pour obtenir le privilège de rester chez lui le 25 décembre, avait déjà enfilé ses chaussettes et trébuchait en passant son pantalon. Il s'apprêtait à aller tenir la main d'une épouse dont le mari avait tellement dû arroser Noël qu'il ne se rappelait plus où il habitait.

— Ne reste pas trop longtemps, lui dit Elly. Je ne veux pas avoir ce bébé sans toi.

— Tu n'aurais pas pu le faire sans moi, répondit Lev.

Il s'approcha d'elle, aussi près qu'il le put, afin de l'embrasser.

Âgé de 34 ans, Lev Walters n'avait jamais quitté Lewisfield. Il avait vu sa ville croître et s'étaler comme une tache d'huile, jusqu'à devenir la banlieue d'une cité voisine. Si, en grandissant, l'agglomération s'était enrichie, la vie sociale en avait souffert. De nouveaux quartiers avaient surgi et Holly Road en faisait partie : étendue bordée de maisonnettes qui paraissaient avoir été découpées comme des *brownies,* et dont les pelouses ressemblaient à des timbres-poste verts.

Noël avait imposé ses habituelles décorations le long de Holly Road. Toutes les portes étaient ornées de couronnes, et un sapin clignotait derrière chaque fenêtre ou presque. Mais quand il engagea son break dans l'allée des Methune, Lev se mit à clignoter lui aussi. Si un concours avait été organisé pour récompenser la maison de Lewisfield ayant le plus de décorations de Noël, celle des Methune se serait vu attribuer le premier prix haut la main. Un traîneau grandeur nature trônait sur la pelouse, avec un Père Noël en plastique tenant les guides de quatre rennes également en plastique, dont l'un avait une petite ampoule électrique rouge sortant des naseaux, du plus bel effet. Il y avait une crèche presque grandeur nature dans le patio, inondée de lumières diversement colorées qui donnaient l'impression que le petit Jésus avait la jaunisse, et que ses adorateurs étaient verts, orange, ou bleus. Des ampoules bordaient toutes les gouttières, les fenêtres, la porte d'entrée. Les deux arbres de la pelouse étaient agrémentés de guirlandes, mais ils étaient loin de pouvoir rivaliser avec celui qu'on apercevait à l'intérieur. Dépassant les deux mètres de hauteur, surchargé de toutes les décorations imaginables, il semblait surgir d'un amas de paquets aux emballages de couleurs vives. Aucun n'avait été ouvert.

— Visiblement, on aime Noël, chez vous, marmonna-t-il, quand Mrs Methune l'invita à entrer.

— Mon mari, précisa la femme, en retenant un sanglot. C'est ce qui rend la chose encore plus terrible. Qu'elle arrive justement *aujourd'hui* !

— Quelle chose est arrivée ? demanda-t-il.

Mrs Methune était une femme mince, jolie, avec des cheveux tirés en arrière. Ses dents légèrement protubérantes, faisaient vaguement penser à un lapin. Elle avait des yeux sombres superbes, même s'ils étaient actuellement brouillés de larmes, et une bouche volontaire qu'elle avait du mal à empêcher de trembler.

— Barry et moi nous sommes allés nous coucher après minuit, précisa-t-elle. Les enfants vont généralement au lit vers 9 heures, mais ils étaient si excités que nous leur avons permis de veiller jusqu'à 10 heures. Nous avons passé les deux heures suivantes à installer tous les cadeaux. Nous étions tous les deux épuisés, mais Barry était heureux, heureux comme il l'est toujours à cette période de l'année. Cet homme a une véritable passion pour Noël. Au point qu'il serait capable de commencer à préparer le Noël suivant dès le 26 décembre.

— À quelle heure vous êtes-vous réveillée ?

— Sept heures. J'avais mis mon réveil à sonner, parce que je ne voulais pas dormir trop tard. Je savais que mes petites filles, Dodie et Amanda, se lèveraient à l'aube pour ouvrir leurs paquets. Je n'ai pas été surprise en constatant que mon mari n'était plus au lit. Barry aime bien faire la grasse matinée... sauf le jour de Noël.

— Votre chambre est en haut ?

— Oui. J'ai enfilé une robe de chambre et je suis descendue ici. Comme je m'y attendais, j'ai trouvé les enfants en train de secouer leurs cadeaux pour essayer de deviner ce que le Père Noël leur avait apporté. Et il ne s'agit pas d'une façon de parler. Dodie a 5 ans, Amanda pas tout à fait 7, et si elles ne croient pas au Père Noël c'est drôlement bien imité... Barry tenait beaucoup à ce qu'elles y croient. (Elle avala un sanglot.) Oh, mon Dieu, voilà que je parle de lui au passé ! Dites-moi que j'ai tort, je vous en prie !

— Vous avez tort, affirma Lev, convaincu de ce qu'il disait Mrs Methune, il y a des dizaines d'explications possibles à la disparition de votre mari — et vous avez de grandes chances de le voir entrer par cette porte dans les heures qui viennent.

— Eh bien j'ai tenté de trouver *une* explication, dit-elle, une seule, à laquelle je pourrais me raccrocher. Mais c'est impossible. Impossible !

— Alors, je vais essayer à mon tour. En se réveillant, il s'est rendu compte qu'il avait oublié un de ses cadeaux à son bureau, et il a sauté dans sa voiture en se disant qu'il avait le temps de...

— Non, le coupa sèchement la femme. C'est une chose qu'il n'a pas faite. Nous avons deux voitures, sa Ford et ma petite Mazda. Elles sont toutes les deux dans le garage. Et il n'est pas question qu'il soit allé à son bureau *à pied* : il est à Dayton, en plein centre-ville. Il dirige un petit atelier de fournitures médicales. Il a bien une moto, mais elle est également là.

— Il a peut-être appelé un taxi. C'est du domaine du possible, non ?

— Au milieu de la nuit ? Je me demande bien pourquoi il aurait fait ça !

À dire vrai, Lev se le demandait lui aussi, mais il continua d'échafauder des hypothèses.

— Peut-être que quelqu'un est passé le chercher ? Une voiture a très bien pu venir le prendre sans que vous l'entendiez. Vous m'avez dit être fatiguée, vous dormiez sans doute profondément.

— C'est encore pire ! Une voiture serait venue le chercher ? Avec qui au volant ? Et où allaient-ils ? (Il essaya de trouver une réponse logique, mais elle le coupa.) Vous pensez à une autre femme, n'est-ce pas ? Il aurait choisi la *veille de Noël* pour filer avec une autre femme ! Comment osez-vous me dire une chose pareille ?

Lev ne souligna pas que, précisément, il ne l'avait pas dit, même si la pensée lui en était venue.

— Bon, d'accord, temporisa-t-il. Cessons de faire des suppositions et examinons les faits. Ses vêtements, par exemple.

— Ils sont tous ici, assura Mrs Methune. Du moins, je le crois. Je n'ai jamais tenu un inventaire précis des vêtements de Barry, pas plus que lui des miens. Mais je sais qu'il a cinq costumes et qu'ils sont toujours suspendus dans son placard. Il possède trois valises assorties et elles sont rangées toutes les trois à leur place. Est-ce qu'il s'enfuirait avec quelqu'un sans même prendre sa brosse à dents ? Parce qu'elle est encore ici.

Lev s'éclaircit la gorge ; il tenait à être certain qu'elle allait bien le comprendre.

— Je me suis occupé de plusieurs cas de disparitions de maris, Mrs Methune. Il leur arrive d'avoir beaucoup d'imagination. L'un d'eux avait envoyé tous ses vêtements à la teinturerie, au cours d'une période de plusieurs mois, et il les faisait livrer à une nouvelle adresse. Avant que sa femme ait pu se rendre compte de quoi que ce soit, il avait réussi à sortir de la maison tout ce qu'il possédait.

— Mais je viens de vous dire...

— Je sais, je sais. Tout est là. Mais certains hommes sont prêts à remplacer toute leur garde-robe pour pouvoir commencer une nouvelle vie...

Il n'avait pas plus tôt lâché cette phrase qu'il se dégoûta.

— Oui, peut-être que Barry souhaitait me quitter, admit la femme, et il vit ses yeux s'embuer. Je ne sais plus. Il ne s'est jamais conduit comme s'il en avait l'intention. Mais ses enfants ? Ses petites filles qu'il adore ? Et il aurait choisi Noël, le plus grand jour de leurs vies ?

Elle secoua si fort la tête, que le ruban élastique qui maintenait sa queue de cheval se défit. Ses cheveux bruns se dispersèrent souplement dans toutes les directions, la faisant paraître encore plus jeune et plus jolie. Lev se sentit soudain envahi par un doute qui le perturbait. Où était passé Barry Methune ? Quel fantôme de Noël l'avait enlevé à sa famille ?

Il ne quitta pas les lieux avant 3 heures de l'après-midi et, quand il prit enfin conscience qu'il n'avait même pas téléphoné à Elly pour lui demander si les contractions avaient commencé, il se sentit très coupable. Espérant que sa plaque de police suffirait à le tirer d'un mauvais pas, il rentra au plus vite, sans s'occuper des limitations de vitesse. Il eut heureusement la chance de ne pas être arrêté. Et il eut aussi la chance de ne pas trouver Elly à la maison. Elle était allée rendre visite à sa sœur et, en rentrant, elle lui présenta des excuses... qu'il sut accepter avec grâce.

Quand il la mit au courant de l'affaire Methune, Elly s'identifia avec la victime, comme elle le faisait toujours.

— Tu me fais un truc pareil, le flic, et je t'arrache les yeux.

— Mais on ne sait pas ce que Methune a fait. Sa femme ne le sait pas, et ses voisins non plus.

— Tu leur as parlé ?

— J'ai parlé à la moitié de la rue. Personne n'a vu Methune quitter la maison et personne n'a entendu le bruit d'un véhicule au milieu de la nuit. J'ai même parlé à ses enfants, deux petites filles aux visages lumineux. Si tu m'en fabriquais une qui leur ressemble, ça me plairait assez.

— N'oublie pas que je suis déjà en train de te fabriquer un garçon.

— Oui, c'est ce que tu veux me faire croire, mais je ne vois rien venir. C'est pour quand ?

— Eh bien, pas le jour de Noël à ce qu'il semblerait, répliqua calmement Elly. Écoute, poursuivit-elle, tu as bien dit que cet homme ne passait pas toujours les fêtes de Noël chez lui ?

— C'est ce que sa femme prétend. Il n'emploie qu'un seul vendeur à l'atelier de fournitures médicales dont il est propriétaire. Alors, durant les vacances, ils s'occupent de leur réseau de clientèle à tour de rôle. Et, comme il est absent un Noël sur deux, il fait des folies l'année suivante. Il dépense une fortune en décorations de Noël, passe des journées entières à les installer, achète des tonnes de cadeaux qu'il emballe lui-même. Il ne se contente pas de louer un costume de Père Noël : il s'en est fait faire un sur mesures. Il adresse des cartes de vœux à toutes les personnes qu'il connaît... et même à beaucoup d'autres. Imagine un peu ! C'est le plus beau jour de l'année, il organise tout... et il disparaît au moment d'en profiter !

À 6 heures, coup de téléphone. Elly décrocha dans la cuisine où elle était en train de préparer un gigot d'agneau. Elle vint rejoindre son mari qu'elle regarda d'un air faussement soupçonneux en disant :

— J'aimerais beaucoup savoir qui est Pola Methune !

— Oh, elle s'appelle Pola ? commenta Lev. Je n'ai même pas pensé à le lui demander.

Il prit l'appareil, en espérant apprendre que le mari errant de Pola venait de faire son apparition, et que la célébration de Noël battait son plein chez les Methune. Mais Lev eut du mal à distinguer ses premiers mots au milieu des sanglots, et il comprit que son dîner de Noël devrait attendre.

Il ne cessa de s'admonester pendant tout le trajet en voiture jusqu'à la maison des Methune. Pourquoi diable avait-il communiqué son numéro de téléphone personnel à Pola Methune, au lieu de lui conseiller d'appeler le quartier général de la police ? C'était à Sam Reddy de régler ce problème. Lev se sentait victime de ses sentiments. S'il s'agissait là de la réaction d'un futur Père de famille, il n'était pas sûr de beaucoup l'apprécier.

La nuit était tombée quand il atteignit Holly Road. Il prit conscience que l'obscurité accentuait le sentiment de mélancolie provoqué par toutes ces lumières ornant les maisons. Demain, on les mettrait en veilleuse. Les fêtes de Noël étaient pratiquement terminées. Barry Methune devrait attendre 364 jours pour donner libre cours à son bonheur saisonnier. Mais restait à savoir s'il en aurait la possibilité.

Pola l'accueillit avec des yeux battus et une voix étouffée. Au contraire, Dodie et Amanda hurlaient de rire sur le tapis de la salle de séjour, où elles se vautraient dans un fouillis de boîtes et de papier d'emballage. De toute évidence, Pola n'avait pas voulu les priver de leurs cadeaux de Noël, même si elle avait renoncé à ouvrir les siens.

— Je n'ai pas oublié ce que vous m'avez dit, commença-t-elle. Je sais qu'il y a un délai à respecter avant de pouvoir déclarer que quelqu'un a disparu... mais ne peut-on accomplir aucune démarche ?

— J'ai déjà fait un certain nombre de choses, précisa Lev. Après vous avoir quittée, ce matin, je suis allé parler aux voisins. J'ai également vérifié les rapports d'accidents, les hôpitaux des environs, la morgue, et vous serez heureuse d'apprendre que je n'y ai pas trouvé trace de votre mari. Et vous, dites-moi, avez-vous fait ce que je vous avais demandé ce matin ?

Elle prit un air encore plus misérable.

— Oui, répondit-elle. J'ai regardé dans les papiers de Barry. J'ai même fouillé ses poches. Ça m'a mise très mal à l'aise. C'est... c'est un tel manque de confiance.

— Avez-vous trouvé quelque chose ?

— Non. Du moins, je n'ai rien trouvé qui puisse avoir une signification particulière pour moi.

— Accepteriez-vous que j'y jette un coup d'œil ?

— Eh bien, pourquoi pas ? J'ai tout rassemblé dans un carton. Y compris son carnet d'adresses. À part quelques numéros de téléphone professionnels, c'est presque la copie conforme du mien.

— Je vais tout de même vérifier, dit Lev. Et si vous avez des photos de votre mari, j'aimerais bien les voir.

Elle fit demi-tour pour gagner le premier étage, et grimpa l'escalier avec le pas pesant d'une femme qui aurait vingt ans de plus.

Pendant qu'il attendait, il reporta son attention sur les fillettes. Elles avaient cessé de jouer et semblaient très absorbées par leurs cadeaux. La plus âgée — Amanda ? — visiblement très frustrée par l'un de ses jouets, parut décider qu'il ferait après tout un Père acceptable. Elle vint vers lui et le lui plaça sans façons entre les mains.

— Comment joue-t-on avec ça ? demanda-t-elle. Tu peux me montrer ?

Lev examina l'objet en question. Il s'agissait d'un jeu électronique qui permettait de simuler un match de football. Le terrain apparaissait sur un écran à cristaux liquides et, de chaque côté, deux boutons contrôlaient la défense et l'attaque. Deux boutons qu'il pressa sans aucun résultat.

— Peut-être que les piles sont mortes, dit-il.

Plutôt soulagé d'avoir un nouveau problème à résoudre, il chercha parmi les cadeaux éparpillés et découvrit une petite torche argentée. Comme il en fut tout de suite à peu près certain, elle fonctionnait avec le même type de piles et elles paraissaient neuves. La plus jeune des petites filles, Dodie, ne s'opposa pas à ce qu'il ampute son cadeau — qui, de toute façon, ne semblait pas beaucoup l'intéresser. D'ailleurs, Lev lui-même se demandait pourquoi on avait eu l'idée d'offrir une torche à une petite fille. Sans parler d'un jeu de football électronique.

Malheureusement, le jouet ne fonctionna pas davantage avec les nouvelles piles. Quand Pola Methune,

portant une boîte blanche en carton, regagna le rez-de-chaussée, elle remarqua tout de suite le visage déçu d'Amanda et voulut savoir ce qui se passait. Lev la mit au courant et demanda discrètement :

— Vous rappelez-vous où vous l'avez acheté ?

— C'est Barry qui l'a acheté. Dans un magasin de jouets proche de son bureau : le Wyatt Building, 900 Broad Street.

— Je pense que j'arriverai à le trouver, dit Lev. Je l'emporte pour le changer, si vous le permettez.

— Vous êtes trop gentil. C'est exactement ce que Barry aurait fait.

De nouvelles larmes menacèrent de se libérer, donnant envie à Lev de conclure son enquête au plus vite. Il parcourut rapidement les papiers de Barry Methune et ne put que tomber d'accord avec sa femme. Il n'y avait rien là que des documents banals qui ne sauraient lui être d'aucun secours. En outre, Barry Methune ne semblait pas aimer les photos. Lev n'en trouva qu'une seule, et elle paraissait trop vieille pour être utilisable. On y voyait un jeune homme plutôt rondelet, dont les cheveux bruns et frisés commençaient déjà à s'éclaircir sur le devant du crâne. Il avait des rides au coin des yeux, un nez large, et un sourire qui semblait s'afficher en permanence.

Ce soir-là, Lev demeura éveillé à contempler le plafond près de celle qu'il avait baptisé le Mont-Eleanor. Sa femme lui dit qu'elle donnerait cher pour savoir à quoi il pensait.

— Je pense à leurs présents, dit-il.

— La présence de qui ?

— Pas présence, présents. Je pense à leurs cadeaux. À ce que ces petites filles ont reçu pour Noël.

— Tu veux parler du jeu de football ?

— Oui, et aussi de la torche.

— Et alors ?

— Je trouve ça un peu bizarre, voilà tout.

— Bizarre en quoi ? (La voix d'Elly contenait une note d'agressivité.) Parce qu'il n'y avait pas de poupées, ou de batterie de cuisine miniature, ou de trousse de couture ?

— Eh bien j'ignore s'il y en avait ou pas. Je n'ai pas vu tous les cadeaux.

— Mais le jeu de football te perturbe parce que c'est un sport d'*hommes*, pas vrai ?

— Je trouve qu'il est trop tard pour se lancer dans une polémique féministe.

— Laisse-moi quand même te dire une chose, insista Elly. Quand John Alexander sera assez grand, je lui achèterai une poupée.

— Fais-nous d'abord un bébé, trancha-t-il, en lui tournant le dos.

Une demi-heure plus tard, il ne dormait toujours pas... où donc était passé l'homme qui aimait Noël ?

Il remplit son rapport le lendemain matin et, après l'avoir lu, Ab Peterson ferma à demi les yeux.

— Cherchez la femme, s'empressa-t-il de dire. Tu y as pensé ?

— Oui, j'y ai pensé, répondit Lev d'un air las.

À midi, il alla déjeuner au *Lewisfield Diner* avec Sam Reddy, et le mit au courant de l'enquête qui aurait normalement dû lui incomber. Comme Ab Peterson, Sam avait sa propre théorie.

— Suicide, commenta-t-il sobrement. Ces mecs bourrés d'énergie cachent toujours quelque chose. Peut-être qu'il n'aimait pas vraiment Noël. Je parierais même que ça le déprimait, au contraire.

— Alors, à ton avis, où se trouve le corps ?

Sam haussa les épaules.

— Pourquoi pas dans le réservoir ? Il pouvait s'y rendre à pied de Holly Road, il y a moins de deux kilomètres. Peut-être bien qu'à l'heure où on cause, les gens du coin sont en train de boire de l'eau aromatisée au Methune.

Indifférent au regard de dégoût de Lev, il pouffa de rire dans sa tasse de café.

Au lieu de regagner le quartier général de la police avec Sam, il lui demanda de le déposer dans le centre-ville de Dayton, au magasin de jouets McReady. Il avait apporté le jeu d'Amanda qu'il présenta à l'homme derrière le comptoir.

— Quel est le problème ?

— Impossible de le faire fonctionner.

L'homme ressemblait à un prêteur sur gages complètement lessivé.

— Vous avez le ticket de caisse ?

— Non, répondit Lev. C'est quelqu'un d'autre qui l'a acheté.

— Alors, comment voulez-vous que je sois sûr qu'il a bien été acheté ici ?

— Parce que je vous en donne ma parole, avança Lev. Et il est à porter à son crédit qu'il ne brandit pas sa plaque de police.

— C'est bien beau, dit l'homme, mais il s'agit tout de même d'une babiole à 49,50 dollars. Ce ne serait pas la première fois que je me fais rouler, vous savez. Je ne pourrai vous le changer que si vous m'apportez la preuve qu'il a été acheté ici.

Oh la barbe ! pensa Lev, en tendant la main vers son portefeuille. Puis, se ravisant, il suspendit son geste et précisa :

— L'homme qui l'a acheté vous a vraisemblablement payé avec une carte de crédit. Pouvez-vous vérifier votre livre de caisse ? Son nom est Methune. Barry Methune.

— Pouvez-vous me le décrire ?

Lev fit de son mieux. Il fut assez content de lui quand le propriétaire se mit à hocher la tête.

— Oui, oui, je crois que je vois de qui vous voulez parler. Il me semble qu'il est venu ici la semaine dernière. Laissez-moi jeter un coup d'œil à mes reçus.

Il lui fallut à peine cinq minutes pour brandir un récépissé correspondant à un jeu de football électronique, un modèle réduit de torche, et deux fusils laser Capitaine Wango.

— Je suis sûr qu'il s'agit de l'homme qui a acheté tout ça. Le seul problème, c'est que son nom n'est pas celui que vous m'avez donné. Il s'appelle Munsey. Benjamin Munsey. Voyez vous-même.

Il tendit le récépissé à Lev et, malgré la pâleur de la copie carbone, il dut bien admettre que le nom et la signature ne prêtaient pas à confusion. Munsey. Benjamin

Munsey. Lev hocha la tête. « Erreur. Ce n'est pas le type dont je vous ai parlé. » Mais sa conviction que le jeu défectueux avait bien été acheté dans ce magasin ne s'en trouvait pas ébranlée pour autant. Il voulait qu'on le lui change, et il sentait l'impatience le gagner. Il précisa à l'homme qu'il n'avait pas que ça à faire. Et, « puisque vous m'obligez à en arriver là », ajouta-t-il, « sachez que je suis flic ». Il le lui dit en poussant un soupir, car il avait violé l'un de ses principes. Mais il faut cependant avouer que ce fut efficace. Avec un haussement d'épaules, le propriétaire du magasin lui échangea le jeu défectueux.

— Mais je continue de croire que nous parlons bien du même homme, affirma-t-il. Il passe ici trois ou quatre fois pendant la période des fêtes de fin d'année. Il pose des questions, fait des essais... Je n'en connais pas un autre comme lui, ce type est accro à Noël.

La main de Lev s'immobilisa sur la poignée de la porte.

— Vous voulez bien me montrer son reçu encore une fois ?

Pas moyen de se tromper sur la signature : Benjamin Munsey. L'adresse indiquée était 18, Skyblue Lane, Sycamore Village — une enclave suburbaine à une cinquantaine de kilomètres au nord de Dayton.

— Merci, dit-il.

Il resta quelques instants planté sur le trottoir à réfléchir à ce qui n'était sans doute qu'une banale coïncidence. Deux hommes qui se ressemblaient et qui aimaient Noël. Eh bien, pourquoi pas ? Deux hommes qui se ressemblaient, aimaient Noël, et achetaient presque les mêmes jouets. Plus que possible.

Deux hommes qui se ressemblaient, aimaient Noël, achetaient les mêmes jouets, et avaient les mêmes initiales.

Il chercha une cabine téléphonique et appela Pola Methune.

— Est-ce que les enfants ont eu *quoi* ? demanda-t-elle.

— Des fusils laser, répéta Lev. Des fusils laser Capitaine Wango, et je ne sais pas plus que vous à quoi ça ressemble.

— J'aimerais pouvoir tuer le Capitaine Wango ! s'écria férocement Pola. Ce vrombissement perpétuel est en train de me rendre folle. Si vous voulez mon avis, il devrait être interdit de fabriquer des armes pour les enfants !

Au moment où Lev s'apprêtait à sortir de la cabine, il changea une nouvelle fois d'avis. Il demanda aux renseignements de lui indiquer un numéro de téléphone à Sycomore Village. Il l'appela immédiatement. Une femme lui répondit d'une voix déprimée, qui devint vite anxieuse après qu'il se fut présenté.

— Non, je n'ai pas de mauvaise nouvelle à vous annoncer, dit-il rapidement. J'aimerais seulement vous poser deux ou trois questions. De pure routine, précisa-t-il, en se demandant combien de fois par semaine il utilisait cette expression.

Il ne lui laissa pas le temps de protester. Il raccrocha et passa trois coups de fil supplémentaires, dont un au quartier général et un autre à une compagnie de taxis de Dayton.

Quarante-cinq minutes plus tard, le chauffeur parvint à localiser Skyblue Lane, un chemin poussiéreux qui essayait de se protéger du trafic sans cesse croissant dans cette zone. Le numéro 18 était la troisième maison sur la gauche — une bâtisse en brique et en stuc à un étage, qui avait deux fois la taille et l'âge de la résidence des Methune à Lewisfield.

Mais il y avait au moins quelque chose de similaire. Des guirlandes d'ampoules de Noël dessinaient les contours de la demeure, depuis l'imposante cheminée, jusqu'au toit en pente, avant de redescendre aux quatre coins, sans oublier d'encadrer les portes et les fenêtres. Une fois la nuit tombée, on devait avoir l'impression de se trouver devant le squelette d'une maison tracé en lumières multicolores. Il n'y avait pas de traîneau en plastique sur la pelouse, mais il y *avait* un gigantesque Père Noël qui agitait sa main gantée en direction des passants.

Lev se livra encore à une autre comparaison quand Mrs Benjamin Munsey vint lui ouvrir la porte. Elle était plus grande et plus forte que Pola, mais il existait néanmoins une ressemblance superficielle du côté des yeux. Il réalisa, quelques instants plus tard, qu'il s'agissait d'une similitude et non d'une ressemblance. Les deux femmes avaient pleuré à chaudes larmes.

— C'est au sujet de mon mari, n'est-ce pas ? demanda-t-elle, en le laissant sur le seuil de la porte. Il lui est arrivé quelque chose, je le sais ! Vous ne vouliez pas me l'annoncer par téléphone !

— Non, affirma Lev. Ce n'est pas du tout le but de ma visite, je vous assure.

— J'ai bien pensé à téléphoner à la police, dit-elle, mais je n'arrête pas de me dire qu'il va rentrer d'une minute à l'autre, ou que le téléphone va sonner et qu'il va m'annoncer qu'il est retenu quelque part. Il y a une tempête dans l'Illinois, vous savez, et il a des clients à Chicago...

— Mrs Munsey, êtes-vous en train de me dire que votre mari a disparu ?

Il faillit ajouter « lui aussi », mais se retint à temps.

— Il avait dit qu'il rentrerait la veille de Noël, mais nous l'attendons encore ! J'ai appelé son bureau, mais l'homme qui travaille pour lui était parti faire une tournée commerciale, à ce que m'a dit sa secrétaire. Et comme il s'agissait d'une remplaçante, elle n'était au courant de rien, vraiment de rien...

Donc, se dit Lev, il ne s'agit pas cette fois d'une disparition, mais d'une « non apparition ».

— Peut-être auriez-vous dû prévenir la police. Il n'est pas exclu que votre mari ait eu un accident, par exemple.

— C'est justement ce que j'ai refusé d'envisager, avoua-t-elle, en pressant une main sur sa bouche. Pas la veille de Noël. Ce serait vraiment trop affreux. Ben aimait tellement Noël !

— Puis-je entrer s'il vous plaît ? demanda gravement Lev.

Elle s'effaça pour le laisser passer, et ses yeux furent attirés par les décorations de Noël dont la maison ruisselait littéralement. Il y avait une couronne gigantesque dans le hall, du houx et du gui sur tous les murs, une brassée de branches blanches dans la cheminée, et un sapin qui se dressait à au moins quatre mètres sous le très haut plafond du salon. Il y avait également un fatras de boîtes de cadeaux ouvertes, mais quelqu'un avait déjà fait disparaître les papiers d'emballage.

Il y avait des débris d'un genre différent au pied de l'arbre, et Lev dut s'y reprendre à deux fois pour s'assurer que ses yeux n'étaient pas en train de lui jouer un tour. La scène aurait pu s'intituler *Massacre au Pays des Jouets*. Le sol était jonché de bras et de jambes rompus, d'une tête de poupée aux yeux arrachés, d'une autre aux yeux intacts et qui avait l'air encore plus grotesque, parce qu'elle fixait son propre tronc déchiqueté. La femme avait dû surprendre son expression, car elle se hâta d'expliquer :

— C'est le travail de Michael. (Sa voix était triste.) Je n'arrive plus à le tenir depuis deux ou trois jours. C'est parce que son Père n'est pas là.

— Michael est votre fils ?

— Oui, et il a beau n'avoir que 6 ans, il a un sacré caractère. Dieu seul sait d'où il le tient. Pas de moi, ni de Ben, ça c'est certain. Mais je me rappelle que mon Père jetait des objets quand il était en colère...

— Vous êtes en train de me dire que c'est votre petit garçon qui... qui a fait ça ?

Il indiqua le carnage d'un mouvement du menton.

— Oui, c'est la goutte qui a fait déborder le vase. Le Père Noël ne s'est pas montré, son Papa absent, alors quand il a déballé ses cadeaux ! Il doit s'agir d'une erreur, bien sûr. Ben a certainement passé sa commande par téléphone et le magasin aura commis un erreur. Ce sont ces poupées jumelles qui ont rendu Michael fou de rage. Tout de même, je me demande comment ils peuvent devenir macho aussi jeunes. Ce doit être la télévision.

— Qu'avait-il demandé au Père Noël ? demanda alors Lev. Un jeu de football, peut-être ? Des fusils laser ?

— Je n'en ai pas la moindre idée, avoua-t-elle. Tout ce que je sais, c'est qu'il était furieux contre son Papa. Le petit lui a déclaré que le Père Noël n'existait pas et ils se sont longtemps disputés à ce sujet... J'ai dit à mon mari qu'il n'y avait pas de quoi en faire un drame, que les enfants découvraient toujours la vérité tôt ou tard. Ils l'apprennent dans la rue, vous ne croyez pas ?

— Oui, je suppose.

— L'année dernière, Michael avait préparé du lait et des cookies pour le Père Noël. Cette année, il a refusé tout net. Il n'a même pas essayé de faire semblant comme d'autres enfants. Ben n'a pas fermé l'œil cette nuit-là, tellement il était vexé. Comme je vous l'ai déjà dit, cet homme *adorait* Noël.

— Mrs Munsey, dit Lev, auriez-vous par hasard une photo de votre mari ?

— C'est amusant que vous me demandiez ça, répondit Mrs Munsey. Figurez-vous que, chaque année, je demande un appareil photo au Père Noël, mais il ne m'en a jamais apporté un. Je dois dire que nous n'avons aucune photo de notre petite famille. Ben déteste qu'on le prenne en photo...

— Eh bien alors, peut-être pourriez-vous me le décrire ?

Mrs Munsey lui dressa un portrait de son mari.

Dix minutes plus tard, Lev était déjà sur le seuil de la porte quand la femme pensa enfin à lui demander le motif de sa visite.

— Une visite de routine, assura Lev.

Il promit de garder le contact avec elle, et lui demanda de ne pas oublier de le prévenir, au quartier général ou chez lui, si son époux manquant lui donnait signe de vie.

Il ne s'attendait pas à ce qu'elle l'appelât.

Si Lev était repassé au quartier général pour faire son rapport, Ab Peterson, qui aimait beaucoup les commérages, aurait été ravi. Il savait aussi que Sam Reddy aurait été très déçu, en apprenant qu'il avait laissé échapper une enquête aussi croustillante. Nul doute que Lev aurait apprécié leurs réactions à tous les deux, mais il avait ressenti le besoin de parler d'abord à Elly.

Il la trouva en train de téléphoner dans la cuisine.

— Oh, toutes les quinze ou vingt minutes, disait-elle.

— Quoi, toutes les quinze minutes ? s'écria-t-il anxieux.

— J'explique à Fawn Cohen comment arroser une dinde dans le four.

— Oh.

Il lui raconta sa journée. Les yeux et la bouche de sa femme dessinèrent trois O parfaits, quand elle décrypta ce qu'il insinuait.

— En es-tu vraiment *certain*, Lev ?

— La description physique colle parfaitement. Le comportement du personnage est identique. Et ils font le même genre de boulot. Barry Methune possédait à Dayton une petite compagnie fournissant du matériel médical. Ben Munsey possédait, également à Dayton, une compagnie différente fournissant une autre sorte de matériel médical. Les deux servaient les mêmes clients avec des produits qui se complètent.

— Tu veux dire qu'il avait tout simplement... partagé sa vie en deux ?

— C'était la seule solution pour entretenir deux ménages. Il n'a jamais travaillé pendant les fêtes de Noël. Il laissait quelqu'un d'autre s'occuper des commandes. Il se chargeait des préparatifs dans les deux maisons, mais il passait un jour de Noël dans la maison de Holly Road, et un autre dans celle de Skyblue Lane... L'homme aimait tellement Noël qu'il devait en fêter *deux* tous les ans.

— Mais que s'est-il passé cette année ? Pourquoi a-t-il disparu ?

— Il est évident qu'il était surmené au point de craquer. Il devenait très étourdi. Il commençait à mélanger ses adresses, ses enfants, ses cadeaux de Noël. Il a envoyé les cadeaux prévus pour ses filles à son fils et vice versa. Je crois qu'il a fini par être dépassé par les événements.

— Alors il a fui ses *deux* vies ?

— Et maintenant, nous avons une bonne raison de rechercher ce type. Il est coupable de bigamie.

— Lev Walters, commenta Elly. Tu es un foutu bon flic.

— Merci, dit-il, l'air content de lui.

— Cependant, ajouta-t-elle, tu n'as pas détecté que je mentais. Fawn Cohen n'a jamais fait cuire une dinde de sa vie. J'étais en train de parler au Dr Ramirez.

Lev ne garda aucun souvenir de la demi-heure qui suivit. Mais, d'une façon ou d'une autre, il parvint à mettre les affaires d'Elly dans un sac, à la faire monter dans la voiture et à arriver à l'hôpital une heure avant de devenir le Père de John Alexander Walters.

Quand il revit sa femme, elle ruisselait de sueur, mais il la trouva très belle, comme si elle venait de courir le marathon et de le gagner.

— Il y a une chose qui me fait plaisir, dit-il. Je suis content qu'Alex ne soit pas né le jour de la Saint-Sylvestre. Il aurait grandi en pensant que toutes les fêtes étaient organisées en son honneur.

— Tu l'as vu ?

— Oui, répondit Lev. Il est superbe.

— Menteur. Il ressemble à un Peau-Rouge centenaire. J'ai bien envie de me plaindre auprès de la cigogne. (Comme Lev, laissant son regard flotter au loin, ne fit aucun commentaire, elle le tira par la manche.) Hé ? Tu as entendu ce que j'ai dit ?

— Oui, bien sûr.

— Tu étais ailleurs, pendant une minute. À quoi pensais-tu ?

— À la cigogne, dit-il. À la façon dont les cigognes livrent les bébés. Et ça m'a fait penser à quelque chose d'autre.

Il était tard, quand il reprit le chemin de la maison des Methune. Il redoutait encore plus cette visite qu'il n'avait redouté le coup de fil qu'il avait passé un peu plus tôt.

— L'avez-vous enfin trouvé ? demanda Pola Methune d'une voix glaciale.

— Non, répondit Lev. Nous n'avons pas trouvé votre mari, Mrs Methune, mais j'ai une idée de l'endroit où il se trouve.

— Dites-le moi, et laissez-moi le temps d'acheter un fusil de chasse !

— Rappelez-vous ce que vous m'avez dit au sujet de sa disparition. Qu'il s'était volatilisé au milieu de la nuit.

— Il s'est probablement rendu chez son autre femme.

— Non, affirma Lev. Il ne savait plus avec *quelle* femme il était censé se trouver, ni quels cadeaux donner aux enfants. Et je crois qu'il a également fait un autre genre de confusion. Il s'est trompé sur l'endroit où il devait jouer au Père Noël, en ayant l'air assez vrai pour convaincre un enfant incrédule de 6 ans...

— Mes enfants n'ont pas 6 ans.

— Je veux parler de Michael Munsey, dit Lev. Lui, il a 6 ans. Et je crois que c'est pour lui que votre mari a voulu se montrer convaincant en Père Noël. Le problème, c'est qu'il s'est peut-être *trompé de maison*.

Il se dirigea vers la cheminée des Methune et, après avoir retiré l'écran protège-feu et les chenets, il se pencha dans l'âtre. Il espérait se tromper, mais ce ne fut pas le cas. Quand il étendit le bras vers le haut dans le conduit, sa main toucha la semelle de deux bottes en caoutchouc.

The Man who loved Christmas
Traduit de l'anglais par Jean-Pierre Massias.

TRAGÉDIE DE NOËL

Agatha Christie

— Je voudrais déposer une plainte, déclara sir Henry Clithering.

Il regarda autour de lui, les yeux brillants.

Jambes étendues devant le feu, le colonel Bantry fixait la cheminée, les sourcils froncés, comme il l'aurait fait en remarquant un soldat fautif à la parade, sa femme jetait à la dérobée un coup d'œil sur un catalogue de semences qui venait d'arriver par la poste, le Dr Lloyd regardait Jane Helier avec une grande admiration, et cette jeune et belle actrice était absorbée dans la contemplation de ses ongles roses manucurés. Seule miss Marple, cette vieille dame célibataire, était assise bien droite sur son siège, et comme elle croisait le regard de sir Henry, ses yeux d'un bleu délavé brillèrent à leur tour.

— Une plainte ? murmura-t-elle.

— Une plainte très grave. Nous sommes six ici, trois représentants de chaque sexe, et je proteste au nom des mâles opprimés. Nous avons entendu trois histoires ce soir, toutes les trois racontées par des hommes ! Les dames n'y ont pas pris leur juste part.

— Oh ! s'écria Mrs Bantry avec indignation. Je suis sûre que si ! Nous vous avons écoutés avec l'esprit en éveil. Et nous avons fait preuve de la plus féminine des attitudes en refusant de vous prendre la vedette.

— Excellente excuse, malheureusement irrecevable ! répliqua sir Henry. Les Mille et Une Nuits ont déjà offert un précédent, alors à vous, Schéhérazade !

— Moi ? s'écria Mrs Bantry. Mais je n'ai rien à raconter ! Je ne me suis jamais trouvée entourée de mystère et de sang !

— Je ne tiens pas absolument au sang, dit sir Henry. Mais je suis persuadé que l'une de vous, mesdames, a un petit mystère en réserve. Allons, miss Marple ! Quelque chose comme : « L'étrange aventure de la femme de charge », ou « Le mystère de la réunion des mères de familles ». St Mary Mead ne peut pas me décevoir !

Miss Marple secoua la tête.

— Rien de ce qui se passe ici ne vous intéresserait, sir Henry. Nous avons nos petits mystères bien sûr, comme l'incompréhensible disparition des calamars. Mais ils sont trop banals pour retenir votre attention, même s'ils jettent une vive lumière sur la nature humaine.

— Vous m'avez appris à raffoler de la nature humaine, déclara gravement sir Henry.

— Et vous, miss Helier ? demanda le colonel Bantry. Vous devez avoir eu d'intéressantes expériences.

— Sûrement ! approuva le Dr Lloyd.

— Moi ? fit Jane. Vous voulez... vous voulez que je vous raconte quelque chose qui m'est arrivé à moi ?

— Ou à l'un de vos amis, corrigea sir Henry.

— Oh ! répondit-elle sur un ton vague. Je ne crois pas qu'il me soit jamais arrivé quoi que ce soit — j'entends, de ce genre. J'ai reçu des fleurs, bien sûr, des lettres bizarres — mais ça c'est les hommes, n'est-ce pas ? Je ne crois pas...

Elle s'arrêta et parut se perdre dans ses pensées.

— En ce cas, nous devrons nous satisfaire de l'épopée des calamars, décréta sir Henry. À vous, miss Marple !

— Vous êtes enchanté de votre plaisanterie, n'est-ce pas sir Henry ? Les calamars, c'est absurde. Mais maintenant que j'y pense, je me rappelle un incident — pas exactement un incident d'ailleurs, quelque chose de beaucoup plus sérieux, une tragédie. En un sens, je m'y suis trouvée mêlée ; et je n'ai jamais eu le moindre regret, pas le plus petit regret de ce que j'ai fait. Mais cela ne s'est pas passé à St Mary Mead.

— Quelle déception ! dit sir Henry, mais je tâcherai de me faire une raison. Je savais bien que nous pouvions compter sur vous.

Il se carra dans son fauteuil dans l'attitude du spectateur. Miss Marple rosit légèrement.

— J'espère pouvoir vous la raconter convenablement, dit-elle, inquiète. Je crains d'avoir tendance à m'égarer. On s'écarte de son sujet sans s'en rendre compte. Et il est si difficile de se rappeler les faits dans l'ordre ! Il faudra que vous fassiez preuve de patience. C'est arrivé il y a bien longtemps, maintenant...

» Comme je vous le disais, cette histoire n'a pas de rapports avec St Mary Mead, mais avec l'hydro...

— Vous voulez dire avec l'avion qui va sur l'eau ? s'écria Jane en ouvrant de grands yeux.

— Vous ne connaissez pas l'hydrothérapie, ma chère ? remarqua Mrs Bantry.

Elle lui expliqua ce que c'était et son mari ajouta sa quote-part :

— Quels endroits épouvantables, ces stations thermales ! Épouvantables ! Il faut se lever aux aurores pour boire une eau répugnante. Un tas de vieilles bonnes femmes sont assises autour de vous. Ça potine horriblement. Seigneur, quand j'y pense !

— Allons, Arthur, dit tranquillement Mrs Bantry. Vous savez que cela vous a fait le plus grand bien.

— Un tas de vieilles bonnes femmes échangeant des médisances, grommela le colonel.

— C'est pourtant vrai, dit miss Marple. Moi-même...

— Ma chère miss Marple ! s'écria le colonel, horrifié. Je n'ai pas pensé une seconde...

D'un geste, et le rose aux joues, miss Marple l'arrêta.

— Mais, c'est *vrai*, colonel ! J'aimerais seulement vous faire remarquer... Laissez-moi le temps de rassembler mes idées. Oui. Échanger des médisances, comme vous dites, cela se pratique beaucoup. Les gens adorent ça, surtout les jeunes. Mon neveu, qui écrit des livres — très intelligents, je crois —, a critiqué de la façon la plus vive cette façon de démolir sans preuve la réputation des gens, il a montré à quel point c'était méchant et tout ça. Mais ce que je dis, moi, c'est que ces jeunes prennent rarement le temps de réfléchir. Ils n'examinent pas les faits. La question est la suivante : quel pourcentage de vérité comportent ces médisances ? Je pense que si, comme je vous le disais, on examinait sérieusement les faits, on trouverait que, neuf fois sur dix, elles sont vraies. C'est d'ailleurs ce qui contrarie tellement les gens !

— L'inspiration, dit sir Henry.

— Non pas ça, pas ça du tout ! C'est affaire de pratique et d'expérience. Il paraît que si vous soumettez à un égyptologue un de ces curieux petits scarabées, rien qu'en le regardant et en le touchant, il pourra vous dire à quelle date avant Jésus-Christ il remonte ou si c'est une imitation. Et il ne peut pas toujours expliquer sur quoi il se base. Il *sait*. Il a passé sa vie à manipuler ce genre d'objets. C'est ce que j'essaye justement de vous dire (très mal, je l'avoue). Celles que mon neveu appelle « les femmes superflues » disposent de beaucoup de temps et leur principal intérêt dans la vie c'est *les gens*.

» Ainsi elles finissent par devenir des expertes, en quelque sorte. Les jeunes aujourd'hui parlent très librement de sujets tabous de mon temps ; mais, d'un autre côté, ils sont terriblement naïfs. Ils croient n'importe qui et n'importe quoi. Si on essaye de les mettre en garde, même gentiment, on s'entend traiter d'esprit victorien, qui, pour eux, s'apparente à un *évier*.

— Après tout, qu'est-ce qu'un évier a de si terrible ? demanda sir Henry.

— Très juste ! dit vivement miss Marple. C'est la chose la plus nécessaire qui soit dans une maison. Mais, évidemment, ce n'est pas très romantique. Quoi qu'il en soit, je dois avouer que je suis sensible, comme tout le monde, et que j'ai été parfois cruellement blessée par des réflexions faites à la légère. Je sais que les messieurs ne s'intéressent pas aux problèmes domestiques, mais je voudrais vous parler d'Ethel, ma bonne — une très jolie fille et infiniment serviable. Cela dit, dès que je l'ai vue j'ai compris qu'elle était du même genre qu'Annie Webb et que la fille de la pauvre Mrs Bruitt. Si l'occasion s'en présentait, elle ne ferait aucune différence entre le *mien* et le *sien*. Aussi je l'ai laissée partir au bout d'un mois, avec un certificat attestant qu'elle était sérieuse et honnête, mais en privé, j'ai déconseillé à la vieille Mrs Edwards de l'engager. Mon neveu Raymond en a été très fâché et m'a dit qu'il n'avait jamais entendu quelque chose d'aussi méchant. Oui, *méchant*. Là-dessus, Ethel est entrée au service de lady Ashton, que je ne me sentais pas dans l'obligation de prévenir, et qu'est-ce qui est arrivé ? Toute la dentelle de ses sous-vêtements et deux broches en diamant parties en pleine nuit avec la fille — dont elle n'a plus jamais entendu parler depuis !

Miss Marple s'arrêta, reprit son souffle et poursuivit :

— Vous allez me dire que c'est sans rapport avec ce qui s'est passé à Keston Spa Hydro. Et pourtant si. Cela explique pourquoi, dès l'instant où je les ai vus ensemble, je n'ai pas douté un instant que Sanders avait l'intention de se débarrasser de sa femme.

— Hein ? fit sir Henry, en se penchant en avant.

Miss Marple tourna vers lui son visage serein.

— Comme je vous l'ai dit, sir Henry, je n'en ai pas douté un instant. Mr Sanders était un grand et bel homme, au teint fleuri, très chaleureux et que tout le monde trouvait sympathique. On n'aurait pu imaginer mari plus agréable. Mais je savais ! Il voulait se débarrasser d'elle.

— Ma chère miss Marple...

— Oui, je sais... C'est ce que dirait mon neveu : Raymond West. Il m'expliquerait que je n'avais pas l'ombre d'une preuve. Mais je me rappelais Walter Hones, le patron de *L'Homme Vert*. Un soir qu'il rentrait chez lui à pied avec sa femme, celle-ci était tombée dans le fleuve, et lui, il avait touché l'assurance ! Je me rappelais aussi deux autres personnes, qui se promènent toujours en liberté, dont l'une appartenait d'ailleurs à notre monde. Pendant les vacances d'été, il était parti grimper sur les montagnes suisses avec sa femme. J'avais conseillé à sa femme de refuser de le suivre, et la pauvre petite ne s'était pas fâchée, comme elle aurait pu, elle n'avait fait qu'en rire. Il lui avait paru très drôle qu'une bizarre vieille chose comme moi puisse tenir des propos pareils sur son Harry. Eh bon, il y a eu un accident, et Harry est marié avec une autre, maintenant. Mais que pouvais-je faire ? Je savais, mais je n'avais pas de preuve.

— Oh ! miss Marple, s'écria Mrs Bantry, vous ne voulez pas dire que...

— Ma chère, ces histoires-là sont très banales, vraiment très banales. Et comme ils sont de loin les plus forts, ce sont les hommes qui sont les plus tentés. Il est si facile de simuler un accident. Comme je vous le disais, j'ai su tout de suite à quoi m'en tenir avec les Sanders. Cela s'est passé dans un tram. Il était bondé et j'ai dû monter sur l'impériale. Nous nous sommes levés tous les trois pour descendre, Mr Sanders a perdu l'équilibre et est tombé en plein sur sa femme qu'il a expédiée la tête la première dans l'escalier. Par bonheur, le contrôleur était un jeune homme solide qui l'a rattrapée au vol.

— Mais cela pouvait être un accident, non ?

— Bien sûr que c'était un accident — rien ne pouvait avoir l'air plus accidentel. Mais Mr Sanders m'avait dit qu'il avait servi dans la Marine marchande et un homme capable de garder l'équilibre sur un méchant bateau incliné, ne le perd pas en haut d'un tram où une vieille femme comme moi tient sur ses pieds. Ne me racontez pas ça !

— De toute façon, nous pouvons considérer que votre opinion était faite, qu'elle a été faite sur-le-champ, déclara sir Henry.

La vieille demoiselle acquiesça.

— J'en étais déjà sûre mais un second incident, survenu peu après en traversant la rue, me le confirma. Maintenant, je vous le demande, sir Henry : que pouvais-je faire ? J'avais là une charmante et heureuse petite épouse, qui allait être assassinée sous peu.

— Chère mademoiselle, vous me coupez le souffle...

— Sans doute parce que, comme la plupart des gens, de nos jours, vous refusez de regarder les faits en face. Vous préférez penser qu'une chose pareille est impossible. Mais c'était comme ça et je le savais. Malheureusement, j'étais tellement handicapée ! Par exemple, je ne pouvais pas aller à la police. Et je voyais bien qu'il était inutile de prévenir cette jeune femme. Elle était trop attachée à son mari. Je me mis en devoir de découvrir tout ce que je pouvais sur leur compte. Les occasions ne manquent pas quand on brode au coin du feu. Mrs Sanders (Gladys de son prénom) ne demandait qu'à parler. Ils étaient, semblait-il, mariés depuis peu. Son mari attendait un héritage, mais pour l'instant, leur situation était plutôt mauvaise. En fait, ils vivaient sur son petit revenu à elle. L'histoire n'est pas neuve ! Elle déplorait de ne pouvoir toucher à son capital. Il faut croire que quelqu'un à un moment donné, avait fait preuve de bon sens ! Toutefois, elle pouvait disposer de ce capital par testament. Et, sitôt après leur mariage ils avaient fait des testaments en faveur l'un de l'autre. Très touchant. Évidemment, si les espérances de Jack se réalisaient... C'était le refrain qu'ils répétaient à longueur de journée mais en attendant la vie était dure — en fait ils occupaient une chambre sous les combles, à l'étage des domestiques, terriblement dangereuse en cas d'incendie malgré l'échelle de secours qui se trouvait à l'extérieur derrière leur fenêtre. Je lui demandai s'ils avaient un balcon... Une chose très dangereuse, aussi, les balcons. Une seule poussée et... vous voyez.

» Je lui fis promettre de ne pas sortir sur ce balcon. Je prétendis avoir fait un rêve. Elle en fut très impressionnée... on obtient beaucoup, parfois, grâce à la superstition ! Gladys était blonde, avait le teint pâle et un rouleau de cheveux mal peignés sur la nuque. Elle était très crédule. Elle répéta à son mari ce que je lui avais dit et je m'aperçus une ou deux fois qu'il me regardait d'une drôle de façon. Il n'était pas crédule, *lui*. Et il savait que je m'étais trouvée dans le tram.

» J'étais inquiète — très inquiète — parce que je ne voyais pas comment faire échouer ses projets. Je pouvais évidemment l'empêcher d'agir à la station thermale en lui laissant entendre que je le soupçonnais. Mais cela voulait simplement dire qu'il remettrait ses plans à plus tard. J'en vins à penser que la seule tactique consisterait à me payer d'audace, à lui tendre un piège d'une façon ou d'une autre. Si je pouvais l'amener à attenter à la vie de son épouse de la manière que j'aurais choisie, il serait démasqué, et elle serait forcée d'affronter la vérité, aussi choquante soit-elle.

— Vous me coupez le souffle ! s'écria le Dr Lloyd. Quel plan avez-vous pu concevoir ?

— J'en aurais trouvé un, n'ayez crainte, répondit miss Marple. Mais le bonhomme était trop malin pour moi. Il n'attendit pas. Se doutant que je le suspectais, il frappa sans me laisser le temps de m'en assurer. Il savait que j'aurais des doutes devant un accident. Il en fit donc un meurtre.

Un petit cri s'échappa de son auditoire. Miss Marple hocha la tête et serra les lèvres.

— Je crains d'avoir formulé les choses un peu brutalement. Je vais m'efforcer de vous raconter exactement ce qui s'est passé. J'en ai gardé une certaine amertume, car il me semblait que, d'une façon ou d'une autre, j'aurais pu l'empêcher. Sans aucun doute, la Providence en a jugé autrement.

» Il y avait quelque chose de bizarre dans l'air. Quelque chose qui pesait sur tous. Une sensation de malheur. Pour commencer, il y eut George, le portier. Il travaillait là depuis des années et connaissait tout le monde. Une bronchite vira à la pneumonie et l'emporta en quatre jours. Terriblement triste. Un vrai choc, pour chacun. Et quatre jours avant Noël en plus. Là-dessus une femme de chambre, une fille charmante, meurt d'une septicémie — au doigt — en vingt-quatre heures.

» Je me trouvais dans le salon avec miss Trollope et la vieille Mrs Carpenter, et Mrs Carpenter, positivement morbide, se délectait de tout ça.

» Faites attention à ce que je vous dis. *Ce n'est pas la fin.* Vous connaissez le dicton : Jamais deux sans trois ! Je l'ai vérifié plus d'une fois ! Il y aura une autre mort. Cela ne fait aucun doute. Et nous n'aurons pas longtemps à attendre. Jamais deux sans trois !

» Comme elle parlait en hochant la tête et en faisant cliqueter ses aiguilles à tricoter, je levai par hasard les yeux et aperçus Mr Sanders, sur le seuil de la porte. Il n'était pas sur ses gardes et l'espace d'un instant, je vis sur son visage une expression aussi claire que le jour. Jusqu'à la mort je serai persuadée que ce furent les déclarations macabres de Mrs Carpenter qui lui inspirèrent toute l'affaire. Je voyais son esprit à l'œuvre.

» Il entra, avec son sourire chaleureux habituel.

» Avez-vous des courses à faire pour Noël, mesdames ? Je descends à Keston.

» Il resta quelques instants à bavarder et à rire en notre compagnie, puis il partit. Comme je vous l'ai dit, j'étais inquiète et je demandai carrément :

» — Où est Mrs Sanders ? Est-ce que quelqu'un l'a vue ?

» Miss Trollope m'apprit qu'elle était partie faire un bridge chez des amis, les Mortimer, ce qui me soulagea provisoirement. Mais j'étais toujours inquiète et ne savais pas quoi faire. Environ une demi-heure plus tard, je montai dans ma chambre. Dans l'escalier, je croisai mon médecin, le Dr Coles, qui descendait. Comme je désirais le consulter à propos de mes rhumatismes, je l'emmenai sur-le-champ dans ma chambre. C'est alors (en confidence, me dit-il) qu'il m'apprit le décès de la pauvre Mary. Le directeur ne voulait pas que la nouvelle s'ébruite et il me priait de la garder pour moi. Bien sûr, je ne lui dis pas que nous n'avions fait que parler de cela depuis une heure, depuis que la pauvre fille avait poussé son dernier soupir. Ces choses-là se répandent à la vitesse de l'éclair, comme un homme de son expérience aurait dû le savoir. Mais le Dr Coles avait toujours été un homme sans méfiance, ne croyant que ce qu'il voulait croire, et c'est bien ce qui m'inquiéta, une minute plus tard. En partant, il me dit que Sanders lui avait demandé de passer voir sa femme qui était patraque depuis quelque temps — indigestion, etc.

» *Or, le jour même, Gladys Sanders m'avait dit qu'elle avait une excellente digestion et qu'elle en remerciait le ciel.*

» Vous saisissez ? Tous mes soupçons me revinrent au centuple. Il préparait la voie... mais pour quoi ? Le

Dr Coles s'en alla avant que j'aie décidé si je devais ou non lui parler — quoique, si j'avais parlé, je n'aurais pas su quoi lui dire. Comme je sortais de ma chambre, l'homme lui-même — Sanders — descendait de l'étage supérieur. Il était habillé pour sortir, et me demanda encore une fois s'il pouvait faire quelque chose pour moi en ville. J'eus beaucoup de mal à me montrer polie. J'allai ensuite directement prendre le thé dans le salon. Il était exactement 5 heures et demie, je m'en souviens.

» Je désire à présent vous expliquer aussi clairement que possible les événements qui suivirent. Je me trouvais encore au salon, à 7 heures moins le quart, quand Mr Sanders arriva. Il était en compagnie de deux messieurs et ils étaient tous trois passablement gais. Mr Sanders les quitta pour venir là où j'étais assise avec miss Trollope. Il désirait notre avis à propos d'un cadeau qu'il comptait faire à sa femme pour Noël. Un sac du soir.

» — Vous savez, mesdames, je ne suis qu'un marin mal dégrossi. Qu'est-ce que je connais à ces choses ? Je m'en suis fait livrer trois, et j'ai besoin d'un avis autorisé.

» Nous lui répliquâmes, bien sûr, que nous serions ravies de l'aider, et il nous pria alors de venir dans sa chambre, de crainte que son épouse n'arrive entre-temps. Nous montâmes avec lui. Je n'oublierai jamais ce qui se passa ensuite... J'en ai encore des picotements dans les doigts.

» Mr Sanders ouvrit la porte de sa chambre à coucher et tourna le commutateur. Je ne sais qui d'entre nous l'aperçut en premier...

» Mrs Sanders gisait sur le plancher, face contre terre... morte.

» Je me précipitai. Je m'agenouillai, lui pris la main et cherchai son pouls, mais c'était inutile, le bras lui-même était déjà raide et glacé. Juste à côté de sa tête, se trouvait un bas rempli de sable — l'arme du crime avec laquelle on l'avait assommée. Miss Trollope, cette stupide créature, n'arrêtait pas de gémir près de la porte en se tenant la tête. Sanders cria très fort : « Ma femme, ma femme ! » et se rua sur elle.

» Je l'empêchai de la toucher. Voyez-vous, j'étais sûre alors de sa culpabilité et je craignais qu'il ne veuille dissimuler ou effacer un indice.

» — Il ne faut toucher à rien, déclarai-je. Reprenez-vous Mr Sanders. Miss Trollope, je vous en prie, allez chercher le directeur.

» Je restai là, à genoux, près du corps. Je n'allais pas laisser Sanders seul avec lui. Toutefois, j'étais obligée de reconnaître que si cet homme jouait la comédie, il la jouait à la perfection : il avait l'air hébété, ahuri, complètement affolé.

» Le directeur de l'hôtel arriva aussitôt. Après un bref examen de la pièce, il nous fit tous sortir, ferma la porte à clé et mit la clé dans sa poche. Puis il alla appeler la police. Il nous sembla qu'ils mirent une éternité à venir. (Nous apprîmes plus tard que la ligne était en dérangement. Le directeur avait été obligé d'envoyer un messager au poste de police et comme la station thermale est située hors de la ville, à la lisière de la lande...) Pendant ce temps, Mrs Carpenter mit nos nerfs à rude épreuve. Elle était tellement contente que sa prophétie : « Jamais deux sans trois », se soit réalisée si rapidement. Quant à Sanders, je l'entendais aller et venir dans le parc, se tenant la tête, gémissant et affichant tous les signes du plus violent désespoir.

» Quoi qu'il en soit la police finit par arriver. Ils montèrent avec le directeur et Mr Sanders. Quelque temps après, ils m'envoyèrent chercher. Je montai. L'inspecteur était assis en train d'écrire. Il avait l'air intelligent et il me plut.

» — Miss Jane Marple ?

» — Oui.

» — J'ai cru comprendre que vous étiez présente lorsqu'on a découvert le corps ?

» Je répondis par l'affirmative et lui décrivis en détail tout ce qui s'était passé. Je pense que le pauvre homme fut soulagé de trouver enfin quelqu'un qui était capable de répondre de façon cohérente à ses questions, après avoir eu affaire à Sanders et à Emily Trollope, complètement démoralisée, cette idiote ! Je n'oublie pas ce que ma chère mère m'a appris : une dame doit toujours rester maîtresse d'elle-même en public, même si elle doit se laisser aller en privé.

— Admirable maxime ! déclara gravement sir Henry.

— Quand j'eus fini, l'inspecteur me dit :

» — Merci madame. À présent, je dois vous prier d'examiner le corps encore une fois. Se trouve-t-il exactement dans la position où vous l'avez vu en pénétrant dans la pièce ? Il n'a pas été déplacé ?

» J'expliquai que j'avais empêché Mr Sanders de le faire, et l'inspecteur m'approuva.

» — Ce monsieur semble très bouleversé, remarqua-t-il.

» — Il semble, oui, répliquai-je.

» Je ne croyais pas avoir prononcé le mot « semble » d'une façon particulière, pourtant l'inspecteur me lança un regard pénétrant.

» — Nous pouvons donc considérer que le corps est exactement tel que vous l'avez trouvé ?

» — Oui, à l'exception du chapeau, répondis-je.

» L'inspecteur me jeta un regard perçant.

» — Qu'entendez-vous par... le chapeau ?

» Je lui expliquai que le chapeau que Gladys avait sur la tête se trouvait à présent à côté d'elle. Je pensais, bien sûr, que c'était les policiers qui le lui avaient enlevé. Cependant, l'inspecteur le nia catégoriquement. Rien n'avait encore été ni touché ni déplacé. Il se leva et considéra en fronçant les sourcils la pauvre silhouette étalée sur le ventre. Gladys était habillée pour sortir, d'un grand manteau de tweed rouge-grenat, au col de fourrure grise. Le chapeau, un feutre rouge bon marché, était par terre, juste à côté de sa tête.

» L'inspecteur resta quelques minutes silencieux, à réfléchir. Puis une idée sembla le frapper.

» — Madame, vous souvenez-vous par hasard si la défunte portait des boucles d'oreille tout à l'heure ? ou si elle avait l'habitude d'en porter ?

» Par bonheur, je suis assez observatrice. Je me souvins avoir vu briller une perle sous le bord du chapeau, sans y prêter particulièrement attention à ce moment-là. Je répondis donc par l'affirmative à sa première question.

» — En ce cas, l'affaire est claire. Le coffret à bijoux de la dame a été enlevé — non qu'il ait contenu quoi que ce soit de grande valeur, si j'ai bien compris —, et on lui a retiré ses bagues des doigts. Le meurtrier a dû oublier les boucles d'oreille et revenir les chercher après que le meurtre a été découvert. Un type plein de sang-froid ! À moins que... (Il regarda autour de lui et dit lentement :) à moins qu'il ne soit resté caché tout le temps dans cette chambre...

» Je l'en détrompai aussitôt. J'avais moi-même regardé sous le lit. Et le directeur avait ouvert les portes de la penderie. Un homme n'aurait pu se cacher nulle part ailleurs. Il est vrai que le placard à chapeaux, au milieu de la penderie, était resté fermé, mais comme il était peu profond et garni d'étagères, personne n'aurait pu s'y dissimuler.

» Tout en m'écoutant, l'inspecteur hochait la tête.

» — Je me fie à votre parole, madame. En ce cas, comme je vous le disais il a dû revenir. Plein de sang-froid, ce monsieur !

» — Mais le directeur de l'hôtel avait verrouillé la porte et emporté la clé !

» — Cela n'a pas d'importance. Le voleur est entré par le balcon et l'échelle de secours. De toute évidence, vous avez dû le déranger dans son travail. Il s'éclipse par la fenêtre et, dès que vous êtes partis, revient terminer ce qu'il a à faire.

» — Vous êtes sûr qu'il y a eu un voleur ? lui demandai-je.

« Il me répondit d'un ton ironique :

» — Ma foi, ça m'en a tout l'air, non ?

» Cependant, quelque chose, dans son ton, me fit plaisir. Je sentis qu'il ne prendrait pas Mr Sanders trop au sérieux dans son rôle de veuf éploré.

» Voyez-vous, je le reconnais franchement, je me trouvais la proie de ce que nos voisins français appellent une « idée fixe ». Je savais que cet homme, Sanders, voulait la mort de sa femme. Et je n'admettais pas l'éventualité étrange, fantastique, d'une coïncidence. Mon point de vue sur Mr Sanders était — j'en étais certaine — absolument juste et *vrai*.

» Cet homme était une crapule. Mais si je ne fus pas trompée une minute par les manifestations hypocrites de son chagrin, je me rappelai avoir pensé sur le moment que sa surprise et son ahurissement étaient merveilleusement bien joués. Ils paraissaient absolument naturels, si vous voyez ce que je veux dire. Je dois avouer qu'à la suite de ma conversation avec l'inspecteur, je fus saisie d'un étrange sentiment de doute. Je ne voyais pas pourquoi. Si Sanders avait commis cet acte abominable, je ne voyais pas pourquoi il serait revenu par l'échelle de secours prendre les boucles d'oreille de sa femme. Cela n'était pas *raisonnable*, et Sanders était éminemment raisonnable. C'est d'ailleurs pourquoi je le trouvais si dangereux.

Miss Marple regarda son auditoire.

— Vous voyez où je veux en venir ? C'est l'inattendu qui se produit le plus souvent en ce monde. Ma certitude était telle qu'elle m'aveuglait. La conclusion me causa un choc. *Il fut prouvé, sans le moindre doute possible que Mr Sanders n'avait pas pu commettre ce crime...*

Mrs Bantry poussa un petit cri de surprise. Miss Marple se tourna vers elle.

— Je me doute, ma chère, que ce n'est pas ce que vous attendiez quand j'ai commencé cette histoire. Ce n'est pas ce que j'attendais non plus ! Mais les faits sont les faits, et quand on vous prouve que vous vous êtes trompé, il faut se montrer très humble et repartir de zéro. Que Mr Sanders était un assassin dans l'âme, je le savais, et rien n'arriva jamais qui aurait pu m'ôter cette conviction.

» Maintenant, je pense que vous aimeriez connaître les faits eux-mêmes. Comme vous le savez, Mrs Sanders avait passé l'après-midi à jouer au bridge avec ses amis, les Mortimer. Elle les avait quittés vers 6 heures et quart. De chez eux à l'hôtel, il y avait environ un quart d'heure de marche, moins si l'on pressait le pas. Elle avait dû rentrer vers 6 heures et demie, mais sans doute par la petite porte, et monter aussitôt dans sa chambre, car personne ne l'avait vue. Puis elle s'était changée (l'ensemble beige qu'elle portait l'après-midi fut retrouvé dans la penderie), et elle s'apprêtait visiblement à ressortir quand le coup l'avait frappée. Selon toute vraisemblance, elle n'avait même pas vu son agresseur. J'ai cru comprendre qu'un sac de sable était une arme très efficace. Tout donnait à penser que l'agresseur était caché dans la chambre, peut-être dans la partie de la penderie qu'elle n'avait pas ouverte.

» Maintenant, retraçons les mouvements de Mr Sanders. Il était sorti, comme je vous l'ai dit, aux alentours de 5 heures et demie. Il avait fait quelques achats dans deux boutiques et vers 6 heures, il était entré au *Grand Hôtel* où il avait rencontré deux amis, ceux-là mêmes avec lesquels il était revenu plus tard à la station thermale. Ils avaient joué au billard et bu, j'imagine, un certain nombre de whiskies-soda. Ces deux hommes (Hitchcock et Spender), ne l'avaient pas quitté depuis 6 heures. Ils étaient rentrés ensemble et il ne les avait abandonnés que pour nous aborder, Miss Trollope et moi. Ceci s'était passé, comme je vous l'ai dit, vers 7 heures moins le quart — heure à laquelle sa femme devait déjà être morte.

» Je dois dire que j'ai moi-même parlé à ses deux amis. Ils ne me plurent guère. Ils n'étaient ni sympathiques ni distingués, mais je fus certaine d'une chose : ils disaient l'absolue vérité quand ils affirmaient que Sanders était resté tout le temps en leur compagnie.

» Un autre petit incident vint à notre connaissance. Pendant la partie de bridge : on avait appelé Mrs Sanders au téléphone. Un certain Mr Littleworth désirait lui parler. Elle était revenue animée et ravie de quelque chose, et avait même commis une ou deux fautes graves. Puis elle était partie plus tôt que prévu.

» On demande à Sanders s'il connaissait un ami de sa femme du nom de Littleworth, mais il déclara qu'il n'en avait jamais entendu parler. Ce qui me parut confirmé par l'attitude de sa femme qui, elle non plus n'avait pas eu l'air de connaître ce nom. Toutefois, comme elle était revenue à la table de jeu souriante et rougissante, on pouvait en déduire que la personne n'avait pas donné son vrai nom, ce qui était assez louche en soi, non ?

» Quoi qu'il en soit, restaient deux hypothèses : celle, peu probable, d'un cambriolage ou la possibilité que Mrs Sanders s'apprêtait à ressortir pour rencontrer quelqu'un. Ce quelqu'un se serait-il introduit dans sa chambre par l'échelle de secours ? S'étaient-ils disputés ? Ou l'avait-il agressée en traître ?

Miss Marple s'arrêta.

— Alors ? demanda sir Henry. Quelle est la solution ?

— Je me demandais si l'un de vous la devinerait.

— Je ne devine jamais rien, dit Mrs Bantry. Dommage que ce Sanders ait un si parfait alibi. Mais s'il vous satisfait, il doit être inattaquable.

Jane Helier bougea sa jolie tête et posa une question.

— Pourquoi le placard à chapeaux était-il fermé ?

— Mes félicitations, ma chère ! lui lança miss Marple, rayonnante. C'est exactement ce que je me suis demandée. L'explication est très simple : il renfermait une paire de pantoufles et quelques mouchoirs que la malheureuse avait brodés dans l'intention de les offrir à son mari pour Noël. Voilà pourquoi elle avait fermé le placard à clé. La clé fut retrouvée dans son sac.

— Oh ! Dans ce cas, ce n'est pas très intéressant, dit Jane.

— Oh ! mais si ! repartit miss Marple. C'est même la seule chose vraiment intéressante, celle qui a fait déraper les plans du meurtrier.

Tous les yeux étaient fixés sur la vieille demoiselle.

— Il me fallut deux jours pour en prendre conscience, poursuivit miss Marple. Je réfléchissais, réfléchissais... et soudain tout devint clair. J'allai voir l'inspecteur et lui demandai d'essayer quelque chose, ce qu'il fit.

— Que lui avez-vous demandé d'essayer ?

— *Je lui ai demandé de mettre le chapeau sur la tête de la pauvre fille...* et, bien sûr, il n'a pas pu le faire. C'était impossible. *Car voyez-vous, ce n'était pas son chapeau.*

Mrs Bantry ouvrit de grands yeux.

— Mais il était bien sur sa tête, au début ?

— Pas sur sa tête à *elle*...

Miss Marple s'arrêta un instant pour laisser à ses paroles le temps de pénétrer les esprits, et poursuivit.

— Nous étions persuadés qu'il s'agissait du corps de cette pauvre Gladys. Mais nous n'avions jamais regardé son visage. Elle gisait face contre terre, ne l'oubliez pas, et le chapeau cachait tout.

— Mais elle avait été tuée ?

— Oui, plus tard. Mais au moment où nous téléphonions à la police, Gladys Sanders était bien en vie.

— Vous voulez dire que quelqu'un se serait fait passer pour elle ? Mais quand vous l'avez touchée...

— C'était un cadavre, aucun doute là-dessus, répondit gravement miss Marple.

— Mais, nom de Dieu ! s'écria le colonel, on ne s'empare pas comme ça d'un cadavre pour l'abandonner quelque part. Qu'est-il devenu ensuite, ce premier cadavre ?

— Il l'a remis à sa place. C'était une idée atroce, mais très ingénieuse ! Inspirée, sans nul doute, par notre conversation, au salon. Pourquoi ne pas s'en servir ? Le cadavre de la malheureuse Mary, la femme de chambre ? Rappelez-vous : la chambre des Sanders était tout en haut, à l'étage des domestiques. Celle de Mary était deux portes plus loin. Sanders comptait sur le fait que les entrepreneurs de pompes funèbres ne viendraient pas chercher le corps avant la nuit. Il transporta le corps par le balcon (il faisait déjà noir à 5 heures) et lui passa une robe et le grand manteau grenat de son épouse. Là-dessus, il trouve le placard à chapeaux fermé. Il n'y avait qu'une seule chose à faire : aller chercher un des propres chapeaux de la fille. Personne ne le remarquerait. Puis il déposa le sac de sable à côté du corps. Enfin il sortit pour s'assurer un alibi.

» Il téléphona à sa femme, en se faisant appeler Mr Littleworth. J'ignore ce qu'il lui dit. Comme vous le savez, elle était très crédule. Toujours est-il qu'il la persuada de quitter rapidement son bridge, de ne pas reparaître à la station thermale, mais de le retrouver dans le parc, près de l'échelle de secours, à 7 heures. Sans doute lui promit-il une surprise.

» Il revint à la station thermale en compagnie de ses deux amis, et se débrouilla pour que miss Trollope et moi-même découvrions le crime avec lui. Il fit même semblant de vouloir retourner le corps, et c'est moi qui l'en empêchai ! Puis on envoie chercher la police et une fois celle-ci arrivée, il sort dans le parc.

» Personne ne songe à lui réclamer un alibi pour *après* le crime. Il retrouve sa femme, la fait monter par l'échelle de secours, et pénètre avec elle dans la chambre. Il lui a déjà sans doute raconté une histoire pour justifier la présence du corps. Elle se penche sur le cadavre, il attrape le sac de sable et frappe. Oh, mon Dieu ! J'en suis malade, encore maintenant. Puis il se dépêche de lui enlever son manteau et son ensemble, les raccroche dans la penderie, et l'habille des vêtements de l'autre cadavre.

» *Mais le chapeau ne va pas*. Mary avait les cheveux courts, Gladys un gros chignon. Il est obligé de le laisser près du corps, en espérant que personne ne le remarquera. Après quoi, il ramène la malheureuse Mary dans sa chambre, où il l'installe de nouveau dignement.

— Cela paraît incroyable ! s'exclama le Dr Lloyd. Prendre de tels risques ! La police aurait pu arriver plus tôt !

— Rappelez-vous, la ligne était en dérangement, dit miss Marple. C'était son œuvre. Il ne pouvait se permettre de laisser la police arriver trop vite sur les lieux. En arrivant, ils ont passé encore un bon moment dans le bureau du directeur, avant de monter dans la chambre. C'était là le point le plus faible : quelqu'un pouvait remarquer la différence entre un corps dont la mort remonte à deux heures, et un corps dont la mort remonte à une demi-heure. Mais il comptait sur le fait que ceux qui découvriraient le crime en premier ne seraient pas des experts.

Le Dr Lloyd hocha la tête.

— Le crime était supposé avoir été commis vers 7 heures moins le quart, j'imagine, dit-il. En réalité, il fut commis vers 7 heures, ou quelques minutes plus tard. Le médecin légiste n'aurait pas l'occasion de l'examiner avant 7 heures et demie au plus tôt. Il ne pourrait plus voir la différence.

— Mais moi j'aurais dû la voir ! s'exclama miss Marple. Lorsque j'ai pris le pouls de la malheureuse, sa main était glacée ! Et quand l'inspecteur a dit que le meurtre avait dû être commis quelques instants avant notre arrivée... Je n'ai rien remarqué !

— Vous avez remarqué bien d'autres choses, miss Marple, déclara sir Henry. Cette affaire date d'avant mon entrée au Yard. Je ne me rappelle même pas en avoir entendu parler. Qu'est-il arrivé ?

— Sanders fut pendu, déclara miss Marple d'un ton cassant. À la bonne heure ! Je n'ai jamais regretté d'avoir contribué à le faire condamner. Les scrupules humanitaristes modernes à propos de la peine capitale m'exaspèrent. (Son expression sévère se radoucit :) En revanche, je me suis plus d'une fois amèrement reproché de n'avoir pu sauver la vie de cette pauvre fille. Mais qui aurait prêté l'oreille à une vieille femme qui tire des conclusions hâtives ? Et puis, qui sait ? Après tout, peut-être était-il préférable pour Gladys Sanders de mourir tant qu'elle était encore heureuse, plutôt que de survivre, malheureuse et désillusionnée, dans un monde qui lui eût soudain paru atroce. Elle aimait cette crapule, elle avait confiance en lui. Elle n'aura jamais su ce qu'il était vraiment.

— Eh bien, tant mieux, dit Jane Helier. C'était une fille bien. Tout à fait bien. J'espère...

Elle s'arrêta. Miss Marple contempla la belle et célèbre Jane Helier et hocha la tête :

— Je vous comprends, ma chère petite, dit-elle doucement. Je vous comprends.

A Christmas Tragedy
Traduit de l'anglais par Sylvie Durastanti.

PETER PAN ÉTAIT TROP BELLE

François Rivière

PROLOGUE

Comme chaque année à l'approche de Noël avait été annoncée la reprise de *Peter Pan*, la célèbre pièce de sir James Matthew Barrie, créée quatorze ans plus tôt et dont les enfants étaient les spectateurs assidus. Cette saison, c'était au New Theatre que seraient joués les cinq actes de ce spectacle féerique qui avait rendu son auteur riche et célèbre. Le 24 décembre, avait décidé sir James, une représentation exceptionnelle serait donnée gratuitement à l'intention des membres du « Peter Pan Club » créé quelques années plus tôt. Cette décision avait peut-être été prise avec sagesse afin de concentrer sur une soirée l'ardeur dudit club dont les manifestations bruyantes gênaient parfois les représentations ordinaires...

En début d'après-midi, sir James, emmitouflé dans une houppelande à col de fourrure qui lui donnait un curieux air de ressemblance avec Nana, la chienne de sa pièce, s'était rendu au théâtre afin de s'assurer de la bonne marche de la production. Ses apparitions étaient toujours redoutées car son souci de perfectionnisme avait le don de faire enrager le metteur en scène et le décorateur. Quant aux comédiens, ils savaient n'être jamais à l'abri d'un moment d'aigreur de la part du petit Écossais. Mais ce jour-là, Barrie rayonnait et, entre deux quintes de sa toux légendaire, il avait même applaudi à la performance de Lili-la-Tigresse ainsi qu'à certaines répliques du capitaine Crochet, joué cette année-là par Julian Royce. Mais il y avait une raison à cette humeur inespérée du cyclothymique dramaturge. On le disait en effet entiché de la jeune première chargée de donner au premier rôle toute sa fraîcheur et toute sa vivacité. Miss Faith Celli et sir James Barrie avaient quitté ensemble le théâtre vers 4 heures pour Adelphi Terrace...

SCÈNE UN

Dans la voiture qui les emmenait de Thurloe Place à Covent Garden, Monette Odot avait montré tous les signes d'une grande excitation à la perspective d'être reçue pour la première fois au domicile de sir James Barrie. Son ami et associé Charles Purley était, lui, un familier du dramaturge. « Jamie adore les jolies femmes », avait eu le malheur de dire Purle à Monette alors que celle-ci manifestait sa surprise d'être invitée à passer l'après-midi et la soirée chez Barrie. Elle s'était aussitôt récriée que le grand ami de Purle devait certainement détester les brunettes aux joues un peu trop rouges. Elle avait mis des heures pour se décider à revêtir une robe noire assez stricte et à se maquiller « comme une Anglaise de la pire espèce »... À présent, l'attelage s'immobilisait devant le 3, Adelphi Terrace et la jeune femme parut encore plus pâle sous l'épaisse couche de poudre. Purle lui donna le bras et ils s'apprêtaient à prendre place dans la cabine de l'ascenseur de l'immeuble étroit et sombre lorsqu'une voix juvénile explosa littéralement à leurs oreilles.

— Purley, old chap, attendez-moi !

Ils se retournèrent et miss Odot se trouva nez à nez avec le plus charmant spécimen de garçon anglais qui lui eût été donné de contempler depuis son arrivée, quinze ans plus tôt, dans cet étrange pays. On était en décembre, mais la créature aux cheveux blonds encadrant un visage félin percé de grands yeux verts arborait une tenue qu'on aurait pu croire destinée à quelque partie de pêche estivale.

— Michael ! s'écria Purle en rougissant légèrement, quelle joie de vous revoir, mon vieux...

Monette comprit aussitôt qu'il s'agissait de l'un des cinq fils adoptifs de Barrie, les orphelins du couple Llewelyn-Davies décédé quelques années plus tôt. Une bien curieuse histoire, en vérité, dont Purle lui avait fait le récit. La jolie Sylvia, mère de cinq garçons, avait été l'égérie du dramaturge et, pour l'opinion, avait été la cause du divorce de Barrie. Mais Monette avait cru comprendre que la vérité était rarement pure et jamais simple, comme disait ce pauvre Oscar Wilde.

Le garçon lui dédia un sourire merveilleux et elle le salua de la façon la plus simple, tandis que Purle s'acquittait des présentations. Michael passa la main dans son opulente chevelure en regardant Monette avec une certaine malice.

— Vous êtes donc l'oiseau rare dont Purle nous a parlé. Une Française agent littéraire ! *Bigre* ! Oncle Jim sera enchanté de vous connaître...

Ces simples mots délivrèrent Monette de son angoisse et c'est d'une humeur allègre qu'elle se retrouva devant la porte de l'appartement du grand homme, au troisième étage. Un *butler* compassé vint ouvrir et Michael le bouscula presque en annonçant d'une voix enjouée :

— Voici nos agents littéraires, Brown ! Annoncez-les au plus vite !

Monette avança dans le vestibule noir comme un four et donna son manteau au domestique. En se retournant, elle faillit entrer en collision avec une silhouette qu'elle prit d'abord pour celle d'un adolescent... Mais lorsque s'éleva la fameuse voix au rocailleux accent écossais, elle comprit sa méprise.

— Bienvenue au royaume des Fées, *mademoiselle* ! Ha ! Ha ! Les amis de Purley sont mes amis. Venez, venez...

Il n'y eut ni poignée de main, ni autre formule de politesse. En un clin d'œil, Monette Odot venait de pénétrer dans l'antre d'un des plus singuliers personnages du Tout-Londres et elle en éprouva une indéniable fierté.

Purley la guida jusqu'à l'immense bureau-bibliothèque où se tenaient déjà plusieurs personnes. Un jeune garçon était vautré sur un canapé, plongé dans un livre. Il ne daigna pas relever la tête. « C'est Nico, le plus jeune », souffla Purle à l'oreille de son amie qui ne l'écoutait pas car elle venait d'apercevoir, se tenant à contre-jour devant la baie vitrée, deux jeunes femmes au ravissant profil.

Barrie, qui trottinait devant eux en tirant de son énorme bouffarde des volutes de fumée qui lui donnaient l'air d'une locomotive humaine, prit un ton emphatique pour présenter les deux apparitions.

— Voici miss Faith Celli, mon nouveau Peter Pan... et lady Cynthia Asquith, ma secrétaire... Miss Odot, Mr Purley, qu'on ne présente plus !

La brune Cynthia émit un rire un tantinet condescendant qui déplut aussitôt à Monette. Elles se serrèrent la main, puis Barrie, qui venait de passer son bras sous celui de la jeune comédienne dont il semblait si fier — et dont, au dire de Purle, il était secrètement épris — la propulsa vers les nouveaux venus.

— Voyez-vous, ma chère, ces deux personnes sont des agents littéraires... Autant dire qu'ils appartiennent au monde qui a fait de moi ce que je suis aujourd'hui... *Mademoiselle* Odot est charmante. Quant à Purley, méfiez-vous de lui car c'est un redoutable critique en matière de théâtre. Ha ! Ha !

Miss Celli rit de toutes ses jolies dents, tandis que son compagnon, auréolé de fumée, prenait une pose clownesque. La glace était rompue, songea Monette qui trouvait leur hôte époustouflant d'intelligence et de drôlerie, tellement différent de tous ces Anglais pompeux et compassés qui la mettaient souvent au supplice.

SCÈNE DEUX

Brown vint annoncer que le thé était servi. On retrouva Michael qui s'était changé, plus séduisant encore qu'à sa première apparition ; il arborait un superbe smoking.

Alors qu'on prenait place autour de la petite table dressée dans une autre partie de l'immense studio, un nouvel invité fut introduit. À sa vue, Michael se dressa et s'élança vers lui en poussant des cris de sauvage.

— Ruuuupert ! Gosh ! Viens vite te restaurer, mon vieux !!!

Le jeune homme, dont le regard était obscurci par les verres ovales de ses lunettes bleues, salua à la ronde. Monette le jugea aussitôt comme un parfait excentrique, sûrement issu du meilleur monde. Mince comme un fil, il portait une redingote à l'ancienne mode, des chaussures jaunes et ses cheveux longs étaient emmêlés. Il paraissait essoufflé mais cependant très à son aise. Purle et Monette lui furent présentés rapidement par Barrie qui expliqua que Rupert Baskcomb était un condisciple de Michael à Christ Church.

Les deux jeunes gens se ruèrent sur les sandwiches au concombre comme s'ils n'avaient pas mangé depuis des lustres. Monette, entre deux gorgées de thé, observa son ami. Purle semblait flotter dans un rêve. Elle savait qu'il adorait cette ambiance et qu'il devait être en train de se délecter secrètement d'être ainsi entouré d'êtres si peu communs... Peut-être s'imaginait-il en rêve à la place de Barrie, supputant ce que lui aurait apporté la célébrité ? Mais, soudain, le regard de Purle se dirigea vers la silhouette de Cynthia Asquith qui, s'étant éclipsée quelques instants plus tôt, venait de réapparaître tout aussi furtivement, les traits tirés et le regard égaré.

À l'évidence quelque chose n'allait pas, et la secrétaire de sir James se faisait du souci. Mais son patron paraissait fort éloigné des préoccupations de la jeune femme, occupé qu'il était à faire une cour assidue à la jolie comédienne assise près de lui. Reportant son regard sur Faith Celli, Monette se dit qu'elle n'avait pas l'air très intelligent... Mais cela était-il d'une grande importance pour une actrice ? Au dire de Purle, l'épouse de Barrie, Mary Ansell, qui avait été la coqueluche des amateurs de comédies légères au début du siècle, ne brillait pas non plus par son esprit.

Sir James attira l'attention de ses invités en se raclant la gorge — ce qui déclencha aussitôt une forte quinte de toux, saluée ironiquement par Michael et Rupert — puis il prit la parole.

— Mes amis, je vous annonce avec un immense plaisir que nous nous transporterons dans une petite heure au New Theatre pour y assister à une représentation exceptionnelle de *Peter Pan*, avec, dans le rôle principal, miss Faith Celli, ici présente. Ah ! Ah !

Les deux jeunes gens applaudirent à tout rompre, imités plus faiblement par Purle et Monette.

Le dramaturge se leva et les autres en firent autant. Les deux étudiants disparurent. Les agents littéraires se retrouvèrent dans un coin de la bibliothèque, échangeant leurs impressions.

— Vous avez remarqué Mrs Asquith ? demanda Monette dans un murmure.

— Ah ! vous aussi ? fit Purle. Je crois qu'il s'est passé quelque chose. Mais quoi ?

Au même instant, la secrétaire réapparut, tenant un dossier dans ses bras. Elle gardait les yeux baissés mais son teint était toujours aussi pâle. Elle s'éloigna en direction du vestibule et gagna une autre partie de l'appartement.

Purle se mit à examiner avec intérêt les rayonnages de la bibliothèque de son illustre ami, lequel avait trouvé refuge en compagnie de miss Celli dans l'énorme niche constituée par la cheminée — une sorte d'alcôve dont les reproductions photographiques étaient devenues légendaires.

Livrée à elle-même, Monette s'intéressa aux innombrables portraits accrochés aux murs de la pièce, découvrant les physionomies des « garçons » à différents moments de leurs jeunes existences. L'une d'elles, barrée d'un crêpe, rappelait que George Llewelyn-Davies avait été tué au combat, durant la Grande Guerre. Puis, un besoin physiologique enhardit sa curiosité naturelle et elle partit en direction de l'entrée dans le but de trouver les toilettes... Elle tâtonna dans l'obscur vestibule. Soudain, elle perçut une voix et reconnut le ton assez snob de Mrs Asquish. Elle comprit que la secrétaire était au téléphone. « Oui, dès demain, Beb... Non, je t'assure, je n'ai plus rien à faire ici pendant le week-end... Maman s'occupe des enfants... J'ai l'impression de ne plus t'avoir vu depuis un siècle... Oui, je sais... Tout de même, le ministère devrait avoir pitié de ses esclaves... Bon... Si tu le dis... Alors, à demain, mon chéri... »

En entendant raccrocher, elle fut prise de panique. Si Mrs Asquith la découvrait, elle n'en mènerait pas large. Curieusement, aucun bruit de pas ne fut perceptible, comme si la jeune femme était restée près du téléphone. Tendant l'oreille, Monette comprit que le bruissement qui, à présent, lui parvenait, était celui de sanglots difficilement réprimés. Cynthia Asquith pleurait !

Purle poursuivait son inspection de l'extraordinaire bibliothèque de Barrie, s'émerveillant des éditions originales copieusement dédicacées de Meredith et de Stevenson. Son pied heurta soudain quelque chose de mou et, au faible gémissement qui monta vers lui, il comprit qu'il s'agissait d'un être humain. Nico était assis sur le tapis, en train de lire. Le garçon parut s'apercevoir de la présence de Charles Purley et lui dédia un gentil sourire. Puis il se releva, referma l'exemplaire des *Simples contes des collines* et engagea la conversation avec l'agent littéraire. Ils avaient déjà eu l'occasion de s'entretenir ensemble, Nicholas Llewelyn-Davies paraissant apprécier la vaste culture livresque de ce barbu timide et finalement plutôt drôle. Mais ce jour-là, Nico semblait avoir besoin de s'épancher d'une manière plus prosaïque. Il entraîna Purle vers la baie vitrée par laquelle on pouvait contempler la Tamise et sept des ponts londoniens qui l'enjambaient.

— Restons à bonne distance d'oncle Jim... Il est avec cette Celli qui m'horripile... Vous ne pouvez pas savoir ce qu'elle est sotte ! Mais le pire, voyez-vous (Nico fit une pause, comme s'il hésitait), le pire, c'est qu'elle a séduit ce pauvre Beb, le mari de Mrs Asquith. Je trouve cela terrible... D'autant que Cynthia le *sait*.

— Je vois, c'est vraiment très... heu... désagréable, marmonna Purle dans sa barbe. Et sir James n'y a rien trouvé à redire ?

L'adolescent le regarda droit dans les yeux, sourcils froncés d'indignation.

— Je... je crois que ça l'amuse ! Il ne se rend même pas compte que Cynthia est sans cesse en larmes. Si elle ne jouait pas Peter Pan, je crois que je tuerais cette miss Celli avec plaisir !

SCÈNE TROIS

Vers 6 heures trente, sir James Barrie et ses hôtes se rendirent au New Theatre où les avait précédés la comédienne. Michael et son ami Rupert s'étaient eux aussi éclipsés, assurant Purle et Monette qu'ils les reverraient avec plaisir pour le réveillon, peu avant minuit. Tandis que les deux agents littéraires et Nico, revêtu de son uniforme d'Étonien, les attendaient dans le vestibule, le dramaturge et Mrs Asquith s'entretenaient dans le petit bureau où la secrétaire exécutait son travail de dactylographie. Puis Barrie réapparut, la mine sombre, en maugréant : « Finalement, Cynthia ne nous accompagne pas. Elle a du travail à finir... En route, mauvaise troupe ! »

Dans le taxi, Purle et Monette, assis aux côtés de leur hôte, purent constater qu'il avait l'air soucieux. « Nico exagère, songeait Purle, l'oncle Jim n'est pas aussi indifférent qu'il le dit à la situation de sa secrétaire... »

Lorsqu'ils pénétrèrent dans le foyer du théâtre, puis dans la salle encore obscure, l'animation qui régnait parut se charger d'une excitation toute particulière. L'auteur était là ! Le jeune auditoire arriva par grappes jacassantes bientôt installées à l'orchestre. Les deux agents littéraires restèrent au fond de la salle auprès de Barrie et de Nico.

— Je ne vois plus le beau Michael, se plaignit Monette à l'oreille de son ami.

— Je ne serais pas le moins du monde étonné si son ami et lui se trouvaient en compagnie de miss Celli, dans sa loge...

Ils pouffèrent tous deux. Du temps passa, puis les faibles lumières s'éteignirent et les trois coups furent frappés. Le rideau s'ouvrit sur le décor de la nurserie des Darling...

Charles Purley, pour dire la vérité, connaissait par cœur la pièce de Barrie et son esprit se mit bientôt à flotter. Son estomac copieusement lesté par la collation prise à l'Adelphi l'incita dès le début du deuxième acte à plonger dans un sommeil bienheureux. Ce fut la raison pour laquelle il ne remarqua pas le très léger, mais néanmoins singulier, changement qui s'opéra, au cours de l'acte trois, dans la physionomie et les gestes de Peter Pan. Comme le dramaturge s'était lui aussi assoupi et que Monette, affligée d'une légère myopie, n'était pas en mesure de faire la différence, seul Nicholas Llewelyn-Davies, soudain fasciné par ce qui se produisait sur la scène, écarquilla les yeux en murmurant pour lui-même : « Gosh ! J'aurais jamais cru ça de lui ! Mike avait raison, c'est le roi du travesti... Heureusement qu'oncle Jim... »

SCÈNE QUATRE

Cynthia Asquith, assise à son petit bureau, achevait la rédaction d'une lettre de refus au rédacteur en chef du *Scottish Journal* qui avait sollicité une entrevue avec le dramaturge. Elle n'aimait pas trop ce genre de travail mais elle n'avait pas le choix. Peu importait car, à ce moment, tout était bon pour lui faire oublier ses ennuis. Beb prétendait que le ministère avait besoin de lui jusqu'au lendemain. Pourtant, la guerre était terminée... Qu'en était-il vraiment de cette « permanence » qu'il invoquait de plus en plus souvent ? Elle croyait bien le savoir... Beb était un lâche et un menteur. Il s'était épris de cette Faith Celli et ne ratait aucune occasion de croiser sa route. Son volage époux — qui n'en était pas à son premier flirt — n'était cependant pas au bout de ses peines. La belle était serrée de près par son angélique mentor, ce qui devait prodigieusement agacer Beb. Cynthia avait du mal à s'en réjouir et, ce jour-là précisément, il lui semblait que le malheur fondait sur elle. Leurs deux fils étaient chez ses parents, au château de Weymiss, et Beb prétendait qu'ils ne se reverraient que le lendemain. Elle se résignait donc à passer le réveillon de Noël avec Barrie et deux de ses insupportables « garçons ».

Lorsque la sonnerie de la porte d'entrée retentit, Mrs Asquith n'y prêta guère attention. Brown allait bien sûr s'enquérir de la nature de la visite, sans doute quelque fournisseur... Puis elle se souvint que le *butler* avait justement quitté l'appartement une demi-heure plus tôt. La sonnerie se fit entendre à nouveau. Cynthia se leva et marcha le long du couloir obscur. Elle entendait ses pas résonner lugubrement dans l'appartement désert, et, soudain, elle eut peur... Revenant en arrière, elle avisa, posée sur la petite table de l'entrée, une dague de Tolède. Elle s'en empara et se dirigea résolument vers la porte alors que le timbre était actionné pour la troisième fois.

Elle ouvrit le battant et la vision qu'elle eut alors la désarçonna complètement. Ce ne pouvait être qu'une vision, non la réalité. Cynthia était une adepte des histoires de fantômes et, plus que jamais, dans l'état d'esprit où elle se trouvait, elle se sentait disposée à se croire sujette à une fantasmagorie. *Peter Pan se tenait devant elle.* Peter Pan, ou plutôt la comédienne qui l'incarnait, Faith Celli !

Cynthia n'entendit pas la voix haut perchée qui, sur le mode mi-agacé, mi-amusé, disait : « Je croyais que vous ne viendriez jamais ouvrir. » Non. Son être se refusait tellement à accepter la vision qu'elle ne put s'empêcher d'accomplir le geste fou que sa colère lui commandait. Elle se précipita sur la créature faunesque et planta le stylet dans sa poitrine.

Au même instant, la cabine de l'ascenseur dont la machinerie se faisait entendre depuis quelques instants arriva dans un dernier soubresaut à l'étage et la grille s'ouvrit. La voix de Michael résonna aux oreilles de Cynthia Asquith :

— Mais voyons, Rup', pourquoi ne m'as-tu pas attendu ?

SCÈNE CINQ

Sir James Barrie avait été averti par le manager du New Theatre qu'un « drame » s'était produit à son domicile d'Adelphi Terrace. Pâle comme un mort, il avait demandé : « Ce n'est pas Michael, hein, rassurez-moi ! » L'homme lui avait alors chuchoté quelques mots à l'oreille et le dramaturge s'était tourné vers Purle et Monette qui l'entouraient en disant :

— Nous rentrons immédiatement. Je vous expliquerai en route...

Les deux agents littéraires apprirent ainsi ce qui s'était passé. Jusqu'à leur arrivée sur le théâtre du bien curieux forfait que la secrétaire de Barrie avait accompli, ils s'attendaient au pire. Mais le médecin appelé par Michael et qui se tenait auprès du malheureux Rupert Baskcomb, étendu, sanguinolent, sur un sofa, les rassura. Le jeune homme n'avait été que légèrement blessé par la lame de Tolède. Cynthia, prostrée dans son bureau, n'avait pas prononcé une parole. Sir James s'enferma en sa compagnie tandis que Purle, chargé d'une mission délicate, téléphonait au ministère de la Guerre afin de prévenir Beb Asquith. Ce dernier arriva peu après à Adelphi Terrace. Sans saluer personne, il rejoignit son épouse et Barrie dans le petit bureau.

Abandonnés dans la bibliothèque et plutôt désemparés, Purle et Monette furent alors entrepris par Nico qui semblait secrètement réjoui par ce qui se passait. L'adolescent, dont la voix trahissait l'émotion, retraça pour eux les hauts faits de l'ami de Michael sur les planches d'un petit théâtre d'Oxford et l'idée qui avait germé, quelques semaines plus tôt, dans l'esprit des deux jeunes gens, d'une bonne farce à jouer le soir du 24 décembre, au New Theatre. Avec l'accord de cette gourde de Faith Celli, Peter Pan avait ainsi connu deux incarnations successives avant de manquer perdre la vie — « en vrai ! » — sous le glaive de la jalousie.

— N'est-ce pas une « belle et terrible aventure » ? conclut Nico en citant la dernière réplique de la pièce de sir James Barrie.

Purle et Monette ne firent aucun commentaire.

UN DÎNER CHEZ MISS TREMBLE

Peter Lovesey

La porte était coincée. Quelque chose, à l'intérieur, l'empêchait de s'ouvrir et Fran était transie de froid. L'école avait fermé l'après-midi même pour Noël — « Seigneur, partons avec ta bénédiction » — et les gamins surexcités lui avaient donné une affreuse migraine. Elle était péniblement rentrée à vélo dans la circulation londonienne, deux sacs pleins de bouquins suspendus au guidon. Gaz d'échappement, conducteurs enragés, elle avait enduré tout cela, et voilà qu'elle ne pouvait même pas rentrer dans son appartement. Elle jura, appuya son vélo contre sa hanche et attaqua la porte à deux mains.

— Je n'étais vraiment pas rassurée, expliqua-t-elle un peu plus tard à Jim. La porte ouvrait sans problème quand on est partis, ce matin. Ça pouvait être un cambriolage. Ou un cadavre gisant dans le hall.

Jim, analyste de systèmes, n'avait pas la tournure d'esprit à imaginer des cadavres derrière les portes.

— Bon alors, qu'est-ce que c'était ? Le paillasson ?

— Je t'en fiche ! C'était un gros paquet de cartes de Noël coincées en dessous. Regarde. Et ça, c'est de ta faute, Jim Palmer.

— Ma faute ?

Maintenant, débarrassée de sa migraine et réchauffée, elle avait envie de faire un peu enrager Jim.

— Voilà ce que c'est d'entrer tout notre carnet d'adresses dans ton ordinateur et de tirer les enveloppes à l'imprimante. Résultat, on va recevoir des cartes jusqu'à plus soif. Je ne sais pas combien tu en as envoyé, mais on a reçu des réponses du plombier, du dentiste, du réparateur télé et des déménageurs, en plus des parents et amis. Je préfère ne pas demander le nombre de timbres qui y sont passés.

— Quel idiot, reconnut Jim, j'ai oublié de mettre la fonction sélection.

— Je t'en ai laissé quelques-unes à ouvrir.

— Je parie que tu t'es réservé celles où il y avait des chèques, répondit-il. Je voudrais bien manger, d'abord.

— Il y en a une qui m'intrigue un peu, dit Fran. Tu te rappelles avoir envoyé quelque chose à une miss Tremble ?

— Non. Je vérifierai, si tu veux. C'est un nom bizarre.

— Qui ne me dit rien du tout, mais elle nous a invités à dîner.

Fran lui tendit la carte, un de ces mornes et vieillots paysages de neige avec un enfant qui tire du bois vers la maison. À l'intérieur, sous les souhaits de bonnes fêtes, apparaissait la signature *E. Tremble (Miss)*, suivie de *Faites-moi plaisir pour Noël, venez dîner chez moi dimanche prochain, le 23, à 19 heures*. Dans le coin, était collée une étiquette d'adresse.

— Jamais entendu parler d'elle, fit Jim. Ce doit être une erreur.

— Peut-être qu'elle envoie ses cartes par ordinateur, ironisa Fran. (Elle ajouta, avant qu'il se mette de la partie :) Je ne crois pas que ce soit une erreur, Jim. Elle a bien mis notre nom sur l'enveloppe. J'aimerais y aller.

— Mais sacré nom, Didmarsh est à des kilomètres — dans le Berkshire, quelque chose comme ça. On a beaucoup trop à faire.

— Grâce à ton ordinateur, on a du temps, répliqua-t-elle avec un sourire.

Dès l'instant où elle avait vu l'invitation, elle avait voulu y aller. Trois ou quatre fois dans sa vie elle avait été mue par de semblables impulsions, et à chaque fois elle s'en était bien trouvée. Elle ne se considérait pas comme médium ou télépathe, mais parfois, elle se sentait guidée par une force inexpliquable. Une force bénéfique, elle en était certaine. Elle l'avait convaincue de n'épouser personne d'autre que Jim, et, après trois ans de vie commune, elle n'avait plus aucun doute. Leur amour était à toute épreuve. Et parce qu'il l'aimait, il l'emmènerait dîner chez miss Tremble. Il ne comprendrait pas *pourquoi* elle tenait tant à y aller, mais il verrait qu'elle était sérieuse et cela lui suffirait.

— Au fait, j'ai vérifié sur l'ordinateur, lui dit-il en face du panneau des départs de la gare de Paddington, le dimanche suivant. On n'a absolument pas envoyé de carte à qui que ce soit du nom de Tremble.

— Ça rend les choses encore plus excitantes, pas vrai ? répondit Fran en lui serrant le bras.

Jim était le premier homme en qui elle ait eu confiance. La confiance, voilà ce qui lui importait le plus, chez un homme. Peu importait que Jim ne fût pas particulièrement grand et qu'il ait le nez un peu pointu. Il était loyal. D'ailleurs, Clint Eastwood a aussi le nez pointu, non ?

Les trois désastreux mariages de sa mère lui avaient appris à être ultra-méfiante vis-à-vis des hommes. Le premier — le père de Fran, Harry — avait mis le ver dans le fruit. Il était mort dans un accident de train quelques jours avant la naissance de Fran. Ça, on ne peut pas lui en vouloir, direz-vous. Eh bien si. La mère de Fran était entrée à l'hôpital pour des complications lors du huitième mois, et Harry, ce salopard, s'était trouvé quelqu'un d'autre en moins d'une semaine. Le jour de l'accident, il était allé à Londres avec sa maîtresse pour lui acheter de belles robes. Il avait été jusqu'à mentir à sa femme enceinte sur son lit d'hôpital, en prétendant qu'il travaillait tard.

Pendant des années, la mère de Fran avait éludé les questions que tous les enfants posent sur un père qu'ils n'ont jamais vu, disant à Fran de l'oublier et d'aimer son beau-père à sa place. Beau-papa numéro Un était devenu alcoolique et violent. Le divorce mit neuf ans à être prononcé. Beau-papa numéro Deux — un Finlandais du nom de Bengt, « Benne » comme disait Fran — avait transformé leur maison de banlieue à Wimbledon en sauna, exigeant des bains pris en commun et se promenant nu d'une pièce à l'autre. Quand Fran atteignit l'âge de la puberté, il y eut des bagarres terribles parce qu'elle avait besoin d'intimité. Sa mère s'était rangée du côté de Bengt, le terrible soir où il s'était introduit en douce dans la chambre de Fran pour la tripoter. Bengt était sorti de leur vie le lendemain mais, ce qui parut incroyable à Fran, une grande partie de la faute lui fut mise sur le dos, et ses relations avec sa mère en avaient été définitivement altérées. À 43 ans, celle-ci, au plus profond d'une crise de dépression, avait avalé une dose fatale de somnifères.

Les blessures laissées par ces années ne s'étaient pas refermées mais le mariage avec Jim lui avait donné un nouveau départ. Dans le wagon, Fran se blottit contre lui et il joua du bout des doigts avec une mèche de ses cheveux noirs. Ce train aurait dû être un rapide avec une allée centrale, mais en cette période de fêtes, la British Railways avait ressorti le vieux matériel roulant et Jim et Fran s'étaient retrouvés seuls dans un compartiment.

— Cette miss Tremble, tu l'as prévenue de notre arrivée ?

— Oui, par téléphone. Elle était aux anges. Elle nous attendra à la gare.

— Alors, qu'est-ce que c'est que cette histoire ?

— Elle ne me l'a pas dit et je ne lui ai pas demandé.

— Non ? Pourquoi, sacré bon sang ?

— C'est un voyage surprise. Une surprise de Noël. J'ai envie de jouer le jeu jusqu'au bout.

— Parfois, Fran, tu me laisses sans voix.

— Embrasse-moi, alors.

Il y eut un coup de sifflet quelque part, et la rangée de taxis stationnés près du quai sembla avancer. Illusion vite masquée à Fran car Jim avait plaqué ses lèvres sur les siennes.

Un peu après Westbourne Park, ils virent combien la fin d'après-midi devenait brumeuse. Après des jours de temps doux et humide, une véritable froidure de décembre s'était installée. Le chauffage du wagon ne fonctionnait que par intermittence et Fran commença à regretter de n'avoir pas mis un pantalon au lieu de vouloir faire convenable avec sa jupe en velours côtelé et ses bottes.

— Est-ce qu'il ne ferait pas plus chaud, à l'avant du train ?

— Tu veux que j'aille voir ?

Jim fit glisser la porte.

— Si je ne suis pas revenu dans une demi-heure, envoie chercher miss Marple, plaisanta-t-il avant de partir dans le couloir.

— Pas besoin, répondit-elle. Je saurai te retrouver au bar. Pour moi, un bon thé chaud.

Elle se carra sur le siège à l'emplacement tiède que Jim venait de libérer dans le coin et fit un petit rond dans la buée pour voir dehors. Mais on n'y voyait rien. Elle frissonna en se demandant si elle avait bien fait de suivre sa lubie et d'entreprendre ce voyage. C'était plus qu'une lubie, se dit-elle. C'était de l'intuition.

Peu après, la porte se rouvrit. Elle s'attendit à voir Jim, ou peut-être le contrôleur. Au lieu de cela, entra un jeune homme à peu près de son âge, 25 ans, porteur d'un sac en papier rose contenant quelque chose de la taille d'un classeur.

— Vous permettez ? demanda-t-il. Le chauffage est tombé en panne dans le compartiment d'à côté.

Fran eut un haussement d'épaules.

— Je crains que ce ne soit pareil dans tout le wagon.

Il s'installa dans le coin couloir et posa le sac à côté de lui. Fran l'examina d'un coup d'œil, espérant que Jim reviendrait vite. Non qu'elle se sentît menacée, mais elle n'était pas habituée à ces compartiments à l'ancienne. Elle prenait rarement le train, à présent, parfois le métro à l'occasion.

Il avait dû s'habiller au Secours Populaire, décida-t-elle. Il était vêtu d'un manteau trois-quarts bleu foncé, d'un pantalon noir patte d'éléphant et de bottillons à semelle de crêpe. Autour du cou, il avait une de ces écharpes rayées que portaient les collégiens des années soixante, un pan jeté par-dessus l'épaule. Une chevelure épaisse et sombre complétait le personnage. Fran le prit pour un chômeur. Elle se demanda s'il allait lui réclamer de l'argent.

Il ne le fit pas.

— Vous avez passé la journée en ville ?

— J'y habite. Avec mon mari, se hâta-t-elle d'ajouter. Il va revenir d'un moment à l'autre.

— Je suis marié, moi aussi, fit-il avec une lueur d'amusement dans les yeux qui rassura Fran. Moi, je vis à la campagne, en bottes et dans l'odeur de la bouse. Londres, très peu pour moi. C'est fou, à Bond Street, à cette époque de l'année.

— À *Bond Street* ? répéta-t-elle.

Elle ne l'imaginait pas faisant ses achats dans un quartier aussi cher.

— Pour une fois, expliqua-t-il. C'est un Noël spécial, nous attendons notre premier enfant, ma femme et moi.

— Félicitations.

Il eut un sourire. Un sourire gêné.

— Ma femme Pearlie — Pearlie, c'est le petit nom que je lui donne — a fabriqué toutes ses robes de grossesse elle-même, mais elle est impatiente de retrouver sa minceur. Elle se surnomme « la Carabosse avec une bosse ». Quand le bébé sera là, je veux qu'elle ait quelque chose de superbe, de vraiment spécial à se mettre. Elle le mérite. J'ai mis de l'argent de côté pendant des mois. Vous voulez voir ce que je lui ai pris ? Ça vient de chez Elaine Ducharme.

— Je ne connais pas.

— C'est une boutique très classe. J'ai vu la réclame dans un magazine de mode.

Il avait déjà retiré la boîte du sac et défaisait le ruban rose.

— Vous ne devriez pas l'ouvrir, c'est un paquet-cadeau.

— Si, insista-t-il en soulevant le couvercle, dites-moi ce que vous en pensez.

Il écarta le papier de soie et sortit le cadeau pour sa femme. C'était une chemise de nuit, de celles avec lesquelles les hommes croient faire plaisir aux femmes, songea Fran tout bas. Bleu pâle, en soie fine, taille haute et froncée au corsage, avec des flots de dentelles entremêlées de ruban jaune. Magnifique à regarder mais impossible à laver et à remettre. Même pas pratique pour dormir. Sa femme la porterait une fois puis la rangerait dans une malle avec sa robe de mariée et ses lettres d'amour.

— Elle est ravissante.

— Je suis content de vous l'avoir montrée, dit-il en essayant maladroitement de la replacer dans sa boîte.

— Laissez-moi faire, dit Fran. (Elle se pencha pour la lui prendre. La soie était irrésistible.) Je suis sûre qu'elle l'adorera.

— Ce n'est pas tant le cadeau lui-même, dit-il comme s'il lisait dans ses pensées, c'est ce qu'il y a derrière. Pearlie vous dirait que le romantisme et moi, ça fait deux. Tenez, vous auriez dû voir le fard que j'ai piqué, dans cette boutique. Des petites culottes à franfreluches de tous les côtés. Les vendeuses se sont bien amusées de moi en plaquant ces dessous contre elles et en me demandant ce que j'en pensais.

Fran se sentit privilégiée. Elle doutait fort que Pearlie sache jamais par quelles épreuves son jeune mari avait dû passer pour se procurer cette chemise de nuit. Elle commençait à le trouver sympathique. Il était amusant, comme Jim ne savait pas l'être. Il était tout dévoué à sa Pearlie, ce qui permettait à Fran d'être décontractée avec lui. Elle poursuivit un peu la conversation, lui parla de ses classes et des gentilles choses que ses élèves lui avaient dites au moment de la sortie.

— Ils vous estiment, dit-il. Ils ont raison.

Elle rougit.

— Mon mari ne devrait pas tarder à revenir, fit-elle.

Afin de détourner la conversation, elle raconta l'histoire de la mystérieuse invitation de miss Tremble.

— Vous faites bien d'y aller, dit-il. Croyez-moi, vous faites bien.

Soudain mal à l'aise pour une raison indéfinissable, Fran se leva.

— Il vaut mieux que j'aille à la rencontre de mon mari. Il m'a dit que je le trouverais au bar.

— Au revoir, alors.

Tandis qu'elle avançait dans le couloir, ballottée par le train, elle se demanda si elle allait parler de cette rencontre à Jim. Ce serait difficile sans le peiner. Il n'y avait aucune raison, pourtant.

Le wagon suivant était de type normal, sans compartiments. Avançant d'un pas mal assuré vers elle dans l'allée centrale, Jim portait deux gobelets de thé, heureusement pourvus d'un couvercle. Il avait fait la queue pendant dix minutes, expliqua-t-il. Et il avait repéré deux sièges libres.

Ils s'y installèrent et sirotèrent leur thé. Fran décida de dire à Jim ce qui s'était passé.

— Pendant que tu étais parti, commença-t-elle avant de s'interrompre brusquement : le train venait d'être plongé dans le noir total.

Il arrive souvent, lors d'un long voyage en chemin de fer, que surviennent des coupures de courant inexpliquées. En temps normal, cela ne l'aurait pas troublée. Cette fois, elle eut une affreuse sensation de désastre, et une vision du wagon qui se cabrait et la projetait de côté. Les flancs parurent se tordre, des éclats de verre pleuvoir sur elle, les gens hurler. Des fumées étouffantes. Une sensation de brûlure sur ses cuisses. La vague image de deux jambes à sa droite, dans un pantalon sombre. Avec des bottillons à semelle de crêpe. Et du sang. Une mare de sang.

— Tu as renversé tout ton thé sur ta jupe ! s'écria Jim.

Les lumières étaient revenues et le wagon était intact. Les gens lisaient leur journal du soir comme s'il ne s'était rien passé. Mais Fran avait écrasé le gobelet dans sa main. Pas étonnant qu'elle ait senti cette douleur cuisante sur ses cuisses. L'épaisseur de sa jupe en velours côtelé l'avait seule empêchée d'être gravement brûlée. Elle s'épongea avec un mouchoir en papier.

— Je ne comprends pas ce qui m'est arrivé, dit-elle. J'ai eu un cauchemar tout éveillée. Où sommes-nous ?

— On a passé Reading il y a vingt minutes. On est presque arrivés. Ça va aller ?

Un haut-parleur annonça le prochain arrêt, Didmarsh. Pour autant qu'ils purent le voir dans l'épaisse brume, ils furent les seuls à y descendre.

Miss Tremble attendait devant les guichets. C'était une femme d'une cinquantaine d'années, au visage décharné, l'air tendu, avec des cheveux courts argentés et des lunettes à monture rouge. Elle avait la main froide, mais elle serra celle de Fran avec vigueur et la garda un moment avant de la lâcher.

Elle les conduisit à un cottage un peu en retrait de la route à guère plus de cinq minutes de la gare. On voyait les illuminations d'un sapin de Noël à travers la fenêtre à petits carreaux. L'odeur de dinde rôtie les accueillit dès la porte ouverte. Jim lui tendit la bouteille de vin qu'il avait apportée par délicatesse.

— Nous nous demandions comment vous avez entendu parler de nous.

— Oui, j'imagine, répondit-elle en s'adressant davantage à Fran qu'à Jim. Je m'appelle Edith. J'ai été la meilleure amie de votre mère pendant dix ans, mais nous nous sommes brouillées sur un malentendu. Voyez-vous, Fran, j'aimais votre père.

Celle-ci se raidit.

— Jim, dit-elle, nous devrions partir.

— S'il vous plaît, supplia la femme sur un ton proche du désespoir, nous n'avons rien fait de mal. J'ai quelque chose sur la conscience, mais il ne s'agit pas d'adultère, quoi qu'on ait pu vous faire croire.

Ils consentirent à rester et à partager son repas. La conversation fut malaisée mais la nourriture excellente. Lorsqu'enfin ils s'assirent devant le feu à déguster leur café, Edith Tremble expliqua pourquoi elle les avait invités.

— Ainsi donc, j'aimais votre père, Harry. Un béguin, comme on disait à l'époque quand ce n'était pas réciproque. Il se montrait gentil avec moi, me sortait, m'embrassait parfois, mais c'est tout. Il aimait vraiment votre mère. Il l'adorait.

— Vous plaisantez, répondit Fran, le visage fermé.

— Non, votre mère s'est méprise. Tragiquement méprise. Je sais ce qu'elle pensait, et rien de ce que j'ai pu dire ou faire ne l'en a dissuadée. J'ai eu beau écrire, téléphoner, essayer de la voir — elle m'a rayée de sa vie.

— Là, je vous crois, dit Fran. Elle ne m'a jamais parlé de vous.

— Vous a-t-elle parlé d'un accident de train, le soir où votre père a été tué, sur cette ligne, non loin d'ici ?

— Juste une fois. Après, elle a clos le chapitre. Il l'a trahie honteusement. Elle était enceinte de moi, ce fut un vrai traumatisme. Elle n'a pratiquement plus jamais prononcé le nom de mon père. Elle n'en a même pas gardé une photo.

Miss Tremble posa sa main sur celle de Fran.

— Ma chère, pour leur repos à tous les deux, je tiens à ce que vous connaissiez la vérité. Trente-sept personnes sont mortes dans cet accident, il y a juste vingt-cinq ans ce soir. Votre mère a été très choquée d'apprendre qu'il se trouvait dans ce train parce qu'il ne lui avait parlé de rien. Il lui avait seulement dit qu'il travaillerait tard. Elle lut les articles sur l'accident sans imaginer un seul instant que Harry faisait partie des victimes. Quand on lui annonça la nouvelle, à peine un ou deux jours avant votre naissance, le choc fut d'autant plus grand qu'il avait menti. Elle apprit alors que je me trouvais aussi dans le train, ce qui était exact, et que j'étais indemne. Fran, c'était une coïncidence, une pure coïncidence. Je travaillais dans la City. Mon nom est paru dans la presse, votre mère l'a vu et en a tiré des conclusions totalement erronées.

— Que mon père et vous...

— Oui — et ce n'est pas tout. Quelques jours après l'accident, les effets personnels de Harry lui furent retournés. Dans la poche de son veston, on découvrit un ticket de caisse d'une boutique de Bond Street pour une chemise de nuit.

— Elaine Ducharme, lâcha Fran d'une voix neutre.

— Ah, vous êtes au courant ?

— Oui.

— C'était une maison très connue qui a fermé en 1969. Voyez-vous...

— Il l'avait achetée pour elle, continua Fran. Pour lui faire une surprise.

Edith Tremble ôta sa main de dessus celle de Fran et la porta à sa bouche.

— Vous connaissiez mon existence, alors ?

— Non.

Elle se redressa sur son siège.

— Il faut que je vous explique. Tout à fait par hasard, cette nuit-là, il y a vingt-cinq ans, je l'ai vu monter dans le train. Je l'aimais toujours et il était seul. J'ai longé le couloir pour le rejoindre. Il avait un sac contenant la chemise de nuit. Pendant le trajet, il me l'a montrée sans réaliser combien cela me blessait de le voir toujours si amoureux de sa femme. Il m'a raconté comment il était entré dans cette boutique...

— Oui, reprit Fran d'une voix toujours atone. Et après Reading, le train a eu un accident.

— Il a été tué sur le coup. Le flanc du wagon l'a écrasé. Moi, j'ai été projetée, contusionnée et coupée au front, mais sans rien de grave. J'ai bien vu que Harry était mort. La boîte de la chemise de nuit, étonnamment, était restée intacte. (Le regard de miss Tremble se fixa sur les flammes, dans la cheminée.) Elle me faisait envie. Je me suis dit que si je la laissais, quelqu'un la volerait. Alors c'est *moi* qui l'ai volée. Et ça m'est toujours resté sur la conscience.

Fran avait écouté ce récit dans un état second, songeant à sa rencontre dans le train.

— Si vous me haïssez pour ce que j'ai fait, poursuivit miss Tremble, je comprendrai. Votre mère, voyez-vous, a pensé que Harry avait acheté cette chemise de nuit pour moi. J'ai eu beau essayer de la convaincre du contraire, elle ne m'a jamais crue.

— Sans doute pas, dit Fran. Et la chemise, qu'est-ce qu'elle est devenue ?

Miss Tremble traversa la pièce en direction d'un buffet dont elle ouvrit un tiroir. Elle en sortit une boîte, la boîte que Fran avait eue en main deux heures auparavant.

— Je ne l'ai jamais portée. Elle ne m'était pas destinée. Je tiens à ce que vous l'ayez, Fran. C'est ce qu'il aurait voulu, lui.

Les mains de Fran tremblèrent lorsqu'elle ouvrit la boîte et écarta le papier. En caressant la soie, elle repensa à ce qui venait de se passer. Pas un instant, elle n'avait imaginé se trouver en présence d'un fantôme. Elle refusa même de penser à lui en ces termes. Elle se réjouit du miracle qui lui avait permis de rencontrer son propre père, décédé avant sa naissance. De l'avoir rencontré en pleine jeunesse, quand il avait son âge à elle.

Tenant toujours la boîte à la main, elle se leva et déposa un baiser sur le front d'Edith Tremble.

— Mes parents sont en paix, maintenant, j'en suis sûre. C'est un merveilleux cadeau de Noël.

Supper with Miss Shivers
Traduit de l'anglais par Jean-Michel Alamagny.

LA LETTRE DU PÈRE NOËL

Béatrice Nicodème

C'était Noël, à nouveau. *À nouveau ?* L'expression fit sourire Patrice Fabert. Car Noël se répétait d'année en année avec la même désespérante monotonie : clochettes de l'Armée du Salut à chaque bouche de métro, passants bâtés comme des ânes balançant leurs paquets dans vos mollets, vitrines des traiteurs et des confiseurs remplies de nourritures écœurantes. Et, pires que tout, grotesques Pères Noël draguant de pauvres gosses crédules pour extorquer quelques billets à des parents qui n'ont qu'une hâte : enterrer Noël et expédier au plus vite vœux de bonne année et galette des rois, pour reprendre enfin une vie normale.

Patrice Fabert détestait Noël. Il aurait voulu passer cette nuit-là terré sans sa chambre après avoir avalé une triple dose de somnifère, des boules Quiès enfoncées dans les oreilles pour ne pas entendre les cloches de l'église. Mais il ne pouvait s'offrir ce luxe car, comme tous les ans, l'infirmière avait demandé la nuit du réveillon et bien entendu il s'y était pris trop tard pour lui trouver une remplaçante. Il resterait donc éveillé à guetter les appels de son oncle, prêt à accourir pour redresser son oreiller ou lui mettre le bassin. Il irait même jusqu'à préparer un dîner fin, puisque la gastronomie était le seul plaisir qui restait au vieil homme.

Patrice Fabert avait 26 ans et, pour tout avenir, la compagnie d'un homme quasi paralysé, incapable de s'exprimer autrement que par le regard. Sa vie était une sorte d'enfer doré, un enterrement de première classe dans une maison somptueuse mais qui puait la pharmacie. Pourtant, il ne pouvait se décider à placer son oncle dans une maison médicalisée, car le malheureux était cloué au lit par sa faute… et cette pensée ramenait inéluctablement Patrice Fabert à cette nuit du 24 décembre qu'il détestait entre toutes.

Le Noël de cette année, cependant, allait être bien différent des précédents.

Le 24 décembre, rentrant d'une longue promenade à cheval, il trouva une lettre dans la boîte. Malgré la phobie qu'il nourrissait à l'encontre du courrier, il la décacheta et se mit à la lire, en la tenant du bout des doigts comme un chiffon crasseux.

Cher Monsieur Fabert,

Même si j'en avais eu l'idée plus tôt, je ne vous aurais sans doute pas écrit, pour ne pas m'exposer à des risques inutiles. Aujourd'hui mes poumons sont bouffés par le cancer et je ne serai sans doute pas là pour fêter la nouvelle année… En voyant arriver Noël, j'ai repensé à vous et j'ai eu envie de faire un geste. Quand je passerai l'arme à gauche, ça me fera du bien de me dire que je n'ai pas été un salopard jusqu'au bout.

Vous souvenez-vous du Noël d'il y a vingt ans ? Vous deviez avoir 5 ou 6 ans…

Tout en lisant, Patrice Fabert s'était avancé jusque dans le salon. Au bord de la nausée, il se laissa tomber dans le canapé.

Il n'était pas difficile de deviner qui était l'auteur de cette lettre. Mais que diable pouvait chercher cet homme en prenant contact après si longtemps ? Espérait-il obtenir une sorte de pardon ? Pourquoi alors lui écrivait-il à lui, Patrice, et non à son oncle ?

S'il se rappelait ce Noël-là ? Et comment !

Tout avait débuté une semaine avant, avec cette ridicule lettre au Père Noël qu'il se rappelait au mot près.

Cher Père Noël,

Mes copains disent que t'existes pas mais je suis sûr qu'ils mentent. Enfin, j'espère... Je demanderais bien à mes parents mais ils sont morts tous les deux. J'aimerais bien que tu viennes chez moi, comme ça je serais vraiment sûr. Si t'es trop gros pour descendre par la cheminée, c'est pas grave. Je laisserai la porte de la cave ouverte exprès pour toi. Comme cadeau, je voudrais un énorme pistolet comme en vrai. Je t'embrasse très fort,

Patrice

J'habite 3 allée des Sapins.

Patrice était très fier de cette lettre. Le Père Noël se laisserait sûrement attendrir par un gamin qui n'avait plus de parents. C'était d'ailleurs la stricte vérité. Il omettait juste de préciser qu'il ne les avait pas connus et que l'oncle qui l'avait recueilli lui laissait faire tout ce qu'il voulait.

Il recopia le texte sur une carte postale, l'adressa à *Père Noël, Ciel*, et il attendit la nuit de Noël avec fébrilité.

« Je réveillonnerai chez une amie, avait dit l'oncle Charles. Olivia viendra te garder. Elle arrivera après mon départ car elle doit d'abord aller voir sa grand-mère. Mais elle aura les clés, tu n'auras donc pas besoin de l'attendre pour te coucher. »

Bien entendu, aussitôt son oncle parti, l'enfant se mit à épier tous les bruits de la grande maison. Si Olivia arrivait avant le Père Noël, celui-ci n'allait-il pas renoncer à entrer en voyant de la lumière dans le salon ? C'était là qu'Olivia se tenait toujours, rivée devant la télévision, et c'était là aussi que se trouvait la cheminée devant laquelle Patrice avait déposé ses souliers. Il avait failli appeler Olivia pour la décommander, mais il avait renoncé en constatant qu'il était incapable d'imiter la voix grave de son oncle.

Les heures sonnaient au clocher de l'église et Patrice n'entendait toujours pas la voiture pétaradante d'Olivia. Pas plus, d'ailleurs, qu'il n'entendait grincer la porte de la cave.

Finalement, fatigué de se tenir collé contre la rampe en haut de l'escalier, il se glissa dans sa chambre et s'allongea. Il avait laissé la porte entrebâillée pour guetter les bruits du rez-de-chaussée mais, au bout de quelques minutes, ses paupières se fermèrent et il s'endormit.

Il était cependant bien trop excité pour avoir le sommeil profond et il se réveilla soudain en sursaut. N'y avait-il pas eu un bruit ? Il s'assit dans son lit, l'oreille tendue, et bientôt en effet il lui sembla entendre des pas. Le chuintement de semelles crêpes, plus précisément, qui se posaient sur le parquet avec précaution. Rien à voir avec les talonnements précipités de la baby-sitter !

Il regarda son réveil. Il était déjà 2 heures moins le quart, et Olivia n'était pas venue. Il aurait forcément entendu le tintamarre de sa vieille guimbarde… Soudain, il comprit ce qui s'était passé : le Père Noël avait téléphoné à la baby-sitter pour la décommander en imitant la voix de l'oncle Charles, et maintenant il était là, dans la maison !

Le cœur battant, sans même penser à enfiler ses chaussons, Patrice se glissa sur le palier et descendit l'escalier sur la pointe des pieds. Il s'approcha de la porte du salon restée ouverte. Le plafonnier était allumé et… oui, le miracle s'était produit ! Le Père Noël se tenait bien là, en train de fouiller dans le secrétaire d'oncle Charles. Que cherchait-il ? Du papier pour écrire sa réponse à la lettre ?

Patrice avait entendu dire que le Père Noël était timide et détestait être surpris en plein travail. Cette habitude de descendre par la cheminée en était une preuve. Le fait d'avoir éloigné Olivia en était une autre. Il fallait donc prendre garde à ne pas le brusquer avant qu'il ait déposé son cadeau.

L'avait-il bien apporté, d'ailleurs ? Plus silencieux qu'une souris, Patrice s'avança dans l'embrasure de la porte et, très vite, alla s'accroupir dans le coin de la pièce, derrière le sapin. Là, il était sûr que le Père Noël ne pourrait pas le voir. Ce dernier, qui lui tournait le dos, avait d'ailleurs l'air beaucoup trop absorbé pour remarquer quoi que ce fût. Patrice imaginait déjà la tête de ses copains lorsqu'il leur raconterait qu'il avait vu le Père Noël en pleine action. Si seulement il avait eu un appareil photo, il aurait pu leur apporter la preuve qu'il ne mentait pas…

Il se demandait quelle autre preuve il pourrait montrer à ses copains lorsqu'il vit son cadeau. Il était posé sur la table basse, tout près du sapin… LE PISTOLET ! Noir comme un scarabée, énorme, luisant, exactement comme ceux que Patrice avait vus à la télévision.

L'enthousiasme lui fit oublier toute prudence. En deux bonds, il fut devant la table basse et il s'empara de l'objet de ses rêves.

Le Père Noël se retourna et hurla :

— Rends-moi ça tout de suite !

Il avait une voix dure et, sous ses épais sourcils blancs, son regard était glacé. Interloqué, Patrice recula vers la porte en brandissant le pistolet devant lui. Ce truc était horriblement lourd mais, à deux mains, on arrivait à peu près à le tenir dans la bonne position.

— Rends-le-moi ! répéta le Père Noël d'une voix soudain toute douce, en avançant un pied avec précaution.

Maintenant, il avait presque l'air d'un collégien déguisé en Père Noël. Patrice poussa un soupir de soulagement.

— Alors, tu es venu ? demanda-t-il.

— Comme tu vois, répliqua prudemment le Père Noël, les yeux fixés sur le pistolet.

— Je savais bien que t'existais en vrai… T'as pas eu trop de mal à trouver la porte de la cave ?

— La porte de la cave ? Peu importe, puisque j'suis là… Allez, maintenant tu me rends le pistolet et au pieu ! Sinon, pas de cadeau… D'ailleurs, j'ai ordre de ne pas en donner aux gosses qui vadrouillent dans les couloirs au lieu de pioncer…

Malgré sa grande barbe et ses airs de vieux grand-père, le Père Noël était un drôle de rigolo, et en plus il parlait argot ! Patrice trouvait la situation de plus en plus amusante. Il répliqua :

— Trop tard ! Mon cadeau, je l'ai ! Mais dis donc, tu cherches quoi, dans le secrétaire d'oncle Charles ?

— Je... j'ai oublié le papier cadeau. Tu sais où y'en a ?

— Non, je ne sais pas... Mais ça ne fait rien, maintenant c'est plus la peine... Allez, viens, je vais te montrer ma chambre !

— À une condition : tu me rends ce pistolet illico ! Je compte jusqu'à trois...

Méfiance : le Père Noël avait bien dit que les enfants désobéissants ne méritaient pas de cadeaux. S'il allait repartir avec le pistolet ?

Patrice fila dans le couloir en direction des toilettes en criant :

— Maintenant il est à moi ! T'as pas le droit de me le reprendre, sinon je te tire dessus ! Pan ! Pan !

Il claqua la porte des toilettes et ferma la targette.

Qu'allait-il se passer, maintenant ? Le Père Noël allait-il repartir furieux ? Ou bien avait-il des pouvoirs spéciaux lui permettant d'ouvrir toutes les portes ?

Avant de tourner la page, Patrice Fabert se pencha vers la bouteille de whisky posée sur la table basse et s'en servit un grand verre.

Vous deviez avoir 5 ou 6 ans et apparemment vous croyiez encore au Père Noël.

Noël ! Une nuit idéale pour les criminels ! Pendant que tout le monde s'empiffre, on est bien tranquille pour enfoncer les portes et grimper sur les toits, ni vu ni connu ! Sans compter toutes les maisons désertées par les bons chrétiens qui vont à la messe de minuit... Mes meilleurs coups, je les ai faits ces nuits-là, déguisé en Père Noël pour passer inaperçu... si on peut dire !

C'est comme ça que je me suis introduit dans votre grande maison pleine d'objets précieux. Si, par hasard, un voisin solitaire et désœuvré regardait par la fenêtre et voyait un Père Noël pénétrer dans la maison, il se dirait que le bon M. Fabert avait organisé une mise en scène pour son cher petit neveu orphelin. Une idée de génie, qu'en dites-vous ?

J'ai commencé par décommander la baby-sitter en me faisant passer pour votre oncle. C'est ensuite qu'il y a eu de l'eau dans le gaz. Enfin, c'est une façon de dire… En fait, ça a été plutôt une affaire de manque d'huile. Pas assez d'huile dans le moteur de ma voiture, un voyant d'alerte qui ne s'allume pas, une bielle qui coule… Obligé de laisser ma voiture à des kilomètres de chez vous, car les garagistes, eux aussi, réveillonnent. Comme quoi la nuit de Noël a aussi ses inconvénients.

J'ai dû changer de costume pour terminer le trajet à pied, et remettre ma défroque rouge et ma fausse barbe avant d'arriver chez vous. Bref, je suis entré dans la maison aux alentours d'1 h 30, à l'heure où tout aurait dû être terminé. J'étais bien renseigné : Charles Fabert, parti réveillonner chez sa copine, ne rentrerait sûrement pas avant 2 heures du matin. J'avais donc prévu d'avoir terminé à 1 heure. Mais à 1 h 30, rien n'était encore perdu : il me restait une demi-heure de battement, c'était bien suffisant pour boucler l'affaire.

La seule chose que je n'avais pas prévue, c'est que vous m'attendiez de pied ferme !

J'avais déjà rassemblé pas mal de camelote, des ivoires, de l'argenterie, et il ne me restait plus qu'à mettre à sac le secrétaire. Ensuite, je monterais au premier étage…

C'est à ce moment-là que vous avez surgi derrière moi. Vous vous en souvenez ? J'ai tout de suite compris que j'étais dans de sales draps. Bien sûr, vous n'alliez ni ameuter les voisins ni appeler la police, puisque vous me preniez pour le Père Noël ! Mais vous aviez attrapé le pistolet, persuadé que c'était votre cadeau, et vous le teniez braqué sur moi ! Un geste maladroit, l'envie de jouer à James Bond, et j'étais cuit… J'ai parlementé comme j'ai pu pour vous obliger à me le rendre. Rien n'y faisait, et le temps passait… Finalement, vous avez couru vous enfermer dans les toilettes avec mon pistolet et je n'ai pas réussi à vous convaincre de me le rendre. J'étais à la recherche d'un outil pour ouvrir la porte quand un faisceau lumineux a balayé les fenêtres. La voiture de Charles Fabert, qui rentrait de son réveillon !

Il ne fallait à aucun prix qu'il me trouve encore chez lui ! Je n'ai eu que le temps de quitter la maison pendant qu'il rentrait sa voiture au garage et, sans même retirer mon costume de Père Noël, je me suis éloigné à toute vitesse dans l'allée des Sapins.

Après cet échec, j'ai préféré disparaître dans la nature pendant quelque temps…

Patrice Fabert se revoyait enfermé dans les toilettes, hurlant à tue-tête : « T'as pas le droit de me reprendre mon cadeau ! Il est à moi ! » tout en songeant vaguement que s'il se mettait le Père Noël à dos, celui-ci ne reviendrait peut-être pas l'année suivante. Il avait donc fini par se résigner à sortir des toilettes.

Le Père Noël n'était pas derrière la porte. Il n'était pas non plus dans le couloir, ni dans le salon. Il s'était tout simplement volatilisé ! Dépité, Patrice s'était dirigé vers l'escalier. Après tout, il avait tout de même eu son cadeau…

À mi-étage, il avait sursauté en entendant des pas sur le palier. Il avait levé les yeux, s'attendant à voir le Père Noël. Mais à sa place se tenait son oncle qui s'exclamait, l'air fâché :

— Qu'est-ce que tu fais là avec ce… cette chose à la main ? Donne-moi ça immédiatement !

Patrice avait vu rouge. On disait que Noël était la fête des enfants, mais cette nuit tout le monde s'ingéniait à le contrarié. Il avait crié :

— Non ! Il est à moi ! C'est le Père Noël qui me l'a apporté ! Regarde comme il est beau, on dirait un vrai ! Allez, oncle Charles, on joue ! Pan ! Pan !

Et il avait appuyé sur la détente en éclatant de rire.

Son oncle l'avait regardé avec des yeux exorbités en se tenant le ventre à deux mains, puis il s'était effondré en avant. Son corps s'était mis à rouler le long des marches, de plus en plus vite, avec un drôle de bruit mat et mou.

Patrice ne parvenait pas à se rappeler précisément ce qui s'était passé ensuite. Il lui semblait qu'il était sorti de la maison en hurlant. Il se souvenait vaguement d'un grand nombre de voitures arrêtées devant la grille. Il avait dû répondre à d'interminables questions. Il avait passé le reste de son enfance et une partie de son adolescence dans une espèce de brouillard, comme un navire perdu, dans l'impossibilité totale de regagner la terre.

Il avait près de 20 ans lorsqu'il avait fini par émerger des brumes. Sans doute le devait-il aux innombrables psychologues qu'on lui avait fait consulter et qui l'avaient aidé à reconstituer les événements de cette dramatique nuit de Noël. Patrice Fabert détestait les psychologues. Le brouillard le plus sombre valait parfois mieux que la vérité... Comment s'imaginait-on qu'il pût vivre en sachant qu'il avait failli tuer son oncle ?

Un jour, il s'était mis en tête de se réhabiliter en retrouvant le cambrioleur que la police n'avait pas été capable d'attraper.

À force de repenser aux événements de cette nuit-là, il avait fini par avoir une illumination. C'était sa stupide lettre au Père Noël qui avait déclenché le drame ! La carte déposée dans une boîte aux lettres avait échoué au centre de tri postal. Les employés avaient dû bien rire de ce texte naïf... Mais l'un d'eux avait réalisé que l'allée des Sapins se trouvait dans un quartier cossu, et qu'au numéro 3 la porte de la cave resterait ouverte le soir de Noël...

Patrice Fabert avait donc payé des détectives privés pour partir à la recherche de l'employé au tri. Mais des mois d'enquête n'avaient mené à rien et il était retombé dans un état de dépression chronique, hanté par un horrible sentiment de culpabilité. Son seul réconfort était de se dévouer pour alléger les souffrances de son oncle. En sacrifiant à cette tâche sa jeunesse et sa liberté, il avait le sentiment de payer sa dette. Une perspective le terrifiait cependant : celle du jour où son oncle mourrait. Quel recours aurait-il alors ?

Il termina son verre d'une traite et reprit la lettre.

J'ai appris par les journaux ce qui s'était passé ensuite. J'ai su que vous aviez tiré sur votre oncle, qu'il était paralysé à vie et que vous aviez failli perdre la raison.

Vous vous demandez pourquoi je viens vous rappeler ces souvenirs ? Et bien voilà, monsieur Fabert : j'ai quelque chose à vous avouer. Si je suis venu chez vous, cette fameuse nuit de Noël, ce n'était pas pour cambrioler mais pour vous assassiner, car on m'avait payé pour ça !

Votre oncle ne vous avait recueilli que par intérêt, à cause de la fortune rondelette que vous avaient laissée vos parents… et qu'il hériterait si vous mourriez avant lui. Mais il n'avait pas assez de cran pour tuer un gosse. Et puis il lui fallait un alibi en béton. C'est pourquoi il a payé un tueur à gages, capable d'assassiner un enfant innocent au cours d'une prétendue tentative de cambriolage…

Pas de chance, vous m'avez pris pour le Père Noël ! Et quand je vous ai vu devant moi, le pistolet à la main, j'ai compris que tout était fichu. D'abord parce que vous pouviez tirer d'une seconde à l'autre, et ensuite parce que vos grands yeux m'ont fait comprendre une chose : je n'étais pas certain d'être capable de tuer un enfant.

Avant de mourir, je voulais que vous le sachiez. C'est ma manière à moi d'expier mes fautes.

Je vous souhaite un avenir meilleur et vous prie de croire à mes sentiments dévoués.

Peu importe mon nom, n'est-ce pas ? Je signerai donc :

Le Père Noël

Patrice Fabert sursauta en entendant le son strident de la sonnette électrique, et la lettre lui échappa des mains. En replongeant dans ses souvenirs, il avait pour ainsi dire quitté la réalité. Il n'avait donc pas entendu les vibrations déclenchées par la sonnette de son oncle. Sans doute celui-ci avait-il besoin qu'on lui mette le bassin. Ou bien il désirait un verre d'eau, ou encore les petites pilules roses, qui éloignaient les crises d'étouffement.

Dans un vieux réflexe, Patrice Fabert jaillit du canapé et esquissa un pas vers la porte, mais il s'immobilisa aussitôt.

D'abords réguliers les appels s'espacèrent petit à petit. Selon toute probabilité, ils concernaient donc les pilules roses…

Patrice Fabert remplit à nouveau son verre et le dégusta à petites gorgées. Il ne monterait pas à l'étage. Il lui suffirait de repousser le cordon de sonnette hors de portée du malade avant d'appeler le médecin.

En terminant son troisième verre, il réalisa qu'il n'était encore en vie que parce qu'il avait cru au Père Noël. Et que la même raison allait faire de lui un assassin.

Au bout d'un long moment, il s'assit à nouveau dans le canapé et remplit encore une fois son verre. Le silence régnait maintenant dans la maison. Enfin.

DU TRAVAIL BIEN FAIT

Richard Matheson

Tout le temps qu'ils mirent à traverser le parking obscur, Richard ne cessa de pleurnicher.

— Cela suffit, lui dit Helen comme ils atteignaient la voiture. Nous reviendrons le voir jeudi. Je te l'ai promis.

— Je veux y aller maintenant, sanglota Richard.

Ken cherchait ses clés en essayant de ne pas laisser tomber les paquets qui encombraient ses bras.

— Oh, fit-il, irrité, je vais l'emmener.

— Où ? demanda Helen.

Elle frissonna soudain dans le vent froid qui soufflait.

— Là-bas, répondit Ken en tâtonnant pour trouver la serrure.

— Maintenant ? s'étonna-t-elle. Il est trop tard. Pourquoi ne l'as-tu pas emmené quand nous étions dans le magasin ? Nous avions alors le temps.

— Quelle différence cela fait-il que nous y allions à présent ?

— Je veux voir le Père Noël ! répéta encore une fois Richard. (Et regardant intensément sa mère :) Maman, je veux voir le Père Noël *maintenant* !

— Non, coupa Helen en secouant la tête. (Elle laissa tomber ses achats sur le siège avant et étira ses bras avec un gémissement.) Je t'ai déjà dit que cela suffisait, continua-t-elle comme Richard recommençait à pleurnicher. Maman est trop fatiguée pour retourner au magasin.

— Tu n'as pas besoin d'y aller, dit Ken en déposant ses paquets à côté de ceux de sa femme. Je l'emmènerai bien tout seul.

Il alluma la lumière intérieure.

— Maman, *s'il te plaît*, Maman ? *S'il te plaît* ?

Elle se fit une place sur le siège et s'y assit d'un geste las. Ken remarqua la mèche de cheveux bruns qui pendait en travers de son front, la sécheresse de son rouge à lèvres.

— Qu'est-ce qui te fait changer brusquement d'avis ? demanda-t-elle à son mari. Je voulais que tu emmènes Richard pendant que nous étions dans le magasin.

— Mais enfin, où vois-tu la différence ? jeta-t-il. Préfères-tu revenir ici jeudi uniquement pour voir le Père Noël ?

— Non.

— Eh bien, alors... ?

Il remarqua encore les plis que faisaient les bas d'Helen quand elle allongea les jambes dans la voiture. Elle lui parut vieille et revêche sous la lumière incertaine. Il en éprouva une curieuse impression au creux de l'estomac.

— S'il te plaît, maman ? geignait Richard.

Comme si, pensa Ken, il n'y eût qu'elle, et que *lui*, le père, n'eût pas son mot à dire. Et c'était probablement la vérité.

Helen regardait fixement devant elle, d'un air maussade, à travers le pare-brise. Brusquement, elle se pencha et éteignit la lumière. Deux heures passées au milieu de la frénésie qui s'empare des gens dans les magasins à la veille de Noël, la nervosité des vendeuses, les demandes incessantes de Richard qui voulait voir le Père Noël, et les refus irrités de Ken, l'avaient exténuée.

— Et que ferai-je pendant ce temps-là ? demanda-t-elle.

— Cela ne durera que quelques minutes, heureusement, répondit Ken.

Il s'était montré de mauvaise humeur toute la soirée, tantôt silencieux et taciturne, tantôt rabrouant nerveusement Helen et Richard.

— Bon, allez-y, fit-elle en arrangeant la couverture autour de ses jambes, mais dépêchez-vous.

— Le Père Noël ! Le Père Noël ! s'écria Richard maintenant tout joyeux en tirant la manche de son père.

— Oui ! fit Ken en colère. Cesse de me harceler comme cela !

— Paix sur la terre. Le Sauveur est né, murmura Helen avec un soupir.

— Je sais, dit Ken d'un ton amer. (Et, saisissant la main de Richard :) Viens !

Helen ferma la portière de la voiture. Ken nota qu'elle ne poussait pas le bouton du verrou. Elle pouvait encore le faire, quand ils seraient partis. Et, soudain, une pensée lui traversa l'esprit. *Les clés !*... Il enfonça sa main dans la poche de son manteau. Ses doigts gourds se crispèrent sur le métal froid. Sa gorge lui parut sèche. Il aspira l'air glacé par mouvements saccadés, le cœur battant à grands coups dans la poitrine. Allons, se dit-il, calme-toi... ne t'inquiète pas comme cela...

Il savait qu'il valait mieux ne pas regarder derrière lui. Ce serait comme de jeter un dernier regard sur un convoi funèbre, un regard qui pouvait avoir raison de ses nerfs et le faire brusquement s'effondrer. Il tint les yeux volontairement fixés devant lui sur les guirlandes éclairées au néon tout en haut du grand magasin avec, au centre, *Joyeux Noël*, écrit de façon intermittente en rouge et vert. Il sentait à peine la main de Richard dans la sienne. De l'autre, il étreignait les clés dans sa poche. Il ne regarderait pas en arrière, il...

— Ken !

Il s'immobilisa en un sursaut convulsif tandis que la voix d'Helen lui parvenait, indistincte, à travers l'immense parking. Machinalement, il se retourna. Helen se tenait debout près de la Ford.

— Laisse-moi les clés ! criait-elle. Comme cela je pourrai garer la voiture devant le magasin et vous n'aurez pas tout ce chemin à faire à pied pour revenir !

Il la regardait, les yeux fixes, l'estomac de nouveau serré.

— Mais... (Il s'éclaircit la gorge, presque furieusement.) Ce n'est pas si loin ! répondit-il.

Et il se remit à marcher avant qu'elle ait pu dire autre chose. Il remarqua le coup d'œil que lui lança Richard. Son cœur battait de plus en plus fort contre le mur de sa poitrine.

— Maman nous appelle, dit Richard.

— Veux-tu voir ou non le Père Noël ? demanda sèchement Ken.

— O..ui.

— Alors, tais-toi !

Il avala de nouveau sa salive avec difficulté, et allongea le pas. Pourquoi fallait-il que cela arrivât ? Un frisson lui courut le long du dos. Il se força à tenir ses yeux fixés sur les guirlandes au néon, mais il ne pouvait s'empêcher de revoir Helen debout près de la voiture, vêtue de son manteau de velours côtelé vert, un bras légèrement levé, et le regardant. Il entendait sa voix... *vous n'aurez pas tout ce chemin à faire à pied pour revenir !*... faible et plaintive dans le vent qui soufflait en rafales.

Il sentit que ce vent gelait maintenant ses joues, et ses chaussures, comme celles de Richard, produisaient un bruit sec, craquant, sur le gravier qui recouvrait l'asphalte. Soixante-dix mètres... il y avait bien cela jusqu'au magasin. Était-ce le bruit de la portière de leur voiture qui claquait ? Helen était sûrement en colère. Si elle verrouillait cette portière, il deviendrait plus difficile de...

Son chapeau rabattu sur les yeux, l'homme se tenait dans l'ombre au bout de l'allée. Ken fit mine de ne pas le voir, mais l'air lui parut brusquement se raréfier, comme s'il avait marché péniblement dans une obscurité glaciale proche du vide. C'était cette gêne au niveau de son cœur qui lui donnait cette impression-là, l'apparente impossibilité de ses poumons à contenir suffisamment d'air.

— Est-ce que le Père Noël m'aime ? demanda Richard.

Ken se força à respirer plus largement.

— Oui, oui, répondit-il, il... t'aime.

L'homme se tenait immobile, la tête levée vers le ciel, les deux mains enfoncées dans les poches de son vieux pardessus à carreaux. Exactement comme s'il avait attendu que sa femme sortît du magasin. Mais ce n'était pas cela. Les doigts de Ken se raidirent sur les clés. En approchant de l'homme, ses jambes lui parurent faites de bois infiniment lourd.

Je ne devrais pas, pensa-t-il brusquement. Pourquoi ne pas passer devant l'homme, emmener Richard voir le Père Noël, puis retourner à la voiture, rentrer à la maison, oublier... Il se sentait incapable d'aller jusqu'au bout, sans forces. Helen, assise, seule, dans la Ford à côté de leurs achats de Noël, attendait le retour de son mari et de son fils. Cette pensée provoqua à travers tout son corps une étrange décharge électrique. Je ne devrais pas... Il entendit ces mots comme si quelqu'un les eût prononcés pour lui. Je ne devrais pas...

Sa main serrait si fort les clés que, la circulation du sang interrompue, elle se paralysait sans qu'il s'en aperçût.

Il *fallait* le faire. C'était le seul moyen. Il ne voulait plus de cette vie étroite qui était son présent, et le morne avenir qui l'attendait. Des rages informulées, continuelles, finissaient par l'empoisonner. Pour sa santé même, il fallait que ce fût fait. Pour ce qui lui restait à vivre.

Ils atteignirent l'extrémité de l'allée, passèrent devant l'homme.

— Papa ! s'écria Richard, tu as perdu tes clés !

— Viens !

Ken entraîna Richard, se forçant à ne pas regarder pardessus son épaule.

— Mais si, papa !

— Viens ici !

Brusquement, Richard, lâchant la main de son père, courait vers l'endroit où les clés étaient tombées sur l'asphalte. Ken regarda d'un air impuissant l'homme qui n'avait pas bougé. Celui-ci parut hausser légèrement les épaules, mais Ken ne put voir l'expression de son visage sous le chapeau à large bord.

Richard rapportait les clés.

— Voilà, papa.

Ken les glissa dans la poche de son pardessus. Sa main tremblait. Il se sentait consterné. Cela ne marchera pas, pensa-t-il, éprouvant à la fois de la déception et une atroce impression de culpabilité.

— Dis merci, fit Richard en lui reprenant la main.

Mais Ken demeurait immobile, indécis, tenant toujours les clés entre ses doigts dans sa poche. Il se sentait invinciblement attiré vers l'homme. Mais il savait qu'il ne pouvait y aller, sinon Richard le verrait.

— Tu viens, dit le petit garçon avec insistance.

Ken se détourna alors très vite, et, désespéré, marcha vers le magasin. Il était comme pris de vertige. C'est fini ! pensait-il pris d'une rage amère. *Fini !*

— Dis merci, papa, répéta Richard.

— Veux-tu te... !

Le son de sa voix le fit tressaillir. Il retint les mots qui se pressaient derrière ses lèvres tremblantes. Richard se taisait. Il regardait prudemment le visage tourmenté de son père.

Ils approchaient du magasin quand l'homme en pardessus à carreaux les dépassa, frôlant Ken.

— 'scusez-moi, murmura-t-il.

Et, comme par hasard, son bras insista contre la poche de Ken où se trouvaient les clés, indiquant par là qu'il les voulait et était prêt à les recevoir.

Puis il continua son chemin à grands pas saccadés en direction du magasin. Ken le regarda s'en aller. Sa tête lui paraissait maintenant prise dans un étau. Ce n'est pas fini, se dit-il. Pas encore. Il ne savait même plus s'il en était heureux ou pas. Il vit l'homme s'arrêter et se retourner devant l'une des portes vitrées qui flanquaient de chaque côté celle qui tournait. Il faut que ce soit maintenant, pensa-t-il. Il sortit de nouveau les clés.

— Papa, je veux entrer par là !

Richard le tirait vers la porte tournante qui déversait sans cesse les acheteurs vers la foule et le bruit intérieur ou le silence de la nuit froide.

— Il y a trop de monde, s'entendit-il répondre.

Mais il eut l'impression que quelqu'un d'autre que lui parlait. Il y va de mon avenir, ne cessait-il de se répéter. Mon avenir...

— Mais non, papa !

Ken ne discuta pas. Il poussa brusquement Richard vers l'une des portes latérales. Et, comme il ouvrait celle-ci de sa main qui tenait les clés, il sentit celles-ci échapper à ses doigts.

Une seconde plus tard, Richard et lui se trouvaient à l'intérieur du magasin brillamment éclairé. C'était fait.

Ken n'eut pas besoin de regarder par-dessus son épaule pour savoir que l'homme regagnait le parking, marchait vers l'endroit où la Ford était stationnée.

L'espace d'une seconde horrible, il crut qu'il allait crier. Une sorte de nausée l'envahit. Il gémit presque, prêt à se ruer dans la nuit à la poursuite de l'homme. Non, j'ai changé d'avis ! Je ne le veux plus ! À ce moment-là, tout ce qu'il détestait en Helen et dans la vie qu'il menait s'effaça. Il ne se souvint plus que d'une chose : sa femme allait venir les chercher, Richard et lui, en voiture devant le magasin pour qu'ils n'aient pas à refaire tout ce chemin à travers le parking balayé par le vent glacial.

Mais Richard l'entraînait déjà à travers les acheteurs, dans la chaleur et le bruit. Il marchait, étourdi, s'enfonçant plus avant dans le magasin. Un carillon tintait du balcon du premier étage. *Paix sur la terre, le Sauveur est né...* avait dit Helen. La tête lui tournait. Il se sentait mal. La sueur coulait sur son front. Il ne pouvait plus retourner en arrière.

Il s'arrêta soudain, s'appuya contre un pilier, les jambes devenues molles. Il est trop tard, pensa-t-il. Trop tard. Il ne pouvait plus rien faire.

— Papa, je veux voir le Père Noël.

À peine put-il murmurer : « Oui », en hochant avec difficulté la tête.

Il essaya de se remettre à marcher en ne pensant à rien. Mais ce lui fut impossible. Ses pensées formaient en lui des visions aveuglantes. Il voyait l'homme marcher vers la Ford, comparer le numéro de la plaque minéralogique avec celui que portait l'une des clés pour s'assurer qu'il ne se trompait pas de voiture. Il évoquait le visage de cet homme, un certain soir, dans le bar de Main Street... maigre, pâle, l'air de l'emploi. Un gémissement lui vint aux lèvres. Il le retint. *Helen*..., murmura-t-il intérieurement avec angoisse.

PAR ICI LA MAISON ENCHANTÉE DU PÈRE NOËL !

Ken, l'esprit engourdi, marcha vers l'escalator. Richard s'agitait et sautillait à côté de lui en chantonnant, *« Le Père Noël ! Le Père Noël ! »* Que dirait-il quand il saurait que sa mère...

Mais une rage s'empara de nouveau de Ken. S'il devait penser à quelque chose, que ce fût au moins à son avenir, mais pas à *cela*. Il n'avait pas tout soigneusement combiné pour en arriver à s'effondrer avant la fin. Son acte avait une raison. Ce n'était pas simple cruauté.

Ils prirent l'escalator. Richard serrait très fort sa main, mais il le sentait à peine. L'Amérique du Sud et Rita... voilà à quoi il voulait songer. Vingt-cinq mille dollars d'assurance, la fille qu'il désirait déjà au collège et n'avait jamais cessé de désirer depuis, un avenir sans lutte avilissante avec les créanciers. La liberté, des plaisirs simples, et une union que ne risquerait pas de dégrader une existence mesquine.

Un autre escalator montait à côté d'eux. Ken regarda les visages des gens qui s'y pressaient — fatigués, nerveux, pâles, heureux. *Cela se passa à minuit*, se mit à jouer le carillon. Ken regarda droit devant lui, en pensant à Rita et à l'Amérique du Sud. Une telle pensée rendait les choses infiniment plus faciles.

Les cloches se turent, remplacées par un chant de trompette rauque, éraillé, *Jingle Bells*. Richard s'agita davantage encore dès qu'ils eurent quitté l'escalator. Et, soudain, Ken s'aperçut qu'il pensait de nouveau à Helen.

— Le voilà ! s'exclama Richard en tirant comme un fou sur la main de son père. Là !

— Bon, bon ! marmonna Ken en se laissant entraîner vers les gens formant une queue en direction de la Maison Enchantée du Père Noël.

Était-ce déjà fait ? Son estomac se contracta de nouveau. L'homme était-il dans la voiture ? Avec Helen inconsciente à l'arrière ? Roulait-il à travers le parking vers les rues écartées et sombres où il devait... ?

Ne vous inquiétez pas. Ses dernières paroles brûlaient sa mémoire comme une flamme. *Ne vous inquiétez pas. Je m'arrangerai pour que ce soit bien fait.*

Bien fait, bien fait, bien fait, bien fait... Les mots lui martelaient le crâne, tandis que Richard et lui avançaient lentement vers la maison du Père Noël. Cent dollars tout de suite, neuf cents autres après... le prix d'une femme de taille moyenne.

Ken ferma tout à coup les yeux, frissonnant comme s'il eût fait froid dans le magasin au lieu de cette insupportable chaleur étouffante. Il avait mal à la tête. Des gouttes de sueur coulaient de ses aisselles, effleurant sa peau comme des insectes. Il est trop tard, pensa-t-il, en se rendant compte que cette nervosité qu'il ressentait depuis son entrée dans le magasin ne venait que de sa lutte contre l'envie qu'il avait de courir à la voiture pour arrêter l'homme.

Mais, bien sûr, répéta tranquillement la voix intérieure, il est trop tard...

— Que faut-il que je dise au Père Noël ? demanda Richard.

Ken regarda d'un air morne son fils de 5 ans. Il sera beaucoup mieux chez la mère d'Helen... Beaucoup mieux. Je ne peux pas...

— Dis, papa ? insista l'enfant.

Ken essaya de sourire. Un instant même, il arriva à se prendre pour un honnête homme sur les épaules duquel le destin avait mis un terrible fardeau.

— Explique-lui... ce que tu veux pour Noël, répondit-il. Dis-lui que tu as été un... petit garçon sage et... ce que tu aimerais qu'il t'apporte. C'est tout.

— Mais comment cela ?

La vision s'était déjà effacée. Il savait exactement ce qu'il valait et ce qu'il venait de faire.

— Comme tu voudras, jeta-t-il avec colère. Écoute, si tu ne veux pas le voir, je ne te force pas.

Devant eux un homme se retourna. Il eut un hochement de tête et un sourire timide à l'adresse de Ken comme pour dire : « Allez, je sais ce que c'est. » En réponse, Ken tirailla vaguement ses lèvres d'un air triste. Il faut que je sorte d'ici, se disait-il misérablement. Comment puis-je rester alors que...

Sa respiration devenait difficile. C'était pourtant ce qu'il avait à faire, c'est-à-dire le plan établi. Et ce plan devait être mis à exécution. Il n'allait pas maintenant tout gâcher par une comédie stupide.

Si au moins il avait pu être avec Rita, dans son appartement, tout près d'elle. Mais c'était impossible. Il se serait préparé quelque chose à boire. Quelque chose de fort. Qui calme les nerfs.

Ils poussèrent la barrière blanche, ce qui eut pour effet de mettre en marche le disque d'un homme éclatant de rire. Ken sursauta, regarda vivement autour de lui. Ce rire lui paraissait celui d'un fou. Il essaya de ne pas l'entendre, mais il l'entourait de toutes parts, remplissait ses oreilles.

Puis la porte se referma derrière eux et le rire s'arrêta. Ken entendit une voix grêle qui disait : *Je vous souhaite un joyeux Noël et une bonne année.*

Je m'arrangerai pour que ce soit bien fait...

Ken lâcha Richard pour essuyer sa main moite sur son manteau. Aussitôt, l'enfant voulut reprendre cette main, mais Ken la lui retira si violemment que Richard eut l'air à la fois étonné et apeuré.

Non, non, il ne faut pas agir ainsi, s'empressa de dire la voix intérieure. Richard peut être interrogé. On lui demandera par exemple : *Comment votre papa paraissait-il au moment où vous vous trouviez tous les deux dans le magasin ?* Ken saisit la main de Richard avec un sourire forcé.

— Nous y sommes presque, dit-il.

Le calme de sa voix le stupéfia. Comment j'ai perdu les clés ? Je ne sais pas. Elles étaient dans ma poche quand je suis entré. J'en suis sûr. C'est tout ce que je sais. Seriez-vous en train de supposer que... ?

Non ! CE N'ÉTAIT PAS CELA QU'IL FALLAIT FAIRE. Quoi qu'on puisse lui dire, il ne devait pas laisser voir qu'il comprenait. Atterré, hébété, à peine capable de suite dans les idées, voilà comment il fallait se montrer. Comme un homme qui a emmené son fils voir le Père Noël et à qui, le lendemain, on apprend que l'on a retrouvé sa femme, morte dans la voiture.

Je m'arrangerai pour que ce soit... Pourquoi ne pouvait-il oublier cela !

Le Père Noël se tenait assis dans un fauteuil à haut dossier sur le seuil de la maison enchantée, — enchantée parce qu'elle changeait de couleur toutes les quinze secondes. C'était un gros homme d'âge moyen, à la voix pleine de gloussements, qui prenait les enfants un instant sur ses genoux, prononçait la formule habituelle, puis les remettait par terre, nantis d'un sucre d'orge à la menthe, et leur donnait une claque sur le derrière en disant au revoir et joyeux Noël.

Quand le tour de Richard arriva, le Père Noël l'installa sur ses larges genoux recouverts de sa houppelande rouge. Ken resta à l'écart, un peu étourdi par la chaleur du magasin, regardant fixement d'un air triste la face congestionnée et les favoris atrocement faux.

— Eh bien, petit, fit le Père Noël, as-tu été sage cette année ?

Richard voulut répondre, mais les mots ne passèrent pas sa gorge. Ken le vit hocher la tête en rougissant nerveusement. Il sera beaucoup mieux chez la mère d'Helen. Je ne peux pas m'occuper de lui. Je...

Son regard revint sur le visage rouge encadré de favoris.

— Quoi donc ?

— Ce garçon a-t-il été sage cette année ?

— Oh, oui ! *Oui.* Très sage.

— Très bien, fit le Père Noël. Je suis bien content de le savoir. Bien content. Et que voudrais-tu avoir pour Noël, petit ?

Ken restait là, immobile, la sueur mouillant sa chemise, tandis que la petite voix de son fils énumérait d'un ton monotone tous les jouets qui lui faisaient envie. La maison semblait bouger devant lui. Je suis malade, pensait-il. Il faut que je sorte d'ici, que je respire un peu d'air frais. Helen, je regrette, je regrette beaucoup, mais... je ne pouvais pas faire autrement, comprends-tu ?

Richard revint, tenant son sucre d'orge à la menthe, et ils repartirent vers l'escalator.

— Il a dit que j'aurais tout ce que j'ai demandé, racontait le petit garçon.

Ken hochait la tête, de façon saccadée. Il fouilla dans les poches de son veston à la recherche d'un mouchoir. Peut-être les gens ne croiraient-ils pas que c'était la sueur qui mouillait ainsi ses joues. Peut-être penseraient-ils plutôt à l'émotion que lui causait cette fête de Noël parce qu'il l'aimait sans doute, et c'était pourquoi il y avait des larmes sur son visage.

— Je le dirai à maman, continuait Richard.

— Oui, fit Ken d'une voix à peine audible.

Ils allaient sortir du magasin, retourner à l'endroit où ils avaient laissé la voiture. Ils chercheraient un moment aux alentours. Puis Ken appellerait la police.

— Oui, répéta-t-il.

— Qu'est-ce que tu dis ? demanda le petit garçon.

Il secoua la tête.

— Rien.

L'escalator les remonta au rez-de-chaussée. On entendait de nouveau *Jingle Bells*. Ken se tenait derrière Richard, les yeux fixés sur ses cheveux blonds. Nous voilà au moment le plus important, se disait-il. Avant ce n'était que...

Il allait devoir, au téléphone, paraître surpris, et irrité. Un peu inquiet, peut-être, mais pas trop. Un homme ne s'affole pas en pareilles circonstances. Normalement, il ne doit pas imaginer ce que la disparition de sa femme signifie... Derrière eux, le rire du disque monta, assourdi, dominé aussitôt par les éclats de *Jingle Bells*.

Il essaya d'effacer tout ce qu'il avait en tête, comme si son esprit eût été un tableau noir. Mais les mots ne cessaient de se reformer. Paraître un peu inquiet, un peu irrité, un peu...

— Nous ne supposons rien, Mr Burns. (Brusquement, ils le harcelaient de nouveau.) Nous disions simplement que 25 000 mille dollars... c'est une grosse assurance.

Voyons ! Son visage durcit comme s'il leur faisait face. Nous en avons tous, non ? Je suis moi-même assuré pour 25 000 mille dollars. Vous l'oubliez.

C'était là un gros point. L'assurance ne datait que d'un an à peine. Mais du moins étaient-ils chacun assurés pour une somme égale.

Quittant l'escalator, il se retrouva dans le magasin, marchant derrière son fils vers les portes qui les rejetteraient dans la nuit. Un mince courant d'air agita le bas de son pantalon. Il sentit le froid se glisser jusqu'à ses chevilles. Nous regarderons un moment aux alentours, et ensuite je...

Brusquement, il éprouva une bizarre impression. Il ne pouvait pas quitter le magasin. Il s'arrêta devant un comptoir, faisant mine de s'intéresser à des mouchoirs et des cravates. Il sentit que Richard le regardait. Il ne faut pas que j'aie l'air troublé ! se reprocha-t-il. Je n'ai pas combiné tout cela pour échouer à la dernière minute !

Rita. L'Amérique du Sud. L'argent. Comme cela paraissait bon d'envisager l'avenir. Il savait tout cela, et pourtant il s'était permis de l'oublier. L'avenir... c'était ce qui importait. Avec Rita et lui, ensemble en Amérique du Sud.

Là... il se sentait mieux. Il respira longuement l'air chaud. Dans ses poches, ses mains se décrispèrent.

— Viens, dit-il.

Et, cette fois, il fut content. Sa voix demeurait calme.

— Sortons.

Au moment où il prenait la main de Richard dans la sienne, le gong de fermeture retentit, dominant l'orgue qui jouait *Silent Night, Holy Night*. C'est parfait, se dit-il. Neuf heures, lundi. Nous irons à l'endroit où la Ford était garée. Puis je téléphonerai à la police.

Mais... le ferait-il ? Un instant, la panique le saisit. Ne devrait-il pas, normalement, penser que, peut-être, Helen a perdu patience et que...

J'ai pensé que, fâchée, elle était rentrée en voiture sans nous. Non, elle n'a jamais rien fait de semblable. Quand nous sommes arrivés à la maison, mon fils et moi, après avoir pris l'autobus, elle n'était pas là. J'ignore où elle peut être. Non, elle n'est pas allée chez sa mère. J'ai vérifié. Et nous n'avons pas d'autre famille ici.

Ils venaient de franchir la porte du magasin et se retrouvaient au-dehors. Tout de suite, les yeux de Ken se portèrent sur le parking encore plein de voitures. Il ne sentait pas la petite main de Richard serrer la sienne. Il n'était conscient que des battements de son cœur qui frappait, comme une chose emprisonnée, contre les parois de sa poitrine. Et il s'imaginait disant à son fils quand ils atteindraient l'endroit de stationnement de la Ford : « je me demande où maman a pu aller ». « Je veux maman, répondrait sans doute Richard. » Puis ils attendraient un moment et, finalement, appelleraient la police. Non, elle n'a jamais rien fait de semblable, répétait automatiquement son esprit. J'ai supposé que, lasse d'attendre, elle était rentrée toute seule. Mais nous ne l'avons pas trouvée à la maison.

Durant une seconde, il crut qu'il allait mourir, que son cœur s'arrêtait de battre. Il était comme changé en pierre. Le vent de la nuit glaçait, sans qu'il le sentît, son visage frappé de stupeur.

— Viens, papa, dit Richard en le tirant vers le parking.

Mais il ne bougea pas. Il regardait la voiture dans laquelle Helen était assise.

— Papa... j'ai froid.

Il s'aperçut alors qu'il avançait machinalement, comme un somnambule. Ses idées ne voulaient pas redevenir claires. Il regardait la voiture et Helen. Il avait l'estomac serré, mais la tête légère, légère... Seuls, ses pas sur l'asphalte, en se répercutant en lui, apportaient quelque chose de réel. Ses yeux fixes n'avaient pas un battement de paupière. Et, soudain, il éprouva un immense soulagement. Helen le regardait aussi.

Il ouvrit la portière.

— Il était *temps* que vous reveniez, dit-elle.

Il ne répondit pas, incapable de prononcer une parole. D'une main qui tremblait il abaissa le siège pour que Richard pût monter à l'arrière.

— Allons, allons, continua Helen. Dépêchons-nous de partir d'ici.

Ken glissa sa main dans la poche de son pardessus, geste gravé dans sa mémoire.

— Eh bien ? dit Helen.

— Je... je... ne trouve pas les clés. (Il tapotait sans conviction ses poches.) Je les avais pourtant quand...

— Oh... !

L'exclamation d'Helen fut à la fois de lassitude et de dégoût.

Ken avala sa salive.

— Eh bien, où sont-elles ? Je suis certaine que si ta tête n'était pas attachée à tes épaules...

— Je... je ne sais pas. J'ai... dû les laisser tomber... quelque part.

— Alors, cherche-les, jeta-t-elle.

— Oui, oui...

Il ouvrit la portière d'un geste presque désespéré, puis demeura immobile, dans l'air froid.

— Je reviens, dit-il.

Helen ne répondit pas. Mais il n'en sentit pas moins son hostilité. Ses silences même en étaient imprégnés.

Il referma la portière, et s'éloigna, le visage soudain durci. Ce salaud... lui prendre son argent et...

Il se vit tout à coup tentant d'expliquer le trou de 100 dollars dans le compte en banque. Il *essaya* de se voir tentant d'expliquer cela à Helen durant les années à venir. Il n'y a pas à sortir de là, quand on veut quelque chose de bien fait, on le fait soi-même. N'était-ce pas, chose étrange étant donné les circonstances, exactement ce que sa mère lui répétait toujours ? Étrange aussi qu'il n'en fût ni surpris ni inquiet.

Il restait parfaitement calme. Il faudra peut-être quelque temps pour trouver le moment, l'endroit, propices. Mais il y arriverait.

Il releva la tête, regardant sans rien voir devant lui. Ses yeux étaient fixés sur l'avenir paisible qu'il découvrait, et non sur l'énorme guirlande au néon de la toiture du magasin, au milieu de laquelle d'immenses lettres blanches s'allumaient, puis s'éteignaient, répétant : JOYEUX NOËL... JOYEUX NOËL... JOYEUX NOËL...

I'll make it look good
Traduit de l'anglais par Simone Millot-Jacquin.

LA MARCHANDE DE FLEURS

Paul Halter

En cette soirée de décembre 1903, Londres frissonnait sous la neige. La couche blanche et ouatée avait figé la capitale dans une étrange sérénité ; elle tempérait la fiévreuse activité des hommes, amortissait le bruit des roues ferrées des fiacres, assourdissait la voix du marchand de houx qui apostrophait les passants. Le tintement des clochettes de son attelage n'était qu'une lointaine musique, et même Big Ben, qui sonnait 5 heures, semblait plus discret qu'à l'ordinaire. Des nuages sombres pesaient sur la ville. Il faisait presque nuit, et déjà les becs de gaz luisaient le long du Strand. Malgré l'approche des fêtes de Noël, c'était une journée froide, triste et maussade, qui ne reflétait que trop bien notre humeur.

Behaegel et moi prenions le thé chez mon ami Owen Burns. Nous avions veillé fort tard et nous n'étions pas très loquaces. Le grand et nonchalant Owen n'était à ce moment-là que l'ombre de lui-même. Debout, les mains dans le dos, il regardait d'un air morne la rue en contrebas. Critique d'art de son état — bien qu'il excellât dans d'autres domaines, tels que la détection criminelle —, il cultivait l'excentricité avec un soin jaloux, soignait toujours sa mise et n'avait pas son pareil pour se faire remarquer en société, voire faire scandale, comme s'il y allait de son honneur. D'ailleurs, pas plus tard que la veille, à l'occasion d'un vernissage d'une exposition de tableaux, il s'était illustré une fois de plus.

On l'avait prié de donner son sentiment sur le talent du peintre, un jeune Espagnol à l'air grave et altier, ami de la famille royale. Sa réponse laconique : « De la laideur considérée comme un des beaux-arts » avait fait rire certains journalistes, mais avait été plus modérément appréciée par les autres invités. Quant au peintre, blême, il ne se contenait qu'à grand-peine. D'une voix blanche, il avait demandé à Owen de quitter la salle, ce à quoi mon ami avait rétorqué qu'il n'était pas qualifié, sur le sol anglais, pour se permettre ce genre de remarque. On avait été à deux doigts de l'incident diplomatique.

La soirée n'était pas terminée. Un peu plus tard, lors d'un dîner pris en commun, l'ami Owen avait récidivé en jetant son dévolu sur sa voisine de table, une jolie blonde, élancée, prénommée Lydie. Il n'avait pas ménagé les superlatifs pour louer sa beauté éthérée, en présence d'un homme aimable et souriant, solide quadragénaire aux cheveux flamboyants... qui n'était autre que le mari. Mais Owen l'ignorait alors. Quand l'homme, après le départ de sa femme, lui avait précisé le rôle qu'il jouait dans sa vie, Owen avait été comme tétanisé. L'espace d'un instant, nous avions tous cru que le mari de la belle Lydie, après un long moment de colère contenue, allait se jeter sur Owen pour le corriger d'importance. Il n'en fut rien. L'homme avait éclaté de rire, affirmant avoir été très amusé par le manège d'Owen. Il l'avait même félicité pour sa brillante prestation, digne des personnages pittoresques qu'il mettait en œuvre tout au long de l'année, lui, Mickaël Behaegel, auteur de pièces de théâtre. Finalement, les deux hommes avaient sympathisé et la soirée s'était terminée de manière fort joyeuse, bien au-delà de minuit. C'est en chantant à tue-tête : *« She'd never had her ticket punched before »*, que nous avions quitté l'auberge, insensibles au froid et portés par les vapeurs des gallons d'ale que nous avions engloutis.

Behaegel, bien enfoncé dans un fauteuil près de la cheminée, jouait avec la chaîne de sa montre de gousset, taciturne et perdu dans ses pensées, comme Owen

Burns. Moi, je pensais à sa femme, à l'étrange couple qu'ils formaient tous les deux. L'attitude placide et posée de Behaegel avait été surprenante, tandis que la belle Lydie, avec ses grands yeux clairs et rieurs, semblait avoir apprécié la verve galante d'Owen. Puis, subitement, elle s'était levée de table pour prendre congé. Owen devait lui aussi songer à ces instants, car il rompit le silence à ce moment :

— Votre femme est partie bien vite, hier soir... Était-elle souffrante ?

— Non... elle est allée à l'hôtel pour se reposer un peu, car elle devait prendre le bateau pour le continent, ce matin. Je dois la rejoindre dans deux jours, pour passer les fêtes de Noël ensemble. (Il consulta sa montre.) D'ailleurs, à l'heure qu'il est, elle doit être arrivée... Elle a un spectacle, ce soir...

— Elle joue dans l'une de vos pièces ? s'enquit Owen, intrigué.

— Non, Lydie est danseuse de ballet, à Paris.

Un étonnement admiratif se peignit sur le visage d'Owen, tandis que Behaegel précisait qu'étant tous deux artistes, ils ne se voyaient pas aussi régulièrement que les couples ordinaires. Lui-même partageait sa vie entre Londres et Paris. Mais malgré cela, ils formaient un ménage très uni, palliant leur fréquente séparation par une discrète mais profonde complicité...

— Une discrète mais profonde complicité, murmura Owen en souriant du bout des lèvres. Je comprends.

Débonnaire, Behaegel répondit du fond de son fauteuil :

— C'est bien connu, Burns, ce n'est pas toujours facile, la vie d'artiste !

— À qui le dites-vous, mon cher ! Je suis l'homme le mieux placé au monde pour le savoir, étant moi-même esthète par essence !

— Vous m'excuserez, dit Behaegel en s'éclaircissant la voix, mais je n'ai pas très bien compris, hier soir, quelle était votre spécialité ? À écouter vos amis, vous seriez expert en tout !

Avec un sourire de satisfaction, Owen leva la main en un geste d'appel à la modération :

— Ce n'est pas inexact, il est vrai. Mais, par la force des choses, je me suis spécialisé dans un domaine très particulier... Scotland Yard abuse souvent de ma bonté naturelle, si bien qu'il m'arrive de donner mon modeste point de vue quand notre célèbre police bute sur une affaire trop complexe pour elle...

Le visage de notre hôte s'éclaira :

— Seriez-vous détective ?

— En quelque sorte, oui. Mais je ne m'occupe *que* des cas exceptionnels, des mystères qui dépassent l'entendement, ou, si vous voulez, du crime sous sa forme la plus énigmatique et donc la plus artistique...

— J'entends bien, répondit pensivement Behaegel en posant un étrange regard sur son hôte.

Owen se tut un instant, toujours absorbé dans la contemplation de la rue, puis déclara :

— Quel triste et admirable tableau... Je suis toujours ému par la vue d'une beauté aussi pure...

— Vous parlez du paysage hivernal ? demanda Behaegel.

— La neige possède la vertu infiniment profonde de gommer les imperfections du monde contemporain. Sa nappe scintillante adoucit le paysage, rehausse l'architecture, pallie les turpitudes humaines et réconcilie avec la vie les esthètes les plus exigeants tels que moi. Son action bienfaitrice est indiscutable. Mais je pensais à autre chose. Venez mes amis, approchez-vous... Regardez là-bas, au coin de la ruelle, cette ravissante créature à la beauté très épurée.

Nous rejoignîmes notre ami posté à la fenêtre. La « beauté » en question était une marchande de fleurs, qui portait un panier rempli de bouquets séchés, presque aussi grand qu'elle. Elle devait avoir 15 ou 16 ans. Frissonnante dans un manteau défraîchi, elle adressait un pâle sourire aux passants en leur proposant timidement ses fleurs. La lumière mourante du bec de gaz tombait sur sa frêle silhouette et allumait des reflets dorés sur sa chevelure blonde, comme autant de petites bougies. Son visage aux joues creuses paraissait très pâle. C'était indiscutablement une belle enfant, malgré sa maigreur et la misère qui se lisait sur toute sa personne.

Habitué à ce genre de remarque de la part de mon ami, j'exprimai de vive voix mon sentiment plus nuancé.

— Vous n'avez rien compris, Achille, répliqua sèchement Owen. La beauté est, précisément, cette misère de l'âme. Voyez ce charmant visage juvénile, aussi pur et aussi naturel que la neige, tellement éloigné par sa simplicité de la grâce affectée de ces prétendues amazones qui se pavanent dans nos parcs, comme des sultanes à dos d'éléphant. Et je parle des plus jolies, car les autres, si elles ont tout du paon, sont loin d'en avoir la beauté !

Durant quelques instants, Owen donna libre cours à sa conception très exigeante et personnelle de l'art, avant d'évoquer le sort des humbles, encore plus pitoyable en cette période de l'année.

— ... Ils n'ont même pas de quoi s'offrir un repas digne de ce nom une fois par an ! poursuivit-il sur un ton de harangue. Sans parler de ces malheureux gamins, réduits à dévorer des yeux les vitrines de Noël, devant des jouets qu'aucun Père Noël ne viendra leur apporter ! Et je suis sûr que cette pauvre fille, contrainte de vendre des fleurs par un temps pareil, n'aura pour toute compagnie, à Noël, qu'une misérable bougie dans un verre ébréché ! Non, vraiment, la vie est trop injuste !

Là-dessus, il enfila sa veste, nous pria de l'excuser quelques instants, puis quitta la pièce. Il revint quelques minutes plus tard, les bras chargés du grand panier rempli de bouquets séchés que nous avions aperçu auparavant dans les bras de la jeune fille.

— Je lui ai tout acheté, dit-il en le déposant, la mine réjouie. Si vous aviez vu comme elle m'a regardé ! Cette étincelle de surprise reconnaissante dans ses beaux yeux clairs ! Pour rien au monde je n'aurais voulu manquer un tel instant ! Et ce n'est pas tout, mes amis : demain, je la présenterai à l'un des meilleurs peintres du royaume pour qu'il immortalise ce ravissant visage ! Je sais d'avance que ce sera un tableau merveilleux !

Personnellement, j'étais habitué à ce genre d'intervention de la part d'Owen, mais Behaegel, lui, aurait dû réagir différemment. Perdu dans ses pensées, il ne fit pas le moindre commentaire. Lorsqu'il parla, un peu plus tard, ses propos me parurent aussi singuliers que la conduite de mon ami.

— Quelle coïncidence ! Cette neige, l'approche de Noël, et surtout cette marchande de fleurs ! Tout cela ressemble à un conte de fée... À un conte de fée qui a vraiment existé...

— La vie *est* un conte de fée, dit Owen.

Behaegel se tourna vers lui et lui demanda alors le plus sérieusement du monde :

— Croyez-vous au Père Noël ?

Owen, surpris, resta sans réplique.

— Les adultes n'y croient plus, bien sûr, reprit Behaegel avec un haussement d'épaules. Et c'est normal. Pourtant, je pourrais vous raconter une histoire, messieurs, *où l'existence du Père Noël fut formellement prouvée*, car les faits n'autorisaient aucune autre hypothèse... D'ailleurs, les circonstances étaient si incroyables que lorsque la police enquêta sur le meurtre, elle refusa tout simplement de prendre en compte les divers témoignages...

— Vous m'intriguez, mon cher, fit Owen en se caressant le menton. S'agirait-il d'une énigme insoluble ?

Behaegel s'absorba un instant dans la contemplation du feu dans la cheminée. Sous la clarté mouvante des flammes, son visage revêtit l'éclat du bronze. Il répondit en ébauchant un sourire :

— Insoluble, oui, car personne ne parvint en effet à trouver la moindre explication à ce qu'il conviendrait mieux d'appeler un « miracle »...

L'étonnement peint sur le visage d'Owen s'accentua :

— Un miracle ? Le terme ne serait-il pas un peu excessif ?

— Non, je ne pense pas... Comment qualifier autrement le prodige dont fut témoin un petit groupe de personnes, il y a de nombreuses années déjà, dans une respectable maison de Londres, précisément la veille de Noël ?...

Bien que très fortuné, le vieux Drake Sterling vivait chichement. Sa maison était aussi froide que son cœur, aussi austère que sa propre apparence. C'était une vaste construction de style Tudor, au toit pentu et hérissé de pignons, qui dressait sa haute silhouette dans un quartier respectable de Londres. Il y économisait le moindre morceau de charbon. À l'exception de ses clients, il ne s'intéressait guère à ses semblables, ignorant avec un ostensible mépris les mendiants et autres pauvres diables. La pitié et la charité ne faisaient pas partie de ses préoccupations, il ne pensait qu'à la bonne marche de ses affaires.

Il possédait une boutique au centre-ville, où l'on trouvait les meilleures étoffes, qui provenaient des îles britanniques, du continent, mais aussi des lointaines contrées orientales. Des damas soyeux et écarlates, de magnifiques madras turquoise, des mérinos superbes et bien d'autres étoffes chatoyantes froufroutaient sous ses yeux cupides et vigilants. Les deux jeunes apprentis qui servaient les clients était rarement inactifs. Naguère, ils étaient soulagés dans leur travail par la présence de Buckley, un vendeur qui travaillait pour Sterling depuis fort longtemps ; mais le riche marchand avait fini par le renvoyer.

Auparavant, déjà, le pauvre Buckley tirait le diable par la queue pour subvenir aux besoins de son unique enfant, Sidonie, et de payer son loyer, assez élevé, vu les deux modestes pièces qu'il occupait au rez-de-chaussée d'une grande maison, située non loin de la maison de Sterling, qui n'était autre que son propriétaire. Cependant, le riche marchand n'avait pu se résoudre à mettre Buckley et sa fille à la porte, car le sort de son employé, après son renvoi, était vraiment trop pitoyable. Réduit à la mendicité, il avait sombré dans l'alcoolisme et l'on plaignait la pauvre petite Sidonie, qui, à 12 ans, arpentait les rues glaciales et humides de la capitale en vendant des bouquets de fleurs séchées, maigre et seul revenu du foyer.

Jadis, Buckley avait été un compagnon enjoué, agréable, qui avait le sens de l'humour et dont la présence réchauffait l'atmosphère du magasin d'étoffe et tempérait le caractère sec et rigide de Sterling. Son renvoi l'avait réduit à l'état d'épave. C'était un poignant et triste exemple de déchéance humaine. Selon certains, son patron l'avait licencié pour « raisons économiques », bel euphémisme pour souligner son avarice. Selon d'autres, il y avait une explication plus personnelle... Ce fut Sterling lui-même qui clarifia la question, deux ans plus tard, lors d'une soirée de veille de Noël...

À cette occasion, le riche marchand avait coutume d'inviter ses proches chez lui. C'était le seul témoignage de sollicitude qu'on lui connaissait. Il est vrai que ce cercle d'intimes était des plus réduits. Il y avait sa sœur Margaret, son mari John Hopper, leur unique enfant Theodore, et Ronald Ark, un importateur de tissus et d'étoffes, accompagné de son fils Tommy, âgé de 7 ans. Si les Hopper venaient régulièrement à cette époque de l'année passer quelques jours chez l'oncle Sterling, il n'en allait pas de même pour Ronald Ark, présent pour la première fois. Selon certains, ce dîner à caractère convivial et familial n'était destiné qu'à améliorer les relations d'affaires du moment. Ronald Ark, maigre, sec, au profil d'aigle, ressemblait à Sterling, mais il était dans la force de l'âge. Il portait une redingote et un impeccable costume trois-pièces de couleur olive. La chaîne de sa montre en or qui barrait son gilet reflétait sa réussite. Le maître des lieux, lui, avait dépassé la soixantaine. Ses cheveux étaient gris et son dos voûté, peut-être sous le poids des ans, mais sans nul doute sous celui de la fortune qu'il avait amassée. D'ailleurs, quel était le montant exact de celle-ci ?

Les Hopper faisaient sans doute partie de ceux qui se posaient la question. Margaret était une femme forte au visage assez insignifiant. La passivité semblait son trait de caractère dominant, sauf quand elle s'adressait à son mari. Des rides de sévère remontrance sillonnaient son front, comme si elle lui faisait le reproche perpétuel de n'avoir pas réussi comme son frère. John, rondelet et bonhomme, souriait du fond de son fauteuil, un verre de xérès entre ses doigts replets. Modèle de discrétion, il parlait peu. Il enseignait l'histoire naturelle dans un lycée londonien et semblait satisfait de son sort. Tous deux, du bon côté de la cinquantaine, paraissaient très différents de leur fils. Theodore, qui n'avait que 13 ans, avec ses jambes d'échassier, les dépassait en taille. Son visage poupin et rêveur, l'intérêt qu'il portait au petit Tommy, reflétaient une âme enfantine qui semblait n'avoir jamais existé chez ses parents. Il en allait de même pour le petit Tommy. On avait du mal à imaginer qu'il deviendrait un jour un homme d'affaires inflexible comme son père. Il avait l'expression ravie et la mine réjouie de tous les enfants de son âge à l'approche de Noël. Dans les yeux émerveillés des deux garçons, brillaient les lueurs dorées des bougies et l'éclat des boules rouges qui garnissaient le sapin, à côté de la cheminée.

Cette année-là, Sterling avait fait un effort particulier pour décorer son salon. Des rameaux de houx et des rubans soyeux ornaient les cadres des fenêtres, les portes et la tablette de la cheminée. Son sapin était plus grand qu'à l'ordinaire. Pourtant, le riche marchand aurait eu des raisons d'être de mauvaise humeur. La semaine avait mal commencé. L'arrivée de la famille Hopper, avec les problèmes d'intendance qu'elle engendrait, l'avait rendu nerveux, lui et plus précisément sa femme de charge, à qui incombait le surcroît de travail. Le jour suivant, un incendie, dont on ne put déterminer la cause, se déclara dans la buanderie. Sterling, sans la moindre preuve, accusa sa vieille domestique de négligence. Fort heureusement, le sinistre fut rapidement maîtrisé. Du linge et des draps empilés dans la pièce, il ne restait plus rien, mais, miraculeusement, le feu ne s'étendit pas au hangar attenant où Sterling avait remisé de précieuses étoffes orientales. L'idée d'être passé à deux doigts d'une telle catastrophe avait finalement tempéré sa colère et même, sans doute, l'avait prédisposé à une prodigalité et une jovialité inhabituelles chez lui.

Cette année-là, une belle flambée pétillait dans la cheminée du salon, qui n'avait certainement jamais connu un feu aussi vif. Le dîner fut également fort honorable. La dinde, de taille respectable, avait été fort appréciée, tout comme le punch qui l'avait précédée et qui avait coloré les joues des adultes — y compris celles de Drake Sterling. Après le repas, l'esprit probablement embrumé par le vin, il était même allé jusqu'à évoquer le triste sort des plus humbles. On pensa d'abord que c'était par compassion, que les flocons de neige qui tombaient derrière les vitres embuées avaient dû accrocher son regard et émouvoir le tréfonds de son âme. Mais on se trompait.

Il parla du cas Buckley. La lueur de satisfaction dans ses prunelles indiquait clairement qu'il ne regrettait pas d'avoir renvoyé son vieux vendeur. On apprit, ce soir-là, qu'il avait fini par prendre l'homme en grippe à cause de son manque de sérieux, de son persiflage incessant, de sa gaieté et de sa bonne humeur qui n'étaient pas de mise dans un établissement comme le sien. En outre, l'homme avait commis le crime impardonnable de tourner en dérision le caractère « économe » de Drake Sterling, et ce devant plusieurs clients. C'en était trop. Sterling, intransigeant, ne se laissa pas apitoyer par le plaidoyer de son vieux compagnon de route. L'avenir de la petite Sidonie ? « C'était le problème de son père, et non le sien. Il fallait assumer ses responsabilités. »

L'espace d'un instant, un souffle glacé balaya le salon, et la silhouette pâle de la frêle Sidonie, chargée de son grand panier, traversa la pièce, ombre évanescente, couverte de frimas. Un nouveau cordial fut servi sur ces entrefaites et, peu avant minuit, l'assemblée sortit prendre l'air sur le perron.

J'ouvre ici une parenthèse pour décrire ces lieux car ils ont une importance particulière, compte tenu des événements tout à fait incroyables qui allaient s'y produire. Le chemin qui passe devant la maison de Drake Sterling longe sur son côté droit une petite rivière. C'est un passage d'environ quatre mètres de large, qu'il convient de négocier prudemment, surtout en période hivernale, si l'on ne veut pas prendre un bain dans les eaux glacées qui coulent en contrebas. Le haut mur d'un entrepôt sépare la maison de Sterling de celle où logent Buckley et sa fille, distante d'une quinzaine de mètres. Celle-ci est la dernière du chemin, très rarement fréquenté. À vrai dire, seuls les Buckley l'empruntaient.

Durant toute la semaine, chutes de neige et gelées s'étaient succédé. Le manteau blanc qui couvrait la capitale s'épaississait. Il neigeait depuis le début de la soirée, si bien qu'en sortant, Sterling et ses invités ne virent autour d'eux qu'une nappe lisse et blanche, recouvrant le sol et les toits, tel un univers glacé de sucre. Seule la rivière traçait une bande sombre, où se reflétaient les fenêtres éclairées de la rive opposée, taches jaunes et pourpres voguant sur l'onde glacée. À ce moment, la neige ne tombait plus que légèrement. La couche blanche, intacte, scintillait sous la clarté des deux lanternes de la porte d'entrée. Il n'y avait alors pas la moindre trace sur le chemin. Ni devant le perron, ni à droite vers l'intersection principale, ni à gauche vers la maison des Buckley. En vérité, personne n'y attacha une attention particulière à ce moment, mais le fait était indiscutable. On jeta même un coup d'œil dans cette dernière direction, car Tommy avait demandé aux adultes si la petite Sidonie allait recevoir, comme eux, de beaux cadeaux du Père Noël. Il faut dire que les deux enfants avaient été particulièrement gâtés cette année-là. Theodore avait trouvé sous le sapin un panier rempli d'oranges et de dattes, ainsi qu'une paire de gants en laine. Quant au petit Tommy, son cœur avait palpité à la vue d'un beau cheval à bascule. Sterling avait répondu sèchement que les cadeaux de Sidonie dépendaient de son père, ou plus exactement de sa conduite.

Comme pour adoucir le ton glacial du maître de maison, les cloches des églises se mirent à carillonner. La petite assemblée resta quelque temps à écouter en silence les notes joyeuses se répandre sur la ville, puis Sterling décida qu'il était temps de rentrer. Il se dirigea vers la porte, suivi par ses invités, mais sans doute mû par sa conscience, il jeta un ultime coup d'œil en direction de la maison des Buckley, alors plongée dans l'obscurité.

Dix minutes plus tard, on se réchauffait près de la cheminée, quand soudain un bruit de sonnette et de grelots retentit au-dehors. Surpris, le petit Tommy s'écria :

— C'est le Père Noël ! Il vient apporter les cadeaux !

— Il est déjà venu, me semble-t-il, grinça Sterling.

L'enfant porta un doigt à ses lèvres :

— Ah oui ! C'est vrai... Alors ce doit être pour Sidonie. Oui, c'est ça, il revient pour Sidonie !

— Impossible, trancha Sterling, agacé. Il n'y a pas de Père Noël pour Sidonie !

— Mais si ! Vous n'entendez pas sa sonnette et les grelots de ses rennes ?

— Si ! ricana Sterling. Alors va vite le voir à la fenêtre, avant qu'il ne reparte !

Sans se faire prier, le petit garçon s'exécuta et alla coller son nez mutin contre les carreaux embués. Tandis qu'il levait ses yeux rêveurs et extasiés vers le ciel, Sterling lui demanda sarcastique :

— Alors, tu le vois ?

— Oui, bien sûr, répondit Tommy après un silence. Il ressort de la maison de Sidonie...

Sterling lança un clin d'œil complice au père de l'enfant, qui poursuivit :

— Je suppose qu'il retourne dans son traîneau tiré par des rennes ?

— Oui... Il est juste devant la maison... Mais le voilà qui repart... Oh !... Il s'envole...

— C'est normal, Tommy, c'est le Père Noël... C'est beau, n'est-ce pas ? Ce traîneau qui monte vers les étoiles...

Mais profites-en bien, car bientôt, tu ne verras plus ces choses-là !

— Pourquoi, Mr Sterling ? répondit Tommy, pensif, après s'être éloigné de la fenêtre. Je ne comprends pas bien...

— Tu me comprendras bientôt. Mon petit Theodore, lui, a déjà compris, car je le lui ai expliqué l'année dernière, n'est-ce pas, Theodore ?

Sans mot et d'un air grave, le grand échalas hocha vaguement la tête en signe d'approbation, comme s'il le faisait à son corps défendant.

Sterling, satisfait, proposa à ses hôtes un dernier cordial, puis redevint songeur et murmura :

— C'est curieux, tout de même, ces clochettes... Le bruit me semblait vraiment trop proche pour venir de l'autre côté de la rivière. Or, je ne vois pas qui s'amuserait à jouer au Père Noël par ici... Il n'y a personne d'autre que nous dans la rue... Buckley ? Impossible... Il doit cuver son vin à cette heure-ci !

Nul ne put répondre à sa question, si bien que l'on décida de jeter un coup d'œil dehors.

Un quart d'heure s'était écoulé depuis leur dernière sortie. Il ne neigeait presque plus, seuls quelques flocons virevoltaient dans le ciel. Le chemin était toujours plongé dans le silence, mais quelqu'un ou « quelque chose » avait laissé des traces de son passage. Des traces particulièrement insolites... car elles ne répondaient pas aux lois de la physique.

Sur le chemin, d'un point situé entre les deux habitations et jusqu'à la porte des Buckley, on distinguait les traces d'un attelage, les sillons caractéristiques d'un traîneau et les empreintes de grands quadrupèdes... *Mais elles ne venaient de nulle part !* Elles apparaissaient subitement au milieu de la neige, se prolongeaient sur une dizaine de mètres, puis disparaissaient mystérieusement ! C'était absolument incroyable !

De plus, elles étaient toutes récentes, car il n'y avait pas la moindre empreinte le quart d'heure précédent, les témoins étaient prêts à le jurer. Mais leur consternation fut à son comble lorsque, s'étant approchés, ils purent constater que les traces apparaissaient *progressivement* dans la neige, sur une courte distance d'un ou deux mètres, restaient nettes et régulières durant cinq ou six mètres, puis *s'estompaient avant de disparaître complètement* ! Comme si l'attelage était venu du ciel pour atterrir dans la neige, avait roulé jusqu'à l'entrée des Buckley, puis repris progressivement de l'altitude pour s'envoler !

Il y avait de grosses traces de pas, dans les deux sens, qui allaient de la porte d'entrée aux sillons, là où le traîneau s'était sans doute arrêté.

— *C'est le Père Noël* ! s'exclama le petit Tommy. Il est venu apporter des cadeaux à la pauvre Sidonie !

La maison n'était plus plongée dans l'obscurité. Les fenêtres étaient éclairées et la porte d'entrée, entrebâillée, laissait passer un filet de lumière. Sterling, complètement ahuri, se résolut à frapper. N'obtenant pas de réponse, il finit par entrer, suivi de ses convives.

Le petit groupe n'était pas encore au bout de ses surprises. Un feu brûlait dans la cheminée. Un feu vif, qui n'avait rien à envier à la flambée chez Sterling, si vif qu'il assurait à lui seul l'éclairage de la grande pièce. Un magnifique sapin de Noël se dressait près de l'âtre, et à ses pieds, plusieurs paquets enveloppés de papier brillant et enrubannés. Un cheval à bascule, flambant neuf et plus grand que celui de Tommy, veillait sur les cadeaux. L'éclat de sa couleur rouge tranchait singulièrement avec la pauvreté des lieux. Il n'y avait personne dans la pièce, ni dans la chambre attenante. Toutes les fenêtres étaient fermées et la porte d'entrée était le seul moyen d'accès. *Mais qui, alors, avait allumé ce feu* ? Le mystérieux visiteur, venu en traîneau, qui avait laissé ses empreintes sur le seuil et apporté ces nombreux présents ? À l'évidence, ce ne pouvait être que lui. Or, il semblait être venu du ciel, comme s'il avait surgi d'un conte de fée... Cela dépassait l'entendement.

Déroutés, inquiets, les témoins tentaient vainement de trouver une explication à ces faits incroyables, tandis que le petit Tommy s'accrochait aux genoux de son papa en répétant :

— C'est le Père Noël, papa... Il est gentil... Il n'a pas oublié Sidonie...

Un spasme contractait les traits de Sterling. La situation lui paraissait de plus en plus absurde et la remarque du fils de son ami parfaitement déplacée. Furieux, il ordonna à l'enfant de se taire. Les yeux étincelants, il réprimait difficilement sa colère.

C'est alors que Sidonie fit irruption dans la pièce, son panier de bouquets séchés sous le bras. Il était encore presque plein. Visiblement, les affaires avaient été mauvaises. Son visage hâve et triste ne l'exprimait que trop bien. Mais à la vue des visiteurs, du sapin et des cadeaux, il s'illumina. On y lut d'abord de l'incompréhension, puis de l'émerveillement. Agenouillée, elle palpa les gros paquets de ses doigts tremblants, puis elle leva timidement la tête. Ses mèches dorées soulignaient le reflet extatique qui brillait dans ses grands yeux bleus. Elle demanda en murmurant :

— Est-ce pour moi ?

— Il semblerait, mon enfant, répondait John Hopper avec un sourire paternel.

— Mon Dieu ! s'étrangla-t-elle, ce n'est pas possible... Qui a bien pu ?...

— Mais le Père Noël, bien sûr ! fit Tommy avec un haussement d'épaules.

Lentement, Sidonie leva la tête vers le riche marchand. Après un moment d'hésitation, elle dit :

— C'est vous, Mr Sterling, n'est-ce pas ?...

Puis, elle tomba littéralement à ses pieds. Sa belle chevelure blonde se répandit sur les chaussures vernies du commerçant, tandis qu'elle sanglotait :

— Merci, Mr Sterling, merci mille fois... Vous êtes trop bon pour nous...

Tremblant de rage, le vieux marchand marmonna quelques paroles indistinctes, puis pivota sur les talons et quitta la pièce.

Dehors, il chercha vainement les traces d'un subterfuge. Il demanda à ses compagnons de l'aider à examiner les lieux, les fenêtres, les traces dans la neige, le mur de l'entrepôt et les bords de la rive. Leurs investigations furent vaines. Ils ne découvrirent pas le moindre indice. Quant aux marques laissées par l'attelage, sillons et empreintes de quadrupèdes, elles semblaient bien celles d'un traîneau tiré par des chevaux ou des rennes. Bien qu'elles fussent légèrement aplanies par les derniers flocons, tous étaient d'accord sur ce point. Le problème posé était le suivant : comment, dans une longue bande de neige vierge, large de quatre mètres, et en l'espace d'un temps aussi court, étaient-elles apparues ?

L'absence de traces sur le bord de la berge et le fait que la rivière fut en contrebas d'un bon demi-mètre, excluait l'hypothèse d'une arrivée par voie fluviale, ou d'une quelconque manœuvre à partir d'une embarcation, comme celle d'un stratagème complexe afin de creuser la neige à l'aide d'un bâton, pour faire croire au passage d'un attelage. De plus, la présence du visiteur dans la maison était prouvée, sans parler du phénomène d'apparition et de disparition progressive de l'ensemble des traces dans la neige. L'énigme ne pouvait s'expliquer d'aucune manière rationnelle. Le petit groupe avait été témoin d'un « miracle » : celui de la venue du Père Noël !

Mais Sterling se refusait toujours à l'admettre. Rentré chez lui, il soumit le petit Tommy à un interrogatoire sévère. Peine perdue. Le petit garçon s'obstina et resta ferme sur ses positions : il avait bien vu le Père Noël arriver du ciel. D'ailleurs, argua-t-il avec une logique d'enfant, mais irréfutable : pourquoi Mr Sterling était-il étonné, puisqu'il avait lui-même annoncé son arrivée, après avoir entendu le bruit de sonnette au-dehors ? Et les faits eux-mêmes n'étaient-ils pas assez parlants ? Déconfit et les nerfs à vif, Sterling se retira, vaincu.

Le lendemain, il avoua avoir passé une très mauvaise nuit. Il avait entendu la sonnette tintinnabuler plusieurs fois ! Il l'entendit également la nuit suivante. Mais il ne fut pas le seul. Toute la maisonnée l'avait perçue. Les sons semblaient provenir de l'habitation même, et plus précisément de la cheminée. Le surlendemain, les choses se précisèrent. Le matin, Sterling retrouva devant l'âtre, au milieu de traces de cendre et de suie, un gros paquet, soigneusement emballé. Sa taille n'était pas justifiée, car à l'intérieur il n'y avait qu'un objet minuscule : une pièce d'un shilling. Tous déclarèrent ignorer sa provenance. Cependant, il semblait manifeste que le mystérieux expéditeur était venu par la cheminée... Une personne normalement constituée aurait pu passer par le conduit.

À partir de ce moment, Sterling parut sérieusement ébranlé, mais sa colère ne diminuait pas pour autant. Il furetait partout dans la grande maison, l'oreille aux aguets, l'œil soupçonneux. Son pas sec résonnait, tantôt dans l'escalier, tantôt dans les couloirs des étages. Il déclara qu'il mettrait bientôt la main sur cet intrus, et qu'il le corrigerait alors d'importance.

Il réussit, semble-t-il, à entrer en contact avec lui, mais l'entrevue n'eut pas la suite qu'il avait prévue. Ce même jour, à la nuit tombante, un grand cri troubla la quiétude de la maison. Margaret Hopper racontait une histoire aux enfants dans la bibliothèque. Son mari John, qui fumait un cigare au salon, arriva en premier sur les lieux du drame, immédiatement suivi par Ronald Ark, qui se reposait dans sa chambre. Dehors, devant la maison tout au bord de la berge, Sterling gisait sur le sol, très mal en point. À l'instant où Hopper surgit sur le perron, le malheureux glissa dans les eaux glaciales de la rivière. Il fut repêché par la suite, plus loin en aval, et l'on constata qu'il portait des traces de coups et qu'il avait une fracture du crâne.

Qui l'avait ainsi agressé ? Pour les témoins du drame, ce fut un nouveau mystère : alors qu'il neigeait, il n'y avait pas d'empreintes de pas autour de l'endroit où Sterling avait été agressé. Même pas les siennes ! La seule explication possible semblait être celle d'une barque, descendant le courant de la rivière et dirigée par l'assassin, qui aurait fait descendre Sterling sur la berge, avant de lui assener les coups mortels. Mais la question ne préoccupa guère les policiers chargés de l'enquête. À leur arrivée, une heure après les événements, la neige avait recouvert les environs d'une couche trop épaisse pour leur permettre de retrouver d'éventuelles traces. En outre, cette absence de pas dans la neige paraissait tellement insolite que les enquêteurs ne la prirent pas au sérieux.

Quand on les mit au courant des incroyables événements de la veillée de Noël, avec ce visiteur venu du ciel sur un traîneau tiré par des rennes, ils écartèrent définitivement cette piste, persuadés que les témoins avaient été victimes d'hallucinations. Ils ne cessèrent pas leurs investigations pour autant. Ils soupçonnèrent d'abord

Buckley, pensant que celui-ci avait décidé de se venger de son ancien patron. Mais l'ancien employé de Sterling avait un alibi en or. Au moment du meurtre, il se trouvait dans son pub habituel en compagnie de plusieurs amis de beuverie, dans un état qui lui interdisait toute action d'envergure.

La police dut chercher ailleurs. Ronald Ark, l'importateur, n'avait pas le moindre mobile. Avec la fin brutale de son ami, il perdait un de ses meilleurs clients. En revanche, Margaret, l'unique héritière de son frère, se retrouva du jour au lendemain à la tête d'une belle fortune. Fort heureusement pour elle, elle ne pouvait avoir personnellement porté la main sur son frère, car Tommy et Theodore étaient en sa compagnie lors du drame. Mais son mari pouvait avoir été l'exécuteur des hautes œuvres. Aucune charge, cependant, ne put être retenue contre lui. Le paisible John Hopper et sa femme entrèrent bientôt en possession de l'héritage de Sterling et en jouirent en toute quiétude. Le couple eut un geste charitable envers Buckley, en lui confiant la gérance de leur boutique au centre-ville. L'ancien vendeur retrouva sa dignité et renonça définitivement à l'alcool. L'histoire, on le voit, se termine bien, sauf pour Sterling, bien sûr ! Les années passèrent, et l'on oublia peu à peu cet incroyable mystère qui ne fut jamais éclairci.

Le récit de Behaegel fut suivi d'un long silence, mais les termes d'« incroyable mystère, jamais éclairci » résonnaient encore dans nos esprits en déroute. Cette histoire, en effet, comme l'avait dit son narrateur, tenait davantage du conte de fée que de la réalité. Owen avait déjà été confronté à des cas particulièrement insolites, mais d'aussi loin qu'il me souvint, jamais il n'avait eu à s'occuper de « miracle ». Or, ces événements semblaient bel et bien relever du miraculeux !

Je fis part à Behaegel de mes impressions, de mon incompréhension face à ce singulier mystère, tout en attendant une réaction semblable de la part de mon ami. Mais Owen ne semblait guère troublé par ces faits hors du commun. Bien au contraire, l'histoire de Behaegel paraissait l'avoir revigoré. Les pommettes colorées, il jouait distraitement avec la statuette d'une divinité grecque sur la tablette de la cheminée.

— Votre récit est admirable, dit-il soudain. Et à bien des égards ! Pour le commun des mortels, c'est un remarquable défi à la logique, une bonne gymnastique pour l'esprit !

(Il se tourna vers moi en m'enveloppant d'un sourire paternel.) N'est-ce pas, Achille, vous semblez littéralement écrasé par le poids de ce mystère ?

— Auriez-vous la prétention d'y voir clair ? répliquai-je d'un ton sec.

Ignorant ma question, il s'adressa à Behaegel :

— Et vous dites que personne n'a réussi à trouver la clé de l'énigme ?

— Non, répondit notre hôte en secouant la tête. Pourtant, ce n'est pas faute d'avoir essayé. Quelques détectives amateurs, même, ayant eu connaissance de cet imbroglio, ont tenté de le débrouiller. Mais sans résultat.

— Donc *personne*, aujourd'hui, ne connaît la solution ? insista Owen.

Un demi-sourire aux lèvres, Behaegel plissa les paupières :

— On dirait que vous savez quelque chose, Burns...

— Bien sûr, affirma mon ami avec une belle assurance. Je sais que les faits remontent à une trentaine d'années, que vous avez changé le nom de certains protagonistes, parce que vous avez été personnellement impliqué dans ce drame. Autrement dit, vous avez été l'un des témoins cités dans votre histoire...

— Le petit Tommy ! m'exclamai-je.

— Le petit Tommy ou Theodore, précisa Owen. Vu votre âge, vous ne pouvez être que l'un d'eux !

— Oui, avoua Behaegel. Vous avez vu juste. Mais franchement, je m'attendais à ce que vous le deviniez. En revanche, ajouta-t-il avec une note de défi, cela n'explique toujours pas l'énigme du « Père Noël », ses mystérieux déplacements aériens sur son traîneau...

— Je sais tout, répéta Owen avec malice. Sincèrement, Behaegel, je suis très heureux d'avoir fait votre connaissance, et aussi celle de votre charmante épouse et complice, la belle Lydie... Quand vous la reverrez après-demain à Paris, n'oubliez pas de lui présenter mes respectueux hommages. Dites-lui aussi qu'en tant qu'artiste, j'admire beaucoup les marchandes de fleurs...

Surpris, Behaegel resta quelques instants bouche bée, puis bredouilla :

— Alors... vous avez vraiment compris ?

Avec une moue indulgente, Owen répondit :

— Mais naturellement, mon cher. Vous êtes un artiste, comme moi, et entre artistes, on se comprend ! Le grand Theodore rêveur, c'était vous, bien sûr ! J'étais aussi comme ça à cet âge, taciturne et un peu différent des autres. Je ne pouvais pas ne pas vous reconnaître ! Ni vous, ni votre complice, Lydie, que vous avez baptisée Sidonie dans votre récit. Deux prénoms féminins si proches, issus respectivement de la patrie de Crésus et de l'ancienne Sidon, l'amoureux des temps antiques que je suis ne pouvait pas ne pas faire le rapprochement... Cela coulait de source ! De plus, vous m'avez exposé les faits avec un souci d'honnêteté qui ne pouvait que me mettre sur la voie. Vous avez mis un point d'honneur à éclairer tous les détails, matériels et psychologiques, nécessaires à la résolution de l'énigme. Car ce que vous reprochiez à votre oncle, ce n'était pas uniquement son avarice, son comportement méprisable à l'égard de ses semblables, mais surtout son attitude vis-à-vis du Père Noël ! Non seulement il n'y croyait pas, mais en plus *il vous avait appris qu'il n'existait pas* ! En quelques mots, il avait brisé tout votre univers d'enfant ! Et cela, vous ne le lui avez pas pardonné !

Une lueur de nostalgie brilla dans le regard embué de Behaegel.

— À 11 ans, je croyais encore au Père Noël. Je croyais aux étoiles et aux traîneaux d'argent qui sillonnaient le ciel... Quand il m'a dit la vérité... j'étais anéanti. Le conte de fée de mon enfance venait de prendre fin. Je venais de franchir le miroir, dans l'autre sens, pour entrer dans la grisaille sinistre du monde des adultes.

— Je suis sûr que votre vocation d'auteur dramatique vient de là ! s'exclama Owen en riant. Vous devriez en savoir gré à votre oncle !

— Oui, d'une certaine manière... Sa froideur a dû forger une partie de mon caractère.

— Et votre femme devrait aussi lui être reconnaissante ! Car c'est grâce à lui que vous vous êtes connus, n'est-ce pas ?

Le regard de Behaegel se fit lointain :

— La première fois que je l'ai vue, elle m'est apparue, on peut le dire, comme dans un conte de fée... Elle était comme...

— Comme cette marchande de fleurs que nous avons vue tout à l'heure, dit Owen en se tournant vers la fenêtre. Personne ne saurait comprendre votre émoi mieux que moi-même, cher ami, je puis vous l'assurer. En la rencontrant, vous avez instinctivement senti qu'elle allait devenir la grande complice de votre vie, et vous avez d'ailleurs rapidement uni vos... talents d'artiste... pour jouer un tour pendable à Sterling. Les raisons qui motivaient la petite Lydie sautent aux yeux. L'attitude de votre oncle devait également vous révolter, mais vous lui en vouliez surtout parce qu'il avait brisé une partie de vous-même. Lui fournir la preuve de l'existence du Père Noël, et lui faire prendre conscience de la cruauté de son geste à l'égard du père de Lydie, vous a semblé une bonne vengeance. Vous avez mis au point les détails de votre plan dès votre arrivée chez lui, en compagnie de vos parents, donc au début de la semaine... le jour avant cet incendie dans la buanderie. Et c'était là évidemment un épisode qui n'était pas gratuit dans votre récit. L'observateur avisé que je suis sait qu'il ne faut retenir, dans ces cas-là, que la conséquence, en l'occurrence la disparition de linges et de *draps*. Entre parenthèses, ce sont des accessoires très classiques pour jouer au fantôme...

» Il est évident que si vous aviez fait main basse sur ces draps sans allumer de feu, leur disparition aurait pu mettre la puce à l'oreille des enquêteurs. Quoi qu'il en soit, voilà comment vous avez opéré. Depuis le début de la semaine, il neigeait sur Londres. Des chutes régulières, entrecoupées de petites gelées matinales, qui avaient pour effet de former une légère croûte à la surface de la neige. L'après-midi même de la veille de Noël, vous avez discrètement fait venir un commissionnaire avec son attelage, en lui demandant de déposer à l'intérieur de la maison des Buckley les gros paquets cadeaux qui furent découverts en soirée. Je suppose qu'il se déplaçait en traîneau, tiré simplement par des ânes ou des chevaux. C'est à coup sûr le contexte et l'imagination des témoins qui les ont fait parler de *rennes*, car ces grands ruminants ne sont pas légion à Londres, que je sache !

» Les différentes traces étant imprimées dans la neige, votre complice et vous êtes arrivés par la rivière, sur une barque, chargée de cinq ou six draps, probablement cousus deux par deux, afin d'avoir la dimension souhaitée et, en les déroulant d'un geste leste, vous avez ainsi recouvert, sur une longueur d'environ dix mètres, toute une partie du chemin enneigé — dont la surface était légèrement durcie par le froid, je le rappelle. Mais l'opération a dû être faite en deux temps, voire trois. D'abord, il fallait s'occuper de la partie centrale, avant que ne tombent les premiers flocons, afin de préserver des traces nettes à ce niveau ; puis, un plus tard, des extrémités, de manière que les empreintes, légèrement aplanies par la neige, apparaissent plus floues.

» Après ces manœuvres préliminaires, c'est Lydie, alias Sidonie, qui agira seule, vous-même étant en compagnie des vôtres, chez votre oncle. Peu avant minuit, l'assemblée va prendre l'air sur le perron, et constate qu'il n'y a aucune trace alentour. Les draps ont à présent complètement disparu sous la neige. Une fois le petit groupe rentré, Lydie, toujours depuis la barque, retire délicatement tous les draps, pour révéler ainsi à la surface du chemin les traces faites durant l'après-midi, avec un effet de dégradé aux extrémités, là où les empreintes furent recouvertes plus tard comme nous l'avons vu. Il neige toujours un peu, ce qui contribuera également à effacer les quelques imperfections de sa manœuvre. À présent, il ne lui reste plus qu'à agiter une clochette et des grelots, et à disparaître momentanément. Les réactions subséquentes du petit Tommy, sa conversation avec Sterling, me semblent assez logiques au vu des circonstances, mais je gage que vous avez sans doute influencé le petit garçon pour qu'il se conduise comme il l'a fait. Votre bonne entente, malgré les cinq années qui vous séparaient, s'explique ainsi d'autant mieux. Et ensuite, en constatant le phénomène « miraculeux » des traces et des cadeaux pour Sidonie, quelques remarques discrètes et judicieuses, comme « tu as vu, il existe bien le Père Noël ! », ont dû achever de convaincre Tommy d'avoir en effet bel et bien aperçu ledit Père Noël, et en tout cas de tenir tête à Sterling, par la suite, quand celui-ci l'interrogera. La comédie à laquelle « Sidonie » se livrera quand elle reviendra chez elle pour simuler sa surprise devant les cadeaux au pied du sapin, sa reconnaissance à l'égard de Sterling pour « son » geste, préfigurent indubitablement la grande artiste qu'elle est aujourd'hui. Vraiment, Behaegel, vous avez beaucoup de chance...

L'auteur dramatique acquiesça, à la fois flatté et embarrassé. Owen, qui avait gagné la fenêtre, regardait tristement la rue enneigée.

— Qui sait, dit-il, j'aurais peut-être moi aussi, un jour, cette chance-là ?... Rencontrer quelqu'un avec qui je puisse partager *une profonde mais discrète complicité*...

Un silence s'établit. Presque un silence de connivence entre mes deux compagnons pour qui, visiblement, tout était très clair. Je m'éclaircis la gorge avec force avant de prendre la parole :

— Au risque de paraître stupide, Owen, j'aimerais que vous me précisiez encore quelques détails. Par exemple, ce feu qui s'était allumé tout seul dans la cheminée chez les Buckley... Malgré vos explications, je n'ai pas réussi à comprendre comment cela avait pu se faire, puisque tous les accès de la maison étaient condamnés de l'intérieur...

Mon ami haussa les épaules :

— C'est un détail mineur, qu'on pourrait expliquer de différentes manières... Mais je suppose que cela s'est fait le plus simplement du monde, en préparant un gros tas de bois bien sec et des morceaux de carton dans le foyer.

Ensuite, il suffisait à Lydie d'attendre le moment opportun pour monter sur le toit et jeter une torche par la bouche de la cheminée...

Owen se tourna vers Behaegel, qui approuva de la tête :

— Elle a toujours été agile comme un chat...

La moutarde me montait au nez. La passivité et la compréhension tacite de mes deux compagnons, qui ne se connaissaient pourtant guère, me paraissaient de plus en plus irritantes. Me contenant à grand-peine, je fis remarquer :

— Mais enfin, il y a aussi l'assassinat du vieux Sterling ! Non seulement je ne comprends pas comment cela s'est passé, mais en plus, qui dit assassinat... dit aussi *assassin* ! Or, si j'ai bien compris, les instigateurs de ce crime ne seraient autres que...

Tandis que j'accompagnais mes paroles d'un regard sévère en direction de Behaegel, Owen eut un gloussement, puis déclara :

— Il se trouve, Achille, en effet, que vous n'avez pas bien compris. Comme je vous l'ai dit, cette manigance de gamins n'avait d'autre but que de faire croire à Sterling à l'existence du Père Noël. Après le canular du traîneau venu du ciel, voyant le marchand fort déstabilisé par les faits, nos deux complices ont jugé bon de continuer leur farce. « Theodore » a donc, régulièrement et discrètement, agité une clochette dans la cheminée. Si bien que la victime a fini par y croire vraiment, à ce Père Noël ! La pièce symbolique déposée dans un gros paquet cadeau était la goutte d'eau qui a fait déborder le vase. Le marchand est allé le traquer à la source, là où les Pères Noël arrivent habituellement, c'est-à-dire sur le toit, près de la cheminée...

» Tremblant de colère et sans doute aussi de froid, Sterling a fini par faire un faux pas... Il a glissé tout le long de la pente inclinée du toit de la grande maison, comme un gamin dévalant la pente lisse d'un toboggan, pour atterrir un peu plus loin que le perron, près de la berge. Ses ultimes convulsions avant de tomber à l'eau, le cri déchirant qu'il a poussé en tombant, ses meurtrissures et sa fracture du crâne sont autant d'éléments mal interprétés par des témoins dont les nerfs étaient déjà bien éprouvés après les incidents de la veillée de Noël. En revanche, les enquêteurs de Scotland Yard sont moins excusables ! Si l'un d'entre eux avait cru un tant soit peu au Père Noël, il aurait levé les yeux vers les étoiles et regardé autour de lui pour trouver des preuves du passage du coupable ! Il aurait alors pu apercevoir quelques traces suspectes au bord du toit !...

Owen secoua la tête avec un air de profonde désolation, puis ajouta d'une voix lasse :

— Les gens ne comprendront jamais que la vie est un conte de fée...

DICTIONNAIRE DES AUTEURS

BAXT George

George Baxt est né en 1923 dans le quartier de Brooklyn à New York. Historien de théâtre et de cinéma, il débute sa carrière d'écrivain en 1944 comme auteur dramatique. De 1957 à 1962, il séjourne à Londres où il rédige plusieurs scénarios de films fantastiques. De retour aux États-Unis, il se tourne vers le roman policier, tout en travaillant parallèlement comme scénariste pour la télévision.

En 1966, il publie *Drôle de Sauna* (Série Noire), premier volet d'une trilogie axée sur les milieux homosexuels new-yorkais, où enquête un policier noir et bisexuel au patronyme prometteur : Pharoha Love.

Sa bibliographie compte une quinzaine de romans dont une dizaine ont été traduits en français, parmi lesquels il convient de citer *Les Morts particulières* et *Un drôle de pépin* (Le Masque) où l'on retrouve Pharoha Love, et dans un registre plus classique, *Par élimination* (1984, Le Masque) et *Le Meurtre d'Alfred Hitchcock* (1986, Le Masque) où il s'amuse, comme dans plusieurs de ses livres restés inédits en français, à mettre en scène des célébrités disparues du cinéma et des arts.

Humour et sens du suspense sont les traits dominants de cette œuvre variée dont la nouvelle que nous proposons (*I saw Mommy killing Santa Claus*, publiée en 1990 dans *Mystery for Christmas*, anthologie composée par Cynthia Manson) offre une parfaite illustration.

CHRISTIE Agatha

La femme « à qui le crime a le plus profité depuis Lucrèce Borgia » est née en 1890 à Torquay, élégante station balnéaire de la côte sud de l'Angleterre.
Après un mariage malheureux avec l'aviateur Archibald Christie, elle épouse en secondes noces l'archéologue Max Mollowan qu'elle accompagne régulièrement en Irak à l'occasion de fouilles. De ses voyages au Proche-Orient, elle tire plusieurs romans dont *Meurtre en Mésopotamie* (1936) et utilise sa connaissance de l'Égypte ancienne dans *La Mort n'est pas une fin* (1945), intrigue policière située à l'époque des pharaons.
Son œuvre romanesque riche de 66 romans et 17 recueils de nouvelles, traduite en plus de 50 langues, continue, depuis sa mort en 1976, de rencontrer un succès ininterrompu qui en fait l'un des quatre ou cinq auteurs les plus lus dans le monde depuis l'invention de l'imprimerie.
Merveilleuse tisseuse d'intrigues, elle excelle dans l'art de raconter simplement une histoire compliquée et a su doter la littérature criminelle de personnages inoubliables comme Hercule Poirot ou miss Marple qui apparaissent respectivement pour la première fois dans *Une mystérieuse affaire de styles* (1920) et dans *L'Affaire Prothero* (1930).
Attirée par le théâtre dès son plus jeune âge, elle devient, dans les années 50, la reine du West End avec trois pièces policières à l'affiche en même temps dont *La Souricière*, record absolu de longévité théâtrale, puisque cette pièce se joue sans discontinuer à Londres depuis 1952 !
Agatha Christie, qui vénérait Noël — comme en témoigne son *Autobiographie* — avait coutume de

publier, chaque année, un roman pour la fête de la nativité : « A Christie for Christmas. » Noël lui a fourni la matière de plusieurs de ses œuvres : un roman : *Le Noël d'Hercule Poirot* (1938), deux nouvelles : *Tragédie de Noël* (1932, in *Miss Marple au club du mardi*) et *Christmas Pudding* (1960, in *Le Retour d'Hercule Poirot*) ainsi qu'un livre pour enfants inédit en français : *Star over Bethleem and Other Stories* (1965).

CLARK Mary Higgins

Après la mort de son mari qui la laisse sans ressource avec cinq enfants à charge, Mary Higgins Clark (née en 1929 aux États-Unis) commence à écrire pour la radio à l'âge de 35 ans. Cette ancienne hôtesse de l'air qui a cessé de voler après son mariage, s'attelle ensuite à une biographie de George Washington publiée dans l'indifférence générale. Elle se tourne alors vers le thriller et fait paraître, à 46 ans, son premier roman, *La Maison du guet*, qui inaugure une des plus foudroyantes carrières de l'histoire de la littérature policière.

Sacrée « reine du suspense romantique », Mary Higgins Clark — à qui la critique spécialisée a souvent reproché ses intrigues artificielles et une certaine mièvrerie sentimentale — compte, aujourd'hui, ses lecteurs (essentiellement des lectrices) par centaines de millions.

Parmi la quinzaine de romans publiés à ce jour, *La Nuit du renard* (Grand Prix de littérature policière, 1980) est sans doute son chef-d'œuvre. À signaler également un remarquable recueil de nouvelles, *Le Fantôme de Lady Margaret* (1989), où, dans le texte-titre, elle s'essaie avec brio à l'histoire fantastique.

« Mes héroïnes, déclare-t-elle, ont entre 28 et 35 ans : suffisamment mûres pour affronter des difficultés, assez jeunes pour avoir le cœur libre. » La nouvelle que nous avons choisie (publiée pour la première fois dans *Mistletoe Mysteries*, anthologie composée par Charlotte MacLeod, en 1989) tranche avec la production habituelle de Mary Higgins Clark dans la mesure où elle y met en scène des gens d'âge mûr et de condition modeste. Elle s'y rattache cependant, car le thème de Noël est un de ses thèmes de prédilection que l'on retrouve au centre de deux de ses ouvrages : un court roman, *Douce Nuit* (1995) et un recueil de nouvelles, *Joyeux Noël, Merry Christmas* (1996).

DEMOUZON Alain

C'est en 1975, avec un roman littéraire, *Gabriel et les primevères*, qu'Alain Demouzon (né en 1945 à Lagny-sur-Marne) inaugure sa carrière d'écrivain. Ayant auparavant tâté de l'enseignement et du cinéma, il réussit, en 1976, à convaincre son éditeur, Flammarion, de créer une collection de romans policiers pour lui seul alors qu'il n'en a publié aucun. Paraît donc *Mouche*, puis *Le Premier-né d'Égypte* (1976) et *Un coup pourri* (1977) où il met en scène un personnage de privé minable et ricanant, Nicolas Placard, qu'il réutilisera dans un hommage à Chandler, *Adieu la Jolla* (1978). À côté de romans noirs dans lesquels il arpente les banlieues grises et la province « atmosphérique » (*La Pêche au vif*, 1978), il fait une incursion dans le « suspense à la française » avec *Mes Crimes imparfaits* (Prix Mystère de la critique, 1978). Suivent trois romans très différents, mais tous remarquables : *Monsieur Abel* (1979) que l'on a pu qualifier de simenonien, *Quidam*, où rôde l'ombre de Pierre Véry, et surtout *Paquebot*, étonnant roman sans dialogues, dans lequel Augustin Lorenzaccio, policier artiste et romantique, blesse grièvement par maladresse une inconnue qu'il n'a de cesse de retrouver pour lui présenter ses excuses, d'autant plus que la mystérieuse Nathalie ressemble à la fille de ses rêves.

À partir de *Château des Rentiers* (1982), il cherche à s'éloigner progressivement des conventions du genre policier, et publie, en 1984, *La Perdriole*, un roman de formation ayant pour toile de fond les événements de mai 68 suivi, en 1988, de *Lune rousse*, « roman gothique contemporain ».
Accaparé par la télévision pour laquelle il signe une dizaine de téléfilms, il délaisse quelque temps le roman criminel. Il y revient cependant en 1994 avec *Dernière station avant Jérusalem* (Série Noire), œuvre atypique, à la fois jeu policier et variation sur les univers parallèles chers à la science-fiction. En 1995, *Melchior* (Calman-Lévy) confirme son retour au roman noir — réaliste, cette fois — avec un personnage de flic particulièrement mal dans sa peau et une intrigue mystérieuse et sordide à souhait.
Ajoutons qu'il est également l'auteur de plus d'une centaine de nouvelles dont certaines ont été rassemblées en recueils : *Les Enquêtes du commissaire Bouclard* (réunies en trois volumes de 1984 à 1986, Ramsay) et *La petite sauteuse* (Seghers, 1989).
Bonnes volontés, nouvelle écrite spécialement pour cette anthologie, est la deuxième incursion sanglante d'Alain Demouzon dans le monde enchanteur de Noël, après *Un horrible petit chapeau vert*, publiée en 1989 dans l'anthologie *Noëls Rouges* (Julliard).

HALTER Paul

« À rebours », « à contre-courant » sont souvent des termes utilisés pour définir la production de Paul Halter (né en 1956 à Hagueneau) qui, tombé à l'âge tendre sous le charme de Gaston Leroux et d'Agatha Christie, bâtit, depuis une dizaine d'années, une œuvre ostensiblement classique et revendiquée comme telle.
C'est, de son propre aveu, la lecture de John Dickson Carr, maître ès crimes impossibles, qui a décidé de sa vocation d'écrivain. Subjugué par la virtuosité de l'au-

teur de *La Chambre ardente* et désireux de prolonger l'émerveillement, il se lance en 1985 dans la rédaction d'un premier roman, *La Malédiction de Barberousse* (tiré à 55 exemplaires et réédité en 1995 par les Éditions du Masque), puis remporte, en 1987, avec *La Quatrième Porte*, le Prix du Festival de Cognac et, en 1988, avec *Le Brouillard rouge*, le Grand Prix du roman d'aventures.

Accumulant au fil d'une vingtaine de romans les énigmes gigognes les plus échevelées et les impossibilités en tous genres, beaucoup plus qu'un imitateur de John Dickson Carr, il apparaît aujourd'hui comme son seul héritier.

Ses romans associent à une construction au cordeau un climat fantastique qu'accentue l'évocation d'une Angleterre rêvée, celle des années 30 où évoluent ses deux limiers, le Dr Twist et l'inspecteur Hurst. Les archétypes du royaume du mystère — fantômes, médiums, livres maudits, les chevaliers de la Table Ronde, Jack l'Éventreur ou le Minotaure — s'y donnent rendez-vous. Car rien de ce qui est étrange ne semble étranger à l'auteur des *Sept Merveilles du crime* (1997) ! Pas étonnant dans ces conditions qu'il réussisse à faire descendre le Père Noël pour de vrai (ou presque) dans *La Marchande de fleurs*, nouvelle écrite spécialement pour cette anthologie.

JAMES Phillys Dorothy

Fille d'un haut fonctionnaire du fisc, P. D. James exerce plusieurs métiers, dont celui de directrice d'un laboratoire médico-légal, avant de publier, en 1962, son premier roman, *À visage découvert*, dans lequel elle met en scène son limier le plus célèbre, l'inspecteur et poète Adam Dalgleish qui, au fil de ses aventures, gravira les échelons de la hiérarchie policière. En 1972, elle crée, avec *Proie pour l'ombre*, son deuxième personnage récurrent, Cordelia Gray, séduisante jeune femme qui, ayant hérité d'une agence d'enquêtes, devient détective privé.

Promue au rang de « reine du crime », elle accumule les distinctions, recevant le Silver Dagger Award et, plus convoité encore, le Diamond Dagger Award ainsi que le Grand Prix de littérature policière en 1988 pour *Un certain goût pour la mort*. Ne lui restait plus qu'à être anoblie par la reine, ce sera chose faite en 1990.

Admiratrice des écrivains victoriens, elle allie, dans ses romans, l'enquête classique à l'analyse de microcosmes sociaux, accordant une large place aux personnages secondaires. Même si ses livres sont parfois jugés inutilement touffus, P. D. James est toujours brillante, défaut et qualité que l'on attribua, en son temps, à l'un de ses écrivains préférés, Dorothy L. Sayers dont elle est en quelque sorte la digne héritière.

La nouvelle que nous publions a été écrite spécialement en 1995 pour *A Classic Christmas Crime*, anthologie composée par Tim Heald.

LOVESEY Peter

D'abord enseignant, Peter Lovesey (né en 1936 à Whitton dans le Middlesex) se lance dans la carrière littéraire avec deux premiers romans ayant pour toile de fond le sport à la fin du XIXe siècle, *La Course ou la vie* (1970) et *Le Vingt-sixième round* (1971). Il crée à cette occasion le sergent Cribb et le constable Thackeray que l'on retrouve dans d'autres romans abordant plus largement la société victorienne comme *Trois Flics dans un bateau* (1976) qui obtient le Grand Prix de littérature policière 1985 et *Le Bourreau prend la pose* que récompense le Silver Daggar Award.

Résolument attiré par le passé, il excelle à associer intrigues ingénieuses et recréations d'époques révolues. C'est ainsi qu'il situe sur un paquebot des années 30 l'action de *À chacun son Due* (pour lequel il reçoit le Gold Dagger Award 1982) ou dans le Hollywood des débuts du cinéma, la trame de *Tourne et tais-toi* (1983).

Il s'essaie également dans l'exercice périlleux consistant à faire d'un personnage historique le héros d'une série policière et y réussit parfaitement en mettant en scène le prince de Galles, Albert Edouard dit Bertie, « le prince détective », futur Edouard VII dans *Honni soit qui mal y pense* (1987).

Après une carrière placée sous le signe du roman historique, il s'attaque depuis 1992 à l'époque contemporaine, créant pour l'occasion Peter Diamond, ex-inspecteur au chômage (*Un Flic en solitaire*), lequel reprendra du service après *La Convocation*, et signe, en 1997, avec *Un Flic et ses limiers*, un de ses romans les plus astucieux et les plus réjouissants.

Nouvelliste prolifique, on lui doit plusieurs recueils de textes brefs : *Bouchers, vandales et compagnie* (1985), *Ô mes aïeux* (1985) et *Le Crime de Miss Oyster Brown* (1994). C'est à ce dernier recueil qu'appartient *Un dîner chez Miss Tremble* (*Supper with Miss Shivers*), nouvelle publiée pour la première fois en 1991.

MATHESON Richard

Né en 1926 aux États-Unis, Richard Matheson s'impose d'emblée à 23 ans avec la publication de sa première nouvelle, *Le Journal d'un monstre*, comme un des maîtres du récit à chute. En quelques années, il produit une remarquable série de nouvelles aux frontières de la terreur, du fantastique et de la science-fiction ainsi que deux romans qui font aujourd'hui figure de classiques, *Je suis une Légende* (1954) et *L'Homme qui rétrécit* (1956).

Parallèlement, il écrit quelques romans noirs, donnant au genre un de ses chefs-d'œuvre, *Les Seins de glace* (1953).

Cependant, attiré par le cinéma (on lui doit, entre autres, le scénario de *Duel* de Spielberg en 1974) et

la télévision (il collabore à *La Quatrième Dimension* et à *Star Trek*), il délaisse l'écriture romanesque, et ne revient qu'épisodiquement sur le devant de la scène littéraire. Parmi les rares livres de la deuxième partie de sa carrière, il convient de citer *La Maison des damnés* (1971) et *Le jeune homme, la mort et le temps* (1975), magnifique variation romantique sur le thème du voyage temporel. Son dernier roman, paru en 1993, est un thriller flirtant avec le fantastique, *À sept pas de minuit*.
Malgré une œuvre relativement peu abondante, il apparaît néanmoins comme un des maîtres du fantastique contemporain. Selon ses propres termes, plus que l'épouvante « qui lève le cœur », son domaine est celui de la terreur « qui glace l'esprit ».
Du Travail bien fait (*I'll make it look good*), nouvelle parue sous le pseudonyme de Loan Swanson, a été publiée pour la première fois en France, dans le n° 66 de *Hitchcock Magazine*, en octobre 1966.

NICODÈME Béatrice

Béatrice Nicodème (née en 1951) découvre le roman policier en lisant, à 13 ans, *Le Chien des Baskerville*, qui décide de sa vocation. « En lisant Sherlock Holmes, déclare-t-elle, j'ai eu l'impression d'un monde qui s'ouvrait, un monde où l'on pouvait à la fois côtoyer le fantastique et trouver une explication logique à ses terreurs, sans pour autant faire éclater la baudruche du rêve. Dans ces moments-là, je me suis dit que ce serait exaltant d'inventer ce genre d'histoires. »
Après des études secondaires à Versailles, elle obtient une licence d'allemand et exerce pendant plus de dix ans le métier de maquettiste avant de se consacrer pleinement à l'écriture, partageant désormais son temps entre la rédaction de livres de jeunesse et de romans policiers pour adultes.

Elle publie son premier roman en 1987, *L'Inconnu sur la terrasse* (L'Instant). Après cet essai de facture relativement classique, mais où apparaît une technique narrative très sûre, elle trouve, en 1990, un ton plus personnel dans *Terreur blanche* (Denoël). Suivront *Meurtres par écrit* et *Faux frère* (Fleuve Noir, 1992, 1996) qui confirment son goût pour les intrigues psychologiques chargées d'atmosphère.
En 1993, avec *Défi à Sherlock Holmes*, elle imagine une aventure inédite du roi des détectives aux prises avec un tueur en série. Au travers d'une évocation très réussie du Londres victorien, elle révèle une autre facette de son talent. Ce sont ces qualités de romancière historique que l'on retrouve dans son dernier roman, *Les Loups de la Terreur* (Labyrinthes, 1998) dont l'action se déroule sous la Révolution.

PEROWNE Barry

De son vrai nom, Phillip Atkey, Barry Perowne (1908-1985) est né à Redlynck en Grande-Bretagne. Il occupe pendant un temps les fonctions de secrétaire auprès de son oncle Bertam Atkey, auteur de romans policiers qui connut la célébrité au début du siècle. De 1933 à 1940, en accord avec les héritiers, il reprend le personnage de Justice Raffles, sorte d'Arsène Lupin avant la lettre, imaginé par Hornung, le beau-frère de Conan Doyle. En modernisant le personnage, il en fait un des plus efficaces rivaux du Saint de Leslie Charteris.
Dans les années 50 à la demande d'Ellery Queen, il revient à Raffles, mais situe, cette fois, les aventures du héros de Hornung à l'époque de sa création. La critique anglo-saxonne salue unanimement cette seconde série qu'elle juge même supérieure à celle de Hornung.
Signalons également que Barry Perowne a signé, en 1974, un curieux roman, inédit en français, *A Singular Conspirancy*, qui met en scène Edgar Poe

et son traducteur, Charles Baudelaire. Lors de cette rencontre imaginaire, le poète français demande au créateur du Chevalier Dupin, ancêtre de tous les détectives, de l'aider à récupérer un héritage dont on veut le déposséder.
Bien oublié aujourd'hui, Barry Perowne reste, pour beaucoup d'amateurs du genre, l'auteur d'une seule nouvelle devenue classique, *Le Trou de mémoire* (in *Les meilleures histoires de chambres closes*, anthologie composée par Roland Lacourbe, Minerve, 1985). Maintes fois « anthologisée », cette histoire supérieurement astucieuse est, selon Ellery Queen, « l'énigme de chambre close qui en termine avec toutes les chambres closes ».
Durant sa carrière, Barry Perowne a plusieurs fois abordé l'histoire criminelle de Noël lors de nouvelles dont plusieurs ont été traduites en français comme *L'Alibi de Noël*, publiée sous son véritable nom et *La Légende de la cloche* ; toutes deux ont paru dans *Le Saint Détective Magazine* en décembre 1960 et janvier 1961. La nouvelle que nous proposons date de 1954 ; elle est extraite de l'anthologie *Murder under the Mistletoe and other Stories* composée par Cynthia Manson, en 1992.

PERRY Anne

Depuis la publication de son premier roman en 1978, *L'Étrangleur de Carter Street* (10/18), Anne Perry (née à Londres en 1938) s'est imposée comme la grande spécialiste du roman policier victorien. Curieusement, c'est aux États-Unis d'abord que ses mystères historiques rencontrent leur public, avant de conquérir le lectorat de son pays natal et de débarquer, depuis peu, en France.
Loués pour leur évocation minutieuse et corrosive de la société britannique de la seconde partie du XIXe siècle, ses romans doivent également leur succès à d'attachants personnages récurrents : le séduisant

inspecteur Thomas Pitt et son indomptable épouse Charlotte (en piste depuis 1978), et William Monk, le détective taciturne et amnésique, apparu plus récemment dans *Étranger dans le miroir* (10/18) en 1990. Il était donc normal, compte tenu de son goût pour l'époque victorienne, qu'Anne Perry ait eu envie de rendre hommage à Sherlock Holmes. L'occasion lui en a été fournie en 1996 par Martin H. Greenberg, Jon L. Lellenberg et Carol-Lynn Waugh, coauteurs de l'anthologie *Holmes for the Holidays* dont est extraite la nouvelle que nous publions. Notons que cette anthologie d'un genre particulier réunit des pastiches de Conan Doyle ayant pour trait commun de proposer des enquêtes de Sherlock Holmes se déroulant toutes pendant la période de Noël !

POWELL James

À l'instar de Edward D. Hoch, James Powell (né à Toronto en 1932) fait partie de ces auteurs américains qui ont fait de la nouvelle leur champ d'élection.
Après des études universitaires, il séjourne à Paris de 1955 à 1956, puis enseigne à Marseille et Valence pendant trois ans. De retour aux États-Unis, il devient journaliste et publie, en 1966, sa première nouvelle, *The Friends of Hector Juvet* dans *Ellery Queen's Mystery Magazine*.
Dès lors, il écrit intensivement pour les magazines une œuvre riche de plusieurs centaines de récits, articulée en trois cycles principaux. Le premier gravite autour du sergent Maynard Bullock de la police montée canadienne. Le second met en scène, dans la principauté imaginaire de San Sebastiano, quatre générations de détectives portant le même nom, Ambrose Ganelon. Enfin, un troisième cycle joue sur les archétypes du conte de fées ou de la *fantasy* que James Powell revisite avec irrévérence et humour. Car là est bien la caractéristique principale de cet auteur marginal et inclassable qui se définit lui-même comme « un auteur humoristique attiré par le mystère ».

C'est à cette veine iconoclaste qu'appartient la nouvelle que nous avons sélectionnée, publiée initialement en 1970 et reprise dans plusieurs anthologies anglo-saxonnes dont *Crime at Christmas* de Jack Adran (1988) et *Mystery for Christmas* de Cynthia Manson (1990).

Ajoutons que c'est à Jacques Baudou que l'on doit la révélation au public français de James Powell grâce à la publication de deux nouvelles, *Lamenton pour un clown* (*Mystères 91*, Éditions du Masque) et *Le Gastronome philanthrope* (*Fenêtres sur crimes*, Denoël, 1997).

REOUVEN René

René Reouven, de son vrai nom René Sussan, est né à Alger en 1925. Après des études secondaires, il entre au service des affaires économiques, puis se rend en Israël pour tenter l'aventure des kibboutz.

À son retour en France, il devient fonctionnaire de l'Éducation nationale et commence à écrire des romans de littérature générale qu'il signe de son vrai nom. En 1967, il publie son premier roman policier, *Octave II*, et reçoit, en 1971, le Grand Prix de littérature policière pour *L'Assassin maladroit*.

Les Confessions d'un enfant du crime (1977), dont l'intrigue tourne autour du suicide — pour le moins suspect — de Gérard de Nerval, marque une nouvelle étape dans l'évolution de son œuvre. Considérant, après Alexandre Dumas, « que l'on peut violer l'histoire à condition de lui faire de beaux enfants », il s'impose, en quelques années, comme le maître du récit apocryphe.

C'est ainsi qu'il prolonge les aventures de Sherlock Holmes avec *Élémentaire, mon cher Holmes* qui obtient le prix Mystère de la critique 1983, bientôt suivi de plusieurs autres extrapolations holmésiennes réunies dans un seul volume, *Les Histoires secrètes de Sherlock Holmes*. Il revisite également Jules Verne

(*Voyage au centre du mystère*, 1995) et Alexandre Dumas (*Souvenez-vous de Monte Cristo*, 1996), mais n'en continue pas moins, à côté de ces variations sur l'histoire et la littérature, de rédiger des romans policiers moins référencés, placés sous le signe de l'humour et de l'ironie comme *Un tueur en Sorbonne* ou *Faites-les taire !*

Ajoutons que René Reouven est aussi, sous le nom de René Sussan, un auteur de science-fiction (*Les Insolites*, 1985, *Les Nourritures extraterrestres*, écrit en collaboration avec son épouse Dona, Grand Prix de l'Imaginaire, 1995) et qu'il a écrit, en 1991, l'un des meilleurs romans d'horreur français, *Les Grandes Profondeurs.*

La Nuit des mages, nouvelle écrite spécialement pour cette anthologie, prend place parmi les plus brillantes « extrapolations » de René Reouven. Sa connaissance précise des textes vétéro et néo-testamentaires a de quoi étonner, mais elle ne surprendra pas les lecteurs de *Tobie or not Tobie*, extraordinaire roman policier *biblique* publié en 1980.

RIVIÈRE François

Ayant très tôt considéré qu'« il faut de tout pour faire une œuvre », François Rivière (né à Saintes en 1949) exerce son talent — résolument axé sur le mystère et le fantastique — dans des domaines aussi variés que le scénario de bande dessinée, la critique littéraire, l'essai, la littérature de jeunesse et, bien sûr, le roman. Entré en littérature en 1977, avec des romans que l'on pourrait qualifier d'« expérimentaux », il dirige, dès cette époque, plusieurs collections de mystère avec une préférence marquée pour le *détective novel* de l'entre-deux-guerres. Au travers de ses essais et de ses travaux d'édition, il délimite clairement son panthéon personnel où figurent à côté de Jules Verne, Gilbert K. Chesterton et Agatha Christie, André de Lorde, Frédéric Dard et Enid Blyton.

En 1982, il fait paraître un premier roman fantastique, *Profanations* (Seuil) en hommage à Lovecraft, puis, en 1990, un second, *Julius exhumé* (Seuil) où transparaissent son penchant pour la littérature victorienne et son anglophilie raffinée.

Ce n'est qu'en 1995 qu'il se décide, après avoir longuement tourné autour du genre, à écrire son premier roman policier aux Éditions du Masque, *Le Livre de Kipling*, où il crée Charles Purley et Monette Odot, deux agents littéraires « pas comme les autres », qui évoluent dans le monde des écrivains — réels et imaginaires — de l'Angleterre du début du siècle. Avec les deux autres titres de la série, *Le Colloque de Biarritz* (1996) et *Le Testament de Rebecca* (1998), il installe un univers personnel, composant davantage des romans de mystère que de pures énigmes, où se mêlent humour et érudition.

Parallèlement, il fait paraître, en 1997, *Le Somnambule de Genève*, premier volet d'une trilogie construite autour du mythe de Frankenstein, certainement son œuvre la plus ambitieuse et la plus aboutie à ce jour.

Dans *Peter Pan était trop belle*, nouvelle écrite spécialement pour cette anthologie, il met en scène, à côté de son duo d'agents littéraires, l'un de ses écrivains d'élection, J. M. Barrie, à qui il a consacré un essai en 1991, *J. M. Barrie, l'enfant qui ne voulait pas grandir* (Calmann-Lévy).

SLESAR Henry

Né à New York en 1927, Henry Slesar, après son service militaire, entame une carrière dans la publicité, et, gravissant tous les échelons de la profession, devient le patron de sa propre agence en 1974. Il commence à écrire en 1956 et s'affirme bientôt comme l'un des pourvoyeurs attitrés des plus prestigieux magazines américains spécialisés dans la nouvelle policière.

Ses nouvelles ont été traduites en France dans *Mystère-Magazine, Minuit, Suspense* et *Choc suspense*, ainsi que dans un recueil intitulé : *Crimes parfaits... belles escroqueries !* (Dupuis, 1967).

Il obtient, en 1960, le Edgar Poe Award pour son premier roman *The Gray Flannel Shroud*, situé dans le monde de la publicité, suivi de quelques autres dont *Cette Nuit-là* (1974) publié aux Éditions du Masque.

Parallèlement, il écrit intensivement pour la télévision : on lui doit ainsi 21 épisodes de la série *Alfred Hitchcock présente* ainsi que de nombreuses collaborations à d'autres séries comme *La Quatrième dimension* ou *Des agents très spéciaux*.

Également auteur de scénarios de films et d'une pièce de théâtre, c'est à la nouvelle de suspense surtout qu'il doit sa notoriété. Chacun de ses textes brefs illustre d'une manière sarcastique le fameux aphorisme d'Alfred Hitchcock (dont il fut l'un des écrivains préférés) : « Le crime ne paie pas, mais il distrait. »

La nouvelle figurant dans *Frissons de Noël* est tirée de l'anthologie *Mistletoe Mysteries*, composée par Charlotte MacLeod en 1989, pour laquelle elle a été spécialement écrite.

ANNEXES

UN NOËL ANGLAIS

Extrait de l'Autobiographie d'Agatha Christie, 1977

Nous passions généralement Noël dans le Cheshire, chez les Watts, Jimmy[1] prenait ses vacances annuelles à ce moment-là. Lui et Madge[2] allaient passer trois semaines à Saint-Morritz. Jimmy était un excellent patineur et c'était donc le genre de vacances qu'il préférait. Mère et moi allions à Cheadle et comme leur nouvelle maison, appelée Manor Lodge, n'était pas encore terminée, nous passions Noël à Abney Hall avec les Watts, leurs quatre enfants et Jack. C'était une merveilleuse maison pour y passer Noël si vous étiez un enfant. Non seulement, comme dans toutes ces énormes demeures victoriennes de style gothique, on y trouvait des quantités de pièces, de couloirs, d'escaliers dérobés, d'alcôves et de niches, mais il y avait aussi trois pianos et un orgue.

Ce qui manquait le plus, c'était la lumière du jour. Il y faisait très sombre, sauf dans le grand salon, aux murs tendus de satin vert, qui avait de grandes baies vitrées.

---

1. Le frère d'A. Christie.
2. La sœur d'A. Christie.

Nan Watts et moi étions devenues grandes amies. Nous partagions le même goût pour la crème. Bien que j'en aie consommé une grande quantité depuis que je vis dans le Devonshire, celle que nous dégustions alors était vraiment la meilleure. Lorsque Nan venait me voir à Torquay, nous allions dans une des laiteries de la ville où nous pouvions avoir un verre rempli moitié de lait et moitié de crème. Quand j'étais chez elle à Abney, nous nous rendions à la ferme de la propriété et nous mangions de la crème à la louche. Nous avons conservé ce goût toute notre vie. Je me souviens encore que nous en achetions un pot en allant au terrain de golf de Sunningdale et que nous nous régalions en attendant nos maris.

Abney était le paradis des gourmets. Mrs Watts avait ce que l'on appelait « la réserve » près du hall. Ce n'était pas, comme chez Grannie, une sorte de pièce au trésor, fermée à clef. Chez les Watts, l'accès y était libre. Tout autour, il y avait des étagères garnies de toutes sortes de friandises. Un côté était entièrement réservé aux chocolats, des boîtes entières de chocolats, toutes différentes. On y trouvait aussi des biscuits, du pain d'épice, de la confiture, des fruits au sirop.

Noël était la plus grande fête de l'année, celle que l'on ne devait jamais oublier. Cela commençait par les bas suspendus au pied du lit. Au petit déjeuner, chacun avait sa chaise surchargée de cadeaux. Nous nous précipitions à l'église et revenions pour continuer à ouvrir les paquets.

A 2 heures avait lieu le déjeuner de Noël. Les rideaux étaient tirés et la lumière allumée afin que l'on pût admirer les décorations. On servait d'abord une soupe aux huîtres (qui n'était pas un régal pour moi), du turbot, deux dindes, l'une bouillie, l'autre rôtie, puis un gros aloyau de bœuf. Enfin, venait le pudding dans lequel on avait mis la bague, le bouton pour le vieux garçon, la pièce de monnaie. Après tout cela, il y avait d'innombrables desserts. Dans une histoire que j'ai écrite, intitulée *Christmas Pudding*, j'ai décrit une fête de ce genre. C'est un de ces repas que je suis certaine de ne jamais revoir dans cette génération. En vérité, je doute même que quelqu'un puisse digérer un semblable repas aujourd'hui. Et pourtant, nous le supportions parfaitement à l'époque.

Je rivalisais en prouesses gustatives avec Humphrey Watts. Je suppose qu'il devait avoir 22 ou 23 ans, quand j'en avais 12 ou 13. Il était très beau garçon tout en étant également un très bon comédien et un merveilleux conteur.

Malgré ma propension à tomber amoureuse, je ne crois pas avoir jamais été éprise de lui, bien que, rétrospectivement, cela m'étonne beaucoup. Je suppose que j'étais encore au stade où mes histoires d'amour devaient être romantiquement impossibles et ne concerner que des personnalités publiques comme l'archevêque de Londres ou le roi Alphonse d'Espagne et, naturellement, divers acteurs. Je sais que j'ai été très amoureuse d'Henry Ainley, quand je l'ai vu dans *Le Serf*, et plus encore de Lewis Waller dans *Monsieur Beaucaire*.

Humphrey et moi attaquions gaillardement notre déjeuner de Noël. Il me dépassait toujours pour la soupe aux huîtres, mais pour le reste, nous étions à égalité. Nous mangions tous les deux de la dinde rôtie et de la dinde bouillie et finalement quatre ou cinq tranches d'aloyau de bœuf. Il est possible que les adultes s'en soient tenus à une seule sorte de dinde, mais pour autant que je m'en souvienne, Mr Watts prenait certainement de la dinde et du bœuf. Ensuite, nous mangions du plum-pudding, des tartelettes, des papillotes contenant des pétards, des raisins, des oranges et des fruits au sirop.

Au cours de l'après-midi, on allait encore chercher quelques boîtes de chocolats. Ai-je le souvenir d'avoir jamais été malade après de telles agapes ? D'avoir souffert d'une crise de foie ? Non, jamais. La seule crise de foie dont je me souvienne fut celle dont je souffris après avoir mangé des pommes vertes en septembre. Je mangeais toujours des pommes vertes, mais un jour j'ai dû exagérer.

Je me rappelle parfaitement avoir mangé des champignons, alors que j'avais 6 ou 7 ans. Je m'éveillai avec de vives douleurs à 11 heures du soir et descendis en courant au salon où mes parents recevaient des amis et j'annonçai sur un ton dramatique :

— Je vais mourir : j'ai mangé des champignons vénéneux !

Ma mère me calma et m'administra immédiatement une dose de vin d'ipecacuanha, que l'on avait toujours dans son armoire à pharmacie à l'époque. Elle m'assura que je n'allais pas mourir pour cette fois.

En tout cas, je ne me souviens pas avoir jamais été malade à Noël. Nan Watts était comme moi, elle possédait un estomac solide. En fait, quand je pense à ce temps-là, je constate que tout le monde paraissait avoir un bon estomac. Je suppose que certaines personnes souffraient d'ulcères de l'estomac ou du duodénum et prenaient des précautions, mais je ne me souviens de personne suivant un régime spécial. Un âge rude et glouton ? Sans doute, mais un âge où l'on savait s'amuser. En considérant tout ce que je mangeais dans ma jeunesse — car j'étais toujours affamée — je n'arrive pas à comprendre comment je pouvais être aussi maigre : un vrai poulet décharné !

Après l'agréable inertie de l'après-midi de Noël — agréable inertie pour les adultes, car les jeunes lisaient, regardaient leurs cadeaux, mangeaient des chocolats — on servait un thé gigantesque avec, entre autres choses, un énorme gâteau de Noël glacé et l'on terminait la journée par un souper de dinde froide et de petits pâtés chauds. Vers 9 heures du soir, il y avait l'arbre de Noël, avec d'autres cadeaux suspendus dessus. Une journée merveilleuse dont on se souviendrait jusqu'à l'année suivante, quand Noël serait de nouveau là.

ROMANS POLICIERS DE NOËL

ARAMON, *L'Ange de Noël*, Le Masque, 1975.

BLAKE, Nicholas, *Le Bonhomme de neige* (*The Corpse in the Snowman*, 1941), Le Limier, Albin Michel, 1948.

CARR, John Dickson, *La Mort dans le miroir* (*The White Priory Murders*, 1934), Le Masque, 1992 ; L'Intégrale de John Dickson Carr, tome 3, Éditions du Masque, 1993.

CHRISTIE, Agatha, *Le Noël d'Hercule Poirot* (*Murder for Christmas*, 1938), Le Masque, 1946, nombreuses rééditions ; figure dans L'Intégrale d'Agatha Christie, tome 6, Éditions du Masque, 1993.

CLARK, Mary Higgins, *Douce nuit* (*Silent Night*, 1995), Albin Michel, 1995.

DARD, Frédéric, *Le Monte-charge*, Spécial-Police, Éditions Fleuve Noir, 1961.

DICKENS, Charles, *Le Mystère d'Edwin Drood* (*The Mystery of Edwin Drood*), traduit et résolu par Paul Kinnet, préface de Jacques Baudou, L'instant Noir, 1987.

DOLPH, Jack, *D'un réveillon à l'autre* (*Murder is Mutuel*, 1984), Le Masque, 1954.

EXBRAYAT, Charles, *Joyeux Noël, Tony*, Le Masque, 1964, nombreuses rééditions.

GOODCHILD, G., *Noël tragique*, collection « La Clé », Rouff, 1946.

HALTER, Paul, *Le Roi du désordre*, Le Masque, 1994.

HAMMETT, Dashiell, *L'Introuvable* (*The Thin Man*, 1934), Gallimard, 1934 ; nombreuses rééditions dont la Série Noire, 1950 ; Folio, 1987.

HEYER, Georgette, *Noël tragique à Lesham Manor* (*Envious Casca*, 1941), Le Masque, 1954, réédité en 1984.

KANE, Henry, *Embûche de Noël* (*A Corpse for Christmas*, 1952), Série Noire, Gallimard, 1952.

KITCHIN, C.H.B., *Le Crime de Noël* (*Crime of Christmas*, 1935), Le Masque, 1973.

LIVINGSTONE, J.B., *Les Trois crimes de Noël*, Dossiers de Scotland Yard, Éditions du Rocher, 1986.

McBAIN, Ed., *Le Fourgue* (*The Pusher*, 1956), Série Noire, Gallimard, 1957.

Après le trépas (*Sadie When She Died*, 1972), Série Noire, Gallimard, 1973.

Huit Chevaux noirs (*Eight Black Horses*, 1985), Presses de la Cité, 1986.

Manhattan Blues (*Another Part of the City*, 1986), Presses de la Cité, 1987.

MEROY, Martin, *Bon Noël, assassin*, Inter-Police Jet, n° 80, Les Presses Internationales, 1963.

MILLAR, Margaret, *La Femme de sa mort* (*Vanish in a Instant*, 1952), Presses de la Cité, collection « Un Mystère », 1953.

QUEEN, Ellery, *Le Mystère des trois croix* (*The Egyptian Cross Mystery*, 1932), Empreinte, 1934 ; sous le titre *Le Mystère égyptien*, Le Limier, Albin Michel, 1949.

Le Mot de la fin (*The Finishing Stroke*, 1958), Éditions de Trévisse, collections « Le Cachet », 1958. Réédition sous le titre *L'A.B.C. du crime*, Stock, 1970.

QUENTIN, Patrick, *Cherchez la femme* (*The Follower*, 1950), collection « Un Mystère », Presses de la Cité, 1950.

SARIOLA, Mauri, *Noël finlandais* (*Susikosken claman kevat*), Le Masque, 1971.

SIMENON, Georges, *Le Noël de Maigret*, Presses de la Cité, 1951, nombreuses rééditions.

STAGGE, Jonathan, *Le Taxi jaune* (*The Yellow Taxi*, 1942), Détective-Club, 1954 ; nombreuses rééditions dont le Masque, 1986.

STEEMAN, Stanislas-André, *Madame la mort*, collection « Un Mystère », Presses de la Cité, 1951.

VERY, Pierre, *L'Assassinat du Père Noël*, Gallimard, 1934 ; nombreuses rééditions dont l'Intégrale de Pierre Véry, tome 2, Éditions du Masque, 1994.

La Révolte des Pères Noël, Julliard, 1959 ; réédition, Le Masque, 1998.

TABLE

Composition réalisée par
PARIS-PHOTOCOMPOSITION
75017 Paris

Impression réalisée sur CAMERON par
BRODARD ET TAUPIN
La Flèche
en octobre 1998

Imprimé en France
Dépôt édit. 2147 – 11/1998
Édition n° 01
N° d'impression : 2977 D-5
ISBN : 2-7024-2909-2

52/1080/2